악연

close to cradle

에스더 헤르호프 장편소설 | **유혜인** 옮김

BOOK PLAZA

끈질긴 악연과 욕망의 끝은 어디인가?

1일째
화요일

"여기 산단 말이지."

미리암Miriam은 나지막한 소리로 중얼거렸다. 푸조 운전대를 잡은 손에 힘이 들어갔다. 손바닥이 땀으로 축축해졌고 심지어 숨까지 가빠졌다. 근무 중일 때는 웬만해서 이러지 않았다. 어떤 사건을 접하든, 상황이 얼마나 위험하든 미리암은 프로답게 항상 차분했고 감정에 연연하지 않았다. 그런 때를 대비해 지금껏 훈련을 받고 경험을 쌓아오지 않았던가. 뒤에서 든든하게 지원해줄 동료들도 있었다.

하지만 지금은 근무 중이 아니었다.

이것은 극히 개인적인 용무였다.

미리암은 고개를 쭉 빼고 초고층 주상복합 아파트 건물을 올려다보았다. 가을 햇살에 유리창이 번쩍거렸다. 오지 못할 곳에 온 기분이었다. 이곳 사람들은 세상이 자기 발밑에 있다고 생각할 것만 같았다. 사실 틀린 말은 아니었다. 저 위에서 내다보는 전망은 분명 숨 막히게 아름다울 것이다. 항구며 강이며 로테르담 전체가 한눈에 들어오겠지.

도대체 몇 층까지 있는 걸까? 층수를 세던 미리암은 25층에서 멈춰야 했다.

뒤에서 경적 소리를 울려댔기 때문이었다. 백미러를 보자 뒤차 운전자가 얼굴을 잔뜩 붉히며 미리암을 향해 빨리 꺼지라는 듯 손짓을 했다. 당장 차에서 내려 경찰 배지를 들이밀고 신분증을 요구하고 싶었지만 유혹을 꾹 참았다. 따지고 보면 남자의 잘못은 아니다. 어쨌든 지금 길을 가로막고 있는 사람은 미리암이니까.

기어를 1단으로 바꾸었다.

좁은 도로를 빠져나가는 동안, 목에서 맥박이 쿵쿵 뛰었다.

헤네퀸Hennequin은 방향을 틀어 발유스트라트 거리에 진입했다. 아스팔트로 포장된 도로 양 옆에 늘어선 키 작은 가로수는 잎이 듬성듬성하고 받침목이 대어져 있었다. 모든 집이 쌍둥이처럼 똑같았다. 네모난 짙은 색 벽돌집은 두 집씩 나란히 붙어서 진입로도 함께 사용했다. 커다란 유리창에 푸르스름한 색이 들어가 있어 집 안은 잘 보이지 않았다.

거리 중간쯤에 이르자 66번지가 나왔다. 앞마당 자갈밭에 합판으로 만든 황새를 꽂고, 거실 쪽 커다란 창문에는 플래카드를 걸어 놓았다. '공주님이 태어났어요!'

아기는 어젯밤 병원에서 태어났다. 지독한 난산이었던 탓에 산모와 아기는 오늘 아침에야 퇴원할 수 있었다.

헤네퀸은 길가에 차를 세웠다. 뒷좌석에서 진료가방을 집어든 그녀는 차고를 지나 현관으로 향했다. 차고에는 윤이 나는 아우디 차량이 주차되어 있었다. 헤네퀸은 차 안을 힐끗 들여다보았다. 짙은 색으로 꾸민 내부는 반듯하고 깔끔했다. 어디 하나 흐트러진 곳이 없었다. 전시장에서 그대로 끌고 왔다고 해도 믿을 정도였다. 번호판 아래쪽에는 노란색 글씨로 리스업체 이름이 작게 적혀 있었다.

헤네퀸은 벨을 누르고 현관문 자물쇠를 살펴보았다. 그리 복잡해 보이지는 않지만 앞으로 며칠간 산후조리를 하러 드나들 테니 개인 열쇠가 있으면 편할 것이다. 이 집 사람들도 싫다고 할 리는 없다. 막 첫 아이를 얻은 사람들은 감정적이어서 똑바로 생각을 하지 못한다. 새 생명이 태어나면 인생이 송두리째 바뀐다. 새롭고 어색한 상황을 침착하고 슬기롭게 이끌어주는 산후관리사는 철석같이 믿을 수 있는 사람이다. 그래서 오랜 친구라도 된다는 듯이 비밀을 털어놓는다. 치질, 회음부 봉합, 가족 불화처럼 민감한 문제도 산후관리사와는 거리낌 없이 이야기한다. 어제까지 생판 남이었는데도.

얼마 전 차고를 사무실로 개조해 산후관리사 파견업체를 차린 도라Dora는 헤네퀸에게 이 직업이 왜 좋은지를 들려주었다. 도라는 이렇게 말했다. '한 가족의 가장 행복하고 애틋한 순간을 함께하잖아요. 그야말로 인도적인 일이에요. 얼마나 보람찬지 몰라요.'

헤네퀸은 생각이 달랐다. 산후관리사는 한 가족이 가장 약해진 순간, 가장 경계심을 누그러뜨린 순간을 함께하는 사람이다.

디디 보스Didi Vos는 손님방에서 침대 상단을 세우고 누워 있었다. 그녀는 지금 몸을 제대로 움직이지 못하는 신세였다. 몇 달 전부터 디디를 괴롭히던 증상은 아기를 낳은 후 더욱 심해졌다. 전에는 그나마 벽이나 가구를 짚고 한 발짝씩 어기적어기적 움직일 수는 있었다. 전진보다는 후진이 편했다. 일직선으로밖에 이동하지 못했고 뒤를 도는 것은 아예 불가능했다. 침대에 눕거나 침대에서 나올 때마다 고역을 치러야 했다. 한 걸음, 한 걸음 생각부터 하고 내디뎌야 했다.

조산사는 'SPD', 즉 치골결합 기능부전이라 진단했고, 이후 산부인과에 가서 확진을 받았다. 병원에서 물리치료사를 연결해주었지만 물리치료는 별 도움이 되지 않았다. 아니, 아무 효과가 없었다. 임신호르몬으로 약해진 골반이 아기의 크기와 무게 때문에 벌어졌다. 움직임 하나하나가 고통이었다. 압력이 조금만 바뀌어도 식은 땀이 줄줄 흘렀다. 물건을 들어 올리는 행동은 꿈도 꿀 수 없었다. 한번은 남편 오스카Oscar가 주방 조리대에 맥주 상자를 올려놓은 적이 있었다. 디디는 상자를 치우려다 그 자리에 쓰러지고 말았다. 지옥 같은 몇 분이 지난 뒤에야 조리대를 붙잡고 간신히 몸을 일으켜 세웠다. 흩어진 유리 조각이 발밑에서 으드득 소리를 내며 부서졌다.

"출산하고 나면 자연히 나아질 겁니다." 물리치료사는 분명 그렇게 말했었다.

하지만 지금은 그럴 기미조차 보이지 않았다.

평생 이대로 살아야 하는지도 모른다.

디디는 무통주사를 맞고 출산을 했다. 척추에 튜브를 꽂고 마취제를 투여하자 하반신 감각이 마비되었다. 마취를 하고 나니 진통이 사라지고 배가 수축하는 모습만 보였다. 참으로 이상한 경험이었다. 마치 다른 사람의 몸을 보는 느낌이었다. 힘을 주어야 할 때가 왔지만 몸이 말을 듣지 않았다. 내 몸인데도 근육을 마음대로 쓸 수 없었다. 굳어버린 것처럼 아래쪽 감각이 전부 사라져 있었다. 디디가 다시 힘을 줄 수 있도록 하기 위해 의사가 마취제 투여량을 줄이자 통증은 다시 사정없이 몸을 할퀴어댔다. 누군가 뱃속에서 긴 발톱으로 내장과 세포막을 찢어발기는 것만 같았다.

디디는 어젯밤 '살을 도려내는 고통'이 무슨 뜻인지 깨달았다. 붉은색 머리는 땀으로 흠뻑 젖었고 하얀 얼굴도 시뻘겋게 달아올랐다. 처음 힘을 주는 순간 대변이 흘러 나왔다. 그렇다고 말하는 사람은 없었지만 분명 냄새가 났다. 곧이어 간호사가 엉덩이 아래에 있던 플라스틱 대야를 닦는 모습이 보였다. 회음부를 절개하는 느낌은 없었지만 그런 소리가 들렸다. 종이상자를 가위로 잘라서 여는 소리와 똑같았다.

오스카는 침대 발치에서 의사의 한쪽 뒤를 지키고 서 있었다. 공포에 질린 남편의 얼굴은 평생 잊지 못할 것이다. 그가 결국은 차마 보지 못하고 고개를 돌리던 모습도 디디는 잊을 수 없었다.

★

"오셨군요. 오스카라고 합니다. 들어오세요." 남자는 인사하며 문을 더 활짝 열었다.

헤네퀸은 악수를 하며 말했다. "헤네퀸 스미스예요."

오스카가 놀란 표정을 지었다. "헤네퀸? 이름이 독특하네요."

"저희 부모님 작품이죠."

헤네퀸은 이 집의 가장을 찬찬히 뜯어보았다. 나쁘지 않았다. 피곤하고 부스스해 보였지만 이제 막 아버지가 되었으니 당연한 일이다. 충혈된 눈과 다크서클을 빼면 그럭저럭 봐줄 만했다. 헤네퀸처럼 30대 정도. 키가 큰 편이고 건장했다. 균형 잡힌 몸에 좋은 옷을 걸쳤다. 어찌 보면 번지르르한 영업사원 타입이라고 할까. 그의 아우디와 딱 어울린다.

헤네퀸은 겉옷을 옷걸이에 걸고 거실로 들어갔다. 널찍한 거실을 깔끔하고 모던한 분위기로 꾸몄고, 다른 색은 쓰지 않고 흰색 아니면 갈색, 베이지색으로 실내 인테리어를 통일했다. 스티븐스-보스 Stevens-Vos 가족은 다른 건 몰라도 인테리어 디자인만큼은 대형 가정용품 체인점이 만든 유행을 그대로 따르고 있었다. 하지만 집 밖은 얘기가 달랐다. 미닫이식 발코니 문 밖을 내다보자 수수한 나무 울타리에 둘러싸인 뒷마당이 보였다. 잔디밭과 키 작은 덤불은 다듬지 않은 모양새였다. 울타리에 붙은 2층짜리 동물 우리의 나무판에는 예쁜 글씨로 '이프 & 야네케'(네덜란드 동화에 나오는 소년과 소녀 캐릭터 이름 ─ 옮긴이)라 적혀 있었다. 우리 그물 안쪽에서 귀가 축 늘어진 토끼 두 마리가 깡충깡충 뛰어 다녔다.

다 큰 어른이 뭐하러 저런 동물을 키운담?

"집사람은 위층에 있어요." 오스카가 말했다.

헤네퀸은 그를 따라 나무 계단을 올랐다. 두 사람의 발소리가 작게 울려 퍼졌다. 오스카는 평소 잘 사용하지 않던 작은 손님방으로 헤네퀸을 안내해주었다. 나무 바닥에 흰색 책상이 덩그러니 놓여 있었다. 창가에 붙은 싱글베드 위로는 침대에서 몸을 일으키기 쉽도록 삼각형 손잡이가 달렸다. 침대에 누워 있는 붉은 머리 여자는 얼굴이 백지장 같았다. 핏기 하나 없이 창백하고 허약해 보였다. 살날이 몇 주밖에 남지 않은 환자처럼.

아주 틀린 말은 아니겠네. 헤네퀸은 그렇게 생각했다.

그리고 환한 미소를 지으며 디디에게 다가갔다.

산후관리사는 첫눈에 디디의 호감을 샀다. 산후관리사는 리얼리티 프로그램에 나오는 돈 많고 화려한 미시족 스타일이었지만 눈빛은 선해 보였다. 흰색에 가까운 금발을 느슨하게 하나로 묶은 그녀는 흰색 간호사복 차림이었다. 길쭉하고 매끈한 다리에, 흰색 운동화를 신었다.

"헤네퀸 스미스라고 해요." 헤네퀸은 선명한 초록색 눈동자로 디디를 다정하게 바라보며 악수를 청했다. "오늘 아침에 저희 쪽에서 더 일찍 도착했어야 했는데 정말 죄송해요."

"지금 왔으면 됐죠, 아닌가요?" 오스카가 말했다.

헤네퀸은 고개를 끄덕였다. "그렇기는 하죠. 하지만 일정표대로 시간을 정확히 지키는 편이 좋으니까요."

"도라에게 듣자니, 얀틴Jantine이 못 오게 되었다고요. 어디 탈이 났습니까?"

"차라리 탈난 거면 다행이게요." 헤네퀸이 침대 가장자리에 걸터앉았다. 체중이 실리자 매트리스가 푹 꺼졌다.

그 때문에 찌르는 듯한 골반 통증이 온몸으로 퍼지자 디디는 이를 꽉 악물며 생각했다.

바보 같이 티 내지 말자.

헤네퀸은 심각한 표정을 지었다. "얀틴은 사고를 당했어요. 아침에 계단에서 굴러 떨어졌다지 뭐예요."

디디는 깜짝 놀랐다. "굴러 떨어져요? 세상에. 괜찮은…."

"괜찮아요. 꼬리뼈가 부러졌지만 그 정도에 그쳐서 다행이죠." 헤네퀸은 오스카를 힐끗 보고는 디디에게 다시 고개를 돌렸다. "사고는 대부분 집에서 일어난다고들 하잖아요?"

"네, 그렇다고 하더라고요."

디디는 갑자기 피곤해졌다. 어젯밤은 병원 침대에서 자는 둥 마는 둥 했다. 지난 몇 달 동안 내 몸처럼 뱃속에서 꼬물거리며 안정감을 주던 아기가 사라지자 허전하고 외로웠다. 이제는 배를 눌러도 피부가 늘어지고 근육이 꺼지는 느낌밖에 들지 않았다. 디디는 아직 아기 얼굴도 보지 못했다. 아기는 간호사가 곁에서 지켜볼 수 있도록 복도 건너편의 작은 신생아실에서 밤을 보냈기 때문이었다. 인디Indy는 흡입분만으로 태어났다. 그래서 자그마한 머리가 뾰족해졌고 흡입기가 닿았던 부분에는 상처가 남았다.

또 아기가 우는 건가? 인디의 목소리는 가냘프기 그지없었다. 마치 아기 양이 우는 듯한 소리였다.

헤네퀸이 벌떡 일어났다. 매트리스 스프링이 튀어 오르며 디디는 다시 한 번 찌르는 듯한 통증을 느꼈다.

내일은 산후관리사(이름이 '에네린'이라 했던가?)에게 침대에 앉지 말아달라고 부탁해야겠다. 첫날부터 그런 말을 꺼내고 싶지는 않았다. 세련된 미인에게 공연히 불만을 품는 트집쟁이로 보이기는 싫었다. 하지만 '불만'만큼 디디의 느낌을 잘 표현하는 말은 없었다. 불만으로 가득했다. 허전했다. 그리고 피곤했다.

죽을 만큼 피곤했다.

디디는 헤네퀸이 진료가방을 책상에 올려놓고 지퍼를 여는 모습을 가만히 지켜보았다.

"아기는 어디 있나요?"

"옆방에요." 헤네퀸의 질문에 오스카가 대답했다.

"좋아요, 가서 볼까요." 헤네퀸은 미소 지으며 진료가방에서 작은 주머니와 서류철을 꺼냈다. "제가 아기라면 사족을 못 써요."

미리암은 옷을 벗고 침대에 누웠다. 블라인드를 내리고 커튼까지 치자 방 안은 칠흑 같이 캄캄해졌다. 알람시계는 밤 9시로 맞춰

두었다. 미리암은 대낮에 미리 잠을 자두는 선행 수면을 하고 있었다. 전화기를 무음으로 설정하고 현관 초인종 코드를 뽑은 후 바깥의 소음으로부터 귀를 닫는다. 경찰은 이런 선행 수면 덕분에 야간 근무를 견딜 수 있었다.

평소 미리암은 별 어려움 없이 잠에 들었다. 전날 밤 최대한 늦게까지 안 자고 버티며 준비를 했다. 하지만 오늘은 준비를 했어도 소용없었다. 잠이 오지 않아 자꾸 이리저리 뒤척였다.

6개월 전 오빠가 세상을 떠난 후로 한순간도 마음 편한 적이 없었다. 계단에서 넘어졌단다. 의사는 그것이 사인이라고 했다. 집에서 사고가 일어나다니, 미리암은 도무지 믿을 수 없었다. 바트Bart 오빠가 그렇게 죽었다고? 벨기에 저택에서 양말 바람에 계단에서 미끄러져 떨어졌단 말이야? 혹시 오빠와 결혼한 소름 끼치는 여자 헤네퀸 스미스가 손을 쓴 것은 아닐까? 미리암은 처음 봤을 때부터 그 여자가 주는 것 없이 싫었다.

바트 오빠는 미국 출장을 갔다가 올케를 만났다. 벨기에로 돌아온 그들은 속전속결로 결혼식을 올렸다. 미리암은 혀를 내두를 정도로 호화로운 결혼식이 불편하기만 했다. 특히 신부를 본 순간, 온몸에 소름이 돋았다. 왜 그랬는지는 모르겠다. 현명해 보이고 여행 경험이 많은 미인이었다. 게다가 진심으로 오빠를 사랑하는 눈치였다.

하지만 멀리서 올케를 바라볼 때마다 미리암은 머리카락이 쭈뼛서곤 했다. 그 여자에게는 어딘가 이상한 구석이 있었다.

그러더니 식을 올리고 18개월도 되지 않아 바트는 죽었다.

"직업병이에요." 참을성 있게 미리암의 가설을 경청한 렌스Rens는 그렇게 말했다. 다른 동료들은 바트의 죽음에 헤네퀸이 관여했다는 주장을 무시했지만 렌스만은 아직까지 미리암의 말을 들어주었다. 하지만 미리암이 추리하는 방식을 납득하지 못하기는 렌스도 마찬가지였다. "우리가 끔찍한 사건을 너무 많이 봐서 그래요. 미친 인간들이 워낙 많잖아요. 선배는 아직 슬픔에서 벗어나지 못한 거예요. 너무 멀리 나가지 마요." 렌스는 미리암의 어깨에 팔을 두르고 장난스레 옆구리를 쿡 찔렀다.

직업병이라. 그럴지도 모른다. 그 가능성도 배제할 수는 없었다. 경찰 생활을 오래해서인지 생각이 그런 쪽으로밖에 돌아가지 않는다.

그래도 직감이라는 게 있다.

이제 헤네퀸을 찾아냈으니 그녀에 대해 더 많은 정보를 알아내고 싶었다. 하지만 그 전에 눈부터 붙여야 했다. 안 그러면 오늘 밤 근무에 지장이 생긴다. 평일 저녁이 아무리 조용하다고 해도 예닐곱 번은 출동할 일이 생긴다. 미리암은 밤이면 밤마다 거리에서 칼을 휘두르는 사람, 차를 훔치는 사람, 변태 짓을 하는 사람, 손을 가만두지 못하는 사람을 체포했다. 이 인간들이 어디서 자꾸 튀어 나오는지 더는 궁금하지도 않았다. 어쨌거나 미리암과 동료들은 이 세상을 조금 더 안전하게 만들고 있었다.

자기 오빠도 구하지 못한 주제에.

미리암은 옆으로 돌아누우며 이불을 머리 위로 확 뒤집어썼다.

★

분홍색과 파란색 줄무늬가 있는 커튼을 뚫고 햇살이 들어왔다. 방에 들어서자 베이비오일 향이 코를 강하게 찔렀다. 새 옷과 가구 특유의 냄새도 났다. 작은 테이블 위에는 아기 욕조가 있었다. 방

한쪽 구석에는 큼지막하고 푹신한 미피(네덜란드 그림책의 유명 토끼 캐릭터 – 옮긴이) 인형이 앉아 나무 바닥을 바라보았다. 벽에는 나무로 만든 하트와 별 장식이 가득했고, 옷장 위에는 아기들이 좋아할 법한 봉제인형들이 주르르 놓여 있었다.

분홍색 서랍장 위에는 기저귀를 갈 때 아기를 눕히는 매트가 깔려 있었다. 헤네퀸은 그 밑에 서류 한 무더기를 대충 쑤셔 넣었다. 앞으로 며칠 동안 이 서류에 아기의 체중, 배변활동, 체온 같은 중요한 사항을 기록해야 한다.

헤네퀸은 아기침대로 다가가 안을 들여다보았다. 곧이어 오스카도 옆에 나란히 섰다. 아빠라는 새 역할이 아직 익숙지 않았지만 그는 청바지 주머니에 양쪽 엄지를 가볍게 찌르고 태연한 척을 했다. 내내 굳어 있던 오스카의 얼굴이 어린 딸을 보자 부드러워졌다.

헤네퀸은 강한 베이비오일 향 속에서 희미하게 남자의 체취를 맡을 수 있었다. 오스카에게 조금 더 가까이 다가가 아기를 유심히 보았다. 피딱지와 붉은 곱슬머리가 뾰족한 머리를 덮었고 새하얀 피부는 오랫동안 목욕한 사람처럼 쭈글쭈글했다. 순면으로 된 분홍색 아기옷은 사이즈가 커서 몸에 맞지 않았다.

사람들은 왜 아기만 보면 정신을 못 차릴까? 헤네퀸은 이해할 수가 없었다. 아기에게는 귀여운 데가 하나도 없었다. 아직은 걸을 수도, 말할 수도 없지만 점점 자라며 유전자에 갇혀 있던 성격과 재능, 단점이 겉으로 드러날 것이다. 결과는 대개 실망스럽다. 열에 아홉은 평범하디 평범한 시민으로 자랄 운명이다. 어느 사회든 승리할 방법을 찾은 소수를 위해 다수의 중간계층이 밤낮없이 노력하고 번식해야 한다. 장군은 이름도 얼굴도 모르는 총알받이 병사를 필요로 하고, 교회는 부와 권력을 쌓아줄 신도를 원한다. 요즘은 다국적기업과 거대 언론이 생각 없는 소비자의 피를 빨아 먹는다. 텔레비전 프로그램, 가공식품, 패키지여행 같은 것들에 아무리 탐닉해도 공허함은 사라지지 않는다. 오히려 '나는 왜 이리도 평범할까' 하는 좌절감이 더 깊어질 뿐이다. 거의 모든 사람이 그렇게 될 운명을 타고났다.

창가의 침대에 누워 있는 4킬로그램짜리 저 꼬맹이, 그러니까 디디와 오스카가 세상의 중심인 양 떠받드는 인디도 같은 운명을 피하지는 못한다.

헤네퀸은 침대 쪽으로 몸을 더 숙이고 작은 소리로 말했다. "예뻐라. 지금까지 본 아기가 수백 명인데 이렇게 사랑스러운 공주님은 처음 봐요."

"아빠를 닮았거든요." 오스카가 말했다.

헤네퀸이 슬쩍 옆을 돌아보자 오스카의 눈이 반짝였다.

잠시 그녀를 바라보던 오스카는 살짝 머쓱해져서 다시 앞으로 시선을 돌렸다.

"그 말이 정답이네요." 헤네퀸이 웃으며 말했다.

미리암은 기어를 3단으로 바꾸었다. 시 외곽에 있는 주차장으로 가는 길이었다. 폴란드인 일당이 화물트럭 탱크에서 경유를 훔치다 덜미가 잡혔다고 한다. 네덜란드어를 못하는 용의자들은 경찰차에서 미리암을 기다리고 있었다. 형사과장인 그녀가 현장에 와서 검찰 대신 체포를 승인해야 했다. 무전기에서는 쉴 새 없이 사람들의 말소리가 흘러나왔다. 통제실이나 경찰서에서 암호를 섞어 메시지를 보내기도 했고, 미리암처럼 경찰차를 타고 지역을 순찰하는 동료들은 서로 잡담도 주고받았다. 오래 전 풋내기 경찰 시절에는 토씨 하나라도 놓칠세라 전부 귀 담아 들었다. 하지만 시간이 흐르며 불필요한 말을 걸러 듣는 법을 터득했다. 이제는 미리암의 호출번호나 순찰 중인 구역번호가 들릴 때만 이해하기 힘든 무전 소리에 귀를 기울였다. 미리암은 경찰 생활의 그런 점이 참 좋았다. 절대 혼자가 아니라는 것. 끈끈하게 엮인 동료들과 낮이고 밤이고 연락을 취할 수 있다.

하지만 오늘밤은 굳이 통신장비가 없어도 동료와 소통할 수 있었다.

"오늘 아침 그 여자 집에 갔었어." 미리암은 옆 자리에서 샌드위치를 먹고 있는 렌스에게 말했다. 형사과장은 혼자 순찰을 하기 때문에 평소에는 동행자가 없다. 하지만 얼마 전부터는 상부의 지시에 따라 곧 같은 직위에 오르게 될 렌스를 교육하는 중이었다.

"누구 집이요?"

"헤네퀸 스미스. 로테르담 중심에 있는 고급 아파트에 살더라."

"오빠분 전처 말이에요?"

미리암이 고개를 끄덕였다.

렌스는 그녀를 물끄러미 보았다. "그렇게 포기가 안 돼요?"

"포기 못하고 포기할 생각도 없어. 궁금증이 풀리지를 않아. 그냥 뭐가 어떻게 된 일인지 알고 싶을 뿐이야.' '그 여자의 정체를 알고 싶어.' 그 말은 속으로만 삼키고 미리암은 목소리를 낮추었다. "이상하지 않아? 오빠가 죽은 후로 그 여자 얼굴을 본 적도 없고 소식도 듣지 못했다는 게? 헤네퀸은 장례식이 끝나자마자 감쪽같이 사라졌어."

"뭐, 선배보다 마음이 맞는 시누이가 있었나 보죠." 렌스가 중얼거렸다.

"일리 있네. 하지만 그 여자한테 시누이는 나밖에 없거든." 미리암은 렌스의 눈치를 살피다 정면으로 고개를 돌렸다. "내가 과민반응 한다고 생각해?"

"그런 건 아니에요. 하지만 벨기에 건 때문에 자중해야 할 때이니 당분간은 내버려두세요. 그러다 잘리면 어떡하려고요."

미리암은 입을 굳게 다물었다. 바트를 보내고 일주일이 지났을 때였다. 미리암은 순찰차를 타고 벨기에로 향했다. 더없이 충동적인 행동이었다. 그녀는 사고 당일 오빠의 저택에서 헤네퀸과 이야기한 벨기에 경찰을 만나려고 갖은 노력을 다했다. 상부와는 상의하지 않았다. 아니, 그 누구와도 상의하지 않았다. 오빠를 잃은 슬픔에 정신이 나가서 차를 몰았을 뿐이다. 나중에 돌이켜 보니 어쩜 그리도 생각 없이 행동했는지 이해할 수가 없었다. 미리암의 상관인 카를 반 더 스틴Karel van der Steen은 정신을 추스르라며 몇 주 휴가를 주었다. "하지만 다시는 내 앞에서 그런 짓 따윈 할 생각 마, 미리암. 싫으면 다른 일자리나 알아보라고."

미리암이 운전하는 폭스바겐 투란이 주차장에 다다랐다. 경찰 밴과 순찰차가 보였다. 미리암의 투란처럼 그 차들의 차체에는 네덜란드 경찰을 상징하는 파란색과 주황색 줄무늬 홀로그램 스티커가 붙어 있었다. 석양을 배경으로 동료 네 명이 서서 대화를 나누었다. 미리암과도 여러 해 알고 지낸 사람들이었다. 몇 명은 아까 경찰서 오후 브리핑 시간에 같이 수다를 떨기도 했다. 그들이 환한 전조등 불빛에 눈을 찌푸렸다. 전조등이 밴 옆면을 비추도록 차를 돌려 세운 미리암은 시동을 끄지 않고 차에서 내렸다. 렌스도 뒤따라 나왔다.

기다리던 동료들과 짤막하게 이야기를 하고 밴 옆문을 밀어서 열었다. 청바지와 회색 카디건 차림의 첫 번째 용의자는 수갑을 차고 이글거리는 눈빛으로 그녀를 쏘아보았다. 그래 봤자 투란의 전조등 불빛에 눈이 부셔 미리암의 얼굴은 제대로 보이지 않을 것이다. 분노와 짜증을 참지 못하는 표정이었지만 입은 굳게 다물고 있었다. 경험해 봐서 잘 알겠지. 한번 강도가 된 사람은 절대 손을 씻지 않는다. 그들 입장에서는 이런 방법으로 생계를 유지하는 게 당연해서 경찰에 잡히면 괜히 시간만 빼앗긴다고 생각한다. 그래서 감옥에서 나오는 즉시 하던 대로 강도짓을 계속한다.

미리암은 용의자에게 그가 절도죄로 체포되었고 경찰서에 가서 진술을 해야 한다고 영어로 말했다. 만약 진술 전에 변호사와 이야기하고 싶다면 변호사가 업무를 개시하는 내일 아침 9시까지 유치장에서 밤을 보내야 한다고도 덧붙였다. 젊은이는 망설임 없이 후자를 택하고 변호사 이름을 댔다. 미리암은 이름을 수첩에 받아 적었다.

"경찰서로 데려가. 내일 아침에 다시 얘기하자고." 미리암은 경찰 밴의 옆문을 닫았다. 뒤를 돌아 뒷문을 열자 겁에 질린 소년이 모습을 드러냈다. 신분증을 보니 겨우 열여덟 살이었다. 소년도 변호사부터 만나겠다고 말했다.

"여기부터는 알아서 처리해." 미리암은 문을 닫고 동료들에게 말했다.

경관 하나가 무전기를 들고 통제실에 체포 사실을 알렸다. 정상적인 절차대로 진행된다면 유치장을 관리할 경찰도 폴란드인들의 도착 소식을 무전기로 전달받을 것이다.

　미리암은 10분도 지나지 않아 주차장을 빠져 나갔다. 방금처럼 체포를 승인하거나 범죄 현장을 둘러보는 일이 없을 때는 운전대를 잡고 구역을 순찰하곤 했다. 여기서는 경찰 업무를 통해 세상을 바꿀 수 있었다. 조금 전, 동료들도 단순히 그곳을 순찰하다가 경유 도둑을 발견했다고 한다.

　미리암은 야간 근무를 좋아했다. 어쩐지 영웅이 된 기분이었다. 시민들에게 '편히 주무세요. 바깥세상은 저희가 지키겠습니다.'라고 말하는 영웅 말이다.

　"그 여자는 어떻게 찾았어요?" 옆자리에서 렌스가 물었다.

　"뭐, 이렇게 저렇게 해서."

　"솔직히 말해 봐요."

　미리암은 묵묵부답이었다.

　렌스는 고개를 젓고 창밖을 내다보았다. 화요일 밤 11시 반이 넘어서인지 도로에는 차량이 눈에 띄게 줄어들었다. "그러니까 무슨 꿍꿍이가 있는 거군요." 렌스가 짐작가는대로 말했다.

　"그냥 시스템에 들어가서 검색 조금 했어." 미리암이 조용히 말했다.

　"반 더 스틴한테 들키면 어쩌려고요?"

　미리암은 어깨만 으쓱했다.

　"선배가 곤란해지는 건 싫어요."

　"안 그래."

　미리암은 턱을 치켜들었다.

　그때 오늘밤 업무를 배정을 하는 통제실 모니크Monique가 미리암의 부하 순찰조를 호출하는 소리가 들렸다. 어느 공단에 방화로 의심되는 화재가 일어났다고 했다. 용의자 한 명은 체포했지만 둘은 도주했다. 모니크는 용의자의 인상착의를 간단히 설명하며 순찰 중에 그들을 눈여겨보라고 말했다.

"출동한다." 미리암이 작은 소리로 말했다. 브레이크를 급히 밟고 유턴을 했다.

"5분 후 도착 예정." 무전기로 같은 메시지를 듣고 있던 렌스가 덧붙였다.

미리암은 액셀러레이터를 밟았다. 푸른 경광등을 밝힌 경찰차가 시속 80킬로미터까지 속도를 올리며 공단을 향해 잠든 도시를 질주했다.

"즐거운 우리 집이여." 헤네퀸이 읊조렸다. 현관문 옆의 터치스크린을 누르자 집 안 전체에 은은한 불빛이 내려앉았다. 대리석으로 마감한 바닥과 벽은 물론 4미터 높이의 천장까지 헤네퀸의 집은 온통 새하얬다. 집에 딸려 있던 값비싼 가구와 디자이너가 설계한 주방도 거의 다 하얀색이었다.

이사한 지 2개월밖에 지나지 않았지만 오래 전부터 살았던 집처럼 편안했다. 고요한 집 안이 너무도 좋았다. 유리와 강철로 지은 초고층 주상복합 아파트 주위를 하루 종일 맴도는 바람 소리도 사랑하게 되었다. 오래 정을 붙일 수 없다는 현실이 아쉬울 따름이었다.

헤네퀸은 재킷을 옷장에 걸고 검은 머리에서 핀을 뽑았다. 고개를 흔들어 머리카락을 풀어헤치고는 욕실로 들어가 화장을 지웠다. 유리 선반 위의 수납함에는 컬러 콘택트렌즈가 있었다. 색깔은 젬스톤 그린. 렌즈는 오후에 스티븐스-보스 가족의 집에서 돌아오자마자 빼두었다. 눈 색깔을 푸른색이나 녹색, 갈색으로 바꾸고, 머리에 금발이나 갈색의 길고 짧은 가발을 바꿔 쓰면 얼마든지 남의 눈을 속일 수 있다.

고층 아파트의 끝에 위치한 헤네퀸의 펜트하우스는 전용면적만도 45평이 넘었다. 침실 두 개에서도, 샤워부스와 월풀 욕조를 갖춘 호화 욕실에서도, 개방된 디자이너 주방과 거실에서도 로테르담의 눈부신 전경이 한눈에 보였다. 다른 데서는 볼 수 없는 이 집만의 특징이었다. 어느 방에 들어가든 사방의 유리창이 바닥부터 천장까지 뻗어 있기 때문이었다.

인테리어는 미니멀리즘을 따랐다. 눈에 띄는 가구는 낮은 소파 하나와 투명 아크릴 의자가 있는 식탁밖에 없었다. 커다란 회색 양탄자와 전동 커튼은 방음 효과를 높여주는 역할을 했다. 이 집에서 헤네퀸을 제외하면 생물은 딱 하나였다. 철제 모서리와 유리벽이 만나는 방 한쪽 구석에 커다란 야자수 화분이 놓여 있었다. 주방 아일랜드 식탁 뒤편에는 크게 확대한 철도교railway bridge 사진을 걸어놓았다. 다른 것은 보이지 않았고 필요하지도 않았다. 남들은 집이 썰렁하고 사람 사는 곳 같지 않다고 말할지도 모른다. 하지만 헤네퀸은 여기서 편안함을 느꼈다.

침실로 들어가 드레스룸 문을 연 헤네퀸은 옷을 벗고 옷걸이에 걸려 있던 실크 가운을 걸쳤다. 관절에서 가볍게 뚜둑 소리가 날 때까지 기지개를 켰다. 도무지 몸에서 긴장이 풀리지를 않았다. 마사지사 말리Mali를 한 번 더 불러야겠다. 마사지를 세게 받고 나면 한결 가뿐해질 것이다.

헤네퀸은 맨발로 거실에 나왔다. 하얀 조리대에서 두꺼운 리모컨을 집어 들고 음악을 틀었다. 오디오에서 '디페쉬 모드'의 〈스트레인지 러브Strange Love〉가 흘러나왔다. 좋은 곡이다. 80년대 음악을 왜 무시하는지 모르겠다니까.

헤네퀸은 와인냉장고에서 뿌이퓌메 병을 꺼내 유리잔에 따르고 한 모금 마셨다. 루아르 계곡에서 만든 술이 혀끝을 톡 쏘는 느낌이 좋았다. 방금 저녁을 먹은 5성급 호텔 바에서는 거기 있는 남자들만큼이나 와인 맛도 평범했다.

헤네퀸은 노래를 따라 흥얼거렸다.

언젠가 그런 날이 오겠지
내가 저지른 죄를
용서할 수 없는 날이
그때는 내 죄를 받아들이려 해

헤네퀸은 주방 아일랜드 식탁에서 거실 유리창을 내다보았다. 남색으로 물든 하늘 위로 길게 늘어진 구름이 부유하고 있었다. 희미해진 구름 꼬리가 달에 걸려 빛을 뿜었다. 그 아래에서는 도시의 야경이 밤하늘을 밝혔고 저 멀리서 달빛에 반짝이는 강물도 보였다. 로테르담 한가운데를 구불거리며 지나가는 강은 마치 은빛 리본 같았다.

헤네퀸은 가죽소파에 앉아 아이패드를 집어 들었다. 도라의 메일이 도착해 있었다. 무슨 내용인지는 안 봐도 뻔했다. 파견업체에서 아직 서류를 받지 못했다는 얘기겠지. 하지만 도라는 기다려야 한다. 헤네퀸이 숙제를 마치기 전까지는.

몇 주 전 인터넷에서 '산부인과 의료 지침'이라는 PDF 파일을 다운받았다. 108쪽짜리 매뉴얼은 아주 흥미로웠다. 산후조리를 돕는 기본적인 방법을 알려주는 자료라고 할 수 있었다. 헤네퀸은 그것을 줄줄 외울 정도로 몇 번이나 꼼꼼히 읽었다. 산후관리사 파견업체 면접에 합격한 것도 여기서 읽은 내용을 사실마냥 부풀려 설명한 덕분이었다. 하지만 이제는 보충 수업을 해야 할 시간이었다. 헤네퀸은 '수유 방법'이라는 PDF 파일을 열고 차근차근 읽어나가기 시작했다.

★

손님방은 고요하고 어두웠다. 천장의 보조등도 밝기를 최대로 낮추었다.

"인디 잠 들었어. 나도 자러 갈게." 오스카가 디디에게 말했다. "냉장고에 우유 충분히 있나?"

"헤네퀸이 밤에 먹이라고 두 병 넣어뒀어. 부족해도 여기에 비축분이 있으니까." 디디는 자기 가슴을 손으로 쥐고 어색하게 웃었다.

지난 몇 달 사이 가슴은 더 풍만해졌다. 모르는 사람은 가슴이 커졌으니 모유가 충분하겠다고 생각하겠지만 전혀 그렇지 않았다. 어젯밤 눈물을 쏙 뺄 만큼 고통을 느끼며 젖을 짜도 겨우 몇 방울만 나왔다. 병원에서는 흔한 일이고 일주일 내에 정상적으로 모유가 나올 것이라 안심시켰다. 하지만 그러려면 젖이 잘 돌게 모유를 계속 짜주어야 했다.

오스카는 수유 클리닉에서 유축기라는 기계를 빌려왔다. 디디는 남편이 그 이상은 관여하지 말았으면 좋겠다고 생각했다. 그에게 더 큰 부담을 지우고 싶지는 않았다. 오스카는 출산 장면을 본 후로 충격에서 헤어나지 못하고 있었다. 다행히 산후관리사가 구세주였다. 오늘은 유축기를 어떻게 사용하는지 같이 알아봐주었다. 기계를 작동시키자 가장 약한 설정인데도 아파서 견디기 힘들었다. 하지만 디디는 겉으로 티를 내지 않았다. 조금이라도 젖이 나온다면 고통쯤이야 참을 수 있었다.

오스카가 턱으로 디디의 아이폰을 가리키며 말했다. "눕자마자 기절할 것 같아. 인디 우는 소리가 들리면 나한테 전화해서 깨워줄래?"

디디는 고개를 끄덕였다. 인디는 옆방에서 잠을 잤다. 오스카와 헤네퀸은 아이가 그곳에서 아주 편안하게 있다고 말했다. 하지만 디디는 딸과 함께 자고 싶었다. 품 안에 꼭 끌어안고 싶었다. 하지만 꿈에서나 가능한 얘기였다. 아기의 무게에 눌려 골반 통증이 심해지면 한 발짝도 움직일 수 없게 된다. 헤네퀸은 디디의 침대 옆에 아기 침대를 놓지 말라고 조언했다. 보통 난산이 아니었으니 엄마도 아기도 푹 쉬어야 한다고 했다.

오스카가 디디의 이마에 입을 맞췄다. "잘 자고 아침에 봐."

하지만 입술에는 키스하지 않았다.

포옹도 없었다.

디디가 보는 앞에서 오스카는 손님방을 나가 문을 닫았다. 이어서 복도의 합판 바닥을 걷는 발소리가 들렸다. 디디는 입술을 깨물고 치밀어 오르는 눈물을 꾹 참았다.

2일째
수요일

미리암은 권총과 후추스프레이를 금고에 넣고 계단 입구에 출입 카드를 찍었다. 주차장은 경찰서 지하에 있었다. 콘크리트 계단을 내려가는 발소리가 울려 퍼졌다. 새벽 6시였지만 졸리지는 않았다. 항상 야간 근무를 마칠 즈음이면 아직 남아 있는 카페인 기운과 아드레날린 덕분에 몸이 쌩쌩했다.

단지 소속감 하나로 경찰이라는 직업을 사랑하지는 않았다. 발로 뛰어다니며 다채로운 경험을 할 수 있어 좋았다. 언제나 변화의 연속이었다. 고요한 밤에도 미리암과 팀원들은 쉴 새 없이 출동해야 했다. 폭력 사건부터 절도, 마약, 총기 사고까지… 지루할 틈이라고는 한순간도 없었다.

푸른색 푸조 문을 열자 라이트가 번쩍였다. 미리암은 차에 올라타 시동을 걸고 출발했다. 정문에 이르자 출입 카드를 센서에 대지도 않았는데 문이 활짝 열렸다. 입가에 미소가 떠올랐다. 관리실에서 모니터를 담당하는 아넬리스Annelies가 미리암의 차를 알아보고 열림 버튼을 누른 것이다. 푸조가 통과하자 경찰서의 철제 정문은 굳게 닫혔다. 출입 차단기도 알아서 올라갔다. 무전기를 사물함에 두고 온 터라 아넬리스에게 말을 걸 수는 없었다. 그래서 미리암은 감사의 뜻으로 짧게 깜박이를 켜고 카메라를 향해 손 인사를 했다.

경찰서를 빠져나온 차는 도로 쪽으로 방향을 틀었다. 아직은 하늘이 어둑어둑했지만 1시간 안으로 동이 틀 것이다.

곧장 집으로 가고 싶지는 않았다. 무전기로 들려오던 동료들의 말소리도, 유치장으로 끊임없이 밀려드는 범죄자들도 사라지자 오로지 한 가지 생각만 머리를 채웠다. 도심에 있는 그 아파트를 다시 살펴보고 싶었다. 이번에는 새로운 정보가 나오지 않을까?

★

헤네퀸은 자동응답기의 음성 메시지를 틀었다. 아침부터 전화를 건 사람이 있었다. 무려 7시 반에. 용납할 수 없는 일이다. 헤네퀸의 손가락이 짜증스럽게 주방 조리대를 두드렸다.

수화기 너머로 도라의 목소리가 약간 불분명하게 들렸다. "헤네퀸? 산후관리사 사무실 도라예요. 저… 서류 보내달라는 메일 받았나 해서요." 실제 대화도 아닌데 도라는 헤네퀸의 대답을 기다리듯 잠시 입을 다물었다. 그러더니 목을 가다듬고 말을 이었다. "잊지 않았죠? 오늘 안에 받아볼 수 있을까요? 헤네퀸을 못 믿어서가 아니라, 혹시라도 조사가 들어오면 문제가 돼서 그래요. 지켜야 할 규칙이 있거든요."

"물론 그러시겠지." 헤네퀸이 싸늘하게 말했다. "다들 규칙을 따라야 하지 않겠어?" 그녀는 어두운 얼굴로 창밖의 도심을 내다보았다. 햇빛이 어슴푸레 비추고 있었다. 저 아래에서 개미떼 같은 인간들도 우글우글 움직이기 시작했다.

전화기를 조리대에 내려놓고 기지개를 켰다. 시간은 7시 반. 이렇게 일찍 일어나야 하는 생활은 평생을 가도 적응하지 못할 것 같았다. 헤네퀸은 체질상 아침보다 저녁과 밤이 잘 맞았다. 하지만 대의를 위해서라면 어쩔 수 없는 법. 어서 빨리 스티븐스-보스 부부와 그들이 애지중지하는 꼬맹이를 만나러 가고 싶었다.

헤네퀸은 더블샷 에스프레소를 들고 서재로 들어갔다. 커튼이 창문을 다 가렸지만 굳이 젖힐 마음은 없었다. 로테르담은 관음증 환자로 넘쳐나는 도시였다. 이 펜트하우스를 계약하기 전, 고급 아파트를 수십 곳은 보고 다녔다. 그때 헤네퀸은 놀라운 사실을 발견했다. 어느 집을 가든 삼각대에 놓인 망원경이 지평선이나 하늘의 별이 아닌 맞은편 건물 창문을 가리키고 있었다. 예외는 없었다. 다들 남의 삶을 엿보는 중이었다. 헤네퀸도 망원경을 한 대 장만했지만 아직 포장은 뜯지 않았다. 그보다 재미있고 확실하게 타인의 사생활을 파헤치는 방법은 많았다.

커다란 흰색 책상에는 여러 대의 컴퓨터와 프린터가 놓여 있었다. 작게 윙윙거리며 기계 돌아가는 소리가 들렸다. 헤네퀸은 키보드 하나를 붙잡고 갈색 눈을 반짝이며 컴퓨터 화면을 훑었다. 미리 이것저것 준비해두어서 할 일은 많지 않았다. 15분도 되지 않아 프린터가 A4 용지 한 장을 뱉어냈다. 의도한 대로 조금 조잡해 보이는 컬러 복사본이 나왔다. 헤네퀸은 종이를 집어 들고 꼼꼼히 살폈다. 맨 위에 '산후관리사 자격증'이라는 큼지막한 글씨가 보였다. 하를렘 출신 헤네퀸 스미스가 11년 전 취득한 자격증이었다. 생년월일, 서명까지 다 갖췄을 뿐만 아니라 원본의 워터마크까지 슬쩍 비쳤다. 훌륭해. 진짜와 똑같았다. 도라는 사람을 잘 믿는 성격이었다. 의심받을 리는 없다.

헤네퀸은 종이를 반으로 접어 봉투에 쑤셔 넣었다.

아기 우는 소리가 들렸다. 디디는 오스카에게 벌써 네 번째로 전화를 걸었다. 닫힌 문과 벽 너머로 벨소리가 희미하게 새어 나왔지만 응답은 없었다. 7시 반이었다. 인디는 7시에 우유를 먹었어야 했다. 화장실도 가고 싶었다.

침대 위 손잡이를 붙잡고 몸을 일으켜보았다. 1단계는 성공이다. 이제는 다리를 침대 옆에 걸쳐야 했다. 힘이 부족해 손으로 무릎을 잡고 다리를 옮겼다. 어설프지만 조금씩 침대 가장자리로 몸을 움직이자 드디어 발이 바닥에 닿을락 말락 했다. 여기까지가 2단계였다. 다음은 두 발로 일어나야 한다. 디디는 조심조심 침대에서 미끄러지듯 내려왔다. 눈물이 핑 돌고 이마에 땀방울이 맺혔다. 화가 났다. 왜 내가 이런 꼴을 당해야 하지? 불공평했다. 디디는 늘 건강관리에 소홀한 적이 없었다. 규칙적으로 운동을 하고 건강에 좋다는 음식을 챙겨 먹었다. 하지만 몸은 그녀를 배신했다. 다른 여자들은 아무 탈 없이 임신을 하고 아이를 낳는데 왜 나만 이래야 하지?

동료 변호사 하나는 디디가 남들에게 관심을 구걸한다고 말했다. 물론 대놓고 그런 말을 하지는 않았다. 뒤에서 험담을 했을 뿐이다. 당시 디디는 걷지 못해 휠체어 없이는 움직이지 못하는 신세였다. 길거리나 슈퍼마켓에서 만난 수많은 사람들은 하나같이 디디의 머리 위로 오스카에게만 말을 건넸다. 다리를 못 쓴다고 머리까지 망가진 줄 아는지. 하루는 이케아 가구 매장에서 오스카의 직장 동료를 우연히 만났다. 몸에 딱 달라붙는 파란색 원피스 차림의 미인이 믿기 힘들다는 듯 놀란 표정으로 두 사람을 빤히 보았다. 그녀는 곧 평정을 되찾고 잠깐 의례적으로 대화를 나누었다. 하지만 다음 날 오스카에게 이런 말을 했다고 한다. "사모님께 장애가 있는 줄 몰랐어요." 소문은 순식간에 부서 내로 퍼졌다. '장애인인데 임신까지 했대.' 그들이 무슨 생각을 할지 안 봐도 뻔했다. '오스카 정도면 더 괜찮은 여자를 만날 수 있지 않아?' 오스카는 그걸 재미있는 이야기랍시고 들려주었다. 재미있다고?

디디는 마침내 바닥을 딛고 일어났다.

아직까지는 그렇게 아프지 않았다. 일어서는 동작 자체는 쉬웠다. 고통은 움직일 때 비로소 찾아왔다. 걷기 위해 다리를 들어 올리면 약해진 골반에 감당하기 어려울 만큼 힘이 실렸다. 디디는 아랫입술을 꽉 깨물고 한 걸음을 내디뎠다. 너무 빨라! 참기 힘든 통증이 채찍처럼 등과 허벅지를 때렸다. 디디는 제자리에 얼어붙었다.

인디가 울음을 그쳤다. 오스카가 보러 갔나?

디디는 얼굴을 구기고 발을 질질 끌며 뒷걸음질 쳤다. 걸음걸이가 꼭 청승맞은 문워크 같았다. 그나마 이렇게 걸어야 덜 아팠다. 계속 벽에 몸을 기대고 움직인 끝에 복도로 나올 수 있었다.

그때 마침 오스카가 인디를 안고 아기 방에서 나왔다. 남편은 살짝 헝클어진 머리로 디디에게 미소를 지어 보였다. 마치 엽서나 포스터 속 모델 같았다. '나는 판타지 소설에 나오는 중간계 동물처럼 보이겠지.'

"잘 잤어?" 오스카가 디디의 뺨에 키스하며 물었다.

"응." 작게 대답한 디디는 남편의 품에 안긴 자그마한 아기를 들여다보았다. 인디가 눈을 깜박였다. 생후 며칠밖에 안 된 아기의 눈은 아직 초점이 잡히지 않는다고 책에서 읽은 적이 있다. 하지만 디디는 인디와 눈을 똑바로 맞추고 있다는 기분이 들었다. 아기의 시선이 디디를 꿰뚫었다. 어쩜 이렇게 예쁠까? 기적 같았다. 내가 낳은 아이, 우리 둘이 만든 아이였다. 디디는 고개를 숙여 인디의 이마에 입을 맞추었다. 좋은 냄새가 난다. 솜털처럼 보드라운 머리카락이 코를 간질였다.

"너무 예쁘지?" 디디가 속삭였다.

"당연하지. 우리가 작품을 만들었어." 오스카의 목소리는 다정했다. "어디 불편한 데 없어? 내가 도와줄까?"

"괜찮아. 알아서 할게."

"그럼 나는 요 말썽꾸러기 아가씨 우유 먹이러 가야겠다." 그 말을 남기고 오스카는 아래층으로 내려갔다.

디디는 욕실 문을 열었다. 소변을 본 후 봉합 부위를 씻을 때 쓰는 플라스틱 대야와 두꺼운 생리대 비슷한 패드가 보였다. 천천히 변기에 몸을 낮추며 조금 전의 암울한 생각을 다시 떠올렸다. 죄책감이 들었다. 디디는 긍정적으로 생각하자고 스스로를 다독였다. 그녀는 예쁘고 건강한 아기를 낳았다. 부드러운 머리카락과 고사리 같은 손은 얼마나 귀여운가. 인디는 젖병을 빨 때면 그 작은 손으로 디디의 엄지를 꼭 붙잡았다. 게다가 잘생기고 다정한 데다 직장까지 탄탄한 남편이 있었다. 오스카는 특별한 순간을 놓치기 싫다고 출산일에 맞춰 일주일을 통째로 휴가 냈다. 디디는 몸도 마음도 예전의 그녀가 아니었다. 하지만 조금씩 나아질 것이다. 새로운 역할에 익숙해질 시간이 필요할 뿐이다. 아직 실감은 나지 않았다. 실제로 엄마가 되었다기보다는 오스카와 소꿉놀이를 하는 기분일 때도 있었다. 그러나 아기는 현실에 존재했다. 다 괜찮아질 것이다.

뜨끈한 소변이 닿자 회음부가 쓰라렸다. 디디는 얼굴을 찌푸리고 눈을 질끈 감아야만 했다.

미리암은 화물터미널 주차장에 차를 세웠다. 여기 서 있으면 헤네퀸이 사는 초고층 주상복합 아파트가 한눈에 보였다. 도착한 지 1시간 가까이 지났지만 수상한 움직임은 전혀 없었다. 미리암은 손톱을 물어뜯으며 초조하게 아파트 건물을 주시했다. 나는 지금 뭘 기다리고 있는 거지? 목적이 뭐야? 헤네퀸이 집에 있다는 보장은 없었다. 늦잠을 잘 수도 있다. 정문이나 주차장 외의 출구로 빠져나 갔을 가능성도 있다. 하루 종일 침대에서 뒹굴지 누가 알아. 굳이 일해서 돈을 벌 필요도 없는 여자다. 바트 오빠는 거의 전 재산을 헤네퀸 스미스에게 남겼다. 브라슈하트 저택을 판 값을 더하면 500만 유로가 넘었다. 하지만 모르는 일이다. 오기가 생긴 미리암은 건물에서 눈을 떼지 않았다. 이대로 집에 갈 수는 없었다.

아직은 때가 아니었다.

지금 행동이 비정상이라는 것쯤은 미리암도 잘 알았다. 집착이라 해도 과언이 아니었다. 그녀가 거리에서 신나게 잡아들인 스토커나 사이코패스가 미리암에게 친구하자고 해도 할 말이 없는 수준이었다. 하지만 지난주에 했던 미친 짓보다 더 이상할까. 미리암의 유산은 오빠 재산 중 극히 일부였지만 집 대출금 절반을 갚고도 꽤 많은 액수가 남았다. 나머지 돈은 오빠를 위해 쓰고 싶었다.

지난주, 수도 없이 인터넷 검색을 하고 한참을 망설이다 결단을 내렸다. 마이애미 사립탐정에게 연락을 한 것이다. 처키 리Chucky Lee라는 희한한 이름을 가진 어눌한 말투의 남자는 미리암의 사연을 듣고 의뢰비 청구서를 보냈고, 미리암은 청구서에 찍힌 대로 송금했다. 그 후로 그의 회사인 '인베스티게이터스Investi-Gators'에서는 연락이 없었다. 둘 중 하나였다. 처키가 헤네퀸의 과거를 아주 깊숙이 파헤치고 있거나, 미리암의 500만 달러가 허공에 날아갔거나.

주상복합 아파트 주차장 입구에서 무언가 움직이는 것 같더니 20미터도 안 되는 거리에서 검정색 알파로메오가 나타났다. 운전하는 사람은 자연스러우면서도 멋스럽게 머리를 올려 묶은 여자였다. 동승자는 없었다.

그 여자를 보자 온몸에 소름이 돋았다. 탈색만 했지 헤네퀸의 아름답고 우아한 매력은 여전했다. 우회전을 한 알파로메오가 저만치 멀어지고 있었다. 미리암은 본능적으로 시동을 걸고 도로로 차를 몰았다.

★

인디는 디디의 품에 안겨 눈을 감고 단잠을 잤다. 동그랗게 오므린 손가락이 앙증맞았다. 디디는 종이처럼 얇은 손톱을 손끝으로 어루만졌다. 이렇게 예뻐도 되는 거야? 이 세상에 이보다 더 아름다운 존재가 있을까. 인디 앞에서는 그동안의 고통쯤이야 대수롭지 않았다.

거실에 침대를 두라는 산후관리사의 조언이 얼마나 고마운지 몰랐다. 이제는 텔레비전을 보거나 거리를 내다볼 수도 있었다. 단점이라면 아침에 아래층으로 내려왔다가 밤에 다시 올라가야 한다는 것. 한 걸음 앞으로 나아가면 두 걸음 물러나야 했다. 하지만 괜찮았다. 여기 있으면 외롭지 않았다.

산후관리사 헤네퀸이 커피 두 잔을 들고 거실로 돌아왔다. 한 잔을 받아 든 디디는 인디 얼굴의 반대쪽으로 고개를 쭉 빼고 커피를 한 모금 마셨다.

"도라가 그러는데 난산으로 고생했다면서요." 헤네퀸이 침대 곁으로 식탁 의자를 가져와 앉았다. 새하얀 면 유니폼 아래로 매끄러운 구릿빛 다리가 쭉 뻗어 나왔다. 산후관리사보다 화려한 리얼리티 쇼 출연자 같다는 첫인상은 변하지 않았다. 하지만 특유의 나긋나긋한 말투는 겉모습과 딴판이었다.

디디가 고개를 끄덕였다. "시작은 치골결합 기능부전이었어요. 조산사는 쉽게 말해서 골반통이라고 했지만 그 사람도 이렇게 심각할 줄은 몰랐던 것 같아요. 그런 병이 있다는 건 알았지만 실제로 걸린 사람은 못 봤어요. 혹시 보셨어요?"

헤네퀸은 커피를 휘휘 저었다. "흔한 병은 아니죠. 다행히도요."

"조산사는 이걸로 출산에 문제가 생기지는 않는댔어요. 하지만 아무리 기다려도 내가 진통을 하지 않으니까 결국엔 산부인과로 보냈죠."

"유도분만을 했어요?"

디디는 다시 고개를 끄덕거렸다.

"무통주사를 맞았다고 들었어요."

"일단 진통은 시작했는데 자궁문이 거의 열리지 않는 거예요." 디디는 출산 당시의 상황을 하나하나 자세히 설명했다. 진통 간격을 재다가 병원 침대 앞에서 외마디 비명을 지르고 무릎을 꿇었다. 죽을 만큼 아팠지만 디디는 계속 반복되는 진통을 꼬박 하루 동안 견뎠다. 하지만 도저히 출산의 기미가 보이지 않자 유도분만을 할 수밖에 없었다. "그제야 속도가 나더라고요."

인디는 자정 직전 4킬로그램에 육박하는 몸무게로 태어났다. 우량아였다. 산부인과 의사는 아기가 커서 출산이 더 힘들었다고 말했다. 디디는 4킬로그램이라는 말을 듣고 자부심을 느꼈다. 엄마가 휠체어에 묶여 있었는데도 뱃속의 아기는 부족함 없이 자랐다는 뜻이었다.

"병원에서는 왜 흡입분만을 했대요?"

디디는 고개를 저었다. "정확히는 모르겠어요. 오고가는 말이 많았어요. 솔직히 말해서 별별 말이 다 나왔죠."

"듣기만 해도 겁나네요." 헤네퀸이 침대 옆 테이블에 커피 잔을 내려놓았다. "힘들었겠어요. 어떻게 초산부터 그런 일을 겪었대요. 오스카도 거기 있었어요?"

디디는 어두운 표정으로 고개를 끄덕였다. 인디가 태어날 때 오스카가 그녀의 머리 쪽에 서 있었더라면 얼마나 좋았을까. 보기 좋은 광경이었을 리가 없다. 회음부 절개. 그 소리. 흡착기의 움직임. 디디는 고개를 돌리고 눈물을 애써 참았다.

"어떡해." 헤네퀸이 디디의 팔에 손을 올렸다. "그렇게 심했어요?"

디디는 아랫입술을 깨물고 다시 고개를 끄덕였다. 울고 싶지 않았다.

"모유 수유는 왜 안 하는 거예요?"

"모유를 짜서 먹이고 있어요."

"엄마가 직접 젖을 물리는 것과는 차원이 달라요." 헤네퀸은 단호했다.

"오스카랑 같이 결정했어요. 그렇게 하면 인디가 엄마에게만 의지하지 않을 거고, 가끔은 아빠도 수유를 할 수 있으니까요. 몇 달 후에는 베이비시터도 써야 하고요." 디디는 인디를 내려다보았다. "또 간호사 말로는 제 유두가 너무 납작해서 아기가 '들러붙기' 힘들대요. 그분 표현을 빌리자면요." 디디는 대수롭지 않다는 듯 어깨를 으쓱했다. "모유를 젖병에 담아두었다가 젖병으로 먹이는 편이 더 현실적이에요. 어차피 출산휴가가 끝나면 다시 출근을 해야 돼서요."

"무슨 일을 하는데요?"

"변호사예요. 로펌에서 일하고 있어요." 디디는 목소리를 낮추고 한마디 덧붙였다. "나는 그런 엄마가 되고 싶지는 않아요."

"그게 무슨 말이에요?"

"아기를 낳은 순간부터 자식만 바라보고 사는 엄마 말이에요. 임신하기 전에는 오스카와 외출해서 한잔씩 하고 친구들과 댄스파티를 다니는 게 일상이었어요. 앞으로도 그렇게 살고 싶어요."

헤네퀸이 깊은 생각에 잠겨 침대를 바라보았다. 말을 안 해도 무슨 생각을 하는지 디디는 짐작이 갔다.

"의사는 임신 호르몬 때문에 생긴 병이니 저절로 나을 거라고 했어요. 평생 장애인으로 사는 여자는 별로 없대요. 확률이 아주 낮다고요."

헤네퀸은 침묵을 지키다 조심스럽게 말을 꺼냈다. "환자에게 위로를 주었다니 그래도 다행이네요. 산모가 스트레스를 받으면 모유가 잘 안 나오거든요." 그러고는 자리를 털고 일어났다. "먹을 거라도 만들어줄까요? 빵이나 계란프라이 어때요? 먹고 나서 자궁 검사하고 봉합한 곳도 살펴봐요."

미리암은 눈앞의 신축 주택단지를 바라보았다. 마당에는 황새 모양으로 조각한 나무판이 꽂혀 있었다. 창문에 걸린 분홍색 플래카드를 보니 집주인이 최근에 딸을 낳은 모양이었다. 헤네퀸은 떡하니 그 집 앞에 차를 세웠다. 알파로메오도 나름 좋은 스포츠카였지만, 도심의 초고층 아파트에 사는 부유한 미망인과는 왠지 어울리지 않았다. 다음 광경은 더 놀라웠다. 헤네퀸이 흰 유니폼 차림으로 진료가방을 들고 차에서 내린 것이다. 설마 조산사? 방문간호사? 산후도우미? 오빠 부인이 의료계에 종사했다는 말은 들은 적 없었다. 그런 일을 할 사람으로 보이지도 않았다. 정반대라면 모를까. 정확하지는 않지만 컴퓨터로 일하는 직업이라고 들은 기억이 얼핏 난다. 하지만 헤네퀸에 대해서는 기억이라는 말도 우스웠다. 마주보고 대화할 기회조차 없었으니. 그리고 전에 간호 일을 했다 치더라도 이제는 일을 할 필요가 없지 않나? 그녀에게는 평생 놀고 먹어도 남을 돈이 있었다.

수첩에 발유스트라트 66번지라는 주소와 알파로메오 차량번호를 적었다.

기지개를 켜고 하품을 한 미리암은 갈색 머리카락을 귀 뒤로 넘기고 백미러로 시선을 돌렸다. 갈색 눈동자 주위로 핏발이 서 있었다. 이제는 정말 집에 가서 잠을 잘 시간이었다.

썩 보기 좋은 모습은 아니었다. 디디는 부끄러워서 파르르 떨며 다리를 벌렸다. 피가 비치고 퉁퉁 부었다. 봉합 부위의 실밥 몇 가닥은 뜯어지기까지 했다. 다시는 예전 몸으로 돌아가지 못할 것이다. 이대로 영영 망가진 채 살아야겠지.

헤네퀸은 절대 아이를 낳지 않겠다고 다짐했다. 죽어도 싫다. 있을 수 없는 일이다.

헤네퀸은 무표정하게 치골과 배꼽 사이의 부드러운 살을 쿡 눌렀다. 지침서에 나온 대로 하는 중이었다. 정확히 무엇을 찾아야 하는지 모르겠지만 이 정도 위치였다. 푹신한 살 아래로 단단한 것이 느껴져야 한다고 했다. 자궁은 매일 조금씩 수축해 원래 크기로 돌아가야 한다. 자궁이 작아지면 이상이 없다는 뜻이고, 커지면 출혈 등의 문제가 생겼다는 뜻이었다. 그런 상황이라면 병원 검진을 받아야 한다. 디디의 자궁이 커지고 있다면 어떻게 할까? 헤네퀸은 잠시 상상해보았다. 그냥 커지게 놔둬야지, 뭐. 이 여자가 터져 죽을 때까지.

디디가 잇새로 신음을 내며 몸에 힘을 주었다.

헤네퀸은 조금 더 세게 배를 찔렀다.

"아파요." 디디가 투정을 부렸다.

"미안하지만 어쩔 수 없어요. 그냥 이를 꽉 물고 참아요." 헤네퀸은 손가락 두 개를 이용해 살이 축 늘어진 배를 다시 찔렀다. 이번에는 확실히 단단한 느낌이 손끝에 와 닿았다. 그것을 꾹 누르면서 윤곽을 더듬었다. 디디가 몸을 떨며 작게 '아야' 소리를 냈지만 아랑곳하지 않았다. 정말 단단한 것이 배꼽 바로 아래까지 길게 쭉 이어져 있었다.

"관문 하나는 넘었네요." 헤네퀸은 가볍게 웃으며 체온계를 들었다. "이제 가만히 누워요."

디디는 고통스러운 검진을 받는 내내 헤네퀸 쪽을 보지 않았다. 고개를 돌리고 레이스 커튼 너머로 창밖을 내다볼 뿐이었다. 마치 이 하반신은 남의 몸이고 그녀와 아무 상관없다는 듯한 태도였다. 헤네퀸은 그 마음을 백번 이해할 수 있었다. 가느다란 상처가 디디의 배를 길게 장식했다. 튼 살 자국도 선명했다. 이 상처들 또한 영원히 사라지지 않을 것이다. 디디는 꼬맹이 하나 때문에 상당한 대가를 치렀다. 하지만 이 정도 희생은 앞으로 닥칠 일에 비하면 아무것도 아니었다.

"속옷 다시 입어도 돼요." 헤네퀸은 디디가 잠옷 아래 입었던 신축성 있는 망사 팬티를 턱으로 가리켰다. 소독한 체온계는 디디의 메이크업 가방에 넣었다. "샤워는 조금 이따 하는 편이 좋을 거예요."

헤네퀸은 식탁 위로 허리를 굽히고 산후관리사 파견업체 서류에
검진 결과를 기록했다. 둘째 날, 두 번째 검진이었다. 다음 서류에
는 아기의 몸무게와 배변 횟수를 기록했다. 작성을 마치고 결과물
을 보니 아마추어 티가 나지 않았다. 그래야만 했다. 출산을 하면
이틀이나 사흘에 한 번씩 조산사가 집을 방문한다. 어제 온 사람이
없으니 오늘쯤 올 때가 됐다.

"커피 마실래요? 아니면 차?"

"네, 차로 주세요." 디디는 고통이 역력한 얼굴로 대답했다. 여지
껏 팬티를 다시 입으려고 씨름하는 중이었다. 헤네퀸은 굳이 도와
줄 생각이 없었다.

주방으로 들어가 머그잔 하나를 정수기 아래 놓았다. 조리대에
놓인 차 상자를 열고 뜨거운 물에 티백을 담갔다. 오늘 아침은 무
척이나 고요했다. 아기는 쿨쿨 잠을 잤고 디디는 말수가 적었다. 오
스카는 아예 집에 없었다. 내일 방문하는 손님들에게 대접할 음료
수를 사오라고 디디가 슈퍼마켓 심부름을 시켰기 때문이었다. 네
덜란드 전통에 따라, 갓 태어난 아기를 보러 오는 사람들에게 내는
러스크(비스킷 같은 식감의 네덜란드 빵 ─ 옮긴이)와 설탕 코팅을 한 아
니스 열매도 사두어야 했다. 디디는 손님에게 줄 선물로 고급 과자
를 맞춤 주문했다며, 나간 김에 그것도 받아달라 부탁했다. 오스카
는 잠시나마 집을 탈출한다는 생각에 냉큼 코트를 들고 아우디에
뛰어 올랐다.

디디의 남편은 하루 종일 집에만 있으면 답답해서 못 배기는 성
격이었다. 그에게는 업계가 곧 집이었다. 세일즈 매니저로 늘 바쁘
게 중요한 업무를 보는 생활에 익숙했다. 그런 사람이 갑갑한 집에

서 아내 보조만 하고 있으니 못 견딜 수밖에. 얼른 직장으로 돌아가 아빠가 된 이야기를 자랑하고 싶어 애가 탈 것이다. 인턴이나 여자 영업사원들은 또 열심히 들어주겠지.

하지만 오스카가 집을 나가고 싶어 안달하는 이유는 또 있었다. 아내와 부딪치고 싶지 않기 때문이었다. 오스카는 좋은 남편이자 아빠가 되려고 최선을 다하고 있었다. 절대 가정을 깨뜨리지는 않을 작정이었다.

참 착한 남자였다. 정말 착하기는 하다만 그게 다 무슨 소용일까.

헤네퀸은 전자레인지의 매끄러운 표면을 거울삼아 유니폼 블라우스의 첫 번째 단추를 풀었다. 허리를 똑바로 펴고 몸을 반쯤 틀어 거울을 살펴본 그녀는 흡족한 미소를 지었다.

미리암은 앞 유리에 입주민 주차증이 붙어 있는 차량 두 대 사이에 푸조를 세웠다. 차에서 내려 문을 잠갔다.

세계 제2차 대전보다 역사가 깊은 연립주택의 1층은 다양한 상점과 레스토랑이 차지했다. 2층부터는 가정집이었다. 대로와 골목길을 따라 줄줄이 늘어선 커다란 플라타너스 나무가 건물에 그림자를 드리웠다. 나뭇잎에 벌써부터 단풍이 들었다.

미리암은 할아버지가 나고 자란 이 동네가 고향처럼 느껴졌다. 오래 전 돌아가신 할아버지는 젊은 시절 이곳에서 전쟁을 겪은 이야기나 뱃사람, 수리남(1970년대까지 네덜란드 식민지였던 남아메리카 국가 - 옮긴이)인, 중국인을 만났던 이야기를 아주 재미있게 들려주셨다. 세월이 흘러서야 할아버지가 이야기에 살짝 살을 붙였다는 사실을 깨달았지만, 그때는 이미 할아버지의 뒤를 이어 경찰이 된

후였다.

미리암은 길을 건너며 가게 앞에서 담배를 피우는 피자집 주인 다우트Daoud에게 인사를 건넸다. 피자집 옆 가구점은 1년 내내 세일을 하고 낮 1시나 되어서야 문을 열었다. 별로 손님을 끌 만한 외관도 아니었다. 주인은 전기를 아끼려고 손님이 들어왔을 때만 형광등을 켰다. 가구 전시실 오른쪽에는 작은 화랑이 있었다. 길고 좁은 공간 전체를 새하얗게 칠해 모던한 분위기가 풍기는 곳이었다. 거리에서도 화랑 벽에 걸린 그림과 선반에 놓인 형형색색의 조각상이 보였다. 화랑 바로 위층에는 창문 두 개가 달린 집이 있었다. 그곳이 바로 미리암의 보금자리였다.

미리암은 가구점과 화랑 사이, 파란색 페인트칠을 한 문으로 걸어갔다. 문 옆 나무판에 박힌 초인종은 세 개였다. 하나는 화랑 주인이 사는 가게 안집, 하나는 미리암의 집, 하나는 6개월째 비어 있는 꼭대기층 집과 연결되어 있었다. 미리암은 2층으로 이어진 좁고 어두운 계단을 올랐다.

비좁은 현관 입구에 코트를 걸었다. 집 안은 캄캄했다. 어젯밤 9시 반에 커튼을 내린 채로 출근했기 때문이었다. 어차피 곧 잠들 거라 지금 커튼을 열 이유는 없었다.

미리암의 집은 좁지만 아늑했다. 거실에서는 거리가 내다보였고, 거실과 연결된 L자 구조 주방 뒤편에는 아일랜드 식탁이 있었다. 침실과 욕실은 주방 옆에 위치했다.

습관적으로 텔레비전을 켜고 주방 냉장고에서 맥주를 꺼냈다. 커튼을 조금 젖혀보았다. 주방 쪽 창문 너머로는 집들이 보였다. 창고 딸린 뒷마당과 벽돌 발코니가 다 비슷비슷하게 생겼다. 발코니에 빨래를 말리는 집도 있었다. 저 멀리 보이는 초고층 아파트와 빌딩

들은 은은한 가을 햇빛을 받아 광채를 내뿜었다.

도심 변두리가 다 그렇듯 이 동네도 한때는 악명이 높았다. 하지만 얼마 전부터 시의회가 나서서 폐가 보수 사업을 벌이기 시작했다. 학교를 졸업해 기숙사를 나와야 하거나 애인과 살림을 합치려는 지식층 젊은이들이 이 동네로 쏟아졌다. 그중 하나가 아래층에 사는 화랑 주인 보리스 메이어Boris Meijer였다.

보리스는 화랑 영업시간이 아니면 사방이 유리로 된 작업실에서 일을 했다. 책상 옆에 이젤이 보였다. 이곳 주방에서는 보리스의 그림은 잘 보이지 않았다. 하지만 단단한 어깨를 움직이며 붓질을 하고, 탄탄한 목을 옆으로 기울여 작업물을 감상하는 모습은 볼 수 있었다. 가끔은 미리암에게 그림을 보여주기도 했다. 미리암은 화랑에서 파는 다른 작가의 그림보다 훌륭하다고 생각했지만 보리스는 자기 작품이 아직 전시할 수준은 아니라고 말했다. 보리스에게 콩깍지가 씌어서 그의 작품까지 멋있어 보이는 건지도 모르겠다.

오늘은 보리스가 보이지 않았다. 적어도 작업실에서 그림을 그리는 중은 아니었다.

미리암은 커튼을 닫고 다 비운 맥주병을 조리대에 올려놓았다. 오후에는 혜네퀸의 자가용 차량번호를 조회하고 발유스트라트 집에 누가 사는지 알아내자. 하지만 지금은 눈을 붙여야 한다.

오스카는 꽉꽉 눌러 담은 쇼핑백 세 개를 들고 돌아왔다. 혜네퀸은 하나를 받아 들고 그를 따라 주방으로 들어갔다.

"장 본 것들이에요?" 쇼핑백을 조리대에 두고 내용물을 보았다. 빵, 우유, 과일.

"네. 손님용 선물도 있어요. 내일 부모님과 누나가 온다고 해서요." 오스카는 쇼핑백 두 개를 내려놓더니 어색하게 바라만 보았다. 처음 보는 물건을 어떻게 처리할지 모르는 표정이었다.

"제가 정리할까요?"

"아, 그래주면 고맙죠." 오스카는 검은 머리를 쓸어 넘기며 헤네퀸을 보았다.

헤네퀸은 주방 찬장을 열고 차곡차곡 정리했다. 오스카는 아직 그 자리를 떠나지 않았다. 눈빛으로 그녀의 뒤통수에 구멍을 뚫을 기세였다.

헤네퀸이 뒤를 돌아보며 다정하게 물었다. "마실 거라도 드릴까요? 식사 하실래요?"

"괜찮습니다. 제가 알아서 먹을게요."

"하지만 돕고 싶은걸요." 헤네퀸은 오스카에게 싱긋 미소를 지어 보였다. 어려운 일은 아니었다. 디디는 남자 복이 있었다. 곧 산산조각이 날 텐데 불쌍해서 어쩌나. "햄 치즈 오믈렛 어때요?"

오스카가 눈을 동그랗게 떴다. 놀라는 얼굴을 보니 남이 해준 계란 요리를 못 먹은 지 한참 되었나 보다. "좋죠."

헤네퀸은 오스카의 팔에 슬며시 손을 올리고 그를 올려다보며 다정하게 말했다. "사람이라면 든든하게 고기와 계란을 먹어야 힘이 나죠, 오스카. 지금은 특수한 상황이잖아요. 이 순간을 마음껏 즐겨요. 정말 돕고 싶어서 그래요."

★

미리암은 한숨도 자지 못했다. 평소에는 소음을 한 귀로 듣고 흘리던 그녀가 지금은 난방기 소리가 날 때마다 깜짝깜짝 놀라고 있었다. 근처에서 누군가 톱질하는 소리도 들렸다. 짜증을 이기지 못하고 이불을 발로 찼다. 새벽 1시까지 잠도 못 자고 뒤척이며 헤네퀸 스미스를, 바트 오빠를 생각했다. 내가 정말 미쳐가나? 망상에 빠진 걸까? 부모님도 오빠의 사인은 의심하지 않았다. 조만간 전화를 하거나 찾아뵈어야겠다. 두 분이 도시를 떠난 후로는 가족끼리 얼굴 한 번 보기 힘들었다.

미리암이 경찰로 임용되자마자 부모님은 이해하기 힘든 결정을 내렸다. 제일란트 그레벨링건미어 근방의 작은 마을에서 낡은 집 한 채를 덜컥 사들인 것이다. 집을 개조해 민박집을 운영하겠다는 계획이었다.

미리암과 바트 남매에게는 정말 뜬금없는 소식이었다. 부모님은 손님으로 환대를 받은 적은 많아도 남을 대접한 경험이 별로 없었다. 어쨌든 개조 작업을 마친 후 민박집은 좋은 반응을 얻고 있었다.

지구 반대편도 아니고 차로 1시간 거리였다. 그런데도 미리암은 아직까지 버림받은 기분을 지우지 못했다. 바트 오빠는 부모님보다 한참 먼저 벨기에로 떠났다. 가족 중 둥지에 머물러 있는 사람은 미리암 하나뿐이었다. 이곳을 떠날 마음은 털끝만큼도 없었다. 미리암은 이 도시에서 보내는 삶이 좋았다. 여기가 그녀의 집이었다.

그런데 헤네퀸이 이곳에 자리를 잡았다. 무슨 수작일까? 면전에 대놓고 깔깔거리며 웃는 느낌이었다. 잡아볼 테면 잡아보라고.

★

헤네퀸은 주방에 서서 뒷마당 울타리에 있는 토끼 우리를 바라보았다. 긴 나무다리가 2층짜리 집을 지탱했고 그물 창문이 우리

앞쪽에 붙어 있었다. 이프와 야네케는 자기들이 얼마나 호강에 겨운지 모르는 눈치였다. 토끼 우리 속 넓은 공간을 다 쓰지도 않았다. 지푸라기에 나란히 앉아 툭 튀어 나온 눈으로 바깥세상을 불안하게 바라볼 뿐이었다. 몸은 꼼짝도 하지 않고 오로지 코만 벌름거렸다. 코라도 움직이니 살아 있나 보다 짐작할 뿐이었다.

아직 오스카나 디디는 토끼 두 마리에 대해 이야기하지 않았다. 부모가 되었다는 기쁨에 도취되어 마당 우리에 갇혀 있는 동물들을 잊은 걸까?

헤네퀸이 거실로 들어섰을 때 디디는 침대에 눈을 감고 누워 있었다. 오스카는 식탁에 앉아 태블릿PC로 신문을 읽으며 오믈렛을 먹었다.

"이프와 야네케는 누가 키워요?"

"디디요." 오스카가 대답했다.

"지금 돌보는 사람 있어요?"

디디가 놀라서 눈을 번쩍 뜨고 오스카를 보았다. "당신이 하는 거 아니었어? 그렇게 하기로 약속했잖아?"

"하고 있어." 오스카는 중얼거리더니 헤네퀸을 돌아보며 말했다. "물론 제가 저 사람 기대만큼 자주 들여다보지 않는 거죠."

디디는 놀라울 만큼 예민하게 반응했다. "일주일에 한 번씩이 아니라 매일 보살펴주고 사료를 줘야 한다는 사실을 왜 이해를 못해?"

"토끼는 지푸라기랑 건초 조금만 있으면 알아서 잘 먹고 잘 살아."

"쟤들은 지푸라기를 안 먹어. 지푸라기는 침대라고. 내가 몇 번이나 말해?"

헤네퀸은 탁구 경기를 구경하는 사람처럼 부부를 번갈아 보았다.

디디가 헤네퀸과 눈을 마주쳤다. "그렇게 상태가 안 좋아요, 헤네퀸? 우리에서 냄새가 나요?"

헤네퀸은 어깨를 으쓱했다. "모르죠. 밖에 안 나가봤어요. 그냥 궁금해서 물어본 거예요." 그러고는 주방으로 걸음을 옮겼다. "제가 가서 살펴볼게요. 해야 한다면 우리 청소까지는 제가 할 수 있는데, 제가 토끼 알레르기가 있으니까 누가 대신 토끼를 우리에서 꺼냈다가 청소가 끝나면 넣어줘야 해요."

"잘 됐네요." 오스카가 말했다. "조금 있다가 상자에 넣어둘게요."

디디는 도끼눈을 뜨고 남편을 보았다. "오스카…, 헤네퀸 말 못 들었어? 알레르기가 있다고 하잖아. 더구나 애완동물 돌보기는 산후관리사 일이 아니야."

"괜찮아요." 헤네퀸이 다정하게 말했다.

"불안해서 못 참겠어. 오스카, 부탁인데 가서 애들 괜찮은지 좀 봐줘."

오스카는 투덜거리며 자리에서 일어났다. "또 과민반응 한다. 남이 보면 토끼들이 생사를 오가는 줄 알겠네. 어쨌든 가서 보고 올게."

★

잠을 잘 수 없다면 차라리 침대 밖이 속 편하겠다. 미리암은 이불을 박차고 나와 운동복을 입었다. 삐죽삐죽 층이 져서 어깨까지 떨어지는 갈색 머리를 하나로 올려 묶었다. 얼른 속눈썹에 마스카라만 칠하고 거울 앞을 떠났다. 미리암은 특별히 화장할 필요성을 못 느꼈다. 화장을 안 해도 눈동자가 짙은 색이라 충분히 돋보였기 때문이었다. 하지만 피부나 눈 색깔이 옅었어도 화장 안 하는 습관이 달라지지 않았을 것이다. 애초부터 화장에 관심이 없었다. 미리암은 여자다운 스타일이 아니었다. 평생을 이렇게 살았다. 어렸을 때부터 남자애들과 잘 어울려 놀았고, 여자애들하고는 관심사가 맞지 않았다. 미리암은 키가 작고 깡말라서 소년으로 오인을 받기 일쑤였다. 특히 머리를 짧게 자르고 다니던 십 대 시절에는 일상 다반사였다. 여성 호르몬 분비가 늘어 몸에 굴곡이 나타나면서부터는 남자로 보지 않았지만 작고 마른 체형은 여전했다.

거실로 가서 텔레비전을 켠 다음, 주방에서 커피를 한 잔 탔다. 뉴스를 들으며 집 앞을 바쁘게 움직이는 차량 행렬을 바라보았다. 회색 아스팔트 위로 털털거리는 엔진 소리와 시끄러운 경적 소리가 울려 퍼졌다. 마당이 보이는 뒤쪽 테라스는 무척 고요했다. 거의 전원에 가까운 분위기였다. 이렇게 앞과 뒤 세상이 완전히 딴 판이라는 점은 미리암이 이 집을 선택한 이유였다.

값을 싸게 불렀다고 바트 오빠에게 신이 나서 말하던 날의 기억이 생생했다. 오빠는 미리암처럼 기뻐하지 않았다. 오히려 반대였다. 오빠는 이 동네를 좋아하지 않았다. 미리암은 어이가 없다고 생각했다. 자기도 이곳 출신 아닌가? 오빠는 여자 혼자 살기에 너무 위험한 동네라며 말렸다. 동생이 더 나은 삶을 살기를 바란다며 기왕이면 도시를 떠나라고 했다. 힐리거스베르 같은 교외면 더욱 좋았다. 바트 오빠는 벨기에 브라슈하트에 수영장, 감시 카메라, 전동 대문까지 딸린 저택을 샀다. 사방이 담장으로 둘러싸인 난공불락의 요새였다. 담장이 높아 도로에서 집이 보이지도 않았다. 저택과 아늑한 분위기의 인테리어는 미리암의 마음에도 쏙 들었다. 하지만 온갖 보안 장치가 달린 집에서 바깥세상과 고립되어 사는 것은 오빠와 어울리지 않았다. 보나마나 헤네퀸 스미스에게 조종을 당해서 내린 결정이었다.

오빠가 다른 곳도 아니고 그 집에서 죽다니 이런 모순이 또 있을까? 수많은 보안 장치는 아무 소용이 없었다. 오빠를 지키지 못한 것은 미리암도 마찬가지였다.

★

헤네퀸은 빨래 바구니를 거실 식탁에 내려놓았다. 식탁 주위에는 바퀴 달린 가죽 의자 몇 개가 있었다. 의자 하나는 오스카가 침대 쪽으로 끌고 갔다. 그는 아내 곁에 다리를 꼬고 앉아 아기를 품에 안았다. 헤네퀸은 잠시 디디를 바라보았다. 레이스 커튼을 통해 들어오는 흐릿한 오후 햇살이 디디를 비추었다. 또렷하지 않고 희미하게 퍼진 모습이 꼭 17세기 명화에 나오는 핼쑥한 농부 부인 같았다.

"살짝 미국 억양을 쓰던데요." 오스카가 불쑥 말했다. "미국에서 오셨어요?"

헤네퀸은 미소를 지었다. '맞아요'라고 말할 수도 있었지만 이내 생각을 고쳤다. 웬만하면 진실에 가깝게 말해야 안전하다. "미국에서 일을 했어요. 네덜란드어를 거의 잊어버렸었죠. 그래도 어느 정도는 입에 다시 붙고 있어요."

"어느 정도라니요." 오스카가 말했다. "거의 티도 안 나요."

"멋지네요. 미국이라니." 디디가 말했다. "우리도 작년에 뉴욕에 가봤어요. 정말 감동적이었죠."

헤네퀸은 잠자코 빨래 바구니에서 아기 옷을 꺼내기만 했다.

"미국에서 어디에서 살았어요?" 오스카가 물었다.

"버몬트요." 거짓말이다. 버몬트는 아름답지만 워낙 작은 곳이라 네덜란드인들에게는 잘 알려져 있지 않았다.

"언제 돌아왔어요?"

"두 달 전에요." 이것도 거짓말. "이혼한 후로는 거기 남아 있을 이유가 없더라고요."

"어머, 미안해요." 침대에서 디디가 안쓰러운 시선을 보냈다.

웃기지도 않아.

"오래 살다 헤어지셨어요?"

"아니요." 헤네퀸이 웃음을 지었다. "그냥 서로에게 맞는 짝이 아니었던 거죠. 아무튼 네덜란드로 돌아오자마자 일할 수 있어서 얼마나 기쁜지 몰라요."

"보건 계통에는 항상 사람이 부족하다더군요." 오스카가 말했다.

"제 입장에서는 천만다행이죠." 헤네퀸은 수건을 개기 시작했다. 그렇게 간단할 수가 없었다. 보건 산업은 일하겠다는 사람이 없어서 난리였고 그녀에게는 화려한 이력서가 있었다. 도라는 출신 대학이나 전에 다녔다는 병원에 전화를 걸어 확인해볼 생각조차 하지 않았다. 그랬더라면 여기 서서 빨래한 옷을 개는 헤네퀸은 없었으리라.

젊은 부부를 다시 한 번 바라보았다. 디디는 화장기 없이 창백한 얼굴로 침대 상단을 세우고 힘없이 누워 있었다. 그 곁에는 남자답고 매력적이고 에너지 넘치는 오스카가 단단한 팔로 딸을 보듬었다. 이 장면을 꼭 남겨두어야 했다.

"세 사람 모습이 정말 예뻐요." 헤네퀸이 말했다.

디디가 미소를 지으며 인사를 했다. "고마워요. 지금은 예쁘다는 말이 별로 실감나지 않지만요."

"언젠가는 그렇게 될 거예요. 예전으로 돌아가려면 적어도 반 년은 기다려야죠." 헤네퀸은 거실에 굴러다니는 디지털카메라를 가리켰다. 이 집에 온 후로 누가 사용하는 모습은 본 적 없었다. "이거 어때요? 제가 세 사람 사진을 찍어줄게요. 아직 가족사진 없을 거 아니에요."

"글쎄요…." 디디는 내키지 않았다.

헤네퀸은 디디의 의사를 무시했다. "디디, 지금 충분히 아름다워요. 진심이에요. 그렇죠, 오스카?"

오스카는 놀라서 고개를 번쩍 들고 아내를 돌아보았다. "물론이죠. 당신은 늘 아름다워." 디디에게 입을 맞추려 다가가던 오스카는 품에 아기가 잠들어 있다는 사실을 깨닫고는 등을 다시 세웠다.

카메라를 들고 몇 걸음 물러난 헤네퀸은 상체를 숙여 피사체와 눈높이를 맞추었다. 뷰파인더에 세 사람의 얼굴을 담았다. 흰색 유니폼의 옷깃 부분으로 가슴이 쏟아졌다. 그곳을 따라 움직이는 오스카의 시선이 렌즈 너머로 보였다.

"다들 웃어요. 좋아요, 그렇게요. 와, 정말 잘 나왔어요!"

그들에게 다가가 오스카를 가운데 두고 디디에게 카메라 화면을 보여주었다. 그러면서 은근슬쩍 오스카에게 몸을 문질렀다. "봐요. 잘 나왔죠?"

디디는 카메라를 받아 들고 사진을 보았다. 고개를 끄덕였지만 그리 행복해 보이는 얼굴은 아니었다.

★

　예상대로 알파로메오의 소유주는 헤네퀸 스미스였다. 차량에 딱히 이상한 점은 눈에 띄지 않았다. 발유스트라트 66번지는 젊은 부부가 사는 집이었다. 가장은 서른네 살인 오스카 스티븐스Oscar Stevens. 링크드인(비즈니스 전문 소셜 네크워크 서비스 - 옮긴이) 프로필을 보니 대형 취업정보회사의 세일즈 매니저란다.

　그의 아내 디네케 스티븐스 보스Dineke Stevens-Vos는 어제 딸을 낳았다. 링크드인 검색으로는 나오지 않지만 디네케, 일명 디디가 페이스북에 직접 올린 정보였다. 디디가 상태를 업데이트하자 백 명에 가까운 페이스북 친구들이 댓글을 남겼다. '조만간 들를게.', '정말 기쁜 소식이다.', '몸은 좀 괜찮아졌어?', '인디, 이름 예쁘네.' 친구들의 반응으로 미루어 보면 임신 중에 무슨 문제가 있었던 듯했다. 디디가 페이스북에 언급했을 것 같기는 하지만 나머지 게시물은 친구에게만 공개되어 있었다. 기쁨을 주체하지 못하고 아이를 낳았다는 글은 실수로 전체 공개를 한 모양이었다. 미리암은 디디와 오스카의 친구 목록을 싹 훑어보았다. 헤네퀸 스미스와의 연결고리는 없었다. 파면 팔수록 헤네퀸이 그 집에서 일을 하고 있다는 생각은 확실해졌다.

　미리암은 소셜 미디어를 캐는 데 선수였다. 사람들은 다른 수단으로는 경찰이 찾지 못할 정보를 인터넷에 스스로 뿌리고 다닌다.

　조금 전 업무용 블랙베리로 경찰 시스템에 로그인해 디디와 오스카의 신원과 알파로메오의 차적을 조회했지만 이것은 최후의 수단이었다. 적어도 개인적인 수사라면 상관과 동료들에게 들키지 말아야 했다. 검색 기록은 자동으로 저장된다. 누가 특정 정보를 검색했는지 불시에 조사할 가능성이 있었다. 그렇지만 정식 수사에 착수하지 않는 한 누가 검색해봤는지까지 조사하는 일은 거의 없었다. 그래도 조심해야 한다. 예고 없이 벨기에에 다녀온 일로 반 더 스틴에게 신용을 완전히 잃고 말았다. 두 번은 봐주지 않을 것이다.

★

디디는 잠이 들었다. 인디도 꿈나라로 출발했다. 오스카의 품에 안겨 입을 헤 벌린 꼬맹이의 옷에는 '아빠 사랑해요'라는 문구가 적혔다. 그 아빠는 지금 남는 손으로 휴대전화 삼매경에 빠져 있었다.

헤네퀸은 허리를 숙이고 빨랫감을 바구니에 넣었다. 슬그머니 엉덩이를 뒤로 뺐다.

예상은 적중했다. 오스카는 그녀의 가슴골을 훔쳐보고는 소심하게 고개를 돌렸다. 못된 짓을 하다 들킨 남학생처럼.

헤네퀸은 속으로 기뻐했다. 이 남자는 현재 욕구 불만이었다. 몇 달은 굶은 게 틀림없었다. 디디는 내내 거부하고 밀어냈을 것이다. 뱃속에서 아기가 자라고 있고 자기 몸이 여성보다는 인큐베이터처럼 느껴졌을 테니까. 물론 반대로 디디가 그를 원했는데 오스카가 거부했을지도 모른다. 남편과 온기를 나누며 위안을 받고 싶었지만 오스카가 현실을 마주할 수 없었던 것은 아닐까? 요실금에 걸리고 살도 찌고 감정은 이랬다저랬다 널을 뛴다. 아프다고 투정하고 뱃속의 아기는 날이 갈수록 커지며 쉴 새 없이 움직인다. 누가 인큐베이터를 섹시하다고 보겠어.

구릿빛 피부와 탄탄한 몸매, 딱 달라붙은 옷으로 무장한 산후관리사라면 모를까.

헤네퀸은 다 채운 빨래 바구니를 허리에 얹고 천천히 거실을 나갔다. 오스카가 어떤 표정으로 그녀를 보고 있을지 안 봐도 눈에 선했다.

오늘 밤 누구는 좋은 꿈 좀 꾸겠네.

★

그냥 잠을 잤어야 했다. 바보처럼 왜 침대에서 나왔던 걸까. 까마득한 초짜 때나 하는 실수를 저질러버렸다. 야간 근무를 제대로 하기 힘들 만큼 졸음이 쏟아졌다. 신속하게 대응해야 할 사건이 터지지 않기를 바랄 뿐이었다. 손을 벌벌 떨며 무기를 꺼내는 일은 있어서는 안 된다. 4시간 후면 경찰서로 가서 브리핑을 해야 한다. 지금 수면제를 먹으면 그때까지 약효가 남아 있을 것이다. 그야말로 이러지도 저러지도 못하는 상황이었다.

찬장에 비상용 에너지드링크 몇 상자가 있다. 미리암은 두 캔을 꺼내 냉장고에 넣어두었다. 사과주스를 한 컵 따르고 커튼을 열었다.

보리스는 작업실에서 그림을 그리는 중이었다. 반팔 티셔츠에 체크무늬 남방을 걸치고 있다. 숱 많은 검은 머리에는 평소 애용하는 두툼한 회색 니트 모자를 썼다. 그런 모자를 쓰는 젊은 남자를 보면 괜히 겉멋만 들었다고 생각해왔었다. 하지만 보리스를 만난 순간 생각은 달라졌다. 저 모자는 보리스에게 정말 잘 어울렸다. 희한한 글이나 그림으로 직접 장식한 티셔츠도 마찬가지였다. 수염을 싫어하다 못해 혐오하는 미리암의 눈에도 보리스의 반쯤 기른 검은 수염은 멋져 보이기만 했다. 몇 달 전까지 보리스는 짧은 머리를 검게 염색하고 팔 전체에 문신을 한 미인과 사귀고 있었다. 그 여자를 못 본 지도 꽤 되었다. 헤어졌나.

미리암은 사과주스를 홀짝이며 보리스를 지켜보았다. 작업에 몰두하는 모습이 보기 좋았다. 물감 상자가 통째로 폭발한 듯 온갖 색이 있는 팔레트를 팔뚝에 얹고 이 색, 저 색을 섞어 캔버스에 겹겹이 칠했다. 도시 경관, 노천카페, 지나가는 자동차, 레스토랑 내부…. 보리스의 그림은 움직이는 사진 같았다.

보리스가 고개를 들었다. 숨을 틈은 없었다. 그가 씩 미소를 지으며 고개를 까딱하고 인사를 했다. 웃는 모습도 멋있었다. 하얀 치아와 검은 눈, 웃을 때 눈가에 예쁘게 잡히는 주름까지 마음에 들었다.

미리암은 애간장이 녹는 기분이었다. 멋쩍은 웃음을 지으며 손을 가볍게 흔들었다. 그러고는 창문에서 돌아섰다. 아래층 이웃을 훔쳐보는 짓은 정상이 아니었다. 물론 당사자는 개의치 않는 것 같지만 말이다.

★

실크 가운을 걸친 헤네퀸은 맨발로 아파트를 돌아다녔다. 유리처럼 단단한 대리석 바닥이 기분 좋게 따스했다. 막 샤워를 하고 나온 참이었다. 검은 머리가 전등 불빛에 반짝였고 시끄러운 음악이 귓가를 때렸다. 헤네퀸은 거실에서 양 팔을 쫙 펼치고 리듬에 맞춰 느릿느릿 춤을 추었다. '펫샵 보이즈'의 노래였다. 노래를 따라 작게 콧노래를 부르며 가사를 읊조렸다.

**내가 간절히 바랐던 모든 일은
언제든 어디서든 누구와 하든
한 가지 공통점이 있었지**

그것은, 그것은, 그것은, 그것은 죄라네
그것은 바로 죄…

노래가 끝나자 소파에 앉아 아이패드를 집어 들었다. 6시가 됐으니 식사를 주문해야지. 선택지는 많았다. 이탈리아, 수리남, 태국, 일본, 네덜란드, 중국… 어느 나라 요리든 배달이 가능했다. 예약만 하면 셰프를 집으로 불러 원하는 음식을 차리게 할 수도 있었다. 버튼 하나만 누르면 무엇이든 가능했다. 그래서 헤네퀸은 도시 생활이 좋았다. 모든 것이 손만 뻗으면 닿을 거리에 있었다. 벨기에 저택에 살았을 때는 어림도 없는 일이었다. 플로리다 서부 해안의 방파제 딸린 집에서도 그랬다. 헤네퀸은 태국식 해산물 샐러드와 라임 코코넛 새우 수프, 오징어 튀김을 골라 레스토랑 주문 사이트에 주소를 입력했다.

바트 드 무어가 죽은 후로는 프라이팬에 손도 대지 않았다. 바트가 배경화면 한구석에서 미소를 보냈다. 사진을 확대했다. 헤네퀸은 적갈색 눈동자로 죽은 남편을 뜯어보았다. 그리 못나지 않은 얼굴에 주름이 깊이 패었다. 나이가 많지 않은데도 벌써부터 머리숱이 빠지고 흰머리가 나고 있었다. 헤네퀸은 바트보다 잘생긴 남자를 고를 수도 있었다. 잘생기고 더 젊은 남자. 하지만 바트는 일평생 최고의 선택이었다. 그가 없었다면 모든 것이 불가능했다. 그녀에게 통 큰 후원자가 되어준 셈이었다. 그의 돈으로 헤네퀸은 사치를 부리고 자유롭게 생활할 수 있었다.

소파에서 일어나 욕실로 들어갔다. 전신 거울 앞에 서서 가운 허리띠를 풀자 가운이 어깨에서 아래로 스르르 흘러 내렸다. 턱을 치켜들고 거대한 거울 속의 모습을 바라보던 헤네퀸은 뒤를 돌아 몸의 곡선을 어루만졌다. 아름다웠다. 까무잡잡하고 탄탄한 몸에 나올 곳은 나오고 들어갈 곳은 들어갔다. 돈을 투자한 보람이 있었다.

내일은 이 몸을 이용해 스티븐스-보스 가족이 꽃 피우기 시작한 행복에 가느다란 금을 내볼 생각이다.

★

막 제복을 갖춰 입었을 때 전화벨이 울렸다. 화면을 보니 번호가 길다. 국제전화였다. 미리암은 뒤늦게 상황을 파악했다. 그러니까 사립탐정 처키 리가 처자식과 디즈니월드에 가서 의뢰비를 탕진하지는 않았다는 뜻이었다.

전화를 받았다. "네, 미리암 드 무어Miriam de Moor입니다."

"인베스티게이터스 처키 리입니다. 즐거운 오후 보내고 계시죠? 드 무어 양이신가요?" 상대방은 영어로 말을 했다.

오후라… 이곳은 밤 9시였다. 처키가 그 생각까지는 못 했나 보다.

"맞아요. 저예요."

처키는 곧바로 본론을 꺼냈다. 그의 말을 이해하기는 힘들었다. 억양이 너무 강하고 속사포처럼 말을 했다. 2분 만에 전화를 끊고 미리암은 어안이 벙벙한 얼굴로 허공을 바라보았다.

스미스는 헤네퀸의 진짜 성이 아니었다. 그녀는 전 남편이었던 부동산중개업자 키아누 스미스Keanu Smith와 결혼하면서 성을 바꿨다. 두 사람은 플로리다 서부 해안에 있는 포트마이어스 등지에서 5년간 부부로 살았다. 키아누 스미스는 세상을 떠났지만 처키는 헤네퀸의 과거를 캐다 우연찮게 놀라운 사실을 발견했다고 한다. 헤네퀸이라는 이름도 본명이 아니었던 것이다. "그 여자는 과거를 싹 다 지웠어요." 처키는 그렇게 말했다. "네덜란드에서 태어날 때 본명이 무엇이었는지 미국 기록에는 이름도 성도 없습니다."

처키는 계속 진실을 파헤쳐보겠다고 말했다. 하지만 관계당국에서 정보를 빼내려면 비용이 더 들기 때문에 의뢰비를 추가로 보내야 했다.

미리암은 아랫입술을 깨물었다. 헤네퀸 스미스의 본명은 헤네퀸 스미스가 아니었다. 이제야 납득이 갔다. 어쩐지 그 이름을 몇 번이나 경찰 시스템에 입력해도 아무 결과가 나오지 않더라니. 그러면 안 된다는 사실을 알면서도 미리암은 헤네퀸을 향한 집착 때문에 가끔씩 검색을 하고 있었다. 그러다 이번 주 초, 갑자기 주소와 주민등록번호가 떴을 때는 심장이 멎을 뻔했다. 로테르담으로 이사하면서 헤네퀸은 미리암의 레이더 반경에 들어왔던 것이다.

3일째
목요일

"내가 보내준 연고는 효과가 있든?" 침대 옆 가죽 의자에 앉아 무릎으로 접시를 받친 오스카의 어머니가 빵을 접시에 도로 내려놓았다.

디디는 시어머니를 바라보았다. 은발을 짧게 자른 중년 여성은 키가 큰 편이고 얼굴선도 굵직굵직했다. 헨리에트Henriette만 보면 『골든 걸스The Golden Girls』(1985~1992년에 방영한 미국 시트콤 - 옮긴이)에 나오는 덩치 큰 이탈리아 여자가 떠올랐다. "네, 감사해요." 디디가 대답했다. "효과가 아주 빠르던데요."

"다행이야." 헨리에트는 빵을 한 입 더 깨물고 턱으로 주방을 가리켰다. "산후관리사가 아주 잘 들어왔구나. 얼굴도 아주 예쁘네."

"그렇죠? 헤네퀸이 있어서 얼마나 다행인지 몰라요. 정말 최고예요."

헨리에트가 대화를 주도하는 동안, 오스카의 아버지는 디디의 아이패드를 무릎에 얹고 침묵을 지켰다. 그는 아기가 태어난 뒤로 찍은 아이패드 사진들에서 시선을 떼지 못했다. 오스카의 부모님은 인디가 태어났다는 소식을 듣고 가장 먼저 한달음에 달려와 축하해주기도 했다. 두 분은 아기를 낳은 지 1시간도 되지 않아 커다란 인형을 안고 병원에 도착했다.

오스카는 부모님을 골고루 닮았다. 외형은 은행 지점장인 아버지와 비슷했다. 아버지처럼 마른 체격이고 눈과 눈 사이가 조금 넓었다. 하지만 성격만큼은 반반이었다. 어머니처럼 활발하고 사교성이 좋았고 필요할 때면 언제든 자기 매력을 발산했다. 한편으로는 아버지처럼 속마음을 드러내지 않고 거리를 두는 때도 있었다. 인디가 태어난 후로는 아버지 성격이 더 두드러졌다.

디디는 아기를 낳고 남편과 가까워지기보다는 더 멀어진 느낌이 들었다. 그래서 걱정이었다. 하지만 아이가 생기고 환경이 달라졌으니 오스카도 인생이 바뀌는 경험을 하고 있을 터였다.

디디의 품에서 단잠에 빠져 있던 인디가 깜짝 놀란 것처럼 팔을 홱 들었다. 아기는 입을 벌리고 무언가를 찾아 고개를 양 옆으로 움직이며 작게 칭얼거렸다.

오스카가 일어났다. "가서 젖병 데워올게."

주방에 있던 헤네퀸이 쟁반을 들고 나타나 손님들이 비운 접시를 치웠다. "차 더 드실 분 계세요?"

다들 좋다고 고개를 끄덕였다.

"디디는요? 녹차에 꿀 조금 타줄까요?"

"그럼 좋죠."

디디는 헤네퀸이 콧노래를 부르며 주방으로 들어가는 모습을 바라보았다. 오스카 어머니 말이 맞았다. 헤네퀸은 정말 잘 들어왔다. 그녀의 도움이 없었더라면 어땠을지 감히 상상도 할 수 없었다.

미리암은 옷장 문에 달린 옷걸이에 제복을 걸었다. 몇 달 사이에 옷장이 꽉 차서 문이 닫히지 않았다. 스포츠 브라와 운동복을 주섬주섬 꺼내며 더 큰 옷장을 사야겠다고 생각했다. 옷을 줄이든가. 아니면 하루 휴가를 내고 정리를 할까.

옷을 갈아입고 욕실로 가서 머리를 빗은 후 고무줄로 질끈 묶었다.

어제 오후에는 선행 수면을 제대로 하지 못했다. 결국 대가를 치러야만 했다. 초반에는 눈코 뜰 새가 없었다. 강도에, 주거침입에 체포 건수가 끊이지 않았다. 뒤에 가서는 뜻밖의 사건이 터졌다. 자기 집 도난 경보기가 울려 신고를 했다는 전화를 받고 미리암이 현장에 도착했을 무렵, 목격자는 한 남자가 담장을 넘었고 그가 아직 정원에 숨어 있을 것이라 했다. 미리암은 동료 몇 명과 그곳으로 출동했다. 강도가 무장을 했는지, 무장을 했다면 어떤 무기를 갖고 있는지, 당장이라도 무기를 쓸 수 있는지 알 길은 없었다. 가끔 궁지에 몰린 강도들은 경찰이 보이면 '너 죽고 나 죽자'로 행동하곤 했다. 하지만 이번 도둑은 줄행랑을 쳤다. 경찰은 한바탕 추격전을 벌인 끝에 그를 체포했다.

처음 몇 시간은 아드레날린이 넘쳐서 정신이 말똥말똥했다. 하지만 일상적인 밤으로 돌아오자 몸 상태가 이상하게 느껴지기 시작했다. 이명이 울리고 속이 울렁거렸다. 잠시 동안은 문장을 짜 맞추기도 힘들었다. 그나마 에너지드링크 두 캔 덕분에 버틸 수 있었다.

아침 8시 반인 지금, 잠이 들 기미는 보이지 않았다. 하지만 조깅을 다녀와서 조금이라도 자둬야 한다. 오늘 또 야간 근무 스케줄이 있었다.

미리암은 커피를 끓이고 빵에 버터를 발라 조리대 옆에 서서 먹었다. 그러다 생각해 보니 서두를 이유가 없었다. 빵을 씹으며 충전기에 꽂혀 있던 휴대전화를 들고 식탁에 앉았다. 처키 리는 아직 메일을 보내지 않았다.

미리암은 플로리다로 500달러를 더 이체했다. 지금까지 보낸 돈은 총 1,000달러였다. 공식적인 경로로도 인베스티게이터스와 같은 정보를 얻을 방법은 있었다. 하지만 경찰의 공식 시스템을 이용할 수는 없었다. 경찰 배지를 빼앗기고 싶지 않다면 참아야 했다. 바트 오빠의 유산을 의미 있는 곳에 사용했다고 치자.

미리암은 식기세척기에 그릇을 넣고 창문으로 고개를 돌렸다. 오늘도 화랑 뒤편 작업실에는 보리스가 있었다. 초록색 운동화를 신은 아랫집 남자는 청바지 입은 다리를 책상에 올려 X자로 꼬았다. 누군가와 통화 중이었다. 그의 몸을 훑어보던 미리암은 말을 강조하려고 손짓을 섞어가며 이야기하는 그의 모습을 보자 자기도 모르게 웃음을 지었다. 보리스는 표현력이 풍부한 사람이었다.

보리스가 통화를 하다 말고 갑자기 고개를 들었다. 금세 환한 미소를 띠며 윙크를 했다.

미리암은 웃어 보이며 손바닥이 보이게 양 손을 들어 올렸다. '그래, 알았어요. 들켰습니다. 항복이에요.'라는 의미였다.

정말로 이웃에게 작업을 걸고 있는 것일까? 저쪽에서도? 아무래도 그런 것 같았다.

미리암은 다시 손을 흔들고 창문에서 돌아섰다. 휴대폰에 이어폰을 꽂고 마른 행주 옆에 걸어놓은 집 열쇠를 쥐었다. 집을 나와 문을 닫은 후에는 강을 향해 느긋하게 조깅을 시작했다.

거실에서 오스카의 부모님이 낮은 목소리로 대화하는 소리가 들렸다. 2년 전 아들을 낳은 오스카의 누나 소피Sophie 이야기를 하는 중이었다. 아들이 독감으로 누워 있는 바람에 소피는 인디를 보러 올 수 없었다.

"힘들죠?" 헤네퀸이 속삭였다. 그녀의 손가락이 은근슬쩍 오스카의 팔을 스치고 지나갔다. 그러고는 최대한 안쓰럽다는 눈빛으로 쳐다보았다.

오스카는 놀랐지만 기분이 나쁘지는 않은 듯했다. 헤네퀸이 예상한 대로였다. 누군가 그에게 관심을 주고 속마음을 이해해주는 게 얼마만인가. 오스카도 갓 아이를 얻은 다른 남자들과 처지가 비슷했다. 지난 6개월 동안 아내가 어떻게 지내는지, 아직 태어나지도 않은 아기는 건강한지 따위의 질문만 받았으리라. 의무감에 억지로 산전 교실을 다녔을지도 모른다. 땀을 줄줄 흘리고 여자 같지도 않은 임신부들 틈에 껴서 아내를 사랑하고 이해하는 남편인 척 최선을 다해 연기했을 것이다. 하지만 속마음으로는 집 소파에 앉아 축구 경기를 보거나 테니스를 칠 수만 있다면, 마음 편히 쉴 수만 있다면 소원이 없겠다고 생각한다. 하지만 쉴 틈은 없었다. 분명히 디디는 산부인과 검진을 같이 가달라고 졸랐을 것이다. 소독약 냄새가 나는 어두운 병실 한구석 딱딱한 의자에 앉아 아기 심장박동 소리를 들어야 한다. 여자들만 존재하는 세계에서 이방인이 된 기분으로. 저녁에 퇴근하고 돌아 왔을 때, 아침에 일어났을 때, 한밤중에 잠을 설칠 때도 디디는 아기 발차기를 느껴보라며 부푼 배에 그의 손을 올려놓았을 것이다. 디디는 아기가 발을 찰 때마다 또렷하게 느끼고 감격한다. 하지만 오스카는 아기가 정말로 발을 차는지, 아니면 아내가 숨을 쉬거나 근육이 경련해서, 장이 움직여서 배가 움직이는지 구분할 수가 없었다. 그 와중에 디디가 병까지 들고 말았다.

지난 6개월 동안 '그'에게 관심을 보인 사람은 아무도 없었다. 단한 사람도 '그'를 생각해주지 않았다. 아예 이 세상에 존재하지 않는 사람이었다. 그런데 한 여자가 나타났다. 늘씬한 미인이 바로 옆에 서서 그의 눈을 깊이 들여다보고 있다. 그를 '꿰뚫어보고' 전부다 '이해한다'고 말한다.

"괜찮아질 거예요." 오스카는 동공이 커져서 쉰 목소리로 대답했다.

"강한 남자니까요." 헤네퀸이 부드럽게 말했다. "아주 강한 남자요." 슬며시 미소를 보인 그녀는 눈을 내리깔고 긴장한 사람처럼 목덜미에 흘러내린 머리카락을 만지작거렸다. 그러더니 뒤를 돌아 전자레인지에서 젖병을 꺼냈다.

우유는 따뜻했다.

미리암은 집보다는 바깥이 좋았다. 같은 행동을 반복적으로 하고 있노라면 잡념이 사라지고 머리가 맑아졌다. 그래서 매주 서너 번씩 부둣가를 따라 같은 코스를 달렸다. 코스 끝에 이르면 커다란 활 모양을 그리며 재개발 단지와 고층 빌딩숲을 거쳐 출발점으로 되돌아왔다. 과거 독일군의 폭탄은 역사 깊은 항구 도시의 심장을 파괴했다. 하지만 그로 인해 생긴 텅 빈 공간은 70년이 지난 지금까지도 사람들을 매료시켰다. 젊은 화가나 건축가를 비롯해 전세계 창의력 넘치는 사람들이 이곳을 찾았다. 미리암은 대조적인 요소가 공존하는 이 도시를 사랑했다. 전통과 현대가 어우러졌고 다양한 국적과 문화가 뒤섞여 있었다. 로테르담은 언제나 활기가 넘치는 도시였다. 한 시간 안에 각양각색의 분위기를 만끽할 수 있는 곳은 다른 나라 어디에도 없었다.

미리암은 운동 중에서도 달리기를 가장 좋아했다. 몇 년간 유도를 했고 남홀란트 주 챔피언에 오른 적도 있었다. 미리암이 유도를 그만둔다고 하자 코치는 엄청난 충격을 받았다. 미리암이 네덜란드 챔피언, 더 나아가 월드 챔피언이 될 때까지 코치로서 함께하기를 바랐기 때문이었다. 하지만 미리암은 운동선수가 되고 싶지 않았다. 스포츠 스타가 된 주변 친구들만 봐도 운동 외의 삶은 존재하지 않았다. 하지만 형사과장 자리까지 오르고 보니 경찰에게도 경찰서 밖의 삶이 없기는 매한가지였다.

운동복 상의 주머니에서 휴대전화 진동이 울렸다. 지퍼를 열고 전화기를 꺼내 보았다.

이메일이 도착했다. 보낸 사람은 처키 리였다.

해냈다. 인디를 낳은 후로 첫 번째 손님 대접을 무사히 마친 것이다. 시댁 식구들을 좋아한다고는 하지만 자기 몸과 관련된 사적인 문제까지 툭 터놓고 이야기할 정도로 편한 관계는 아니었다. 자칫하면 관심을 받고 싶어 안달난 사람으로 비출 수도 있었다. 더없이 건강한 아기를 세상에 내놓고도 사사건건 투정하고 불평하는 산모를 누가 좋아하겠는가.

디디와 오스카는 모유를 짜서 젖병에 담아두었다가 수유를 하기로 합의를 보았다. 디디는 오늘 아침 그 결정에 몇 번이나 감사했는지 모른다. 그 덕에 시부모님 앞에서 아이에게 젖을 물리는 모습을 보이지 않아도 되었다. 그렇게는 절대 못한다. 고통으로 일그러진 얼굴을 숨길 수도 없었을 것이다.

어제보다 가슴이 크고 묵직해졌다. 혹사당한 유두는 상처가 난 것처럼 따끔거렸고, 아침에 살펴보니 정말로 상처가 나 있었다. 이러다 평생 안 나으면 어떡하지? 걱정스러웠다.

디디는 눈을 감았다. 대화 상대를 해주느라 기가 다 빠졌다. 오전 내내 가면을 쓰고 아무렇지 않은 듯 행동했다. 이제는 자고 싶을 뿐이었다. 적어도 몇 시간은 일어나고 싶지 않았다.

"시댁 어른들이 좋으세요." 침대 옆에서 컵과 접시를 치우던 혜네퀸이 식기를 손에 든 채로 말했다.

디디가 눈을 떴다. "그렇죠? 고마워요. 정말 좋은 분들이에요."

"개인적인 질문 하나 해도 돼요?"

"물론이죠." 디디가 조금 피곤한 목소리로 말했다.

"부모님 생존해 계세요?"

"네. 어쨌든… 엄마는요. 아버지는 돌아가셨어요."

혜네퀸은 디디의 엄마가 어디선가 불쑥 튀어나올 것처럼 거실을 두리번거렸다. "저는 아직 못 뵈었는데."

"아직 안 오셨어요. 재혼해서 노르웨이에 살고 계시거든요."

"손녀가 태어났다는 거 아세요?"

디디는 아이를 낳고 회복하자마자 엄마에게 연락했다고 말했다. 엄마 넬리Nelly는 소식을 듣고 뛸 듯이 기뻐하며 되도록 빨리 네덜란드로 오겠다고 약속했다.

이후 엄마에게서 소식은 없었다. 전화 한 통도 걸어오지 않았다. 시간이 촉박해 비행기를 예약하기 힘들어서 그런 거겠지. 내일 갑자기 깜짝 선물처럼 문 앞에 나타나지 않을까?

아무도 모를 일이다.

혜네퀸은 잠시 망설이다 질문을 했다. "아버지는 어쩌다 돌아가신 거예요?"

"오토바이 사고를 당하셨어요. 기억도 잘 나지 않아요. 그때 겨우 세 살이었거든요. 엄마는 이후에 재혼을 했지만…." 디디는 말을 하다 말고 앞으로 고개를 돌렸다. 그때는 디디의 인생에서 가장 암담한 시기였다. 아직도 가끔 어린 시절 꿈을 꿨다. 악몽에 시달렸다. 그때 기억은 평생 떨쳐내지 못할 것이다. 산후관리사에게 그 얘기를 해도 될까?

아니, 그러지 말자. 어차피 지난 일이야.

디디는 목을 가다듬고 말했다. "재혼한 분과 얼마 안 돼서 헤어지셨어요. 그 후로 몇 년은 엄마와 둘이서만 살았고요."

"형제는 없어요?"

디디의 창백한 얼굴이 흐려졌다. "이제는 없어요."

"네?"

"여동생이 있었어요. 몇 살 아래였죠. 네 살 때 사고로 죽었어요."

헤네퀸은 안쓰러운 시선으로 보았다. "세상에, 디디. 살면서 힘든 일을 많이 겪었군요. 아버지에 동생까지…." 디디의 눈에 눈물이 고이자 헤네퀸은 쾌재를 불렀다. 가까스로 웃음을 참고 무표정을 지었다.

디디가 작은 소리로 말했다. "인디 이름도 동생 이름을 따서 지었어요. 동생을 기리기 위해서요."

헤네퀸이 눈을 동그랗게 떴다. "어머, 감동적이다."

디디는 침대에 놓여 있던 공책을 집어 들었다. 무언가를 찾아 페이지를 한참 획획 넘기다 핑크색 신생아 수첩을 꺼냈다. "여기요. 인디의 미들네임(대개 서양권에서 이름과 성 사이에 주어지는 이름 - 옮긴이)이 죽은 동생 이름이에요."

헤네퀸은 카드를 건네받았다. 깔끔한 카드 겉면에는 아기의 발

사진이 있었다. 뒷면에는 기울임꼴로 이렇게 쓰여 있었다.

품에서 놓지 않고
다치지 않게 지켜줄게
기억하렴, 작은 별
네가 얼마나 소중한지

엄마 아빠의 예쁜 공주님
인디 클라체 스티븐스 Indy Clartje Stevens

헤네퀸은 디디에게 카드를 돌려주었다. "정말 아름다운 말이네요."

디디는 신생아 수첩을 조심스럽게 넣고 공책을 덮었다.

"혹시 영적인 거 믿는 분이세요?" 디디가 물었다.

"영적이라면, 무슨 의미죠?"

"사후 세계를 믿냐고요. 영혼을 믿어요?"

"영혼이요?" 헤네퀸이 한쪽 눈썹을 추켜세웠다. 그녀가 본 죽은 사람들은 완전한 죽음을 맞았고 아무도 귀신이 되어 찾아오지 않았다. "한 번도 생각해 보지 않았어요."

디디는 허공을 응시하다 나직하게 말을 꺼냈다. "가끔씩 저는… 그 애가 아직 여기 있는 것 같아요. 클라체가 여기서 우리를 보고 있다는 느낌이 들어요. 이제 조카가 생겼다는 사실도 알고 인디를 돌봐 주고 있다고요. 어쩌면… 클라체가 인디로 '환생'했는지도 몰라요." 디디는 헤네퀸의 눈치를 살폈다. "이런 생각이 이상한가요?"

"아니, 전혀요." 헤네퀸이 눈을 반짝였다. "오히려 감격스러운걸요."

★

미리암은 부둣가 벤치에 자리를 잡고 앉았다. 아이폰 화면을 손으로 가려 가을 햇살을 차단했다. 플로리다는 아직 한밤중일 것이다. 처키 리도 그녀만큼이나 근무 스케줄이 불규칙한가 보다. 아니면 이메일이 늦게 도착했거나.

처키는 헤네퀸의 본명을 알아내기가 쉽지 않았다고 장황하게 설명했다. 전에도 들었던 이야기지만 헤네퀸은 미국인 남편이었던 부동산중개업자 키아누 스미스와 결혼하면서 현재 성으로 바꾸었다. 그와 결혼하기 전 등록된 이름은 헤네퀸 윌슨이었다. 윌슨이라는 성은 짧게 결혼생활을 한 치과의사 조나단 윌슨Jonathan Wilson을 통해 받은 것이었다. 두 사람은 몇 년간 라스베이거스에서 함께 살았다고 한다. 이 여자는 대체 전 남편이 몇 명이야? 헤네퀸은 치과의사와 결혼한 덕분에 미국 영주권을 얻을 수 있었다. 미리암은 벤치에서 자세를 바꾸며 메일 내용을 쭉 읽어보았다.

헤네퀸의 본명은 가명에 비해 평범했다. 카타리나 크라머Catharina Kramer. 지금으로부터 35년 전 4월 2일, 미리암이 모르는 동네에서 태어났다.

처키 리는 아주 철두철미했다. 그 점은 인정해줘야 했다. 모든 정보에는 날짜가 붙어 있었다. 헤네퀸, 그러니까 카타리나는 9년 가까이 미국에 살았고, 현재까지 알려진 바로는 두 차례 결혼했다. 치과의사와는 이혼을 했고, 부동산중개업자는 알코올중독으로 사망했다.

처키는 더 많은 정보를 알아봐줄 수 있다고 메일을 보냈다. 예를 들어 남편 1호나 남편 2호의 친척에게 연락을 시도하는 방법이 있다. 그렇게 하면 헤네퀸이 어떤 사람이고, 미국에서 어떻게 살았는지 퍼즐을 맞출 수 있다. 죽은 남편의 부검 보고서를 입수하고 재산분할 내용을 조사하는 방법도 있었다. 비용은 당연히 따랐다.

미리암은 이메일 창을 닫고 휴대전화를 주머니에 넣었다. 헤네퀸은 비교적 짧은 시간 안에 남편을 셋이나 두었다. 그중 두 명이 세상을 떠났다. 우연일까? 넓은 강에서 물결이 반짝였다. 회색 강물은 저기 멀리 북해 쪽으로 흘러들어가고 있었다. 태양은 구름 뒤로 얼굴을 감추었다.

미리암은 몸을 부르르 떨며 운동복 지퍼를 목까지 올리고 벤치에서 일어났다. 일단 처키 리는 할 만큼 했다. 이름과 생년월일, 출생지가 미리암의 손에 들어왔다.

이제부터는 경험과 인맥을 이용하면 된다.

헤네퀸이 주방을 정리하고 있을 때, 디디의 울음소리가 들렸다. 작게 흐느끼지 않고 큰소리로 통곡을 하고 있었다. 쉽사리 멈출 것 같지 않았다.

인터넷에서 내려 받은 교재에 따르면 '산후우울증' 증상이었다. 산후우울증은 아기를 낳고 사나흘 지났을 때 가장 많이 나타난다고 했다. 디디는 그대로 반응하고 있었다. 교재에서는 순산으로 건강한 아이를 낳고 임신 과정에서 문제를 겪지 않은 산모도 감정이 폭발할 수 있다고 설명했다. 디디는 임신 중에 문제도 겪었고, 거기다 순산이라는 축복을 누리지도 못했다.

디디의 가정환경도 한몫을 했다. 어린 나이에 아버지와 하나뿐인 여동생을 잃었고, 보아하니 엄마라는 사람은 서둘러 손녀를 보러 올 마음이 없었다.

오후에 손님들이 떠나자마자 오스카도 직장에서 호출을 받았다. "몇 시간은 참을 수 있지?" 오스카는 코트를 손에 들고 이미 복도에 발 하나를 내디뎠다. "헤네퀸이 당신하고 인디를 돌봐줄 거니까 내가 하루 종일 옆에 붙어 있을 필요는 없잖아?" 그러고는 리스한 아우디에 올라타 재빨리 출발했다.

배려심 없는 행동이었다. 하지만 이해를 못하는 것은 아니었다. 오스카 같은 남자에게는 기분전환이 필요했다. 탈출구가 필요했다. 온종일 사방이 막힌 집에 갇혀 있다가는 미쳐버릴 것이다. 곁에는 골골대고 감정기복이 심한 아내와 남성호르몬을 폭주하게 만드는 산후관리사가 있었다. 그의 내면에서는 치열한 감정싸움이 벌어졌다. 디디처럼 눈물을 쏟지는 않았다. 집에서 도망칠 뿐이었다.

하지만 그는 집으로 돌아올 것이다. 헤네퀸도 이 자리에서 기다리고 있을 것이다. 적극적으로 유혹하고 귓가에 달콤한 말을 속삭이리라. 도망칠 구멍은 없었다.

디디는 가슴이 미어지도록 울고 있었다. 이제는 참으려고 애쓰지도 않았다. 꺼이꺼이 목 놓아 울었다.

헤네퀸은 팔짱을 끼고 조리대에 기대서 눈을 감고 울음소리를 감상했다. 입꼬리가 슬며시 말려 올라갔다.

참으로 듣기 좋은 소리였다.

★

미리암은 캐모마일 차를 한 모금 마셨다. 평소에는 잠을 부르는 직효약이었다. 달리기를 하고 와서 뜨거운 샤워를 하는 방법, 커튼을 닫아 고요한 방 안을 어둠으로 가득 채우는 방법도 효과가 있었다. 하지만 지금은 그 무엇도 통하지 않았다. 노트북 돌아가는 소리가 났다. 화면의 빛이 미리암의 얼굴과 좁은 거실 일부를 비추었다.

헤네퀸의 출생지를 검색하자 헬데를란트 남서쪽 끝에 있는 잘트보멀 근방의 작은 마을이 나왔다. 인구는 600명이 조금 넘었고 11세기에 세워진 개신교 교회 하나, 전교생이 100명 정도 되는 드 랭크 초등학교가 있었다.

미리암은 구글 지도 거리뷰로 마을을 둘러보았다. 촬영 시기는 여름이었다. 푸른 하늘과 양털 구름, 과일나무, 꽃이 피어나는 관목이 보였다. 지은 지 최소 100년이 된 주택들은 대부분 드문드문 떨어져 있었다. 농가를 예쁘게 개조한 주택 몇 채는 언덕 위에 위치했다. 삼각형 지붕을 얹고 하얀 목각 차양을 단 저택… 아이들이 자라기에 좋은 집이었다.

미리암은 컴퓨터 화면으로 마을을 돌아다니며 천천히 거리와 집들을 구경했다. 카타리나 크라머, 너는 대체 어떤 아이였니? 이렇게 그림 같은 마을을 두고 왜 미국에 가서 헤네퀸 스미스가 된 거야?

미리암은 차를 한 모금 더 마셨다. 태어난 곳을 본다고 뭐가 나오겠는가? 여기 동화 같은 집에서 태어나기만 하고 성장기는 전혀 다른 곳에서 보냈을지도 모르잖아?

그때 전화벨이 미리암을 현실로 불렀다. 식탁에 놓인 휴대전화가 성 나서 윙윙거리는 곤충처럼 진동했다. 화면을 보자 모르는 번호였다. "여보세요, 미리암입니다."

"안녕, 보리스예요."

미리암은 얼른 아이폰을 양손으로 쥐었다. 마음 한구석에서는 짜증이 치밀기도 했다. 사춘기 소녀도 아닌 자신이 가슴 설레기 때문이다. "아, 보리스."

"바빠요?"

"아니요. 왜요?"

"궁금해서 그러는데… 혹시 식사 했어요?"

"아니요. 아직."

"잘 됐네요. 옆집에서 피자 주문을 하려던 참이었거든요. 한 판 시켜줄까요?"

미리암의 입술이 실룩거렸다. "말은 고맙지만…."

"하지만?"

"정말로 잠들 시간이 넘었어요. 이따가 또 야간 근무를 해야 돼요."

수화기 반대편에서 쿡쿡 웃는 소리가 들렸다. "나 참. 당신이 경찰인 걸 자꾸 까먹는다니까. 제복 입었을 때만 아니면…" 보리스가 말을 끊고 헛기침을 했다. "웃기지 않아요? 한 집에 사는 거나 다름없으면서 서로 잘 알지 못하는 거요."

"도시 생활이 다 그렇죠. 그래서 좋다는 사람도 있고요."

"당신도 그래요?"

"가끔은요." 대답이 없자 미리암은 황급히 덧붙였다. "하지만 지금은 아니에요."

"그럼 피자를 같이 먹어도 괜찮다는 뜻인가요?"

"네. 사실 좋아요."

"알았어요. 그럼… 토요일에 시간 돼요?"

"돼요."

"주문과 관련해서 특별히 할 말 있어요?"

"하와이안 아니면 로마 피자로요. 맥주 가져갈까요?"

"두말하면 잔소리죠. 토요일 6시쯤 봅시다." 짧게 인사를 하고 보리스는 전화를 끊었다.

미리암은 혼이 나가서 멍하니 앉아 있었다. 데이트인가? 아니면 갑자기 잘 알고 지내야겠다는 생각이 들었나? 그냥 좋은 이웃으로?

이제야말로 잠자기는 틀렸다.

"아, 드디어 연결됐군요! 자꾸 음성 사서함으로만 넘어가고 전화 한 통 오지 않더니." 도라의 목소리는 바로 옆에서 말하는 것처럼 또렷하게 들렸다.

"미안해요, 도라." 헤네퀸이 대답했다. "며칠 동안 전화기가 말썽을 부리지 뭐예요. 미치는 줄 알았어요. 안 그래도 전화하려고 했어요." 다정한 목소리와 어울리지 않게 눈빛은 차가웠다. 헤네퀸은 짜증스럽게 검은 머리를 쓸어 넘겼다. 아파트 지하에 있는 입주민 전용 수영장에서 한참 수영을 하다 나와서 아직 머리카락이 축축했다. 헤네퀸은 식탁에 올려놓은 태국 배달 음식 봉지를 바라보았다. 어제 먹은 음식이 너무 맛있어서 오늘도 같은 곳에서 주문을 했다. 레몬그라스와 생강, 코코넛 향기가 집 안을 가득 채웠다. 전화를 빨리 끊어야 했다.

"스티븐스 가족은 어때요?" 도라가 물었다.

"좋아요. 정말 최고예요. 부부가 다 친절하고 아기 인디도 아무 문제 없어요. 디디가 아직 유축기를 쓰기 힘들어하지만 잘 되겠죠."

"골반 상태는요?"

"별로 좋지 않아요. 아직 거의 움직이지 못하죠. 다음 주에 물리 치료를 다시 시작한대요. 효과가 있어야 할 텐데. 너무 슬프잖아요. 자기 아기 목욕도 못 시키고."

"맞아요, 슬픈 일이죠. 하지만 골반 문제는 웬만해서 평생 가지 않으니까 걱정하지 말라고 해요. 그나저나 유축기 말이에요. 우리 사무실에 능력 있는 수유 상담사가 많거든요? 진전이 없으면 말만 해요. 도와달라고 부탁할게요. 사소한 문제만 손보면 금방 해결돼요."

"필요 없어요." 헤네퀸이 딱 잘라 말했다. "갈수록 좋아지고 있어요. 우리끼리 알아서 할게요."

도라는 짧은 침묵 후에 다시 말을 꺼냈다. "그 집 사람들도 그렇게 말하더군요."

그 집 사람들? 서로 연락을 하는 거야?

"그래요?"

"세 번째 근무일이 지나면 전화해서 전반적으로 어떻게 평가하는지, 산후관리사와 궁합이 잘 맞는지, 궁금한 점은 없는지 물어봐요. 아이 아버지 오스카 스티븐스 씨와 아침에 통화했는데 헤네퀸이 일을 아주 잘한다고 칭찬하더라고요."

헤네퀸은 펜트하우스의 거대한 창문에 비치는 자기 모습을 향해 씩 웃었다. 뒤로 흰색 주방과 낮은 흰색 소파, 그 앞에 깔린 양탄자가 보였다. 유리창 너머로는 회색 구름이 도시를 뒤덮었다. 1시간이면 어둠이 내려앉을 것이다.

"서로 마음이 잘 맞는다니 기쁘네요." 헤네퀸이 말했다. "얀틴은 어때요? 원래 제 일을 하기로 했던 산후관리사 있잖아요."

도라의 목소리가 갑자기 우울하게 변했다. "아직 좋지 않아요. 꼬리뼈가 평생 낫기나 할는지 모르겠어요. 고통이 너무 심해서 당분간은 일을 못할 거예요."

"사고는 대부분 집에서 일어난다고 하죠." 헤네퀸이 말했다.

"그렇다고 하죠. 하지만 얀틴은 누가 계단에서 밀었다고 주장해요."

"남자친구나 남편일까요?"

"얀틴은 싱글이에요. 경찰이 얀틴의 문제제기를 진지하게 받아들이고 조사했지만 강제로 침입한 흔적은 없었대요."

그럼, 당연하지. 얀틴이라는 멍청한 여편네는 고양이 드나들라고 주방 위에 달린 여닫이 창문을 하루 종일 열어두니까. 뒷문 자물쇠에 열쇠도 안 빼고 다니고.

"없어진 물건은요?"

"아니, 하나도 없대요."

헤네퀸은 손톱 아래쪽 살을 뜯었다. 얀틴은 유니폼이 사라진 사실을 모르는 것이 분명했다. 하긴, 옷장에 여러 사이즈로 여섯 벌이나 있었으니. "어휴, 소름 끼쳐요. 잘 모르는 분이지만 그런 말을 지어내지는 않았겠죠. 정말 귀신이 곡할 노릇이네요."

"너무 흥분하지는 말자고요. 어쨌든 헤네퀸이 얀틴 빈자리를 채워줘서 다행이에요. 운명이었나 봐요. 헤네퀸이 없었더라면 정말 힘들었을 거예요."

"얀틴 일은 유감이지만 제게 기회를 주셔서 정말 감사해요. 가족도 너무 좋고요. 정말 즐거운 마음으로 일하고 있어요. 다음 주에 다른 가족도 또 맡겨주세요."

"지금처럼만 한다면 당연하죠. 하지만 부탁인데 전화기 좀 고쳐요. 연락하기가 이렇게 힘들어서야."

"그럴게요." 헤네퀸은 도라에게 인사를 하고 전화를 끊었다.

식탁으로 가서 내용물을 보지도 않은 채 배달 음식 봉투를 쓰레기통에 던져버렸다. 그녀는 소파에서 태블릿PC를 집어 들고 식사를 다시 주문했다.

식은 음식은 딱 질색이었다.

★

인디가 울고 있다. 벽을 통해 어렴풋이 들릴 뿐이었지만 디디는 작게 흐느끼는 아기 울음 소리에 가슴이 찢어졌다. 손님방 침대에 누워 있던 그녀는 잠이 완전히 달아나 휴대전화만 보았다. 3시 반이다. 참아보려고 노력했다. 저녁에 오스카는 인디가 칭얼거릴 때마다 침대에서 꺼내 달라며 자기를 부르지 말라고 신신당부를 했다. 하지만 내리 20분째 인디의 울음소리를 듣고 있으려니 더는 참을 수가 없었다. 디디는 딸과 보이지 않는 실로 연결된 것만 같았다. 울음소리가 들릴 때마다 텅 빈 뱃속에서 진통 같은 고통을 느꼈다. 가슴도 반응했다.

이 골반이 문제다. 왜 나는 그냥 일어나서 갈 수 없는 거야? 내가 낳은 아기를 침대에서 꺼내 안지도 못해? 낮에 헤네퀸이 했던 말은 사실이었다. '살면서 힘든 일을 많이 겪었군요.' 내게 무슨 죄가 있어서 이렇게 살아야 하는가? 하지만 한편으로는 이런 자기연민이 부끄러웠다. 인디가 우는 이유는 배가 고파서였다. 그게 전부였다. 모유 분비량이 조금씩 늘어난다고는 해도 아직 인디에게는 충분하지 않았다.

헤네퀸은 일시적인 현상이라고 위로했다. 몸이 아프고 스트레스도 심했지만 모유량은 갈수록 늘고 있었다. 며칠만 기다리면 아기가 원하는 양과 비슷해질 것이라 했다. 길어야 일주일이다.

인디는 아직도 울고 있었다. 진심으로 엄마를 부르고 있었다.

디디는 휴대전화를 들고 오스카에게 다시 전화를 걸었다. 밤에 방을 따로 쓰자는 말에 왜 동의했을까? 물론 지금 디디가 쓰고 있는 손님방 침대는 매트리스가 낮아서 디디도 편하게 드나들 수 있었다. 하지만 그걸 빌미로 부부 침실에서 쫓겨나 구석방으로 밀려나고 말았다.

디디는 조심스럽게 가슴을 꾹 눌렀다. 묵직했고 가끔씩 욱신거렸다. 또 젖을 짜야 할 시간이었지만 유축기는 아래층 주방에 있다. 오스카에게 다시 전화를 걸었다. 문 너머로 벨소리가 들렸다. 남편은 전화를 받지 않았다.

"오스? 오스카? 오스?" 디디는 목소리를 높였다. "오스카!"

인디는 울음을 그칠 줄을 몰랐다.

일어나야 할까? 일어나면 뭐 어떡하게? 아기를 침대에서 들어 올릴 수도 없다. 다리에 힘이 풀릴까 봐 겁이 났다.

"오스카!"

오스카가 벌컥 손님방에 들어왔다. 눈은 잔뜩 충혈되었고 머리는 사방으로 뻗쳐 새집을 지었다. 오후에 입었던 셔츠를 아직 갈아입지도 않았다.

"이렇게 안 부르면 못 들어?" 디디가 다그쳤다.

오스카는 이를 악물었다. "내가 잠을 자는 꼴을 못 보지?"

디디는 남편의 표정에 충격을 받았다. 그래도 말했다. "인디가 울고 있어."

"그래, 인디가 울고 있어. 원래 하루 종일 울어대잖아! 잠이나 자,

이 여자야. 아기는 7시에 볼 테니까. 나도 사람답게 좀 살자."

서서히 몸에서 피가 다 빠지는 기분이었다. "어떻게… 어떻게 그럴 수가…. 오스카, 인디는 우리가 필요해. 저 소리 들리지 않아? 배가 고파서 우는 거야. 나는 할 수 없잖아, 응? 나는 침대에서 꺼내줄 수가 없어. 저기까지 뒤뚱거리고 가서 볼 수야 있겠지. 하지만 그것뿐이야. 얼마나 답답한지 알기나 해?"

오스카는 아무 말 없이 우울한 눈으로 그녀를 보았다. 그러더니 냉정하게 말했다. "내 선택이 아니야, 디디."

"뭘 선택하지 않았다는 거야? 내가 걸을 수 없는 거? 아니, 내 선택도 아니야. 나는…."

"그런 뜻이 아니야." 오스카가 말을 잘랐다. "아이 말이야."

그의 말이 총알처럼 디디의 가슴에 박혔다. "하지만 당신 말로는…."

"내가 뭐라고 했는지 똑똑히 기억해! 아직 책임질 준비가 안 됐다고 했어. 당신도 몰랐을 리 없어. 그걸 알고도 아이를 지우지 않기로 결정한 거야."

디디는 믿을 수 없어 고개를 저었다. "당신은 나를 도와주겠다고 했어. 익숙해질 거라고 했잖아. 얼마 전에는 기대된다는 말까지 했으면서." 눈앞이 흐려지더니 눈물이 뺨을 타고 흘러내렸다.

"그때는 사실이었을 거야. 순간 감정에 취했던 거겠지." 오스카는 한 손으로 자기 목을 감싸고 잠시 그렇게 서 있었다. 디디는 그가 사과를 할 것이라 생각했다. 하지만 표정이 싹 바뀌어서는 디디를 손가락으로 가리켰다. "하지만 너, 디디 보스. 당신 모유 문제 때문에 내가 미칠 지경이야. 나는 잠을 자야 한단 말이야! 다음 주면 회사로 돌아가야 하는데 밤에 쉴 새 없이 전화를 걸어서 깨우면 어쩌라는 거야. 정말로 문제가 있다면, 좋다 그래. 꼭 필요한 일은 할게. 하지만 저 애는 그냥 배가 고파서 우는 거야. 그건, 디디⋯." 오스카가 얼굴을 일그러뜨리며 다시 손가락질을 했다. "그건 네 탓이야. 네가 선택한 거라고. 내 문제로 만들지 마."

"하지만 나더러 어떡하라고⋯"

"돌겠네, 그냥 분유를 줘. 멍청하게 왜 이래. 많은 애들이 분유를 먹고 크고 있어. 우리 애라고 다를 게 뭔데?"

디디는 인터넷에서 읽은 글들을 떠올렸다. 어떤 남자들은 모유 수유를 하겠다는 배우자를 든든하게 지원해준다고 했다. 다정하게 마사지를 해주고 안아준다고, 차를 끓여준다고 했다. 충격이 얼마나 대단했는지 울음이 뚝 그쳤다. 속이 차갑게 식어가는 느낌이었다. 감정이 사라지고 흥분이 가라앉았다.

"당신은 그냥 모유 수유와 안 맞는 거야." 오스카가 쏘아붙였다.

"헤네퀸이 말⋯"

"헤네퀸이 뭐라 하든 무슨 상관이야. 네 가슴 어떻게 됐는지 봤어? 다시는 예전 모습으로 돌아오지 않게 생겼어. 이제는 우선순위를 결정해야 돼. 나는 더 이상 못 참겠으니까." 오스카는 성큼성큼 인디 방으로 걸어 들어갔다. 아기를 안고 돌아와 서툰 동작으로 디디의 무릎에 올려놓고 투덜거리듯 말했다. "가서 젖병 가져올게."

디디는 유축기도 가져다달라고 오스카를 부르려 했지만 생각을 접었다.

4일째
금요일

미리암은 도로변에 주차를 하고 차에서 내렸다. 바람이 쌀쌀해 재킷 지퍼를 올렸다. 마을은 온통 초원과 과수원으로 둘러싸여 있었다. 구불구불한 시골길 가장자리에는 마디가 굵은 고목들이 늘어섰고 드문드문 농가주택과 유서 깊은 단독주택, 그리고 큰 저택이 보였다. 마을 중심지는 따로 없었다. 마스트리히트와 암스테르담을 잇는 중심 도로인 A2 고속도로에서 차들이 쌩쌩 질주했다. 고속도로 소음과 목가적이고 신비롭기까지 한 마을 분위기는 다소 어울리지 않았다.

하지만 정말로 실망할 일은 따로 있었다. 미리암은 가죽재킷 주머니에 손을 찔러 넣고 마을 초등학교를 바라보았다. 흰색과 오렌지색 벽돌건물에 박공지붕을 얹고 유리와 트레스파를 외관 자재로 사용했다. 헤네퀸이 이 마을에서 나고 자랐다면 25년 전 이 학교를 다녔을 것이다. 그렇지만 이 학교는 그때 지어진 건물은 확실히 아니었다.

미리암은 운동장을 통해 건물 입구로 걸어갔다. 반회전문에 손을 대자 한쪽이 활짝 열렸다. 내부는 전국 어디서나 볼 수 있는 초등학교였다. 나무와 리놀륨 바닥을 깔고 벽은 페인트칠이 되어 있다. 책 선반 아래에 달린 고리에는 아이들의 젖은 외투가 걸려 있었다.

문 유리창을 들여다보자 교실에서 수업 중인 아이들이 보였다. 네 개로 조를 짜서 책상을 조별로 붙여놓았다.

"누구 찾아오셨나요?" 옆 가르마를 탄 남자가 다가오다 몇 발짝을 사이에 두고 멈춰 섰다. 그는 무테안경 너머로 의심스러운 눈길을 보냈다. 얼핏 30대 같았지만 행동을 보면 그보다 나이 많은 티가 났다. 태도나 표정이 왠지 신부나 수도승 같았다. 한순간 로테르담에서 어디 먼 세상으로 넘어온 듯한 기분이 들었다.

"몰래 들어와서 죄송합니다." 미안한 기색 없이 미리암이 말했다. "문이 열려 있었어요. 미리암 드 무어, 로테르담 경찰입니다. 실례지만 성함이?"

남자는 잠시 놀란 표정을 지었다. "아도 반 쥘런Addo van Zuilen입니다. 이 학교 교장이지요."

"잘 됐네요. 마침 교장 선생님을 찾고 있었어요." 미리암이 손을 내밀자 쥘런 교장은 하는 둥 마는 둥 악수를 했다. "진행 중인 수사와 관련해 몇 가지 여쭤보고 싶습니다. 잠시 시간 좀 내주세요. 보통은 미리 연락을 하고 옵니다만." 오늘은 왜 연락을 하지 않았는지 굳이 설명하지는 않았다. 그 대신 주위를 이리저리 살피며 말을 이었다. "어디 조용한 데로 가서 이야기할 수 있을까요?"

과묵한 사람들에게는 언제나 직설적인 화법이 통했다. 쥘런 교장은 건물 뒤편에 있는 교장실로 미리암을 안내했다. 커다란 창문 밖으로 진흙 덮인 황량한 목초지와 도로가 보였다. 미리암은 내부를 둘러보았다. 나무 책상과 책장은 반질반질 윤이 났다. 학교 건물보다 오래된 가구들이었다. 구석에 차와 커피머신이 있었지만 교장은 무얼 마시겠냐고 물어보지 않았다.

그는 책상 맞은편 의자를 가리켰다. "앉으시죠, 저… 성함이 어떻게 되신다고요?"

"드 무어 검사대리(네덜란드에서는 상급 경찰이 검사대리로서 검사의 직무를 일부 대신할 수 있다 - 옮긴이)입니다."

그러자 교장의 표정이 싹 바뀌었다. 미리암은 속으로 웃음을 삼켰다. 검사대리는 형사과장이라는 직책을 더 있어 보이게 하는 이름에 불과했다.

미리암은 의자에 앉았다. "건물은 오래되어 보이지 않네요."

"맞습니다. 6년 전에 새로 지었어요."

"25년 전에도 마을 초등학교가 있었나요?"

"그랬죠." 교장이 미리암 뒤에 있는 벽을 가리켰다. "당시에는 구교사를 사용했어요. 조금 더 내려가면 교회 근처에 있습니다."

쥘런 교장은 예전 건물이 오랫동안 상태가 좋지 않아 신관으로 옮겼다고 설명했지만 미리암은 귀담아 듣지 않았다. 교장이 숨을 돌리려고 말을 끊는 기회를 노려 질문을 했다. "이 지역 출신이세요?"

교장은 고개를 저었다. "저는 바네벨트에서 나고 자랐습니다. 여기에는 4년 전에 전근 왔어요."

"혹시 80년대 후반에 근무했던 선생님 중에 아직 이 학교에 근무하는 분 계신가요?"

"아니요. 저희 교직원은 다들 젊어요. 그 점이 강점이죠. 새로운 세대를 맞아 새로운 방식과 아이디어를 추구하되 전통적 가치는 지키고…."

교장은 계속 떠벌렸다. 장학사를 대하듯 약간 방어적인 태도로 상세히 설명을 이어갔다. 경찰에서 나왔다는 말을 듣고 바짝 긴장하는 사람은 한둘이 아니었다. 미리암은 '검사대리'라는 용어로 그 효과를 배가시키기도 했다.

참다못해 미리암이 말을 잘랐다. "기록은 어때요?"

"기록이라니요?"

"25년 전쯤 이 학교를 다녔던 학생을 찾고 싶다면 기록을 찾아볼 수 있나요?"

교장은 의자에서 자세를 고쳤다. "보통은 가능해요. 그런데…" 그가 창밖으로 시선을 돌렸다. 그곳에 문제의 해답이 적혀 있기라도 한지. "안타깝게도 이사하는 과정에서 일이 생겼습니다."

"그게 무슨 뜻이죠?"

이제 쿨런 교장은 진심으로 긴장한 얼굴이었다. "2003년 이전 졸업생의 이름과 주소가 다 사라졌다는 뜻입니다."

미리암은 잠시 고민을 했다. 헤네퀸이 이 학교를 다녔는지 확실하지 않은 상황에서 이 남자는 그 사실을 알려줄 능력이 없음이 확인되었다. 결국 이렇게 물었다. "예전에 여기서 일했던 선생님과 연락은 가능합니까?"

교장의 얼굴이 밝아졌다. "이 마을에 살고 계신 분이 있어요. 코네이 딜런Corné Dillen이라고요. 요즘에는 교구회에서 활동하세요."

미리암은 주머니에서 수첩을 꺼내 이름과 주소를 받아 적었다. 그밖에도 연락할 수 있는 사람이나 주소가 있는지, 당시 관리인을 찾을 수 있는지 추가로 물어보았지만 허사였다.

"딜런 선생님은 기억할지도 몰라요." 쿨런 교장이 말했다.

평소 같으면 이 시점에서 명함을 주고 다른 정보가 떠오르면 연락을 달라고 했을 것이다. 하지만 지금은 의미 없는 일이었다. 미리암은 그에게 시간을 내줘서 고맙다고 인사하고 얼른 밖으로 나왔다.

코네이 딜런이 집에 있기를 바랄 뿐이었다.

★

디디의 동료들이 거실 침대 주위로 빙 둘러 앉았다.

헤네퀸은 동료들이 예의상 방문했음을 알 수 있었다. 척하면 척이었다. 여자들은 디디나 아기에 진심 어린 관심을 보이지 않았다. 그저 떠날 시간만을 손꼽아 기다렸다.

"어머, 디디. 도와주는 분이 있어서 마음 편하겠다."

헤네퀸은 디디에게 아기 턱받이를 건네고, 짧은 금발 머리 여성에게 미소를 지었다. "돕는 게 제 일이죠."

침대에 누워 있던 디디는 감동한 표정으로 헤네퀸을 보았다. 피부가 날이 갈수록 창백해지고 있었다. 연약한 하얀색 가죽이 망가진 근육과 뼈를 감쌌다. 관자놀이의 보랏빛 핏줄은 섬세하게 가지를 뻗은 산호 같았다.

"헤네퀸은 너무 겸손해서 탈이에요." 디디가 턱받이를 접어 옆에 내려놓으며 말했다. "정말 대단해. 하늘이 주신 선물이라니까. 헤네퀸이 없었으면 어땠을지 눈앞이 깜깜해."

헤네퀸은 감동을 받을 뻔했다. 디디가 그렇게 고마워할 줄이야. 그리고 저 정도로 눈치가 없을 줄이야.

"도울 수 있어서 기뻐요." 헤네퀸이 웃으며 접시와 찻잔을 치워 쟁반에 담았다. "여러분, 차 더 드시겠어요?"

여자들은 이때다 싶어 일제히 일어났다. "아니, 괜찮아요. 그만 가봐야죠." 다들 바닥과 의자 등 뒤에 놓은 핸드백을 집어 들었다.

"괜찮아요." 헤네퀸이 말렸다. "조금 더 놀다 가세요. 그동안 손님이 별로 없었거든요."

의미심장한 눈길들이 오고갔다. 가장 어린 흑인 여성이 다시 앉으려 했다가 눈빛으로 무언의 꾸짖음을 받았다.

잠깐 어색한 침묵이 흐른 끝에 짧은 금발이 입을 열었다. "미안해요. 저는 12시 반에 약속이 있어요."

"나도." 다른 사람이 거들었다.

"다음 주에 다시 오면 어떨까요?" 가장 어린 동료가 조심스럽게 제안했다.

"좋죠! 문은 언제나 열려 있답니다." 헤네퀸이 신이 나서 말했다. "아기를 낳는 게 매일 있는 일인가요. 배웅해 드릴게요." 헤네퀸은 손님들을 복도로 안내해 코트를 주고 현관문을 열어주었다. "멋진 선물 감사해요. 정말 고맙습니다." 나가는 사람들에게 배웅을 하고 문을 닫았다.

거실은 조용했다.

디디는 침대 상단을 올리고 누워 있었다. 눈을 감은 얼굴은 여전히 창백했고 팔을 뻣뻣하게 양 옆에 놓았다. 누워 있는 모습이 꼭 시체 같았다. 죽은 디디라. 마음에 드는데? 하지만 지금은 괴로워하는 디디가 더 좋았다.

헤네퀸은 콧노래를 부르며 바퀴 달린 의자를 제자리에 돌려보냈다. 위층에서 발소리가 들렸다. 오스카가 이제야 일어난 모양이다. 디디처럼 오스카도 간밤에 한숨도 자지 못했다. 꼬맹이가 자꾸 잠을 깨웠기 때문이었다. 갓 태어난 아기는 배가 고프다고 폐가 터지도록 비명을 지르며 부모님을 불렀다. 하지만 디디는 자기 딸을 보살필 수 없었다.

천장 쪽에서 물 흐르는 소리가 작게 들렸다. 오스카가 샤워를 하는 중이었다.

"왜 그런 말을 했어요?" 디디가 불쑥 물었다.

헤네퀸은 계속 콧노래를 부르며 접시를 쌓았다. 디디가 조금 더 큰 소리로 다시 질문했다. "우리 집에 손님이 별로 없다고 했잖아요. 정말 그렇게 생각해요?"

헤네퀸은 침대 곁에 다가와 양 손을 비볐다. "솔직히 말해서… 그래요. 보통은 북적북적하죠."

"작년 여름에 정원에서 베이비샤워를 열었을 때는 많이들 왔어요."

헤네퀸이 항복의 의미로 손을 들어올렸다. "저기, 디디 말이 맞아요. 동료들 앞에서 그런 말을 하는 게 아니었어요. 그 사람들에게 하기엔 부적합한 말이었네요. 미안해요."

디디가 긴장한 웃음을 뱉었다. "아니, 나는 괜찮아요. 당연히 하고 싶은 말이 있으면 해야죠. 그냥 어젯밤 이후로 신경이 조금 예민해졌나 봐요. 나…." 디디가 눈을 내리깔았다. "오스카와 말다툼을 했어요."

헤네퀸이 눈을 반짝였다. "정말요? 무슨 일로요?"

"유축기로 시간 낭비하지 말라고요."

"그게 말다툼할 거리라고 생각한대요?"

디디는 고개를 끄덕였다. 불안해서 담요 위로 깍지를 꼈다. "원래는 화를 잘 내는 사람이 아니에요. 잠이 부족해서 그런 거예요. 견딜 수 없었던 거죠."

"울지 않는 아기가 어디 있어요. 그래야 엄마 아빠로서는 아기가 배고픈지, 춥거나 더운지 알죠."

"알아요. 하지만…." 디디가 헤네퀸을 올려다보았다. "인디는 밤에 많이 울어요. 낮보다 훨씬 많이요. 오스카는 배고파 해도 그냥 두래요. 하지만 저는 못 하겠어요. 나를 부르고 있단 말이에요. 어두운 방 안에 홀로 누워서요. 정말 밤에 같은 방을 쓰고 싶어요."

"이해해요. 하지만 이게 최선이에요. 디디도 그렇고 인디를 위해서도요. 알죠?" 헤네퀸은 물끄러미 디디를 바라보았다. "이렇게 합시다. 오늘은 지금부터 손님방으로 올라가 있어요. 여기보다 조용해서 잠이 잘 올 거예요. 기분이 한결 나아지면 모유량도 늘어나겠죠. 손님이 오면 내일이나 모레 다시 오라고 할게요. 어때요?"

디디는 기운 없이 고개를 끄덕였다.

"좋아요. 이따가 유축기 갖고 올라갈게요. 어떻게 사용하는지는 알죠? 이제는 내가 안 도와줘도 할 수 있을 거예요. 차를 타줄 테니까 조금만 기다려요."

★

마을에 있는 다른 집들과 비교하면 코네이 딜런의 집은 난쟁이가 사는 집 같았다. 벽에는 흰색 회반죽을 발랐고 낮은 타일 지붕은 경사가 완만했다. 집에는 장식이 화려한 초록색 철제 현관문이 있었다.

집 옆쪽으로 걸어가는 미리암의 운동화에 자갈이 우두둑 소리를 내며 부딪쳤다. 현관문 옆에 달린 초인종을 눌렀다. 누군가 딜런을 찾아올 때마다 온 마을이 알 정도로 소리가 컸다.

미리암은 주위를 둘러보았다. 실제로 마을에 와보니 예상과 달랐다. 구글 지도 거리뷰처럼 여름이었다면 분명 아름다웠을 것이다. 사방의 꽃과 나무가 싹을 틔우고 동물들은 초원에서 풀을 뜯고 있겠지. 하지만 지금은 고요하기만 했다. 진흙투성이 목초지에서 피어오른 안개는 불길한 느낌마저 주었다. 으스스할 정도로 조용한 마을이었다.

땅딸막한 남자가 문을 열었다. 다행히 젊은 교장처럼 속세에서 벗어난 분위기를 풍기지는 않았다. 백발을 짧게 깎았고 무성한 검은 색 눈썹 아래로 보이는 눈은 다정했다. 그는 푸른색 양모 스웨터와 코듀로이 바지를 입고 있었다. 문가에서 케이스혼트(네덜란드산 중형견 - 옮긴이) 한 마리가 나타나 컹컹 짖으며 미리암 주위를 돌기 시작했다.

"로테르담 경찰 미리암 드 무어입니다. 코네이 딜런 씨인가요? 드랭크 초등학교에서 근무하셨죠?"

"맞습니다."

강아지가 계속 짖어댔다.

"들어가도 될까요?"

딜런은 문 앞에서 움직이지 않았다. 검지로 두꺼운 검은 눈썹을 문질렀다. "무슨 일이죠?"

"예전 제자와 관련한 일이에요. 사건을 수사 중인데 그 사람의 어린 시절에 관해 조사하고 있습니다."

딜런이 집 안으로 고개를 돌렸다. "곧 회의가 있어서 나가야 돼요. 다음에 다시 오면 안 되겠습니까?"

"오래 걸리지 않아요." 미리암이 고집했다.

"누구 말이죠?"

"카타리나 크라머요."

남자는 표정을 바꾸더니 말을 잇지 못했다.

"80년대 말부터 90년대 초까지 이 마을에서 학교를 다녔다고 추측하고 있어요. 그 이름이 생각나시죠?"

"카타리나라고요?" 딜런은 살점을 베어물 것처럼 입술을 움직였다. 놀랍게도 문이 활짝 열렸다. "좋습니다. 몇 분은 시간을 내보지요."

★

"피곤해 보여요, 오스카." 헤네퀸이 유리컵을 찬장에서 꺼내 티백을 넣었다. 정수기 버튼을 누르자 부글부글 끓는 물이 증기를 뿜으며 유리컵으로 쏟아졌다. 컵을 내려놓은 그녀는 주방 조리대에 등을 기대고 에스프레소를 홀짝이는 오스카를 바라보았다. 그는 청바지와 빨간색 폴로셔츠를 입고 있었다. 샤워를 하고 나와서 검은 머리가 아직 촉촉했다. 조금은 뚱한 얼굴이었다.

"피곤할 때죠." 헤네퀸이 말을 이었다. "가서 더 쉬도록 해요."

오스카가 조리대에 에스프레소 잔을 내려놓았다. "소용없어요. 인디가 밤새 잠을 안 자는데 어쩌겠어요. 간밤에 한숨도 못 잤어요. 이틀째 뜬눈으로 밤을 지새웠다니까요."

"태어났을 때 몸무게를 감안하면 이론상으로는 밤에 한 번만 깨서 젖을 먹고 별 문제 없이 자야 해요. 하지만 울면서 잠이 드는 아기들도 있어요. 지쳐서 잠들 때까지 우는 거죠. 그럴 때는 울게 두는 수밖에 없어요."

오스카가 핏발 선 눈으로 그녀를 보았다. "제 생각도 그래요. 그런데 디디가 자꾸 인디를 침대에서 꺼내달라고 불러요. 자기는 할수 없다 그거죠." 오스카가 머리카락을 쓸어 넘겼다. 그러고 보니며칠 사이에 양쪽 입꼬리가 축 처졌다.

그래도 여전히 미남이었다.

"이따가 얘기해볼게요." 헤네퀸이 말했다.

오스카가 힘없이 미소를 지었다. "고마워요. 정말…"

헤네퀸은 오스카에게 가까이 다가갔다. 샤워 젤 향이 코끝에 와닿았다. 리투얼 제품이었다. 지난 며칠 동안 그녀는 스티븐스-보스

가족의 욕실에 대해 자기 집 욕실만큼이나 속속들이 알게 되었다. 수납장과 서랍장도 전부 살펴보았다.

오스카가 말을 흐렸다.

헤네퀸의 가슴이 그의 몸에 닿기 일보직전이었다. 고개를 뒤로 젖히고 그의 눈을 응시했다. "지금 얼마나 힘들지 이해해요. 디디가 꼭 다른 사람 같죠." 그러면서 오스카의 팔에 손을 올렸다.

오스카는 가만히 보고 있을 뿐 팔을 치우지는 않았다.

"있잖아요, 오스카. 저는 디디와 아기만 돌보려고 온 게 아니에요. 당신도 도와줄 수 있어요." 헤네퀸은 느글거릴 만큼 부드럽고 달콤한 목소리로 말하며 오스카의 팔을 엄지로 둥글게 쓰다듬었다. "그러니까 마음껏 활용해요. 도움이 필요하면 무슨 일이든지…."

★

필터 커피는 정말 오랜만이었다. 이런 기계를 요즘에도 파나? 바스토뉴 비스킷은 그보다 더 오랜만에 먹어본다. 미리암은 집 안을 둘러보았다. 좁지만 짙은 색 카펫과 가스난로 덕분에 아늑했다. 가구도 아주 튼튼해 보였다. 왠지 조부모님 댁을 방문한 기분이었다. 딜런 부부는 바쁘고 혼잡한 로테르담이 아니라 한적한 전원에 산다는 점이 미리암의 조부모님과 다를 뿐이었다.

거실 반대편 식탁에서는 딜런 부인이 아이패드로 단어 맞추기 게임을 하고 있었다. 강아지는 복슬복슬한 주황색 공처럼 그녀의 무릎에 똬리를 틀고 누웠다. 어디가 머리고 어디가 꼬리인지 구분할 수 없었다.

딜런이 컴퓨터에 로그인했다. "전에 우리 반 학생들 사진을 전부다 스캔했어요. 가끔 사진을 찾고 싶어 학교로 연락하는 졸업생이 있으면 학교 측에서는 나한테 연결해주죠." 그는 고개를 숙이고 상세한 정보를 입력했다. "여기 있네요. 1990년 6학년." 사진을 클릭해 확대하자 도수 높은 안경을 낀 통통한 소녀가 나타났다. 긴 웨이브 머리가 단정치 못하게 제멋대로 뻗쳤다. "이 아이가 카타리나 크라머입니다."

미리암은 사진을 뚫어져라 바라보았다. 헤네퀸 스미스와 대조적인 모습이 이것 말고 또 있을 수 있을까? 헤네퀸은 안경을 쓰지 않았다. 까무잡잡한 몸은 날씬했고 항상 예쁘게 치장하고 다녔다. 아무리 사람은 자라면서 변한다지만 이건 심했다. "같은 사람이라니 도저히 믿을 수가 없어요."

"가끔 누구 사진인지 제가 혼동하기도 하죠. 하지만 카타리나라면 말이 다릅니다. 절대 잊을 수 없는 학생이었으니까요. 학교생활이 아주 힘들었을 거예요." 딜런이 사진을 조금 더 확대했다. 우울한 표정의 소녀가 모니터 화면 전체를 차지했다.

미리암은 사진을 뜯어보았다. 눈매는 비슷했다. 안경을 무시하고, 몇 년 나이를 더하고 몇 킬로그램을 빼면, 얼굴을 갸름하게 만들면… 불가능하지는 않았다.

아마도.

"왜 힘들었다는 거죠?"

"심하게 괴롭힘을 당했어요. 처음부터 그랬던 건 아니었어요. 초기에는 다른 아이들하고 잘 어울렸습니다. 나중에 달라진 거죠."

"왜요?"

딜런이 미리암을 힐끔 보았다. "이 동네에 대해 압니까?"

"아니요."

"여기 사람들은 보수적이에요. 전통을 고수하죠. 교회가 제일 중요하고 무조건 가족 중심으로 돌아가는 마을입니다. 카타리나가 자랄 때는 지금보다 더 했을 거예요. 주변에서 이래라 저래라 하는 일이 많았어요. 대부분 애를 여덟, 열, 많으면 열다섯 명씩 낳는 마을에서 카타리나는 외동딸이었습니다. 다른 아이들은 집 밖에서 놀 이유가 별로 없었어요. 형제들만으로 충분했으니까요. 하지만 카타리나는… 외톨이였죠."

"솔직히 말해, 여보. 그게 아니라 이상한 애였지. 다른 사람들과 잘 섞이지 못했잖아." 딜런 부인이 갑자기 끼어들었다.

미리암이 돌아보았지만 그녀는 혼잣말을 하듯 아이패드에서 눈을 떼지 않았다.

"카타리나 자체는 이상하지 않았어요." 딜런이 두둔했다. "이곳과 맞지 않았을 뿐이죠. 부모는 외지 사람이었습니다. 형사님처럼 도시에서 왔댔어요. 주변 환경이 예뻐서 마음이 동했는지도 모르죠. 도시보다 더 좋은 집을 싼 가격에 살 수도 있고요."

"비교적 유복하게 살았을걸." 여전히 아이패드로 얼굴을 가린 딜런 부인이 끼어들었다.

"어디 출신라고 하던가요?"

"아른헴이었던 것 같아요. 집사람 말이 사실이에요. 애 아버지는 자주 집을 한참씩 비웠어요. 내 기억이 정확하다면 석유시추시설에서 일했을 겁니다. 아무튼 석유와 관련이 있었어요."

"집에 있는 꼴을 못 봤어요." 거실에서 소리가 들렸다. "커다란 집에 이상한 계집애 하나 데리고 썰렁하게 지내는 마누라만 불쌍하지. 감당하기 힘들었을 거예요. 외로워서 더는 견딜 수 없었던 거죠."

기침을 하고 입을 꾹 다물던 딜런이 미리암과 눈을 맞추었다. "크라머 가족은 종교를 믿지 않아서 마을 사람들과 어울리지 못했어요. 이름이 하이디Heidi였나, 크라머 부인이 애를 하나밖에 못 낳은 것도 하늘에서 내린 벌이라고 수군거렸죠." 딜런이 검지를 빙글빙글 돌렸다. "아직도 그렇게 생각하는 사람들이 있어요." 그는 엄청난 비밀을 터뜨리려는 듯 미리암에게 가까이 다가왔다. "여태 텔레비전이나 인터넷이 없는 집도 있고요."

"카타리나 어머니는 어떻게 되셨어요?"

"스스로 목을 매달았어요."

미리암은 깜짝 놀라서 고개를 들었다. "누가 발견했죠?"

"가정부요. 내가 알기로 카타리나는 현장을 못 봤어요. 확신은 못하겠지만 말입니다. 동네에 갖가지 소문이 떠돌아다녔어요. 이미 들었을지도 모르겠군요. 아무튼 그 아이는 5학년 마지막 학기에 엄마를 잃었어요. 그것도 자살로…" 딜런은 생각에 잠겨 입술 각질을 물어뜯었다. "이 지역에서는 자살을 아주 심각한 죄악으로 여겨요. 남은 가족에게도 손가락질을 합니다. 그래도 카타리나는 학교로 돌아왔어요. 용기 있는 행동이었죠. 일반 중학교로 진학했는데 사실 더 좋은 학교를 갈 수도 있었어요. 꽤 머리가 좋은 아이였거든. 요즘 말로 재능을 타고 났다고 할까."

"아버지는 아직 여기에 살고 있나요?"

"아닙니다. 카타리나가 중학교에 입학한 후에 딸을 데리고 이사했어요."

"어디로요?"

딜런은 어깨만 으쓱했다. "외국에 갔다는 사람도 있고, 네이메헌에 갔다는 사람도 있고. 소문만 돌았을 뿐이죠. 주민등록 명부를 찾아보지 그래요?"

미리암은 창밖의 들판을 내다보았다. 안개가 점점 짙어지고 있었다. 그러다 컴퓨터 화면으로 고개를 돌렸다. "사진을 메일로 보내주실 수 있나요? 카타리나 사진이 더는 없을까요?"

"정확히 무슨 수사입니까? 그 아이한테 무슨 일이 생겼어요?"

"죄송합니다. 그것까지는 말씀 못 드리겠어요."

딜런이 두꺼운 눈썹을 벅벅 소리 나게 긁적였다. "좋습니다. 이야기를 길게 못 해서 미안하지만 회의에 가려면 옷을 갈아입어야 해요." 두 사람은 자리에서 일어났다.

"질문이 더 있으면 연락해도 될까요?" 미리암이 물었다.

"그럼요." 딜런은 컴퓨터 옆에 놓인 케이스에서 명함을 꺼냈다.

"그 애가 누구를 해쳤나요?" 딜런 부인이 갑자기 질문했다.

갑작스러운 질문에 미리암이 딜런 부인을 돌아보았다. "왜 그렇게 생각하시죠?"

"걔만 보면 항상 기분이 이상했어요. 머리가 좀 정상이 아니라서요. 내 말 무슨 뜻인지 알죠?" 딜런 부인은 검지를 관자놀이 옆에 대고 빙글빙글 돌리는 시늉을 했다.

딜런이 목소리를 높였다. "각자 방식대로 사는 사람을 남이 어떻게 이해하나. 다 똑같이 사는 사람은 없는 법이야."

딜런 부인은 단호히 고개를 저었다. "여자의 육감이라는 게 있어, 여보. 남자는 둔감해서 몰라." 그녀가 미리암를 쳐다보았다. "카타리나는 가끔씩 사람을 뚫어지게 쳐다보곤 했어요. 마치 자기가 우리보다 우월하다는 것처럼요."

"크라머 가족의 집에 가보신 적 있나요?" 미리암이 물었다.

"아니. 나는 그 사람들하고 연락하고 지내지 않았어요. 서로 인사도 거의 안 했죠."

미리암은 딜런을 따라 현관문으로 걸어가다 뒤를 돌았다.

"카타리나가 정확히 어디 살았나요?"

코네이 딜런이 허리를 쭉 폈다. "차로 거리 끝까지 가서 교회가 보이면 우회전을 하세요. 오른쪽으로 세 번째 집입니다. 높이가 있고 흰색이어서 바로 보일 거예요."

★

디디는 손님방 침대에 미동도 없이 앉아 있었다. 축 처진 어깨가 앞으로 굽었다. 양쪽 가슴에 유축기를 부착하고 투명 흡입기가 움직이지 않게 손으로 꼭 붙잡았다. 시선을 벽에 고정시켰다. 너무 아팠다. 유축기라면 신물이 났다. 그 물건은 쉬지 않고 단조로운 기계 소리를 내며 유두를 혹사시켰다. 유두는 갈수록 딱딱해졌다. 아침에 헤네퀸 말대로 바셀린을 바르자 조금 나아졌지만 고통은 여전했다. 이제는 한계였다. 이렇게 모유를 짜도 나오는 양을 보면 한심하기 짝이 없었다.

어제 헤네퀸은 젖병 고무젖꼭지에 조그맣게 구멍을 하나 뚫어주었다. 그렇게 하면 인디가 소량의 젖을 빠는 데도 힘을 더 많이 들인다고 했다. 젖병을 비웠을 즈음에는 지쳐서 잠들 것이다. 적어도 계획은 그랬다. 하지만 인디는 속지 않았다.

실패자가 된 기분이었다. 병에 스트레스까지 겹쳐서 모유가 충분히 나오지 않았다. 애초에 엄마 될 자격이 없었는지도 모른다. 디디의 가슴은 피부가 연약해서 유축기를 감당할 수 없었다. 임신, 출산도 힘들었는데…. 의술이 발달하지 않았더라면 디디는 이미 저세상으로 가고 인디도 세상의 빛을 보지 못했을 것이다. 아니, 그런 생각은 그만해!

어젯밤 디디는 심각하게 고민했다. 모유 수유를 포기하고 분유로 바꿀까? 오스카 말이 틀리지도 않았다. 많은 아이들이 분유를 먹고 자란다. 지극히 평범한 일이다. 인디라고 왜 안 되겠는가? 하지만 한편으로는 그런 생각을 하는 자신이 싫었다. 그냥 참고 견디며 젖을 계속 짜야 한다. 며칠만 지나면 유축기에 익숙해지고 모유도 딸이 먹기 충분할 만큼 나올 것이다. 길어야 일주일이다. 지금보다는 아프지 않기를 바랄 뿐이었다.

시계를 보았다. 작동 시간 20분 중 겨우 5분이 지났다. 느낌상으로는 벌써 1시간이 지난 듯했다.

헤네퀸은 차를 가져온다더니 왜 안 오지?

연한 피부가 헤네퀸의 앞니를 지나 입 안으로 들어갔다. 그것을 입술로 감싸고 혀로 쿠퍼액을 맛보았다. 지금 깨물어버릴까. 콱 세게 깨물자고 헤네퀸은 생각했다. 통째로 잘라버리는 수가 있다. 걱정 없이 속편하게 살았던 인간의 삶을 끝장내는 거다. 디디 보스도 같이.

오스카가 흥분하기 시작했다. 남성을 헤네퀸의 목구멍 깊숙이 밀어 넣고 허리를 앞뒤로 움직였다.

그녀를 믿고 있다.

기가 막혔다. 남자들은 대체 무슨 생각으로 애지중지하는 신체 부위를 위험에 노출시키는 걸까? 뭘 믿고 이렇게 연약한 살덩어리를 낯선 사람에게 함부로 맡기는 거래?

헤네퀸은 오스카의 리듬에 맞춰 목구멍에 힘을 빼고 그를 더 깊숙이 받아들였다. 입꼬리를 슬며시 올리고 그를 올려다보았다.

오스카는 조리대를 두 손으로 움켜쥐고 고통에 몸부림치는 사람처럼 숨을 헐떡이며 눈을 꽉 감았다. 오래 걸리지 않을 것이다. 헤네퀸이 별로 노력하지 않아도 오스카에게는 충분했다.

잔뜩 성이 난 남성이 헤네퀸의 혀를 앞뒤로 스쳤고 어금니를 지나 목젖까지 닿았다. 어렵지 않을 것이다. 눈을 딱 감고 예고 없이 세게 깨물면 그만이다. 한 순간의 쾌락으로 오스카는 성기를 잃고 딸을 다시는 만나지 못하게 된다. 병원 신세를 지며 일평생 불구로 살아갈 것이다. 그뿐이겠어, 올해가 가기 전에 이혼도 하겠지.

하지만 헤네퀸은 그 정도로 만족할 수 없었다. 지금 충동을 이기지 못하면 여기서 경기가 끝난다. 헤네퀸은 자신을 고양이에 비유하곤 했다. 날씬하고 우아한 얼룩 고양이. 어린 시절 살던 마을에는 눈이 금색인 이웃집 고양이가 한 마리 있었다. 녀석은 먹잇감을 몇 시간이고 가지고 놀았다. 어린 헤네퀸은 가만히 앉아서 그 모습을 지켜보곤 했다. 우선 먹잇감이 도망치지 못하도록 상처를 입힌다. 그리고 나서 앞발로 툭툭 건드리면 먹잇감은 혼란스러운 와중에도 고양이에게서 벗어나려고 비틀거리며 달아난다. 앞발이 닿지 않을 거리까지 이르렀을 때쯤, 고양이는 잽싸게 달려들어 조그마한 동물의 등에 발톱을 박고 자기 쪽으로 끌어당긴다. 그러고는 기분 좋게 몸을 부르르 털며 먹잇감이 몸부림치는 모습을 구경한다. 고양이는 이런 행동을 몇 시간 동안이나 반복했다. 헤네퀸은 그보다 더 오래 시간을 끌 작정이었다.

오스카의 호흡이 가빠졌다. 소리를 내지 않으려고 안간힘을 썼지만 디디가 예민하다면 손님방에서도 이곳 소리를 들을 수 있다.

'살짝' 깨물어볼까? 오스카를 조금만 가지고 놀아보자. 살에 송

곳니를 박는 거다. 작은 상처가 날 만큼만, 피가 날 정도로만. 물론 실수로 위장해야 한다. '어머, 너무 흥분했나 봐요. 미안해서 어떡해.' 그렇게 말하면서 상처에 입을 맞춘다. 털을 손질하는 고양이처럼 열심히 피를 핥아준다. 미안, 미안해요. 내가 어떻게 하면 좋을까요….

혜네퀸이 무슨 생각을 하는지도 모르고 오스카는 그녀의 머리 위에서 마치 고문을 당하는 것처럼 끙끙거리며 작게 신음을 했다. 그가 갑자기 숨을 참았다. 몸에 힘이 들어가더니 잠시 거칠게 요동쳤다.

입 안에 사정을 한 것이다. 경고도 없이.

혜네퀸은 혐오스러운 눈으로 그를 올려다보았다. 얼굴을 일그러뜨린 오스카는 소리 없는 비명을 지르듯 입을 크게 벌리고 있었다.

다음에는 가만두지 않을 것이다. 고통을 주고 말겠어. 그래야 마땅한 인간이다.

혜네퀸은 싱크대에 정액을 뱉고 수돗물로 입을 헹궜다. 인디의 턱받이로 입술을 닦고 뒤를 돌았다.

오스카는 바지 단추를 채우고 얼굴을 붉히며 주위를 허둥지둥 둘러보았다. 이마에 땀방울이 맺혔다. 그는 벌써 죄책감을 느끼고 있었다. 아니면 수치심인가? 시선이 바닥 타일에 박혀 고개를 들지 못했다.

"맙소사." 오스카가 중얼거렸다. 혜네퀸은 갑자기 사라지고 자기 혼자만 남았다는 듯이.

혜네퀸 스미스, 즉 카타리나 크라머가 자란 집은 구불거리며 마을을 관통하는 좁은 아스팔트 도로에서 조금 떨어진 곳에 위치했다. 도로에서 뻗어 나온 자갈길이 집 앞까지 이어졌다. 관리되지 않은 잔디밭 한가운데에는 거대한 수양버들이 우뚝 서 있었다. 지붕을 넘길 만큼 키가 컸고 햇빛을 다 가려서 그 아래에는 풀 한 포기도 자라지 않았다. 집 오른쪽으로 가보자 진입로가 끝나는 곳에 높은 지붕이 달린 벽돌 창고가 있었다.

전체적으로 묘한 분위기가 감돌았다. 신비로우면서도 으스스한 것이 이 마을 특유의 느낌과 잘 어울렸다.

미리암은 도로 한 편에 푸조를 세우고 차에서 내렸다. 아주 크지는 않지만 한때 위풍당당한 모습을 자랑했을 만한 집이었다. 현관문까지 가려면 낮은 계단을 올라야 했다. 창문에는 붉은색 덧문이 달려 있었고, 흰색 페인트칠을 한 벽은 얼룩덜룩한 곰팡이로 뒤덮였다.

헤네퀸 스미스는 여기서 자랐다. 그녀가 열두 살까지 살았던 집이다. 이 집에서 헤네퀸의 엄마는 스스로 목숨을 끊었다.

미리암은 형사과장으로서 죽은 사람을 수도 없이 보았다. 몇 명인지 이젠 기억도 나지 않는다. 스물? 스물다섯? 시체가 발견되면 미리암은 누구보다 먼저 현장으로 출동한다. 사인은 대부분 자연사였지만 자살인 경우도 있었다. 살인 사건으로 죽은 변사체는 아주 가끔씩만 나온다. 하지만 아무리 익숙해졌다 해도 목 매달아 죽은 시체는 여전히 미리암을 힘들게 했다. 지켜보는 입장에서 가장 끔찍한 모습이었다. 딜런은 카타리나가 엄마의 시신을 발견했는지는 알 수 없다고 했다. 하지만 그럴 가능성이 없지는 않았다. 그 모습은 아이의 정서를 산산조각 내고도 남았을 것이다.

1층 창문 안에서 누군가 움직였다. 미리암은 현관 계단을 올라

초인종을 눌렀다.

문을 연 사람은 집 외관이나 주변 분위기와 어울리지 않게 젊고 세련된 여자였다. 많아야 서른 정도. 청바지와 검은색 후드티를 입고 있었다. 그녀는 아니타 반 비크Anita van Wijk라고 자신을 소개했다.

"저는 여기 안 살아요. 부모님 댁이죠." 아니타는 남자친구, 남동생 두 명과 함께 하루 휴가를 내고 집을 수리하려는 부모님을 도우러 왔다고 말했다.

좁은 복도에 판자가 무더기로 쌓여 있었고 페인트와 목재 냄새가 났다. 위층에서 남자들이 우렁차게 말을 하고 발을 질질 끌며 걷는 소리도 들렸다.

"부모님이 조금 바쁘세요." 아니타가 설명했다. "작은 집으로 옮기고 싶은데 지금 상태로는 이 집이 안 팔린대서요."

"대형 공사네요. 도우러 와서 부모님이 든든하시겠어요."

아니타는 장난기 어린 웃음을 지었다. "그렇게 생각하시겠죠. 대형 공사는요. 이끼색 카펫과 패널 천장이 좋다고 절대 안 바꾸신대요."

"부모님이 언제 이 집을 매입하셨나요?"

아니타는 후드티 끈을 당기며 눈을 가늘게 떴다. "이 집에 와서 열 살 생일 파티를 열었어요. 그러니까… 20년 전이겠네요." 그러다 화제를 돌렸다. "무슨 일로 로테르담에서 여기 촌구석까지 오셨어요?"

"전에 살았던 사람을 수사 중이에요."

"아, 그렇다면 도움을 못 드릴 거예요. 저희가 이사했을 때 빈 집이었거든요. 부모님도 그 사람들은 한 번도 못 봤을걸요. 그 남자라고 해야 하나? 그 집 여자는… 뭐, 이미 알고 계시겠죠." 아니타가 갑자기 흥분해서 눈을 반짝였다. "혹시 그런 일이에요? 미제사건 전담팀에서 나오셨어요?"

미리암은 고개를 저었다. "미안합니다. 아직 그런 얘기를 할 단계는 아니에요. 하지만 부모님과는 꼭 이야기를 하고 싶어요."

"지금 쇼핑 나가셨어요. 한 시간이면 돌아오시지 않을까 싶어요."

두 여자는 조금 어색하게 서로 마주보고 서 있었다.

"혹시… 들어오실래요?"

"그럼 감사하죠." 미리암이 집 안으로 들어갔다. 복도에는 유행지난 인조 대리석 바닥이 깔려 있었고, 벽을 덮은 소나무 판자는 누렇게 색이 바랬다. "이사 온 후로 부모님이 집을 많이 손보셨나요?"

아니타는 고개를 저었다. "전혀요. 저희들 방을 빼면 거의 안 바뀌었어요. 원래 모습이 좋다고 보존하셨거든요. 완전히 박물관이라니까요." 그녀는 어이없다는 표정을 지으며 말을 이었다. "그래서 수리를 안 할 수가 없는 거죠. 요즘 집을 팔기가 워낙 힘들잖아요."

"둘러봐도 될까요?"

"음…." 아니타는 흘러내린 머리카락을 귀 뒤로 넘기고 머쓱하게 미소를 지었다. "그러세요. 경찰이시죠? 물건만 안 훔쳐 가면 돼요."

오스카가 집을 나갔다. 매끈하게 회반죽을 바른 발유스트라트 66번지 주택 안에서 곤란한 상황이나 문제가 생기면, 디디의 남편은 한 가지 전략만 구사했다. 회사 차량에 올라타 도망치는 것.

디디가 남자 복이 있다는 생각은 착각이었나 보다. 방금도 오스카는 얼마나 쉽게 굴복했던가.

헤네퀸은 유축기를 닦고 있었다. 정수기에서 받은 끓는 물로 테두리와 튜브를 소독한 후, 부품을 키친타월에 쭉 펼쳐놓고 물기를 말렸다. 아직 젖어 있는 검지에 소금을 뿌리고 흡입기의 안쪽 테두리에 발랐다.

헤네퀸은 콧노래를 부르며 손을 씻고 정원을 내다보았다. 오스카가 마지막으로 토끼 우리를 청소하고 신선한 물과 사료를 준 때는 그저께였다. 그 후로 까맣게 잊어버렸는지, 헤네퀸이 오늘 아침 도착해서 보니 물병은 토끼 우리 앞 잔디밭에 뒹굴었다. 지금도 마찬가지였다. 오스카도 어지간히 무심한 사람이다. 문득 아이디어가 떠올랐다.

조용히 복도로 나간 헤네퀸은 계단 아래쪽에 서서 가만히 귀를 기울였다. 위층은 묘지처럼 고요했다. 아기도 산모도 잠들었을 시간이었다.

헤네퀸은 주방으로 돌아가 차고 문을 열었다. 디디가 모는 붉은색 오펠코르사가 차고 공간을 거의 다 차지했다. 지붕이 낮은 쪽 벽에는 세탁기와 건조기가 놓여 있었고, 그 위로 흰색 선반들이 길게 달렸다. 자전거도 두 대 있었다. 낮은 여성용 자전거는 손잡이에 아기용 시트를 달았다. 다른 한 대는 멋진 레이싱 자전거였다. 이 가족의 취향이 확실히 보였다.

헤네퀸은 선반을 훑어보고 푸른색 액체가 담긴 통을 단번에 발견했다. 라벨을 읽고 뚜껑을 열어 냄새를 킁킁 맡아보았다. 부동액의 에틸렌글리콜은 강력해서 소량만으로 충분하다. 헤네퀸은 주머니에서 병을 꺼내 부동액을 조금 따랐다. 다시 주방으로 슬그머니 돌아왔다.

밖을 내다보자 물병은 아직도 토끼 우리 앞 잔디밭에 떨어져 있었다. 토끼들이 얼마나 목이 마를까.

헤네퀸은 미닫이문을 열고 우리로 다가갔다.

디디가 상상한 엄마의 삶은 이렇지 않았다. 더 낭만적이고 따뜻할 줄만 알았다. 물론 골반에 병이 났으니 어쩔 수 없었다. 게다가 출산만 하면 몸이 멀쩡해질 거라 생각할 만큼 현실 감각이 없는 사람도 아니었다. 아기 때문에 오스카와 싸울 수 있다는 각오도 했었다. 특히 초기에는 갈등을 겪기 마련이다. 그래도 이건 너무했다. 디디는 자기도 모르게 현실을 장밋빛으로 재구성해보았다. 상상 속의 그녀는 오스카와 아기침대 곁에 서서 두 사람이 만들어낸 생명을 보며 감탄하고 있다. 함께 목욕을 시키고 번갈아가며 젖병을 물리고 햇살 좋은 날에는 산책을 나간다. 그녀와 오스카와 아기는 사랑이 넘치는 '가족'이었다. 절대 떨어질 수 없는 삼총사였다. 이런 장밋빛 미래를 의심한 적은 단 한 번도 없었다. 처음에는 불안해하던 오스카도 디디가 그리는 미래를 확신하기 시작했었다.

그런데 지금 이 꼴이 됐다.

아침에 오스카는 진심이 아니었다며 건성으로 사과를 했다. 새로운 환경에 적응할 시간이 필요하다고 했다. 하지만 심각한 문제가 있다는 사실은 숨길 수 없었다. 오스카는 인디가 태어난 후로 디디에게 거리를 두었다. 날이 갈수록 더 쌀쌀해졌다. 몸은 여기 있어도 마음은 분명 다른 데 가 있었다. 이제는 아예 집을 나갔다. 또 사라져버린 것이다. 어젯밤 후로 디디는 오스카와 대화를 나누고 그의 따뜻한 품에 안기고 싶은 마음이 그 어느 때보다 간절했다. 하지만 오스카는 바로 그 순간이 올까 봐 두려운 듯했다.

어디로 가는지 말하지도 않았다. 벌써 세 번이나 전화를 걸었지만 답이 없다.

디디는 디지털카메라를 들고 헤네퀸이 찍어준 가족사진을 보았다. 화면 속의 가족은 행복이나 기쁨 같은 말과는 거리가 멀었다. 오스카는 조금 이상해 보이기까지 했다. 렌즈 아래쪽에 있는 무언가를 응시하고 있었다. 인디는 아기 담요에 파묻혀 거의 보이지도 않았다. 디디의 창백한 얼굴은 퉁퉁 부었다. 초점 없이 붉어진 눈이 억지웃음을 지었다.

이러니 오스카가 집을 떠나려고 하지.

전화기를 들고 다시 전화를 걸었다.

또 음성 사서함이다.

★

현관문은 타임머신 입구와도 같았다. 집 안으로 들어서자 족히 30년은 과거로 돌아간 기분이 들었다. 계단에는 이끼색 카펫을 깔고 옆에는 위층까지 쭉 노란색 벽널을 댔다. 미리암은 위를 올려다보았다. 다락방으로 가는 사다리 계단은 경사진 벽 뒤에 숨겨져 있었다. 크라머 부인이 계단에서 목을 맸을 리는 없었다.

"여기서 무슨 일이 있었는지 알아요?"

아니타가 미리암의 뒤에 바짝 붙었다. "이 마을이 어떤지 아시잖아요. 소문을 들었죠."

2층에 있는 방 하나로 들어갔다. 한 사람이 증기를 쐬어 벽지를 떼는 동안, 두 사람은 카펫을 걷었다. 그들은 미리암을 보자 하던 일을 멈추었다. 누가 남자친구고 누가 남동생들인지 한눈에 알 수 있었다. 쌍둥이는 아니타보다 한참 어려 보였다. 그렇다면 누나보다 기억이 많지 않을 것이다. 아니타는 미리암을 소개하며 여기 온 이유를 간략히 설명했다.

"전에 살던 가족에 대해 알아요?"

"별로요. 아이가 하나 있었대요. 딸이요. 아버지는 석유시추시설 같은 데서 일했고요."

"크라머 부인이 여기서 목을 맸다고 들었어요." 남자들 중 하나가 말했다.

미리암은 주위를 둘러보았다. "이 방에서요?"

"아니, 창고에서요."

미리암이 아니타에게 시선을 돌렸다. "이사 왔을 때 알고 있었어요? 아이들에게는 생각만 해도 무서운 얘기였을 텐데요."

"부모님이 안 알려주셨어요. 학교에 가서야 들었죠. 죽은 아줌마가 귀신이 되어 나타날까 봐 걱정했지만 그런 일은 없었어요. 물론 창고에 들어가기는 싫어했지만요."

"나도." 남동생이 거들었다.

다른 남동생은 담배를 물고 주머니에서 라이터를 찾았다. "그 얘기가 진짜인지는 모르겠어요." 그러면서 앞마당 쪽으로 턱짓을 했다. "저기 나무에 목 매달았다는 말도 있거든요."

미리암은 레이스 커튼이 달린 창문으로 수양버들을 내다보았다.

"다들 말이 달라요." 아니타의 남자친구가 나섰다. 호리호리하고 피부색이 진한 남자는 요란한 티셔츠를 입고 있었다. "경찰이라면 사건 보고서를 볼 수 있지 않아요?"

"그렇죠." 미리암이 대답했다.

불행히도 사실이 아니었다. 경찰 시스템은 5년 전 기록까지만 보여주었다. 그보다 전에 일어난 사건을 캐기는 쉽지 않았다. 쉽지 않다고 해도 불가능은 아니다. 단, 공식 수사를 하는 사건에만 해당하는 얘기였다.

"자살이 아닐 수도 있다는 뜻인가요?" 아니타가 물었다.

"모든 가능성을 열어두고 있어요. 하지만 지금은 구체적인 단계가 아니에요. 수사에 혼선을 줄 수 있으니 절대 다른 사람과는 이야기하지 말아줘요."

"물론이죠."

"다락방과 창고까지 혼자 둘러보고 싶어요. 그래도 될까요?"

"그럼요. 가실 때 말만 해주세요."

헤네퀸은 콧노래를 부르며 끓는 물을 냄비째로 싱크대에 부었다. 싱크대에서 젖병과 고무젖꼭지를 건져서 조리대에 펼쳤다. 주방 전체에 식초 냄새가 뱄다. 식초를 넣으면 플라스틱 병이 깨끗하게 씻긴다고 한다. 지침서대로라면 찬물로 젖병을 구석구석 헹궈야 했지만 그 과정은 생략했다. 인디는 식초 맛을 좋아하지 않겠지만 헤네퀸이 알 바는 아니었다. 30분 후면 퇴근이다.

디디는 위층 손님방에서 오늘만 벌써 네 번째로 모유를 짜고 있었다. 솜씨가 나쁘지 않았다. 생각 이상이었다. 저 여자가 짜내는 모유량은 날이 갈수록 늘어났다. 흡입기가 작아서 가슴에 맞지 않는데도. 그 덕에 유두는 점점 망가지고 있었다.

헤네퀸은 냉장고에서 젖병 두 개를 꺼내 뚜껑을 돌려 열었다. 역한 냄새가 코를 찌르자 얼른 고개를 돌렸다. 꼭 구토 같은 냄새가 났다. 역겨워. 세척한 병 두 개에 모유 20밀리리터를 넣고 수돗물 40밀리리터를 섞어 불빛에 비추어보았다. 색이 조금 옅어졌지만 그렇게 눈에 띄지는 않았다. 오스카와 디디는 어제도, 그제도 알아차리지 못했다. 왜 그러겠어? 모유에 이상이 있다고 생각할 이유는 전혀 없었다.

헤네퀸은 젖병을 뒤집어 남은 모유를 싱크대에 비웠다. 귀중한 액체가 배수구로 빨려 들어가는 모습을 홀린 듯 감상했다.

창고는 도로에서 보고 짐작한 크기보다 훨씬 컸다. 자동차 네 대가 들어갈 정도였다. 내부는 어둡고 먼지가 풀풀 날렸다. 창고를 가득 채운 상자는 오래된 서류들을 보관했고 연장이 곳곳에 굴러 다녔다. 얼룩덜룩한 창문 몇 개로 햇빛이 들어왔다. 위를 올려다보니 원목 대들보가 경사진 지붕을 받치고 있다.

조금 전 미리암은 집 전체를 둘러보았다. 대부분 예전 모습 그대로였다. 그래서인지 어린 카타리나가 당장이라도 나타날 것만 같았다. 학교 가기 전 주방에서 우유를 마시고 거실을 뛰어다녔겠지. 헤네퀸의 유년 시절을 되짚는 일은 흥미진진했지만 특별히 수확은 없었다.

현재까지는 카타리나의 모습이 바뀌었다는 사실이 가장 인상적이었다. 우아하게 치장하고 다니는 그 여자가 카메라를 향해 미소 짓던 촌스럽고 통통한 소녀였다고? 믿을 수 없었다. 카타리나는 학교에서도, 마을에서도 따돌림을 당하던 외로운 아이였다. 코네이 딜런의 아내는 카타리나가 '정상'이 아니었다고 주장했다. 가끔씩 사람을 뚫어지게 쳐다보았고 자기가 남보다 우월하다는 듯한 분위기를 풍긴다고 말했다. 이 말은 미리암이 보는 헤네퀸과 일치했다. 처음 만났을 때 헤네퀸은 미리암 가족을 친절하게 대했다. 하지만 조금 더 관찰해보니 모든 사람에게 태도가 똑같았다. 항상 가짜로 만든 웃음을 보였다. 가식. 그 이유만으로도 미리암은 헤네퀸을 생각하면 소름이 끼쳤다. 문득 헤네퀸이 감미롭게 흥얼거리던 콧노래가 떠올랐다. 그렇게 콧노래를 자주 부르는 사람은 처음 보았다. 혼자 웃거나 무슨 생각을 하듯 시도 때도 없이 노래를 흥얼거렸다. 다시 한 번 등줄기가 오싹해졌다. 바트 오빠는 왜 그런 여자에게 빠졌던 걸까? 어쩜 그렇게 눈이 멀 수 있어? 미리암으로서는 평생 이해 못할 질문들이었다. 지금도 매일 같이 후회를 한다. 왜 오빠에게 말을 꺼낼 용기를 내지 못했는지.

창고 밖으로 나가려던 미리암이 벽에 붙은 포스터 몇 장을 발견했다. 뒤가 뚫린 책장에 반쯤 숨은 포스터는 누렇게 변색되었고 두꺼운 먼지와 거미줄로 뒤덮였다. 철심이 박힌 쪽 종이가 뜯어져 반으로 접힌 포스터도 있었다. 미리암은 먼지를 후 불었다. '토킹 헤즈', '듀란 듀란', '펫숍 보이즈'…. 80년대 밴드들이다. 곰곰이 생각하며 포스터를 뜯어보았다. 카타리나는 1978년에 태어나 1990년까지 이 집에서 살았다. 현재 주인들 말에 따르면 이 집은 대부분 예전 상태를 보존하였다. 하지만 벽에 붙은 포스터도 그대로 두었을까? 헤네퀸의 물건일 가능성이 있는 걸까? 어린 헤네퀸이 직접 벽에 붙인 것일까? 아니타에게 물어봐야겠다.

오스카는 때맞춰 집에 돌아왔다. 5분 있으면 헤네퀸이 퇴근할 시간이었다.

차가 들어오는 소리가 들리더니 잠시 후 현관문이 열렸다. 오스카는 위층으로 가지 않았다. 발소리가 거실의 타일 바닥에 저벅저벅 울렸다.

"아직 안 갔군요." 오스카가 주방에 있는 헤네퀸을 보고 말했다. 그는 조금 핼쑥해 보였다. "디디는 어디 있습니까?"

"위층에요." 헤네퀸이 차분하게 대답했다.

"저기, 헤네퀸. 아침에 있었던 일은…."

헤네퀸은 그의 팔에 손을 올리고 작게 속삭였다. "쉿. 아무 일도 없었던 거예요. 중요한 일은 아니었어요."

"하지만…."

"좋았죠?"

오스카가 놀라서 혼란스러운 표정으로 쳐다보았다.

"저는 그걸로 만족해요. 돕고 싶어서 그래요. 그게 필요했잖아요. 보면 알아요." 헤네퀸이 턱으로 2층을 가리켰다. "당신 와이프는 지금 해줄 수 없는 일 아닌가?" 그녀가 가볍게 웃음을 터뜨리자 말의 무게도 덩달아 가벼워졌다. "무료 서비스예요." 헤네퀸이 눈을 반짝이며 농담을 했다.

오스카는 금방이라도 디디가 나타날 것처럼 소심하게 거실을 살폈다. "자주 이래요?"

헤네퀸이 인상을 썼다. "생각을 비워요. 그냥 즐기면 되는 거예요. 당신은 지금 힘든 시기를 보내고 있어요. 나는 다음 주 목요일이면 이 집에서 사라질 사람이고요. 그 후로는 다시는 만날 일 없어요."

"믿을 수가…."

헤네퀸이 뒤꿈치를 들고 오스카의 뺨에 살짝 입을 맞추었다. "여기서 일하는 동안 나는 부인과 아기만이 아니라 당신을 도와줄 수 있어요…. 원한다면 말이죠." 그의 손을 잡고 진지하게 눈을 마주쳤다. "걱정하지 말아요, 오스카. 당신은 즐길 자격이 있어요. 자격이 충분해." 그리고 눈부신 미소를 지어 보였다. "차 마실래요?"

헤네퀸은 복도로 나가는 문을 열지 않고 거실로 걸음을 옮겼다. 계단 아래에 서서 큰소리로 외쳤다. "디디도 차 줄까요?"

"부탁할게요." 손님방에서 대답이 들렸다. "설탕은 두 스푼만요."

웃겨. 송장 같은 게 걷지도 못하면서 자기 몸매를 걱정하고 있네.

콧노래를 부르며 주방으로 돌아왔다. 오스카는 아직도 자리를 뜨지 않았다. 헤네퀸은 위쪽 선반에서 차와 머그잔 두 개를 꺼냈다.

"우리… 다음에는 다른 곳에서 볼 수 있을까요?" 뒤에서 오스카가 조용히 말을 걸었다. "여기서는 도저히… 마음에 걸려요." 자신 없는 말투였지만 죄책감은 사라진 듯했다.

"내일 얘기해요. 알았죠?"

정수기가 증기를 내뿜으며 머그잔에 끓는 물을 뱉었다. 뜨거운 물줄기에 두 번째 머그잔을 대는 사이, 오스카가 주방을 나가 위층으로 올라가는 소리가 들렸다.

헤네퀸은 웃으며 머그잔에 티백을 던지다시피 담갔다. 갈수록 스티븐스-보스 가족이 편하게 느껴졌다. 다 가버리고 나면 그리워서 어쩌나.

조리대에서 머그잔을 집어 들고 뒤를 돌았다. 유리 여닫이문으로 이프와 야네케가 똑똑히 보였다. 귀가 축 늘어진 토끼 두 마리는 멀쩡해 보였다. 푹신한 지푸라기에 나란히 누워서 평온하게 잠이 들었다. 녀석들의 코가 아래위로 쫑긋거렸다.

녀석들에게 준 물은 벌써 4분의 1이나 사라졌다.

★

포스터는 아니타 가족이 1991년에 이사 왔을 때부터 벽에 붙어 있었다. "그냥 창고니까요." 아니타가 말했다. "아빠만 가끔 들어갔지 저희는 한 번도 사용하지 않았어요. 그런 이야기도 있고 해서요." 최근에서야 들은 이야기지만 아니타 부모님은 상당히 저렴한 가격에 이 집을 구입했다고 한다. 그래서 골치 아픈 과거를 알고도 모른 척했던 것이다.

집으로 돌아오는 내내 미리암은 골똘히 생각에 잠겼다. 학교 앨범 사진 속 우울해 보이는 통통한 꼬마아이가 자꾸 머릿속에 떠올랐다. 따돌림을 당하고 자살로 엄마를 잃은 아이. 그랬던 카타리나 크라머와 자신감에 위압감까지 내뿜는 헤네퀸 스미스는 너무도 다른 사람이었다. 헤네퀸은 틀림없이 성형수술을 받았다. 유년시절이 불우했거나 가족에 대한 기억이 좋지 않은 사람에게 흔한 일이었다. 자기 얼굴을 보면 증오하거나 두려워하는 가족이 자꾸만 떠올라 견디지 못하고 성형으로 얼굴을 바꾼다. 헤네퀸은 몇 년 동안 미국에서 살았다. 거기서 이름도 바꾸었다. 얼굴과 몸이라고 왜 못 바꾸겠는가? 본래 성격과 맞지 않아도 사교성을 기르고 사람과 잘 사귈 수 있는 행동을 익혔을 것이다. 그리고 나름대로 잘 해냈다고 봐야 한다. 상대의 행동과 본래 성격의 괴리를 알아차릴 만큼 대인관계에 예리한 사람은 많지 않았다. 바트 오빠도 몰라보지 않았던가. 전 남편들도 알았을 턱이 없다. 미리암의 부모님조차 헤네퀸이 다정하고 사랑스러운 며느리라고 생각했다.

아니타 남매는 혼자 된 크라머 씨가 딸과 어디로 이사했는지 아는 바가 없었다. 그 대신 부동산 등기부등본에 기존 소유주가 나오니, 크라머에 관한 자세한 정보가 나오면 연락하겠다고 약속했다. 이름과 생년월일, 출생지만 있으면 현재 살아 있는지, 그렇다면 어디에 사는지 쉽게 알아낼 수 있다. 적어도 네덜란드에 사는 사람이라면 가능하다.

희한하게 기억이 나지 않았다. 바트 오빠의 결혼식에 신부 아버지가 참석했었나? 아니었던 것 같다. 결혼식과 피로연에 참석한 하객은 거의 다 바트의 친구 아니면 사업 인맥이었다. 자기 말만 늘어놓기 좋아하는 인간들. 미리암은 자책을 했다. 왜 결혼식 날 헤네퀸에게 이것저것 질문하지 않았던 걸까? 왜 그 여자가 바트 오빠와 부부로 산 18개월 동안 이야기 한 번 제대로 안 했지? 최근 몇 년 사이, 미리암 남매와 부모님은 각자 생활이 바빠 서로 연락이 뜸했었다. 하지만 별로 걱정할 문제는 아니라고 생각했었다. 미리암은 오빠와 항상 사이가 좋았기 때문에 언제든 기회가 생기면 다시 가까워지리라 믿었다. 하지만 기회는 오지 않았다. 그 사실을 생각하자 후회와 상실감이 더욱 깊어졌다.

렌스의 말이 맞는지도 모르겠다. 미리암은 아직 오빠가 갑자기 죽었다는 슬픔과 충격에서 벗어나지 못한 것이다. 희생양을 찾아야 했고 그러느라 경찰로서 판단력이 흐려지고 말았다. 헤네퀸이 불우한 어린 시절 때문에 이름과 얼굴을 바꿨다 해도 전혀 이상하지 않았다. 불행하고 외로웠던 아이를 본인 스스로 어떤 식으로든 잊고 싶었을 것이다. 그 가능성을 배제할 수는 없었다. 하지만 짧은 기간에 남편을 세 명이나 두었고 그중 둘이 죽었다는 사실은 주목할 가치가 있었다. 딜런 부인의 말은 또 어떠한가. '개만 보면 항상 기분이 이상했어요. 머리가 좀 정상이 아니라서. 내 말 무슨 뜻인

지 알죠?'

헤네퀸 스미스, 즉 카타리나 크라머에게 유리한 말은 결코 아니었다.

★

손님방은 독서용 스탠드를 제외한 조명을 다 꺼두어 어두컴컴했다. 오스카는 헝클어진 머리로 속옷만 입고서 침대 곁에 와서 섰다.

"왜 그러는 걸까?" 디디가 큰소리로 물었다. 인디가 배가 고픈 것은 분명했다. 인디는 입을 반쯤 벌리고 젖병을 찾았다. 하지만 젖병 꼭지가 입에 닿으면 곧바로 고개를 돌리고 악을 쓰기 시작했다.

"배고프지는 않아." 오스카가 말했다.

"뭐가 아니야. 우유를 먹고 싶어 하는 거 안 보여?" 디디는 애가 타서 딸을 보았다. 하도 울어서 눈이 붉어졌고 또다시 입으로 젖병을 거부했다. 디디는 젖병을 이쪽저쪽으로 움직이며 아기 입에 한 방울 떨어뜨렸다. 이번에도 인디는 고개를 돌렸다. 그래, 정말로 먹기 싫다는 뜻이구나. 아까 저녁에도 지금처럼 한바탕 난리가 났다.

"엄마가 먹는 음식에 따라 모유 맛이 달라진다고 전에 어디서 읽었어." 오스카가 말했다. "오늘 뭐 먹었어?"

"평소랑 똑같았어. 늘 먹던 거."

오스카는 아기를 턱으로 가리켰다. "아닌 것 같은데. 애가 싫어하잖아." 그러고는 기지개를 켰다. "그냥 배가 부른가 보지. 헤네퀸이 그러는데 지쳐서 잠들 때까지 우는 아기들이 있대. 울게 놔둬도 괜찮대."

디디는 낙담해서 아기를 보았다. 인디는 분명히 배가 고팠다. 오늘만 이러는 것도 아니었다. 아이는 벌써 며칠째 젖을 거부했다. '달라는 걸 내가 못 주는 거야. 내 모유가 맛이 없어서.' 눈물이 핑 돌았다.

"줘 봐, 침대에 다시 눕힐게." 오스카가 손을 내밀었다.

디디는 마지못해 아기를 품에서 놓았다. 인디를 들어서 오스카에게 건넬 수도 없었다. 그렇게 움직이면 즉시 하반신에 날카로운 통증이 꽂혔기 때문이었다. 오스카가 인디를 안고 아기 방으로 사라졌다. 잠시 후, 아기침대 위에 달린 모빌에서 자장가 반주가 작게 흘러나왔다. 오스카가 아기 방 문을 닫는 소리가 들렸다. 인디는 새로운 감각에 마음을 빼앗겨 잠시 조용해졌지만, 이내 혼자 남았다는 사실을 알아차리고 다시 울음을 터뜨렸다.

오스카가 문가에서 머리카락을 쓸어 넘겼다. 디디를 힐끗 보던 그는 무슨 말을 하려다 마음이 바뀌었는지 시선을 돌렸다.

"무슨 문제 있어?" 디디가 물었다.

오스카는 고개를 저었다. "아니, 없어. 잘 자." 그리고 방을 나갔다.

미리암은 소파에 앉아 양반다리를 하고 다리에 노트북을 올려놓았다. 커피테이블에 빈 맥주병이 놓여 있었고 텔레비전에서는 『앱솔루틀리 패뷸러스』(90년대 방영한 영국 시트콤 - 옮긴이) 재방송이 흘러나왔다. 시트콤은 미리암의 눈에 들어오지 않았다. 지난 몇 시간 동안 그녀는 미친 사람처럼 생각나는 이름을 다 검색창에 입력했다. 어둠 속에서 표적을 명중시키기를 바라며 총을 쏘는 기분이었다. 카타리나 크라머, 헤네퀸 스미스, 헤네퀸 윌슨, 키아누 스미스, 조나단 윌슨…. 석유시추에 관한 글들을 읽으며 '크라머'라는 이름이 보일까 눈을 부릅떴다. 하지만 모래에서 바늘 찾기나 다름 없었다. 정보가 없기는 다른 사람들도 마찬가지였다. 머리가 희끗희끗한 조나단 윌슨이 가짜처럼 새하얀 치아를 보이며 웃는 사진은 찾았다. 사진 아래에는 병원 주소와 첫 진료 시 공짜 엑스레이를 찍어준다는 문구가 적혀 있었다. 하지만 치과의사의 사생활은 어디에도 없었다.

처키 리가 인터넷으로 정보를 얻지 않은 것은 확실했다.

미리암은 한숨을 쉬며 기지개를 켰다. 11시 반이었다. 내일은 정상 근무일이다. 그 말은 7시에 출근해 3시에 퇴근한다는 뜻이었다. 보리스와 데이트를 하기 전에 씻고 단장할 시간은 충분했다. 데이트인지 아닌지 모르겠지만. 쓸데없이 의미를 부여하는 것은 아닐까? 아무튼 지금은 잠을 자야 했다.

막 노트북을 덮으려는 순간, 좋은 생각이 떠올랐다. 헤네퀸의 어린 시절에 대한 단서는 끊겼다. 그렇다면 다른 방향으로 접근하는 방법이 있다. 초등학생 카타리나 크라머와 스물여섯 살에 미국으로 간 헤네퀸 스미스의 정보는 손에 들어왔다. 이제 그 사이 14년의 공백을 채워나가야 했다.

미리암은 이메일 앱을 열고 처키에게 메일을 썼다. 이민 서류를 구한다면 헤네퀸의 마지막 네덜란드 주소를 알아낼 수 있을 것이다.

5일째
토요일

통계에 따르면 엄마 뱃속에서 열 달을 다 채우고 나온 아기도 100명 중의 1명꼴로 출산 중이나 생후 4주 안에 사망한다고 한다. 적은 수가 아니었다. 아니, 심각하게 많았다. 네덜란드는 유럽에서 영아 사망률이 가장 높은 국가였다. 국가기관이나 전문단체는 너나 할 것 없이 서로를 탓했다. 네덜란드의 영아 사망률 수치가 높은 것은 측정 기준 때문이라고 책임을 돌렸다. 하지만 사실은 변하지 않았다. 이 나라 아기들은 태어날 때부터 위험을 감수해야 했다.

헤네퀸은 아기침대를 들여다보았다. 인디는 싸워보지도 않고 순순히 포기할 마음은 없는 듯했다. 이 꼬맹이는 어려움을 극복하고 99% 안에 들기로 마음을 먹었다. 인디가 악을 쓰며 울부짖었다. 주먹을 움켜쥐고 속싸개 안에서 작은 발을 쾅쾅 굴렀다. 누가 아기를 보고 '귀엽다'고 하는 거야? 그야말로 발광이었다. 붉게 달아오른 얼굴로 침대에 누워 소란을 피우는 인디는 전혀 귀엽지 않았다. 헤네퀸은 팔짱을 끼고 가만히 구경했다.

인디는 게임 규칙을 알아냈다. 힘들었던 임신과 난산으로 무너져 폐인이 된 옆방 엄마는 신경 쓰지 않았다. 인디는 배가 고프면 악을 썼다. 기저귀를 갈아야 하면 악을 썼다. 관심이 필요하다고 악을 썼다. 인디는 자기만을 생각했다. 저 아기는 적자생존의 법칙을 가장 잔인한 모습으로 표현하고 있었다.

헤네퀸은 가슴 깊은 곳에서 증오심을 느끼며 인디를 침대에서 들어 올렸다. 부드러운 스웨터를 벗기고 우주복 바지 단추 세 개를 풀었다. 코를 천장 쪽으로 들고 성의 없이 기저귀를 얼른 갈았다.

인디는 거친 손길에 놀라서 울음을 뚝 그쳤다. 작은 파란색 눈동자가 헤네퀸 쪽으로 움직였다. 어차피 허공을 보고 있을 것이다. 갓 태어난 아기는 초점을 맞추지 못한다. 빛과 어둠, 윤곽이나 대충 구분하지 헤네퀸을 볼 수는 없을 것이다. 디디는 인디의 입술이 반쯤 올라가면 아기가 웃었다고 기뻐했지만 사실은 입가에 경련이 났을 뿐이다. 인디는 지독하고 자기중심적인 생물이었다.

헤네퀸은 겨드랑이 아래에 손을 껴서 인디를 들고 팔을 쭉 뻗었다. 가느다란 손에 붙잡힌 아기는 낡은 봉제인형처럼 이리저리 흔들거렸다. 아직 목을 가누지 못해 머리가 앞으로, 옆으로 꺾였다. 아기가 훌쩍거리는 소리를 내기 시작했다.

다시 증오심이 들끓었다. 꼬맹이를 침대에 똑바로 눕히지 말고 엎드리게 할까? 젖병에 부동액을 조금 넣을 수도 있다. 요만한 아기에게는 많은 양도 필요 없다.

따지고 보면 다 디디를 위한 일이었다.

사람 몸이란 참 신기하다. 연속으로 야간 근무 조금 했다고 며칠씩이나 컨디션이 엉망진창이었다. 오늘 아침 상대한 피의자들은 미리암이 이상하다는 사실을 눈치채지 못했던 것 같다. 하지만 오전 내내 어지럽고 속이 울렁거렸다. 렌스가 그녀를 따라 다니고 있어 다행이었다. 미리암이 조수석에 앉아 반은 졸고 반은 무전기를 통해 동료들의 수다를 듣는 동안, 렌스가 운전대를 잡았다.

비교적 조용한 토요일 아침이었다. 하지만 폭풍 전의 고요일 뿐이었다. 오늘 밤 경찰은 술이나 마약에 취해 별별 방법으로 서로를 공격하는 사람들을 줄줄이 체포할 것이다. 집, 거리, 술집 등등 장소도 다양했다. 주말마다 사건이 터지면 경찰이 나서서 해결해야 한다. 경찰로서 가장 보람을 느끼는 순간이었지만 가장 위험한 순간이기도 했다. 그래서 미리암과 동료들은 제복 아래 방탄조끼를 갖춰 입어야 했다.

"빨리 가지." 옆에서 렌스 목소리가 들렸다. 그는 앞 차량에 대고 말을 하고 있었다. 검은색 포드를 모는 여성 운전자는 백미러로 경찰차를 발견한 후로 제한속도를 지나치게 엄수하고 있었다. 시속 30킬로미터도 되지 않았다.

"교통 단속차량이랑 비슷하게 생겨서 그렇겠지." 미리암이 말했다.

"그게 내 탓인가요." 렌스가 퉁명스럽게 대꾸했다.

미리암은 앞차를 향해 고갯짓을 했다. "저 사람들은 차이를 모르잖아."

렌스가 포드를 추월하는 사이, 미리암의 개인용 아이폰이 울렸다. 주머니에서 휴대전화를 꺼내자 처키로부터 이메일이 도착해 있었다. 보나마나 청구서겠지. 플로리다 같은 곳에도 공짜 서비스는 없었다.

뜻밖에도 처키는 정보를 보내주었다. 언제 피곤했냐는 듯 기운이 불끈 솟았다. 미리암은 렌스가 보지 못하도록 휴대폰을 살짝 옆으로 기울였다.

처키 리는 주소 하나를 전했다. 헤네퀸 스미스, 즉 카타리나 크라머가 미국에 가기 전 마지막으로 살았던 곳은 헤이그였다.

★

디디는 떨리는 손으로 펑퍼짐한 잠옷 티셔츠를 벗어 욕조 한쪽에 걸쳤다. 셔츠까지는 괜찮았다. 문제는 속옷이었다. 병원에서 준 흰색 망사 팬티는 얇고 신축성이 좋았다. 하지만 한쪽 발을 들고 무릎을 살짝 틀어 구멍에서 다리를 뺄 수가 없었다. 허벅지 아래로 속옷을 돌돌 말듯 내리던 디디는 다리를 들어야 할 때가 오자 신음을 하고 눈을 질끈 감았다.

산모용 기저귀 패드를 떼고 몸을 일으켜 수유용 브래지어도 벗었다. 그 끔찍한 물건도 보기 흉했지만 거울 속의 모습은 비교도 할 수 없이 더 추했다. 오늘 아침 일어났을 때 걱정한 그대로였다. 가슴이 터질 것처럼 퉁퉁 부었다. 하얀 피부가 팽팽하게 늘어났고 그 아래 울퉁불퉁한 살덩이에는 부풀어 오른 푸른 핏줄이 얽히고 설켰다. 오스카가 한때 찬양했던 가슴은 흔적도 없이 사라졌다. 가슴을 잡아주던 브래지어를 벗으니 가슴이 처져 피부가 찢어질 듯 아팠다. 가슴 안에 돌덩어리를 넣고 다니는 기분이었다. 디디는 거울에서 고개를 돌리고 샤워기 아래로 걸음을 옮겼다. 그때, 인디의 울음소리가 들렸다.

작은 목소리에는 힘이 없었다. 마치 양이 '메에' 하고 우는 소리 같았다. 너무도 작고 연약한 소리였다. 그러다 아이가 울음을 뚝 그쳤다. 디디는 욕실 문으로 한 발짝 다가갔다. 망설이며 바깥소리에 귀를 기울였다. 잠깐 가서 아기를 보고 올 수는 없었다. 우선 패드를 갈고 망사 팬티를 다시 입어야 하는데 다 하려면 적어도 5분은 걸린다.

인디는 다시 울음을 터뜨렸다. 이번에는 느낌이 달랐다. 단순히 배가 고프거나 기저귀를 갈아달라고 우는 소리가 아니었다. 엄마를 부르는 것만 같았다.

뱃속이 이상하게 욱신거렸다. 딸의 목소리에 몸이 반응하고 있었다. 오스카는 장을 보러 나갔지만 헤네퀸은 집에 있다. 아직 아래층에 있나? 방금 들린 소리가 헤네퀸 발소리일까? 잘못 들은 건가?

울음소리가 다시 끊어졌다. 몇 분간 서서 유심히 들어보았지만 잠잠했다. 인디가 잠들었나 보다. 걱정은 하지 말자. 망상이 지나쳐서 잘못 들은 것이다.

디디가 막 샤워기 손잡이에 손을 뻗으려는 순간, 욕실 문이 벌컥 열렸다. 헤네퀸이 인디를 담요에 싸서 안고 문가에 서 있었다. 산후관리사는 눈부시게 아름다웠다. 날씬하고 까무잡잡한 몸에 세심하게 관리한 손톱까지. 디디와는 극과 극이었다.

헤네퀸이 디디의 몸을 뜯어보았다. 디디는 시선이 불편했지만 애써 참았다. 어차피 헤네퀸은 유축기를 사용하게 도와주고 매일 봉합 부위를 검사하는 사람이었다.

"아파요?" 헤네퀸이 디디의 가슴을 가리키며 물었다.

"네. 너무 무겁네요."

"체액저류(신체 일부에 수분이 과도하게 축적되어 붓는 현상 - 옮긴이)가 일어나서 그래요. 출산 후에 흔한 증상이죠."

"다른 여자들도 다 그러나요?"

"전부 다는 아니고요. 사람마다 달라요. 하지만 금방 나을 거예요."

"젖을 짤 때마다 아파서 죽겠어요."

인디가 몸을 움직이며 작게 칭얼거리는 소리를 냈다. 헤네퀸이 안고 있는 방식이 마음에 안 드는 눈치였다. 디디는 헤네퀸의 품에서 인디를 빼앗아 오고 싶다는 마음을 억눌러야 했다. 산후관리사니까 당연히 나보다는 아기 안는 법을 더 잘 알겠지.

"이해해요. 많이 불편할 거예요. 모유가 저절로 많이 나오는 여자도 있지만 상대적으로 조금 힘들어하는 여자도 있어요." 헤네퀸의 시선이 다시 디디의 가슴에 머물렀다. "…더 고통스럽고요. 이런 말하기 미안하지만 체액저류를 줄이려면 지금보다 젖을 더 짜야 해요."

"어젯밤 아이패드로 찾아봤는데요…"

"절대 그러지 마요." 헤네퀸이 엄하게 쏘아보았다. 비난에 가까운 눈빛이었다.

"뭐, 뭘요?"

"인터넷 보지 말라고요."

갑자기 냉정해진 헤네퀸의 말투와 표정에 디디는 깜짝 놀랐다. 헤네퀸에게 안겨 있던 아기가 담요 속에서 다시 꿈틀거리기 시작했다.

헤네퀸은 디디를 똑바로 쳐다보며 말했다. "사람들 말이 너무 달라요. 전문가도 누구는 이러라고 하고 누구는 저러라고 하죠. 게다가 대부분 시대에 뒤떨어진 정보예요. 인터넷 게시판은 끔찍하고 비관적인 이야기로만 가득하고요."

디디는 참지 못하고 울음을 터뜨렸다. 헤네퀸이 왜 화를 내는지 이해할 수 없었다. 내가 무슨 말실수를 했나?

헤네퀸이 얼른 다가와 팔을 어루만져주었다. "이런, 디디. 오늘 감정이 예민한 날이었군요. 미안해요, 진작 알아봤어야 하는데. 기분 상하게 할 생각은 전혀 없었어요. 인터넷을 멀리 하라는 것도 그래서고요." 헤네퀸이 얼굴을 가까이 대고 디디를 바라보았다. 헤네퀸의 눈동자는 선명한 초록색이었다. 선명하고 짙었다. 이토록 눈동자 색깔이 강렬한 사람은 본 적이 없었다.

"나만 믿어요." 헤네퀸이 말했다. "다 괜찮아 질 거예요."

"정말요?"

"정말요."

디디는 헤네퀸의 어깨에 이마를 대고 작은 소리로 흐느껴 울었다. 엄마가 그리웠다. 병든 몸보다 마음의 상처가 더 아팠다. 그 정도로 엄마가 보고 싶었다. 엄마는 전화도 한 통 하지 않았다. 네덜란드에 오지 않으려는 걸까?

헤네퀸이 몸을 떼고 디디의 손을 잡으며 눈을 맞추었다. "진정됐어요? 디디, 지금 힘들겠지만 잠시뿐이에요. 원래 빨간머리는 피부가 얇고 연해서 다른 여자들보다 쉽게 상처가 나고 예민해요. 어쩔수 없어요. 하지만 언젠가는 다 지나가요. 피부가 새로운 상황에 익숙해질 시간이 필요할 뿐이에요. 어쨌든 젖은 계속 짜요. 조금 아프고 불편해도 디디 같은 경우에는 참는 방법밖에 없어요." 헤네퀸은 인디에게로 시선을 돌렸다. 인디는 담요에 파묻혀 얼굴이 거의 보이지 않았다. "인디를 위해서잖아요. 딸을 위해서예요. 아이에게이 순간은 다시 오지 않아요. 엄마가 희생해야죠."

디디가 코를 훌쩍였다. 세면대 선반에서 화장지를 뽑아 코를 풀었다.

"꼬마 아가씨는 아래층으로 데려갈게요. 개운하게 샤워를 하는게 어때요? 다 하고 나오면 차를 만들어줄게요." 헤네퀸이 욕실을 나가 문을 닫았다.

디디는 다시 코를 풀었다. 그래, 헤네퀸이 맞았다. 정신을 차려야한다. 내가 힘들다고 지금 포기할 수는 없다. 아기에게 필요한 영양가는 모유에 가장 많이 들어 있다. 인디에게 처음부터 최고만을 해주고 싶었다. 엄마로서 당연한 의무였다.

★

　오후 2시가 가까워지는 시각, 미리암은 경찰서 통제실에서 커피를 마시고 있었다. 통제실은 넓고 천장이 높아서 얼핏 보면 현대적인 교회와 비슷했다. 중앙에는 모니터를 얹은 책상 여러 대를 커다란 U자 형태로 배치했다. 유니폼 차림의 통제실 직원들이 헤드셋을 쓰고 컴퓨터 앞에 앉아 작업을 했다. 통제실은 항상 눈코 뜰 새 없이 바빴지만 만남의 장이기도 했다. 미리암도 자주 들러서 커피를 마시며 동료들과 담소를 나누었다. 하지만 오늘은 동료들이 평소처럼 웃으며 이야기를 하는 소리가 귀에 들리지 않았다.

　처키 리가 알려준 주소까지 어떻게 가는지 이미 차 안에서 아이폰으로 확인해두었다. 20분은 넘지 않는다. 길어야 30분이다. 다만 로테르담에서 헤이그로 가는 A13 도로가 막히지 않는다는 전제 조건이 있어야 했다. 토요일은 주중에 비해 교통체증이 없는 편이다. 하지만 추돌사고가 나거나 갓길에 고장 난 자동차 한 대만 서 있어도 차가 꼬리에 꼬리를 물 것이다. 미리암은 머릿속으로 계산을 했다. 1시간 후면 퇴근이고 보리스와 저녁 6시에 만나기로 약속했다. 그때까지 헤네퀸이 살던 동네 사람을 한 명이라도 만나볼 생각이었다. 다시 집으로 돌아와 샤워를 하고 옷을 갈아입으면 된다. 일정이 빠듯했지만 집부터 들러야 한다. 제복 차림으로 헤이그까지 갈 수는 없었다. 이미 헤네퀸이 어린 시절 살던 마을에서 경찰 직위를 충분히 남용했다. 누가 경찰에 문의를 하면 모든 계획이 수포로 돌아간다.

　"무슨 생각해요?" 통제실 엠마Emma가 어깨에 손을 올리며 물었다.

"생각은. 그냥 잠을 잘 못자서 그래."

"야간 근무가 많이 힘들죠?"

미리암은 마른세수를 했다. "어차피 틀렸어. 내 생체시계는 허구한 날 엉망진창이니까."

감기에 걸린 척하고 일찍 퇴근할까? 미리암은 잠시 고민했다. 하지만 사명감이 발동했다. 오늘 담당 구역에서 근무하는 형사과장은 미리암뿐이었다. 렌스에게는 결정을 내릴 권한이 아직 없었다. 집으로 가버린다면 옆 구역 담당인 동료가 미리암의 업무까지 떠맡아야 한다.

주머니에서 개인용 휴대전화 진동이 울렸다. 화면을 보니 모르는 번호였다. "여보세요, 미리암입니다."

"미리암 드 무어 씨인가요?"

"그런데요."

"맞군요. 저희 부모님 댁 전 소유주에 관한 정보가 나오면 연락하기로 한 거 기억하시죠? 정말로 부동산 등기부등본에 있었어요. 이름은…."

"잠깐만요." 미리암이 화장실로 자리를 옮겨 주머니에서 수첩을 꺼냈다. "계속하세요."

"아놀드 헨드리커스 크라머Arnold Hendrikus Kramer예요. 1953년 5월 7일 드루텐에서 태어났고요."

"완벽해요. 정말 고맙습니다." 그 정도면 충분했다. 미리암은 전화를 끊자마자 업무용 블랙베리로 검색을 했다.

"빙고." 미리암이 작게 중얼거렸다.

헤네퀸, 그러니까 카타리나의 아버지는 지금 아른헴에 살고 있었다. 갑자기 찬물을 뒤집어쓴 듯 흥분이 가라앉았다. 대뜸 그 집에 들러 그와 대화를 나눌 수는 없었다. 딸과 가까이 지내는지 아직 알지 못한다. 매일 연락을 주고받을 가능성도 있었다.

그와 연락하려면 신중해야 한다. 또한 직장에서 난처해질 행동은 절대 금물이다. 개인적인 일로 직위를 남용한다는 사실이 발각되는 날에는 징계를 피할 수 없다.

★

현관문 앞에 두 사람이 서 있었다. 하나는 20대 후반쯤으로 깡마르고 긴장한 듯 보이는 금발 여자였다. 안경 쓴 통통한 여자는 그보다 나이가 훨씬 많았다. 짧게 자른 검은 머리에 흰머리가 희끗희끗했다.

귀하신 손님들이군.

"들어오세요." 헤네퀸이 옆으로 비켜주었다.

금발은 헤네퀸과 악수를 하며 엘라Ella라고 이름을 밝혔다. 공중보건국에서 나온 간호사란다. "NBS 테스트(신생아를 대상으로 치료 가능한 장애가 있는지 확인하는 선별검사 - 옮긴이)를 하러 왔어요."

NBS 테스트라고? 헤네퀸은 무슨 말인지 이해한 척 고개를 끄덕이고 다른 여자에게 관심을 돌렸다. "이분은 조산사시죠?" 중년 여성과도 악수를 했다. 거칠고 단단한 손이 힘까지 좋았다. 여자 손보다는 남자 손에 더 가까웠다. 손이 맞닿은 순간, 헤네퀸은 알 수 있었다. 이 사무적으로 생긴 여자는 헤네퀸과 정반대의 삶을 살고 있다. 그녀는 새 생명이 세상 밖으로 나오게 돕는 사람이었다. 반면 헤네퀸은 한 사람의 생명을 거두는 데 열정을 불태웠다.

"전에 만난 적이 있던가요?" 조산사가 도수 높은 안경 너머로 헤네퀸을 날카롭게 쏘아보았다.

"아니요, 처음 봬요." 헤네퀸은 두 사람의 코트를 받았다. "제가 새로 온 지 얼마 안 됐어요."

"디디 부인의 상태는 어떻죠?"

헤네퀸은 조산사를 돌아보았다. "디디는 온종일 침대에 누워 있어요. 아직 제대로 걷지 못한답니다."

"걷는다면 기적이게요. 겨우 나흘 전에 출산했잖아요."

헤네퀸은 티 내지 않고 비꼬는 말을 속으로만 삼켰다. "디디는 거실에 있어요. 아기는 위층에서 자고 있고요. 커피나 차 드시겠어요?"

"됐습니다." 제의를 대충 거절한 조산사는 헤네퀸을 지나 거실로 들어갔다. "뒤로도 스케줄이 꽉꽉 차 있어서요."

갑자기 간호사도 허둥지둥 서두르며 새된 목소리로 말했다. "아기를 데려와주실래요? 선별검사는 산모가 있는 곳에서 해야 되거든요." 그녀도 거실로 들어갔다.

헤네퀸은 계단을 오르며 두 사람에게도 커피나 차를 내기로 결심했다. 에틸렌글리콜 몇 방울만 넣어도 속이 뒤집어져서 못 견딜걸.

이곳은 헤이그에서도 가난한 동네에 속했다. 커다란 녹지를 사이에 두고 성냥갑 같은 복도식 아파트 단지 천지였다. 건축 시기는 단기간에 많은 인구를 수용해야 했던 60년대나 70년대쯤 될 것이다. 날이 흐려서인지 어째 삭막한 느낌이 들었다. 나뭇잎이 다 떨어진 아름드리나무도 그런 분위기에 한몫 했다. 놀이터에서 킥보드를 타고 어슬렁거리며 아이들을 쫓아내는 젊은이들을 봐도 그랬다.

미리암은 헤네퀸이 11년 전 살았던 아파트를 향해 천천히 차를 몰았다. 정보를 줄 사람을 당장 오늘 만나리라는 기대는 하지 않았다. 이런 아파트는 주민이 수도 없이 바뀌었을 것이다. 아이를 키우는 젊은 부부는 정원이 딸린 집을 선호했고, 노인이 살기 좋은 곳도 아니었다. 게다가 이런 동네에는 이웃 간의 정도 별로 없었다.

주차장 입구가 장애물로 막혀 있어 도로에 차를 세웠다. 뒷좌석에서 가죽 재킷을 꺼내 들고 차에서 내린 미리암은 차 문을 잠그고 아파트 입구 쪽으로 걸어갔다. 도중에 걸음을 늦추고 건물을 올려다보았다. 생각해 보니 정확히 나흘 전 헤네퀸이 사는 로테르담 아파트를 이렇게 올려다본 적이 있었다. 로테르담 중심지에 있는 초고층 주상복합은 이곳 헤이그에 있는 복도식 아파트와 달리 부유한 사람들이 사는 곳이었다. 의심할 여지가 없었다. 헤네퀸 스미스는 다른 인격인 카타리나 크라머와는 차원이 다른 위치로 신분이 상승했다.

디디는 인디를 꼭 끌어안았다. 간호사가 인디의 뒤꿈치 위를 주삿바늘로 찔러 새빨간 피를 모으자 인디가 울음을 터뜨렸다. "걱정 마세요. 그냥 놀란 거예요." 간호사가 말했지만 디디는 어떻게 확신하느냐고 묻고 싶었다. 하긴, 성인이든 인디처럼 작고 순수한 아기든 주사를 맞으면 당연히 아플 것이다. 청력 테스트는 훨씬 간단했다. 간호사가 여러 가지 검사를 하는 동안 인디는 기분이 좋은 표정으로 디디 곁에 누워 있었다.

조산사는 디디의 봉합 부위를 살펴보고 베이킹소다 목욕을 추천한 다음 자궁 검사를 했다. 아까 헤네퀸이 측정한 자궁 크기와 조금 달랐다. 조산사는 그 점도 주의 깊게 보자고 말했다. 그러자 조산사 뒤에서 헤네퀸이 기분 나쁘다는 듯 눈알을 굴렸다. 디디는 뭔가 또 문제가 생겼나 싶어 헛웃음만 나올 뿐이었다. 내가 미쳐가고 있는 걸까?

"그만 가봐야겠네요." 조산사가 말했다. "질문 있나요, 디디?"

당연히 있었다. 궁금한 점이 한두 가지가 아니었다. 원래 젖을 짤 때 그렇게 아픈가요? 유두가 흡입기가 쓸리는 게 정상인가요?

디디는 산후관리사의 눈치를 살폈다. 헤네퀸은 대각선 방향으로 조산사 뒤에 서 있었다. 혹시… 혹시 아까 헤네퀸에게 했던 질문을 조산사에게 해도 될까? 헤네퀸이 기분 나빠하지 않을까? 자기를 믿지 않는다고 생각할 것이다.

조산사는 벌써 자동차 키를 손에 쥐었다. 그녀는 곧 떠나지만 헤네퀸은 앞으로도 며칠 동안 여기서 디디와 인디를 보살펴줄 사람이다. 괜히 헤네퀸과 좋은 관계를 망치고 싶지는 않았다.

"질문 없어요?"

디디는 고개를 끄덕였다.

"그래요, 그럼. 며칠 있다가 다시 오죠. 이틀이나 사흘 후에 봅시다. 요즘 방문할 집이 아주 많은데 대부분 사내아이예요. 인디는 커서 자기가 원하는 신랑감을 쉽게 고를 수 있겠어요." 조산사가 웃으며 악수를 했다. "그럼 다음에 봐요."

헤네퀸이 살던 276호 아파트에는 아이들이 아직 어린 모로코 출신 가족이 살고 있었다. 애들 엄마는 네덜란드어를 하지 못했다. 미리암은 말을 걸어 봐야 의미 없다고 판단했다. 그녀가 헤네퀸을 알 리도 없었다. 옆집은 현관문 문패에도 아래층 우편함 명패에도 거

주자 이름이 없었다. 초인종을 눌러봤지만 사람은 나오지 않았다. 맞은편 집은 문패에 따르면 '클라스 & 웬디'의 집이었다. 주방 창문에는 '고양이는 주인이 아니라 집사와 산다'는 플라스틱판이 붙어 있고 '개 조심'이라 적힌 프렌치불독 그림도 보였다. 이 집도 응답은 없었다. 미리암은 복도를 따라 한참 내려가서야 기회를 잡을 수 있었다.

문을 연 인도네시아 여성은 이름이 수지 타나도Susi Tanardo라고 했다. 체구가 아주 작았고 희끗해진 머리를 올려 쪽을 졌다. 수지는 이 동네가 아직 개발 중이던 1976년부터 여기 살았다.

그리고 카타리나 크라머를 기억했다.

잠시 후 미리암은 짙은 색으로 꾸민 거실에 자리를 잡고 앉았다. 거실 창문으로 옆 동네와 도시 일부가 보였다. 한쪽 창가에 놓인 새장에는 새가 여러 마리 들어 있었다. 벽은 정글 같은 자연 풍경, 나무 가면, 그림자 인형극 등의 흑백 사진이 장식했다. 공기 중에 강한 향냄새가 풍겼다. 수지 타나도는 혼자 산다고 말했다. 남편과 사별했고 아이는 없었다.

미리암은 커피를 한 모금 마셨다. "카타리나와 서로 교류하고 지내는 사이였나요?"

수지는 고개를 살짝 숙이더니 작은 목소리로 말했다. "아니요. 교류는 전혀 없었어요. 다른 사람과 어울리는 성격이 아니었어요. 여기 오래 살지도 않았고요. 한 2년 살았나. 막 대학을 졸업하고 왔댔어요."

"뭘 전공했는지 아세요?"

"기억이 나지는 않아요. 아마 컴퓨터와 관련이 있었을 거예요. 뭐라고 하죠? 컴퓨터공학? 거실에 컴퓨터가 네 대 있었어요. 그때는 요즘처럼 모니터가 납작하지 않았죠? 흰색 상자 모양에 화면이 볼록했어요." 수지가 가늘고 주름진 손으로 모니터의 크기를 보여주었다.

"집에 가보셨어요?"

"자주는 아니고요. 복도를 지나갈 때 가끔 일하는 모습이 보였어요. 카타리나는 항상 컴퓨터 앞에 앉아 있었어요. 프로그램을 만들어서 회사에 낸다는 말을 들은 적 있어요."

"어디로 이사했는지 아세요?"

"아니요. 아무한테도 말하지 않았어요. 커피 더 드릴까요?"

"네, 감사합니다."

수지는 커피테이블에 놓인 구식 커피머신에서 커피를 더 따랐다. 미리암이 설탕을 넣지 말아달라는 말을 할 새도 없이 사탕수수당을 넉넉히 뿌렸다.

"다른 사람과 어울리는 성격이 아니라고 하셨죠?"

"그래요. 이웃과 친하게 지내지 않았어요."

"찾아오는 사람은 있었나요?"

"몇 명쯤, 아주 적었어요. 외출은 곧잘 했어요. 주말 내내 안 들어오거나 일주일씩 집을 비우는 때도 있죠." 수지는 새들을 바라보며 말했다. "다른 집보다 우리하고는 말이라도 하고 지내긴 했어요. 카타리나의 후견인이 우리 바깥양반하고 같은 직장을 다녀서 그랬을 거예요."

후견인이라고?

미리암은 의자를 바짝 당겨 앉았다.

★

헤네퀸은 욕조를 뜨거운 물로 채우고 1킬로그램짜리 베이킹소다 봉지를 들어 4분의 1 넘게 부었다. 조산사가 완곡하게 '상처'라고 표현한 회음부의 절개 부위를 치료하는 데 필요한 양보다 몇 배는 더 많았다. 헤네퀸은 '폴리스'의 노래를 흥얼거리며 베이킹소다가 녹을 때까지 물을 계속 저었다.

정원 쪽으로 슬쩍 곁눈질을 했다. 토끼들은 거의 움직이지 않았다. 전보다 잠이 늘었다. 오늘 아침에는 부동액을 물에 몇 방울 더 넣고 사료에도 조금 뿌려주었다.

헤네퀸은 머릿속으로 재생되는 음악에 맞춰 콧노래를 불렀다. 보컬리스트 '스팅'이 바로 옆에 서 있는 것처럼 머릿속의 음악이 선명하고 깨끗하게 들렸다. '오늘 태양에는 작고 검은 점이 있어. 어제와 다르지 않지.'

헤네퀸은 찬장에서 소금통을 꺼내 김이 모락모락 나는 욕조 위에 8자 모양으로 소금을 뿌렸다. 콧노래를 부르며 8자를 한 번 더 그렸다. 또 한 번. '나는 고통의 왕이 될 운명이야.'

조산사도 디디의 봉합 부위를 특별히 관리해야 한다고 말하지 않았던가. 아주 좋은 의견이었다. 왜 진작 그 생각을 못 했지?

디디는 지금 거실 침대에 있었다. 잠이 들었는지, 잠깐 졸고 있는지 알 수 없었다. 하지만 한 가지는 확신했다. 30분 후 디디는 정신이 번쩍 들 것이다.

'저기 사냥꾼의 개떼에 갈기갈기 찢긴 붉은 여우가 있어.'

★

미리암은 수첩을 꺼냈다. "후견인이라고 하셨죠? 이름을 아시나요?"

"물론이죠. 월터 엥글런Walter Engelen이라는 사람이에요. 스토크에서 엔지니어로 일했죠."

미리암은 이름을 휘갈겨 적었다. "아는 분이세요?"

"저보다는 남편이 잘 알았어요. 월터를 상사로 모셨으니까요. 카타리나가 여기로 이사 오게 이곳에 대한 여러 정보를 알려준 사람도 남편이었죠."

"월터 엥글런 씨가 어디 사는지 혹시 아실까요?"

"그럼요." 수지는 자리에서 일어나 발을 끌며 느릿느릿 짙은 색나무 책상으로 걸어갔다. 서랍을 열고 손때 묻은 수첩을 꺼냈다. 그런 다음 체인이 달린 돋보기안경을 끼고 수첩을 넘기기 시작했다. 그녀가 베너브루크에 있는 주소를 부르자 미리암은 얼른 받아 적었다.

"월터와 그의 부인 리즈베트Liesbeth가 아직 퀴라소에 가지 않았어야 할 텐데. 매년 겨울이면 거기서 지내요."

"서로 친하게 지내세요?"

"그건 아니에요. 3년 전 남편이 죽은 후로 소원해졌어요. 하지만 아직 크리스마스카드는 주고받아요. 그냥 관습이죠." 수지는 안경을 벗어 조심스럽게 서랍에 넣었다. "듣자하니 요즘 사람들은 인터넷으로 카드를 보낸다던데 나는 옛날 방식이 더 좋아요. 그게 더 품격 있지 않나요?"

미리암은 방구석에 놓인 새장을 보았다. 높은 사각형 새장에는 거친 나뭇가지가 마구 얽혀 있고 금화조 여섯 마리가 그 위를 아슬아슬하게 앞뒤로 뛰어다녔다. 콘크리트와 강철로 지은 건물 안에서 수지 타나도는 자기만의 파라다이스를 창조했다.

다시 자리에 앉는 수지에게 미리암이 질문했다. "카타리나는 어떻게 생겼나요?"

"아주 예뻤어요. 전형적인 네덜란드 사람처럼 키가 크고 다리도 길었고요. 또래 여자애들보다 잘 꾸미고 다녔지요. 늘씬한 편이었어요. 하지만 몸매를 유지하려고 노력했죠. 운동을 아주 많이 했어요."

"어떤 운동이요?"

수지는 잠시 곰곰이 생각하다가 입을 열었다. "테니스하고 펜싱이요. 달리기도 자주 했고 매일 수영을 한다는 말도 들은 것 같아요. 비가 와도 날이 개도 매일 아침 수영장에 갔어요."

미리암은 커피를 한 모금 더 마셨다. "그때 머리색은 어땠죠?"

"갈색이었어요." 수지가 마른 손을 어깨 높이로 들어올렸다. "길이는 여기까지였어요. 숱이 많고 살짝 웨이브가 들어간 머리였어요."

"카타리나가 어떻게 엥글런 가족과 알게 됐는지 아세요?"

"가족이 아니라 엥글런 부부예요." 수지가 미리암의 말을 정정했다. "그 집에는 자식이 없거든요. 카타리나는 나이가 어느 정도 있었을 때 그 집에 들어갔을 거예요. 열여섯인가, 열일곱인가. 거기서 한두 해 고등학교를 다니다 델프트로 대학을 가면서 자취를 시작했죠. 월터가 비용을 다 댔어요. 대학 졸업 후에는 이 아파트에 세 들어 살았고요." 수지가 목소리를 낮추었다. "자기를 거둬준 사람에게 그런 식으로 은혜를 저버리면 안 되죠."

"무슨 일이 있었는데요?"

"어느 날 갑자기 이사했어요. 이삿짐센터 사람들이 왔더라고요. 어차피 짐도 별로 없어서 몇 시간 만에 다 끝났죠. 원래 집이 휑했거든. 벽에 그림도 없고 식물도 안 키우고. 어떻게 그런 집에서 사는지 몰라요? 월터와 리즈베트에게 말 한마디도 안 하고 떠났을 거라고는 상상도 못 했어요. 나중에서야 얘기를 들었죠."

수지는 이 가지에서 저 가지로 쉬지 않고 뛰어다니며 짹짹 우는 새들을 바라보았다. "카타리나가 편지를 보냈대요. 잘 있고 앞으로는 연락을 끊고 싶다고요." 수지가 미리암과 눈을 똑바로 맞췄다. "그러는 입양아들 얘기 많잖아요. 은혜를 모르는 것들이에요. 자기 피가 안 섞였다는 거죠."

미리암은 수지 말이 틀렸음을 증명하는 가족을 수도 없이 알았다. 하지만 지금은 고개만 끄덕였다. 정보를 얻으러 왔지, 토론할 때가 아니다.

휴대전화를 보았다. 벌써 오후 4시 반이었다. 시간을 내줘서 고맙다고 인사하고 당장 베너브루크로 달려가고 싶은 심정이었다. 9년, 어쩌면 10년이라는 세월 동안 헤네퀸을 후견했을 월터와 리즈베트 엥글런을 만나고 싶었다. 그들이라면 헤네퀸이 열두 살에 친아버지와 헬데를란트 마을을 떠난 후 열여섯 살까지 어떤 일을 겪었는지 분명히 알 것이다.

"그럼 월터와 리즈베트 엥글런이 카타리나 양육권을 가졌던 거군요." 미리암이 말했다. "그 이유를 아세요?"

"아무도 말해주지 않았어요. 우리 부부는 그 여자애에게 뭔가 문제가 있다고 생각했어요. 어떤 일을 당했을 거라고요. 하지만 정확한 사정은 들은 적이 없어요."

미리암은 고개를 끄덕이며 수첩에 메모를 했다. 점점 가슴이 뛰고 호기심이 커졌다. 하지만 지금 베너브루크로 간다면 보리스와의 데이트를 놓치고 만다.

벌써 2년째 윗집에 살며 그가 작업실에서 일하는 모습을 관심

136

있게 지켜보았다. 작년에 타 경찰서 젊은 형사와 몇 달 사귀는 중에도 보리스를 완전히 잊을 수는 없었다. 그와 친해지고 싶어 죽을 지경이었다.

하지만 헤네퀸의 정체도 알아내고 싶었다.

오빠를 위해 꼭 해야 하는 일이었다.

"커피 더 드려요?" 수지는 마른 등을 구부리고 자리에서 일어나려 했다.

"말씀은 감사해요. 하지만 이만 일어나 봐야겠어요."

헤네퀸은 잔에 와인을 따랐다. 30분 사이 벌써 두 잔째였다. 얇게 썬 이베리아 햄을 무심히 입에 넣었다. 퇴근하자마자 집으로 와 밖으로는 한 발짝도 나가지 않았다. 주말에는 새로운 물주를 사냥하러 나설 이유가 없었다. 4~5성급 호텔은 가족과 커플로 가득하기 때문이었다. 외로워서 쉽게 마음을 열어줄 사업가를 만나려면 주중을 노려야 했다.

헤네퀸은 와인 잔을 빙글빙글 돌렸다. 오늘 마시는 와인은 쌩떼밀리옹 그랑 크뤼였다. 한 병에 50유로 넘게 썼지만 맛은 썩 좋지 않았다. 여전히 초조하고 싱숭생숭했다. 불안한 마음이 도통 사라지려 하지 않았다. 1시간 동안 입주민용 헬스클럽에서 운동을 하며 땀을 흘리고 아파트 지하 수영장에서 30분 동안 레일을 왕복했는데도 소용이 없었다. 더럽게 비싼 와인도 도움이 되지 않았다.

헤네퀸은 짜증을 이기지 못하고 휴대전화로 말리의 번호를 찾아 통화를 눌렀다.

음성 사서함으로 곧장 넘어가더니 태국 마사지사 말리가 서툰 영어로 녹음한 인사말이 나왔다. "죄송합니다. 주말에는 연락을 받지 않습니다. 월요일부터 연락이 가능하니 메시지를 남기거나 이메일을 보내주세요. malithaimassage@hotmail.com."

헤네퀸은 전화를 끊었다. 다른 마사지사를 부를 수도 있다. 이도시에는 넘쳐나는 게 마사지사였다. 하지만 말리는 헤네퀸이 무엇을, 어떻게 원하는지 정확히 짚어냈다. 다른 사람을 부르면 괜히 짜증만 심해질 것이다.

헤네퀸은 와인 잔을 들고 창가로 다가가 동네와 거리를 내려다보았다. 거리는 세계대전 이전의 오래된 단지와 현대식 단지가 뒤섞인 이곳을 가로지르는 검은 선에 불과했다. 높은 곳에서 내려다보면 사람들이 바삐 움직이는 개미떼과 같다고 한다. 하지만 틀렸다. 사람은 개미와 전혀 비슷하지 않았다. 개미는 조용하고 군대식으로 움직이는 효율적인 생물이었다. 팀을 이뤄 완벽한 호흡을 자랑했다. 무리마다 전문 영역이 따로 있고 그 어느 생물보다 성실했다. 개인 이전에 집단이 우선이었다. 그러니 인간과 비교할 순 없다. 저 아래의 커다란 세상은 답답하고 미어터지는 닭장이었다. 무조건 남을 짓밟으려고 했다. 수탉은 쉬지 않고 서로 싸워댔다. 부리에 쪼이고 상처를 입는다. 알은 깨지기도 하고 부화하기도 했다. 새로 태어난 병아리는 자라서 혼돈을 뚫고 나아갈 방법을 찾아야 한다. 정글의 법칙처럼 그야말로 무법지대였다. 쉴 새 없이 지껄이는 소리로 귀가 먹먹해졌다.

여기 위쪽은 조용했다. 들리는 것은 부드럽게 속삭이는 바람뿐이었다.

고요했다.

더없이 고요했다.

헤네퀸의 가슴 속에는 알 수 없는 공허함이 있었다. 아주 오래 전부터 존재한 그 감정이 다시 수면 위로 떠올랐다. 떨쳐내려 안간힘을 써도 소용이 없었다. 절대 사라지려 하지 않았다. 그저 외면하는 수밖에 없었다.

헤네퀸은 도시의 전경을 등지고 오디오 전원을 켰다. 베이스와 신디사이저 음이 아파트를 채우고 하얀 벽에 부딪쳐 쿵쿵거렸다. '킬링조크'의 〈러브 라이크 블러드Love Like Blood〉.

헤네퀸은 주방 아일랜드 식탁에 빈 와인 잔을 놓고 침실로 들어갔다. 옷을 벗고 실크 가운을 걸친 그녀는 거실로 나와 볼륨을 높였다. 눈을 반쯤 감고 하얀 타일 바닥을 누비며 맨발로 춤을 추었다. 양팔을 활짝 벌린 어깨 위로 고개가 이리저리 움직였다. 왼쪽에서 오른쪽으로, 오른쪽에서 왼쪽으로.

무한의 세계로 다가가며 우리는 죽는 법을 배우지
붉은 눈물이 회색 표면을 적시네
두려움이 사라지고 모든 것이 끝날 때까지
피와 같은 사랑, 피와 같은 사랑

보리스의 집은 화랑과 작업실 사이에 끼어 있었다. 그러다 보니 좁고 구조도 이상했지만 나무 바닥과 화려한 그림 덕분에 기분 좋게 따스한 분위기가 났다. 거실과 연결된 주방에는 지하로 내려가는 철제 나선계단이 어두운 구석에 반쯤 숨어 있었다. 보리스는 그곳 반지하방에서 잠을 잤다. 도로의 바로 위에 있는 작은 테라스 창문으로 햇살이 들어왔다.

미리암은 어색하게 집을 구경한 후 거실로 돌아와 붉은색 소파에 앉았다. 보리스는 한쪽 다리를 커다란 몸 아래로 접고서 푹신한 의자에 앉아 한 손으로 맥주병을 들고 피자를 먹었다. 맥주는 조금 미지근했다. 헤이그에서 돌아온 미리암은 약속 시간이 임박해서야 동네 슈퍼마켓에서 맥주를 살 수 있었다. 보리스의 집에서 그와 마주앉은 지금, 후회는 없었다. 보리스가 모자를 벗어 바닥에 내려놓았다. 그는 단발 길이의 검은 머리를 고무줄로 묶었다.

"그럼 외동딸이라는 거네요." 보리스가 말했다.

"바트 오빠가 죽었으니 맞아요. 보리스는요?"

"저희는 4형제예요."

"넷이라고요?"

보리스가 껄껄 웃었다. "어머니가 딸을 원하셨거든요. 넷째까지 아들을 낳고 포기하셨죠."

"형제끼리 친해요?"

그가 고개를 끄덕였다. "희한한 게 말이죠, 다들 예술 쪽 일을 하고 있어요. 형들은 베를린에 살고 동생 베냐민Benjamin은 암스테르담 시립미술관에서 일해요."

"예술가 집안 출신이군요."

"그렇다고 할 수 있죠." 보리스의 어머니는 몇 년간 발레를 가르쳤고, 아버지는 프리랜서 기자로 여러 잡지 문화 면에 기고를 했다고 한다. "부모님은 어떤 일을 하세요?" 보리스가 질문했다.

"지금은 제일란트에서 민박집을 운영하세요. 그 전까지 아빠는 보험회사 회계부에서 일했고 엄마는 미용사였어요. 저는 할아버지를 따라서 경찰이 됐어요. 할아버지도 경찰이셨는데 항상 흥미진진한 이야기를 들려주셨거든요. 거기에 푹 빠진 거죠. 사실 저희 할아버지는 이 동네에서 나고 자라서 한 번도 여길 떠나지 않으셨어요."

"아직 생존해 계세요?"

"애석하지만 아니에요. 그래도 제가 경찰이 되는 것까지는 보고 가셨어요. 정말 기뻐하셨죠." 미리암은 피자에 손을 뻗었다.

두 사람은 보리스가 나무를 톱으로 썰어서 붉은 광택제를 칠한 그루터기 테이블에 피자 상자를 올려놓고 접시도 없이 먹고 있었다. 미리암은 반대편 손으로 상자를 붙잡고 피자 조각을 뜯어 한 입 베어 물었다.

"길에서 만났다면 경찰인 줄 몰랐을 거예요. 전혀 그런 타입으로 보이지 않아요."

미리암이 웃었다. "경찰은 어떻게 생겨야 하는데요?"

"다르죠. 조금 덜…." 보리스는 살짝 고개를 돌리고 사과의 뜻으로 손을 들었다. "아무것도 아니에요. 방금 한 말은 못 들은 걸로 하죠."

미리암은 그에게서 시선을 떼지 않았다. "빼지 말고요. 시원히 말해 봐요."

"다른 경찰은 덜 아담하다고요. 무슨 뜻인지 알죠? 경찰은 언제든지 범인과 몸싸움을 하고 총질을 할 수 있다고 생각했어요."

"나도 할 수 있어요. 한 발도 안 놓칠 자신 있어요."

"미안하지만, 미리암… 당신은 50킬로그램도 안 나가잖아요."

"52예요." 그녀가 차분하게 대답했다. 잠시 입 안에 남은 피자를 꼭꼭 씹었다. 피자집 주인 다우트는 이탈리아 사람 행세를 하고 다니는 이집트인이었다. 별로 속아 넘어가는 사람은 없었지만 피자만큼은 정말 기가 막히게 잘 만들었다. 미리암은 피자를 삼키고 말을 계속했다. "필요한 상황이면 52킬로그램이라도 기술과 경험만으로 건장한 성인 남자를 쓰러뜨릴 수 있어요."

보리스가 검은 속눈썹을 내리깔며 미리암을 바라보았다. 그리고 전보다 깊어진 목소리로 말했다. "그 말 끌리는데요."

미리암은 갑작스러운 긴장감을 웃음으로 넘기며 맥주를 마셨다. 왜 이렇게 구는지 짜증이 났다. 평소에는 주저 없이 무시무시한 범죄자를 쓰러뜨리고 술집의 난동을 제압하는 그녀였지만 지금처럼 개인적인 상황에 직면하면 몸둘 바를 몰랐다. 제복과 방탄조끼는 단순히 경찰의 권위를 나타내는 물건이 아니었나 보다. 충격을 완화하는 방패막이기도 했다. 미리암도 평상복을 입고 지원군이 없으면 나약하기 짝이 없는 인간이었다. 무전기로 기운을 북돋아주는 동료들의 목소리와 긴급 호출마저 그리웠다. 미리암은 한참 만에 말을 꺼냈다. "경찰에 대한 이미지를 다시 생각해 봐요. 너무 부정확하잖아요."

"내가 그린 경찰 이미지가 부정확하다는 건 미리암 생각이죠."

"내가 더 잘 알 텐데요."

보리스가 상대를 무장 해제시키는 미소를 지었다. "그렇긴 해요."

미리암은 잠시 곰곰이 생각했다. "이거 어때요? 근무 시간에 같이 다녀볼래요? 야간 근무 시간이라든가?"

"그게 쉽게 돼요?"

"그렇지는 않아요." 미리암은 그의 얼굴을 뜯어보았다. "하지만 원한다면 자리를 마련할 수는 있어요."

"좋아요."

"그럼 준비해볼게요."

보리스가 맥주를 들이켜자 남자다운 목선이 드러났다. 키가 커서 그런지 다리가 길고 손발도 큼지막했다. 한편 몸은 늘씬하면서도 근육이 발달해 있었다. 멋진 조합이었다. "고백 하나 해도 돼요? 사실 나 제복 입은 사람만 보면 심장이 철렁해요."

"양심이 찔려서요?" 미리암이 물었다.

"에이, 왜 그래요? 나는 나름대로 법을 잘 지키고 사는 사람이에요. 가끔 마리화나는 하지만 그건 어차피 합법이고요. 하지만 경찰만 보면 무슨 잘못을 했다는 느낌이 들어요. 신분증을 잃어버렸다거나, 술을 너무 많이 마셨다거나, 오토바이 라이트가 갑자기 망가졌다거나… 보통은 숨어버리죠."

"많은 사람이 그래요. 그런데도 감히 나랑 저녁을 먹자고 해서 놀랐어요." 미리암이 장난스럽게 놀렸다.

"2년밖에 안 걸렸죠, 뭐." 보리스는 자기 농담에 쿡쿡 웃었다. 의자에서 일어난 그가 피자 상자들을 한데 모아 주방으로 치우는 사이, 고양이가 방으로 들어왔다. 전체적으로 털이 흰색이지만 귀와 북슬북슬한 꼬리는 주황색이었다. 그렇게 큰 고양이는 난생 처음 보았다.

고양이가 미리암에게 다가오더니 미리암의 무릎에 턱과 뺨을 문질렀다. 덩치가 커서 굳이 뛰어오를 필요도 없었다. 숱 많은 꼬리가 살랑살랑 흔들리며 미리암의 허벅지에 감겼다. 이 고양이가 보리스의 작업실 근처를 어슬렁거리는 모습은 종종 보았다. 가끔은 집 안마당 벽을 따라 산책을 하곤 했다. 미리암이 풍성한 흰 털을 만지려고 손을 뻗었다.

"쓰다듬지 말아요. 걔 사나워요."

미리암은 손을 뒤로 빼고 고양이를 쳐다보았다. 보리스 말이 맞았다. 자세히 뜯어보니 눈이 매서웠다. "사나운 고양이를 애완동물로 키워요?"

"누크는 보증서도 있는 순종 고양이예요. 그래서 잘난 척하는 거죠. 새끼였던 걸 어머니가 사 오셨는데 그때부터 아주 다루기 힘들었어요. 몸집이 커지면서는 감당할 수 없는 지경에 이르렀죠. 사육사가 다시 받아주지 않아서 제가 데리고 온 거예요."

"성인군자네요."

"그렇게 나쁘지는 않아요. 건드리지만 않으면 쟤도 저를 건드리지 않죠. 집 안에 실례를 하는 일도 없고요. 그것만 지키면 여기서 살아도 괜찮아요."

누크는 다시 한 번 알쏭달쏭한 눈으로 미리암을 보더니 뒤돌아 작업실로 사라졌다.

"여자친구가 있다고 생각했어요." 미리암은 자기도 모르게 태연한 척 물었다.

"있었죠. 브레혀Bregje와는 지난달에 헤어졌어요. 그 친구는 여기저기 옮겨가며 살아요. 네팔, 인도…. 저는 여기를 못 떠나고요. 아니, 떠나고 싶지 않아요. 다른 곳에서 처음부터 다시 시작할 수는 없어요. 이제 막 고객을 안정적으로 확보하기 시작한 참이라서요."

"보고 싶지 않아요?"

보리스는 미리암의 옆자리에 털썩 앉아 소파 등에 팔을 걸쳤다.

미리암은 차마 움직일 수 없었다. 보리스 곁에 있으면 왠지 작아지는 기분이 들었다. 그를 진심으로 좋아해서일까? 어떤 이유로 서로 안 좋게 끝난다면 아랫집 이웃의 존재만으로 날마다 실연의 아픔을 느껴야 할 것이다.

보리스가 한쪽 다리를 접고 미리암 쪽으로 몸을 틀었다. 보리스의 얼굴이 가까이 다가왔다.

그가 키스를 할 거라는 생각에 미리암은 순간 숨을 참았다. 하지만 다가오던 얼굴은 손바닥 거리를 두고 멈추었다.

"여기 당신이 있는데 보고 싶냐고요?" 보리스가 한쪽 눈썹을 치켜세우며 씩 웃었다. "그럴 리가요."

음악에는 치유의 힘이 있었다. 음악을 듣고 있으면 기분이 좋아졌다. 오랜 세월 가슴 속에 남아 있었던 불안감이 씻겨 내려갔다. 아니면 와인을 세 잔째 마셔서일까? 헤네퀸은 여전히 실크 가운만 걸친 채 인터넷에 접속했다. 한때는 일상이었다. 프로그래밍 겸 웹사이트 개발 일은 수입도 괜찮았지만 무엇보다 남의 간섭을 받지 않는다는 점이 좋았다. 헤네퀸은 개인 사업자로 집에서 일했다. 그러다 키아누 스미스와 결혼해 플로리다 포트마이어스의 아름다운 해안 빌라로 이사한 후로는 사업을 접었다. 키아누는 돈이 썩어날 정도로 많아서 헤네퀸이 굳이 일을 할 필요가 없었다.

헤네퀸은 심장이 멎기 직전 그녀를 바라보던 키아누의 모습을 떠올리며 웃음을 지었다. 그는 최후의 순간에 이르러서야 상황을 파악했다. 아름답고도 슬픈 기억이었다. 남편과 처음으로 진정한 교감을 나눈 순간이었기에 아름다웠고, 그 순간이 너무도 짧았기에 슬펐다. 공식적인 사인은 알코올중독이었다. 키아누가 주당이라는 사실을 모르는 사람은 없었다. 라스베이거스 일류 호텔에서 헤네퀸과 처음 만난 날부터 그랬다. 헤네퀸은 한눈에 알 수 있었다. 그는 외로운 남자였다. 연애에 서툴러서 여자와 사귀지 못하는 남자, 돈다발을 뿌리고 다니며 호감을 사려는 남자였다. 값비싼 정장은 땅딸막한 몸에 그리 어울리지 않았다. 전형적인 미국인이었다.

그리고 그녀, 헤네퀸 윌슨은 그를 정상으로 돌려놓아줄 여자였다. 키아누의 어머니도 철석 같이 믿었다. 헤네퀸은 그에게 유일한 희망이었다.

키아누와 결혼한 후로는 인터넷을 취미 목적으로만 사용했다. 다양한 채팅 모임에 가입했다. 오직 사이버 공간에서만 만났고, 대부분의 회원이 그런 관계를 유지하기 바랐다. 실제 몇 살이고 어디 사는지, 무슨 일을 하는지 알 방법은 없었다. 남자인지, 여자인지도 몰랐다. 네 아이를 둔 기혼자일 수도, 엄마 집 다락방에 사는 노총각일 수도 있었다. 서로의 경험과 판타지를 거리낌 없이 공유하며 그들은 가상 세계에서 하나로 연결되었다. 비밀 커뮤니티에서는 미친 사람이 나타났다 싶으면 다음에 더 미친 사람이 나타났다. 하지만 헤네퀸은 현실에서 만난 사람들보다 더 깊은 유대감을 느꼈다.

헤네퀸의 손가락이 키보드를 두드렸다. 지금은 '델리시우 Delicieux'라는 아이디와 채팅을 하는 중이었다. 아바타 성별은 남자였고 아주 괴상하고 충격적인 판타지를 가진 사람이었다. 헤네퀸 기준으로도 다소 지나쳤지만 대화 자체는 즐거웠다. 미친 사람이지만 재치가 있었다.

초인종이 울렸다. 헤네퀸이 타자를 치다 말고 동작을 멈추었다. 1층 로비에서 울린 벨이 아니었다. 그 소리에는 절대 응답하지 않았다. 하지만 지금 들리는 날카로운 소리는 펜트하우스의 초인종이었다. 누군가 집 앞에 와 있었다.

헤네퀸은 모니터를 끄고 맨발로 현관 인터폰에 다가가 카메라 전원을 켰다.

방문객은 바로 문 앞에 서서 입을 꾹 다물고 주위를 둘러보고 있었다. 어안 렌즈 때문에 얼굴이 조금 일그러져 보였다.

오스카였다.

★

디디는 침대에서 자세를 고쳐보았다. 아파서 신음이 흘러 나왔다. 움직여도 아프고 가만히 누워 있어도 아팠다. 어디 하나 아프지 않은 곳이 없었다. 골반 통증 때문에 지난 몇 주 동안 계속 같은 자세로 누워 있다 보니 등에 욕창이 생겼다. 지난주 시어머니는 디디에게 발라주라며 오스카에게 금잔화 연고를 주었다. 부탁을 하면 오스카가 발라주었지만 약효는 오래 가지 않았다. 옆으로 잘 수만 있다면 얼마나 좋을까. 엎드려 자도 좋다. 그렇게 잠을 잤던 나날이 전생처럼 느껴졌다. 다시 정상적으로 걸을 수만 있다면 바랄 것이 없었다.

임신하기 전까지 디디는 일주일에도 몇 번씩 테니스를 쳤다. 다시는 테니스를 치지 못할까 봐 걱정이었다. 헤네퀸도 그럴 수 있다고 넌지시 말하지 않았던가? 치골결합 기능부전은 임신 호르몬 때문에 생긴 병이라 저절로 낫는다던 의사의 말을 전하자 헤네퀸은 납득하지 않는 표정을 지었다. 오히려 반대하는 듯했다. 잠깐 뜸을 들이더니 이런 말을 했었다. '환자에게 위로를 주었다니 그래도 다행이네요. 산모가 스트레스를 받으면 모유가 잘 안 나오거든요.'

헤네퀸이 괜히 그런 말을 했을 리는 없다. 산후관리사로 일하며 수많은 산모를 만났고 갖가지 사례를 보았을 것이다.

평생 걷지 못하게 되면 어떡하지?

디디는 다시 몸을 움직여보았다. 하지만 온몸을 찌르는 통증에 얼어붙고 말았다. 어제보다 더 심했다. 임신 중에도 매일 상태가 이랬다저랬다 했지만, 아이를 낳으면 차츰 나아지리라 믿었다. 실제로 오늘 오후까지만 해도 그랬다. 베이킹소다를 푼 욕조에 몸을 담그기 전까지는. 물에 몸이 닿자마자 디디는 신경이 꽉 막히는 듯한 고통과 충격으로 벌떡 튀어 올랐다. 그 후로 모든 게 엉망이 되었다. 헤네퀸은 베이킹소다 목욕으로 상처를 소독해야 한다고, 원래 아파야 정상이라고 디디를 설득했다. 디디는 헤네퀸의 부축을 받으며 상처를 쓰라리게 만드는 끔찍한 물에 다시 몸을 담갔다. 헤네퀸은 화끈거리는 느낌이 곧 사라질 것이라 장담했다.

하지만 상처는 지금까지도 쓰라렸다.

오스카는 이야기를 한 귀로 듣고 흘렸다. 남편은 인디를 침대에 눕히자마자 테니스클럽으로 가버렸다. "몇 시간 있다가 올게. 무슨 일 있으면 곧바로 올 테니까 전화해."

"항상 전화기 꺼놓잖아."

오스카가 전화기를 보여주었다. "봐. 소리 켜놨지? 가방을 코트 옆에 둘 거니까 소리를 못 듣는 일은 없어. 당신은 잠부터 자." 방을 나가려던 그가 문가에서 뒤를 돌아보았다. "디디, 우리 어떻게든 조치를 취해야 돼. 나는 월요일이면 회사로 돌아갈 거야. 헤네퀸도 영원히 우리 집에 있지는 않을 거고. 가정간호 대상자가 되는지 당신이 한번 알아봐야 하지 않아?"

당신.

'당신'이라고 말했다.

'우리'가 아니라.

오스카는 전부 다 디디 개인의 문제라고 생각했다. 인디를 돌보는 일도. 디디의 병도.

인디는 위층 아기침대에 누워 있었다. 아주 가끔씩 작은 소리가 들렸다. 낮잠을 퍼뜩 깼다가 주변에 아무도 없다는 사실을 깨닫고 칭얼거리는 듯한 소리였다.

그러다 다시 조용해졌다.

★

오스카라고? 가슴 깊은 곳에서 혐오감이 솟구쳤다. 구역질이 나올 것만 같았다.

대체 무슨 생각이지? 무슨 배짱으로 여기 얼굴을 들이미는 거야? 남자들이란. 하나같이 자기밖에 모르는 족속들이다. 온 세상이 자기중심으로 돌아간다고 확신한다. 저 작자가 조금만 자기 주제를 알았다면 좋았을 텐데. 남자 놈들이 다 지 주제를 알면 얼마나 좋아.

헤네퀸은 얼른 침실로 들어가, 그물망으로 머리카락을 감싸고 값비싼 수제 금발 가발을 뒤집어썼다. 거울로 모습을 확인했다. 좋아. 초인종이 다시 울렸다. 이번에는 더 길게 이어졌다.

헤네퀸은 욕설을 뱉으며 에메랄드 색 콘택트렌즈를 끼고 주위를 둘러보았다. 잊은 게 있나? 바닥에 굴러다니는 물건 없지? 컴퓨터 방과 침실 문을 닫았다. 무슨 일이 있어도 여기까지 들여보내서는 안 된다.

현관으로 달려가 문을 열었다.

오스카는 놀라면서도 안도한 표정이었다. "와." 그가 헤네퀸을 위아래로 훑어보았다.

"내가 여기 사는지 어떻게 알았어요?" 헤네퀸이 싸늘하게 물었다. 실크 가운을 단단히 여미고 허리끈을 꽉 묶었다.

오스카는 간신히 그녀의 상체에서 시선을 돌렸다. "당신 뒤를 따라왔어요. 어제부터요."

"따라왔다고요? 어감이 이상하네요, 오스카. 그러다 체포될 수도 있어요."

오스카가 당황한 표정을 지었다. "미안해요."

"농담이에요, 오스카. 들어와요."

헤네퀸을 따라 온통 새하얀 복도를 걸으며 오스카가 말했다. "꼭 바보가 된 기분이에요…. 당신이 그걸 일로 생각한다는 걸 지금 알았어요. 당연히 여긴 사생활 영역인데 말이죠."

헤네퀸은 대답 없이 거실로 들어가 리모컨으로 조명 밝기를 낮추었다.

오스카는 집 안을 둘러보며 감탄했다. 4미터 높이 천장과 거울 같은 타일 바닥을 눈여겨보던 시선이 숨 막힐 정도로 아름다운 도시 전경에 닿았다. "세상에. 그림 같아요."

헤네퀸이 미소를 지었다. "이럴 줄 몰랐어요?"

"그러게요." 오스카는 커다란 창문 앞에 팔짱을 끼고 서서 눈동자를 반짝거리며 도시를 내다보았다. 소풍을 온 어린아이 같은 표정이었다. 석양이 그의 얼굴과 셔츠를 오렌지색으로 물들였다. 오스카가 헤네퀸을 돌아보았다. "혼자 살아요?"

헤네퀸이 고개를 끄덕였다.

"어떻게…."

"어떻게 이런 비싼 집에서 사냐고요?"

"솔직히 말하자면 그래요. 기분 나쁘게 듣지는 말아요. 하지만 도우미가 살기에는 집이 너무 화려해서요."

"산후관리사예요." 헤네퀸이 말을 바로잡았다. "사람을 돕기는 하지만 '도우미'는 아니랍니다."

오스카는 아직도 집 안을 둘러보고 있었다. 특히 디자이너 주방과 뢰베 텔레비전을 눈여겨보았다. 왠지 질투 어린 눈빛이었다. 오스카가 헤네퀸을 돌아보았다. "내가 알 바는 아니지만요…. 어디서 이 돈을 다 얻었어요?"

"유산을 받았어요. 차라리 받지 않으면 좋았을 돈이죠."

"이런. 미안합니다. 괜히 물어봤군요. 하지만 당신 같은 일을 하는 사람이 이런 펜트하우스에서 산다고는 예상 못하잖아요. 그런 사람들은…."

"아기 기저귀를 갈고 빵에 버터를 발라주며 돈을 버는 사람 말인가요?"

"아니, 아니에요. 그런 말이 아닙니다."

"거짓말 말아요, 오스카. 당신 말은 바로 그런 뜻이었어요. 하지만 상관없어요. 아까도 말했지만 나는 사람들을 돕고 싶어요. 그게 제 소명이지요."

오스카는 볼 안쪽을 잘근잘근 깨물었다. 한참 만에 입을 열었을 때는 목소리가 평소보다 더 깊고 부드러워졌다. "어제 했던 그거, 평소에도 자주 합니까?"

헤네퀸은 미소를 짓고 눈을 반짝이며 그를 올려다보았다. "그 집 아빠가 마음에 들 때만요."

오스카의 동공이 커졌다. "그럼 내가 마음에 든다는 뜻인가요?"

"당연하죠." 웬일이야. 이 남자 수줍어하는 것 좀 봐. 정말로 놀랐나 보네.

그가 한 걸음 다가왔다. "처음 봤을 때부터 당신이 좋았어요. 이러면 안 된다는 거 알아요. 하지만… 당신 말이 맞아요. 디디는 다른 사람 같아요. 오래 전부터 그랬어요. 아기를 갖기 전까지 우리는 친구들과 술을 마시고 파티를 하며 즐겁게 살았어요. 서로에게 푹 빠져 있었죠. 하지만 집에 갇혀 있으니 미쳐버릴 것만 같아요. 모든 게 너무…." 오스카가 인상을 쓰고 엄지와 검지로 미간을 문질렀다. "너무 혼란스러워요. 내가 아빠가 될 준비가 됐는지도 모르겠어요. 아닐 거예요. 숨 막혀 죽을 것만 같아요."

"쉿…, 진정해요." 헤네퀸이 그의 가슴에 손바닥을 올렸다. "지금 어떤 상황인지 알아요. 지극히 정상이에요, 정말로요. 하지만 그런 감정은 결국 사라질 거예요. 원래 인생은 예측할 수 없어요. 이 세상에 영원한 게 어디 있겠어요. 오늘 걱정하는 일이나 항상 옆에 있다고 생각하는 사람이…." 헤네퀸이 손을 아래로 내렸다. 오스카 바지의 허리 부분에 손가락이 스치자 오스카가 숨을 참았다. "…내일 사라질 수도 있어요."

"그럼 다음에 또 봐요."

보리스가 미리암에게 다가와 팔을 잡았다. 얼굴에 그의 숨결이 스쳤다.

기분 좋았다.

기분 좋다는 말로 부족했다.

"고마워요. 정말 즐거웠어요." 미리암이 간신히 말을 꺼냈다. "이렇게 좋은 이웃이 있는지 그동안 전혀 몰랐어요."

"아니, 내가 고맙죠." 보리스는 움직이지도 않고 미리암을 가만히 바라보았다.

미리암은 뺨에 가볍게 입을 맞추려고 발뒤꿈치를 들었다. 바로 그 순간, 보리스가 그녀 쪽으로 고개를 돌리더니 뒤통수를 손으로 감싸고 입을 맞추었다. 두 사람의 입술이 잠깐, 아주 잠깐 부딪쳤다가 떨어졌다.

"조만간 다시 봤으면 좋겠어요."

"네." 미리암의 목소리는 너무 작아서 한숨처럼 들렸다. "나도 요."

나뭇가지에서 메마른 나뭇잎이 바스락거리며 가을바람에 천천히 앞뒤로 흔들렸다. 숲을 비추는 푸르스름한 달빛이 나뭇가지와 몸통 사이로 통과했다. 적은 양이었지만 헤네퀸이 앞을 보기에는 충분했다. 헤네퀸은 전등을 켜지 않았다. 그랬다가는 사람들의 이목을 끌 위험이 있었다.

헤네퀸은 가쁜 숨을 내쉬었다. 폐가 터질 것 같았다. 팔과 등, 어깨 근육도 살려 달라 애원했다. 입김이 구름처럼 터져 나왔다. 오후 뉴스를 보니 오늘 날씨가 역대 10월 날씨 중에서 가장 춥다고 한다. 해가 저물고 몇 시간이 지나자 기온은 한층 더 떨어졌다. 하지만 헤네퀸은 추위를 느끼지 않았다. 오히려 그 반대였다. 두툼한 재킷 속에서 땀이 줄줄 흘렀다.

푸석푸석한 흙에 발이 자꾸 빠졌다. 발자국을 남기지 않으려고 차 안에서 비닐봉지로 발을 감쌌다. 경찰이 추적할 수 있는 단서는 없애야 한다. 만약을 위해서였다. 물론 이곳에 사람이 다닐 가능성은 낮았다. 더군다나 누가 와서 땅을 팔 일은 없다. 그래도 조심해야 한다.

구덩이가 깊어질수록 헤네퀸은 침착하고 평온해졌다. 한 가지 행동을 단조롭게 반복하고 있으니 의식의 깊은 곳으로 가는 문이 열리는 듯했다. 이런 쾌감은 실로 오랜만이었다. 내면에 숨은 나 자신과 완벽히 하나가 된 기분이 들었다. 헤네퀸은 나지막한 목소리로 토머스 돌비의 노래를 흥얼거렸다. 그의 애달픈 목소리와 피아노, 색소폰 선율이 머릿속에 울려 퍼졌다.

내가 할 수 있는 걸 생각하면 두려워져
주술과도 같다는 무서운 느낌이 들어
그 주술에 걸린 나는 하루 종일 그대 생각뿐

조금 전 저녁, 성급하게 실수를 저지를 뻔했다. 본때를 보여주고 싶은 마음 때문이었다. 그녀는 마지막 순간에야 자제력을 되찾을 수 있었다.

이런 일은 서두르면 안 된다. 계획을 해야 한다. 준비를 소홀히 하거나 조심성 없이 행동하면 꼬리를 잡히고 만다.

하지만 계획을 세우는 데 그리 오랜 시간이 걸리지는 않았다. 오스카가 떠나고 30분도 되지 않아 헤네퀸은 앞으로 무엇을, 어떻게 해야 하는지 알아냈다. 아주 간단하고 천재적인 아이디어였다. 실패할 확률은 제로였다.

이 계획은 아귀가 완벽하게 맞아떨어졌다. 마치 운명 같았다.

생각이 제멋대로 뻗어나가면 두려워져
그 생각에 사로잡힌 나는 하루 종일 그대 생각뿐

6일째
일요일

오늘 아침 미리암의 눈빛은 전과 달랐다. 눈에 서려 있던 광기가 빠지고 한결 부드러워졌다. 욕실 거울 앞에 서자 차분해진 모습이 그녀를 마주했다.

보리스가 그녀에게 입을 맞추었다. 짧고 어색한 키스였지만 기분 좋았다. 가슴이 떨리면서도 한편으로는 편안했다. 그래도 거기서 진도를 더 나가지 않고 키스 한 번으로 끝내서 다행이었다. 보리스도 조심스러워하는 듯 보였다. 천천히 신중하게 행동해야 했다. 어떤 이유로 잘 되지 않고 끝난다고 생각해 보자. 이웃이니 서로 안 보고 살 재간이 없었다.

미리암은 아직도 이해하기 힘들었다. 뭐에 홀려서 야간 근무를 같이 하자고 제안한 거지? 이제 경찰서에 어떻게 말하고 준비를 할지 방법을 찾아야 했다. 또 사람들이 쑥덕거릴 테니 같이 근무를 나가더라도 순찰차 안에서 은밀한 분위기를 만들지는 말아야 한다. 미리암과 동료들은 사소한 것도 놓치는 법이 없었다. 서로를 훤히 잘 알고 많은 경험을 함께했기 때문에 눈만 봐도 다 알았다. 그렇게 생각하면 지금 미리암이 하려는 행동이 들키지 않는다면 그것은 기적이었다.

미리암은 칫솔을 컵에 꽂고 머리를 빗어 하나로 묶었다. 10시였다. 마침 쉬는 날이라 헤네퀸의 후견인 월터 엥글런을 만나러 갈 생각이었다.

★

이프와 야네케의 상태가 좋지 않았다.

서로 조금 거리를 두고 지푸라기에 납작 누워 있다. 아무래도 어젯밤에 죽은 것 같다. 아직 알아차린 사람은 없었다. 디디도, 오스카도 알지 못했다. 위층 손님방에 디디와 함께 있는 손님들도 이 사실을 몰랐다.

디디에게는 이따가 말해줘야겠다. 퇴근할 시간이 되고 디디가 거실 침대에 있을 때. 오스카도 집에 있을 때.

투여량이 중요하다.

타이밍도 마찬가지다.

헤네퀸은 콧노래를 부르며 빵 네 개에 버터를 바르고 분홍색 아니스 열매를 솔솔 뿌렸다. 평소보다 움직임이 부자연스러웠다. 팔과 등의 근육이 뭉치고 양손 엄지와 검지 사이 연한 살에 물집이 잡혔다. 아침에는 장갑을 쓰레기통에 버려야 했다. 고된 노동을 감당하기에 양가죽 장갑은 너무 얇고 부드러웠다.

헤네퀸은 빵을 담은 커다란 접시와 찻잔을 쟁반에 받치고 주방을 나갔다. 뒷마당으로 나가는 여닫이문에 이르자 걸음을 멈추고 토끼 우리를 돌아보았다.

헤네퀸도 어렸을 때 토끼를 키운 적이 있었다. 뼈가 앙상한 검은색 토끼는 코끝과 다리 한 쪽만 흰색이었다. 아버지가 체험 동물원에서 데려온 녀석이었다. 아버지는 집에 있는 시간이 많지 않았지만 짬을 내어 창고에 토끼 우리를 짓고 그물망으로 산책로를 만들어주었다. 날씨가 좋을 때 밖에서 풀을 먹을 수 있는 공간이었다. 아버지는 헤네퀸에게 친구가 되라고 폴리를 데려왔지만 폴리는 애완동물로서 역할을 하지 못했다. 폴리는 지독한 겁쟁이였다. 우리에서 꺼내려 할 때마다 눈을 크게 뜨고 귀를 뒤로 젖힌 채 지푸라기에 납작 엎드렸다. 헤네퀸은 토끼에 대한 책도 선물로 받았다. 여러 권을 읽으며 토끼를 어떻게 보살피고 먹이를 주는지, 토끼가 어떻게 행동하는지 많은 사실을 배웠다. 사람들이 좋아하는 애완동물 가운데 토끼만큼 딱한 동물도 없었다. 강아지나 고양이와 달리 토끼는 동물계의 먹이사슬에서도 포식자보다 먹잇감에 가까웠다. 그러니 늘 진심으로 죽음을 두려워하며 세상을 경계할 수밖에. 새, 개, 여우, 늑대, 호랑이, 고양이, 뱀… 모두 토끼를 호시탐탐 노렸다. 우리에 숨어 있어도 절대 안전하지 않았다.

어느 아름다운 여름날, 자기 산책로에 있던 폴리를 거대한 독수리가 낚아채 갔다. 조금 전까지만 해도 헤네퀸은 폴리가 풀을 뜯어먹는 모습을 보고 있었다. 그런데 눈 깜짝할 사이에 산책로가 텅 비었다.

헤네퀸은 십 대가 되어서야 사람과 우리 속 동물이 다르지 않다는 사실을 깨달았다. 정확히 같은 방식으로 행동했다. 힘든 상황이 닥치면 도망치는 부류도 있지만 결국은 자신의 둥지로, 땅굴로 돌아왔다. 자신이 살기 위해 지은 우리를 다시 찾았다. 인간은 안정감을 느끼는 곳, 자신이 보살핌 받는 곳을 좋아했다. 그곳은 바로 집이었다. 사랑하는 가족이 있는 집.

헤네퀸이 그들을 찾아내는 곳도 집이었다.

빵 쟁반을 들고 계단을 오른 그녀는 환하게 웃으며 손님방에 들어섰다. "이거 드셔보세요!"

월터와 리즈베트 엥글런의 단층집은 70년대에 인기를 끈 스타일이었다. 유행도 유행이었지만 당시에는 굉장히 비싸게 거래되었다. L자 모양 거실에는 황갈색 가죽과 금속 프레임이 어우러진 70년대 스칸디나비아풍 명품 가구로 가득했다.

리즈베트 엥글런은 미리암에게 커피를 건네고 대각선에 놓인 S자 형태의 소파에 앉았다. "운 좋게 엇갈리지 않았네요. 보통 이맘때쯤 퀴라소에 가 있거든요."

"타나도 부인도 그렇게 말씀하셨어요. 겨울에 네덜란드를 떠날 수 있어 좋으시겠어요." 미리암은 커다란 창문을 내다보았다. 가장자리를 화단으로 꾸민 잔디밭은 잘 관리되었고 연못, 자작나무, 관상용 식물도 있었다. 구름 낀 하늘이 흐리고 우중충했다.

리즈베트는 네덜란드에서 주로 생활하는 사람처럼 보이지 않았다. 짧게 자른 은발과 대조적으로 피부가 까무잡잡했다. 속눈썹 위에는 반짝이는 아이라인을 그렸다. "생각만큼 돈이 많이 들지는 않아요. 우리 부부 비행기 표만 사면 돼요."

미리암은 어리둥절한 눈으로 그녀를 보았다.

"퀴라소에 친척이 많이 살아요." 리즈베트가 설명했다. "수십 년 동안 자주 못 보고 살아서 아쉽다고 불평했는데 나이를 먹고 보니 좋은 기회가 된 거죠. 그렇지?" 그녀가 남편에게 동의를 구하며 고개를 돌렸다. 월터는 아직까지 말이 없었다.

비록 대머리가 반질반질했지만 월터 엥글런은 아내보다 연하로 보였다. "경찰 양반이 우리 겨울 휴가나 휴가 비용에 관심이 있겠어. 카타리나 때문에 왔다고 했지요. 뭘 알고 싶은 겁니까?"

미리암은 불투명한 유리 테이블에 머그잔을 내려놓았다. "언제 처음 만나셨나요?"

"1994년. 그 애가 아직 흐라버 오스터호크에 있을 때였어요."

미리암은 의자에서 몸을 앞으로 당겨 앉았다.

오스터호크.

그곳은 소년원과 정신질환자 보호시설까지 있는 대규모 교도소 단지였다.

아무 이유 없이 그런 곳으로 보냈을 리는 없다.

대체 무슨 짓을 했기에?

월터는 말을 멈추고 가느다란 콧대를 문질렀다. "우리가 카타리나와 오랫동안 서로 안 보고 지냈다는 걸 이해해야 해요. 그 애가 말도 없이 떠났을 때 상처를 아주 많이 받았어요. 경찰이 그 애를 찾고 조사하고 있다는 말을 들으니 힘든 기억이 다시 떠오르는군요."

"그 애가 무슨 짓을 저지른 거죠?" 리즈베트가 물었다.

"죄송하지만 지금 단계에서는 확실히 말씀드릴 수 없어요. 본격적인 수사는 아닙니다. 몇몇 인물의 배경조사를 하는 중이에요." 미리암은 월터를 돌아보았다. "언제 마지막으로 보셨어요?"

"9년 전이었을 겁니다. 그때 스물여섯 살이었죠. 컴퓨터 회사에서 일했던 것 같아요."

"확실하지는 않으세요?"

"그 전에 이미 우리와 멀어졌어요." 월터는 후회가 막심한 듯 고개를 저었다. "대학에 간 뒤로 만나는 횟수가 점점 줄어들었어요. 돈이 필요하거나 특별한 날에만 집으로 왔죠. 나중에는 아예 발을 끊었고요."

"왜 두 분과 연락을 끊었는지 아시나요? 무슨 문제라도 있었던 건가요?"

"아니요." 월터가 대답했다. "아무 문제도 없었어요. 도통 모르겠습니다."

리즈베트가 미리암을 지나 마당을 내다보았다. 흐릿한 가을 햇살
이 얼굴에 짙은 그림자를 드리웠다. 그녀가 작은 목소리로 말을 꺼
냈다. "쉽게 마음을 여는 성격이 아니었어요. 카타리나는 아주 똑
똑했지만 속이 복잡한 애였죠. 어떤 방법을 써도 진심을 읽을 수
없었어요."

"정확히 어쩌다 후견인이 되신 건가요?"

"소년원에서 나왔으니 새 출발을 해야 했어요. 예전에 살던 데에
서 아주 멀리 떨어진 곳으로 가서 다시 시작해야 했죠. 겨우 열여
섯 살이었습니다. 아직 어린애였어요."

리즈베트가 월터의 말을 받았다. "우리는 어린 친구들이 두 번
째 기회를 받아야 한다고 믿어요. 설령 나쁜 짓을 저질렀더라도요.
우리 부부가 불임이었기 때문에 문제가 있던 아이들을 몇 년씩 위
탁해 길렀죠. 둘을 동시에 데리고 있을 때도 있고, 카타리나처럼
한 명만 맡을 때도 있었어요. 그 아이들에게 힘이 되어주고 싶었어
요. 집도 있고 시간도 있고 돈이 있었어요. 그러니 안 될 것 없잖아
요?"

월터가 자세를 고쳐 앉았다. "법원에서 일하는 이 사람 오빠를
통해 카타리나 사정을 들었어요. 그 애에게는 아무도 없었어요. 아
무도 면회를 오지 않았다고 하더군요. 형제도 없고, 어머니는 카타
리나가 열한 살 때 자살을 했다고 들었어요. 하지만 좋은 집안에서
자란 티가 났어요. 어렸을 때 피아노, 테니스도 배우고 박물관 견
학도 다녀서 교육을 아주 잘 받았더라고요. 우리가 이런 환경에서
안정적으로 교육을 받을 기회를 준다면 변화의 여지가 있다고 확
신했습니다."

"카타리나 아버지는요?" 미리암이 물었다.

"아이와 연을 끊었어요."

★

디디는 거실 침대에서 상단을 반쯤 세우고 앉아 있었다. 손님은 다들 돌아갔다. 드디어 오스카 누나가 인디를 보러 왔고, 결혼한 후로 소원해진 동창 몇 명이 들렀다. 지금은 조용했다. 오늘 손님이 더 올 것 같지는 않았다. 바깥 거리에서는 가을 낙엽이 바람에 휘날렸다. 맞은편 집에서 한 가족이 나왔다. 유쾌하게 웃으며 서로 대화를 나누었다. 갈색 강아지가 신이 나서 가족 주위를 깡충깡충 뛰어 다녔다. 남편이 유모차를 접어 차 트렁크에 넣는 동안 아내는 아이에게 카시트 벨트를 매주었다. 디디는 질투심을 느꼈다. 언젠가는 그녀와 오스카, 인디도 그들처럼 행복한 가족이 될 수 있을까? 일요일이면 숲으로 산책을 갈 수 있을까? 훗날 인디가 조금 더 크고 디디가 정상적으로 걸을 수 있게 되면? …오스카가 예전 모습으로 돌아온다면?

오스카는 아직도 거리를 두고 이상하게 행동했다. 어젯밤 테니스 클럽에서 돌아와 샤워를 한 후로 말 한마디 제대로 하지 않고 디디를 피했다. 옷을 갈아입고 인디에게 우유를 먹이는 모습도 그저 로봇 같았다. 자동 조종장치로 작동하는 로봇. 헤네퀸이 콧노래를 부르며 그의 셔츠에 다림질을 하는 지금도 가만히 앉아 신문만 읽고 있었다. 아무 말도 하지 않았다. 아무 행동도 하지 않았다. 몸만 그곳에 있을 뿐이었다.

디디는 슬슬 짜증이 나기 시작했다.

이 모든 상황이 신경에 거슬렸다.

"차 마실래요?" 헤네퀸이 물었다.

디디가 고개를 들었다. "아니요. 차는 이제 질렸어요." 와인을 한 잔만이라도 마시고 싶어서 죽을 지경이었다. 더 강한 술을 한 번에 많은 양씩 벌컥벌컥 들이켤 수 있으면 더 좋고. 80도짜리 스트로럼을 원샷으로 마시는 거다. 한 잔 비우고, 또 비우고, 건배! 정말이지 술에 취하고 싶었다. 그래서 걱정과 우울감이 사라지면 기분이 좀 나아지지 않을까? 오늘 아침부터 걷기가 조금 편해지긴 했지만 여전히 죽을 만큼 아프다는 사실을 잊을 수 있지 않을까? 앞으로 영원히 회복하지 못한다는 불안감을 떨칠 수 있을 것이다.

하지만 디디는 생각을 접고 와인을 부탁하지 않았다.

알코올이 모유로 들어가면 인디에게 해로우니까.

창밖을 내다보았다. 지금 와서 생각해 보면 애초에 모유를 짜서 먹인다는 생각부터가 잘못이었는지도 모르겠다. 아홉 달 동안 아기를 뱃속에 품은 사람은 디디였다. 좋아하는 모든 것을 포기해야 했다. 카르파초(얇게 썬 날고기나 날생선에 소스를 친 요리─ 옮긴이), 사랑해 마지않는 프랑스식 생우유 치즈, 술…. 지금도 욕구를 억눌러야 하는 사람은 디디 하나였다. 그러는 내내 오스카는 자기 멋대로 행동했다.

오스카는 내일 회사로 돌아가 정상 근무를 시작한다. 하지만 헤네퀸이 퇴근한 후 교대할 수 있게 3시까지만 일하기로 했다. 디디는 가정간호 서비스를 신청하고 싶었지만 헤네퀸은 잠시 보류하라고 조언했다. 지금 당장 신청서를 제출하기는 이르다고 했다. 헤네퀸은 디디가 조만간 혼자 힘으로 육아를 할 수 있다고 믿었다. 헤네퀸의 말은 설득력이 있었다.

그 말이 사실일 수 있다. 괜히 사서 걱정하고 있는지도 모른다.

골반 통증도 하루아침에 생기지 않았던가. 내일이나 모레 갑자기 사라질 가능성도 있다.

디디는 오스카를 쳐다보았다. 그는 지금도 말없이 신문을 읽으며 헤네퀸이 앞에 놔준 카푸치노를 마시고 있었다.

"이프랑 야네케 봤어, 오스카?"

"이따가 가서 살펴볼게." 오스카가 중얼거렸다.

"언제 마지막으로 확인했어?"

"어제." 목소리가 흔들린다.

디디는 점점 불안해졌다. 녀석들을 돌보고 있기는 한 거야?

헤네퀸이 서둘러 달려왔다. 그녀는 허리를 굽혀 디디의 베개를 푹신하게 두드려주며 작게 물었다. "내가 가서 살펴볼까요?"

"헤네퀸 일이 아니잖아요. 저 사람한테 힘든 일도 아니에요." 디디는 오스카에게 들릴 만큼 큰소리로 대답했다.

반응이 없다.

"쉿. 괜찮아요. 내가 가서 보고 올게요."

헤네퀸은 디디의 만류를 듣지 않고 주방으로 들어갔다. 콧노래를 부르며 뒷마당으로 가는 여닫이문을 열었다.

월터 엥글런은 오랜 세월이 흐른 지금도 이유를 모르겠다는 표정으로 미리암을 보았다. "카타리나 아버지는 딸을 보고 싶지 않다고 했답니다. 유죄 판결을 받기도 전에 연락을 끊었어요."

"정확히 무슨 죄를 저지른 거죠?"

"몰라요?"

리즈베트가 자세를 바꾸었다. 그러자 고급 소파의 금속 프레임이

삐걱거렸다. "경찰이라면 그런 정보를 알아야 하지 않나요?"

미리암은 잠시 생각을 해보았다. 그녀도 경찰이니 업무용 블랙베리로 국가 데이터베이스 5년 치를 거슬러 살펴볼 수는 있었다. 시스템에 접속하려면 고유번호를 입력해야 하고 검색 내용도 기록에 남았지만 실제로 누가 그 기록을 열람했는지까지 조사하는 경우는 드물었다. 하지만 5년이 지난 범죄 기록에 접근하려면 권한이 필요했다. 그럴듯한 이유가 없다면 아예 허가가 나지 않는다. 게다가 아동 범죄자의 정보는 보호 대상이었다. 재판이 비공개로 진행되고 판결 내용도 공개되지 않는다.

"동료들이 알아보고 있어요." 미리암은 최대한 차분하고 확신 있는 말투로 대답했다. "며칠 내로 보고를 받을 예정이에요. 그러니까 어떻게 된 일인지 두 분께 미리 직접 들을 수 있을까요?"

월터는 아내를 쳐다보았다. 부부는 말을 주고받지 않아도 대화가 통하는 것처럼 보였다. 미리암에게는 몇 분처럼 느껴지는 침묵이 흐른 후 월터가 마침내 입을 열었다. "유죄를 받기 전에 카타리나가 다녔던 기숙학교로 가보시죠. 우리보다는 그쪽 사람들 말이 정확할 거예요."

기숙학교라고?

미리암은 수첩을 꺼냈다. "학교 주소를 알려주시겠어요?"

"박스미어에 있는 드 호리존 학교예요." 미리암은 리즈베트가 불러준 주소를 받아 적었다.

"언제 이 학교를 다닌 거죠?"

"열두 살에서 열다섯 살까지요."

열두 살이라면 초등학교를 졸업한 직후다. "거기서 무슨 일이 있었던 거예요?"

164

월터와 리즈베트가 다시 의미심장한 시선을 주고받았다. 리즈베트가 알아차리지 못할 정도로 가볍게 고개를 저었다. "오랫동안 못 봤지만 아직도 우리는 카타리나를 아껴요. 이 집에서 자란 모든 위탁 아이들을요."

월터는 미리암을 보았다. "박스미어에 가보세요. 거기 가면 더 자세히 알려줄 겁니다."

"카타리나는 소년원에 얼마나 있었나요?"

월터가 잠깐 망설이다 대답했다. "1년이에요."

미리암은 충격을 감출 수 없었다.

1년.

그 말의 의미는 하나뿐이었다.

헤네퀸이 집 안으로 들어오는 모습이 왠지 불길했다. 표정이 심상치 않았다. 놀란 기색이 역력했다.

헤네퀸은 오스카가 꿈쩍도 않고 신문을 읽는 테이블 근처에 멈춰 섰다.

디디는 그제야 헤네퀸이 들고 있는 물병을 발견했다. 물이 하나도 없었다.

"미안해요." 헤네퀸이 말했다. "나라도 지켜봤어야 하는데. 정말 면목이 없어요."

"왜요? 무슨 일인데요?" 디디의 호흡이 가빠졌다.

헤네퀸이 물병을 들어 보였다. "우리 앞 잔디밭에 떨어져 있었어요." 그러고는 입을 꾹 다물고 고개를 저었다. "내가 진작 봤어야 했어요. 어떡해, 내가 왜 안 보고 있었지?"

오스카가 신문에서 눈을 뗐다.

"왜 그래요?" 디디가 물었다. "이프랑 야네케 괜찮아요?"

헤네퀸이 고개를 저었다. "이런 말 하기 싫지만 토끼들이…" 헤네퀸은 묘한 눈빛으로 오스카를 보다가 디디에게 시선을 돌렸다. "죽었어요. 정말 유감이에요. 가버렸어요."

★

엥글렌 부부의 거실이 아득히 멀어졌다.

형기가 1년이라고 하면 보통 사람들은 짧다고 생각하겠지만 소년법상으로는 아주 길었다. 16세 이하에게 내릴 수 있는 최대 형기였다.

미리암은 현기증을 느꼈다. 이 정보가 정확하다면(아니라고 생각할 이유는 없었다) 헤네퀸은 열다섯 살에 누군가를 죽였다. 다른 곳도 아니고 기숙학교에서 살인을 한 것이다.

★

디디는 헤네퀸의 예상보다 격하게 반응했다. 빈 물병을 본 순간, 얼굴에서 핏기가 싹 사라졌다. 헤네퀸은 토끼들을 안으로 데려올까 하는 생각도 잠깐 했었다. 충격이야 더 크겠지만 알레르기가 있다는 헤네퀸의 변명이 의심을 받을 것이다. 지금도 디디가 이렇게 흥분하는데 토끼를 직접 봤더라면 분명 더 흥미진진한 광경이 펼쳐졌을 것이다.

헤네퀸은 최대한 안쓰러운 표정을 지으며 디디를 보았다. "정말 미안해요."

디디가 담요를 젖혔다. 하얗게 질린 얼굴이 고통, 절망, 슬픔으로 일그러졌다. 이런 상황에서 전형적으로 나타나는 세 가지 감정이다. 디디는 천천히, 하지만 필요 이상으로 거칠게 침대 가장자리로 몸을 움직이더니 침대에서 내려와 땅을 디뎠다. 슬리퍼를 신을 겨를도 없이 힘겹게 주방으로 걸어갔다.

"무슨 짓이야?" 오스카가 벌떡 일어나 디디에게 다가갔다. "가서 누워. 지금 무리하는 거야."

디디는 아무 말도 하지 않았다. 반응도 없었다. 얼굴은 까칠하고 눈은 움푹 파인 게 꼭 좀비 같았다. 실제로 좀비처럼 움직였다. 펑퍼짐한 잠옷 셔츠가 너덜너덜한 누더기처럼 축 늘어졌다. 디디가 여닫이문 손잡이에 손을 뻗었다.

헤네퀸이 그녀에게 달려갔다. "안 보는 편이 좋아요, 디디. 정말이에요. 이런다고 상황이 달라지지도 않고요. 나한테 맡겨요."

디디는 고개를 저었다. "내가 키운 아이들이에요. 내가 얼마나 사랑했는데요. 6년을 길렀다고요!" 디디가 오스카 쪽으로 고개를 홱 돌리고 외쳤다. "저 인간을 만나기 전부터 길렀단 말이에요."

오스카는 잠자코 있었다. 이런 상황에서 어떻게 대처할지 몰라 그저 당황한 표정으로 헤네퀸을 보았다.

"오스카 말이 맞아요, 디디." 디디가 여닫이문을 성급하게 잡아당기자 헤네퀸이 말했다. 디디는 너무 흥분한 바람에 손잡이 버튼부터 눌러야 한다는 사실을 잠시 잊었다. 문은 문틀에서 덜컹거리기만 하고 옆으로 열리지를 않았다.

"열어!" 디디가 외쳤다. "와서 망할 문 좀 열어, 오스카! 계속 걸려서 안 열리잖아. 이것도 오래 전에 내가 고치라고 했지? 약속해 놓고 안 지킨 게 또 있었네!" 디디가 오스카의 면전에 대고 소리를 질렀다.

오스카는 뒤로 물러나 디디가 그에게 돌을 던지기라도 한 듯 고개를 돌렸다.

"쉿…." 헤네퀸이 디디의 팔을 붙잡았다. "제발 진정해요. 이러다 병원에 가겠어요."

디디는 헤네퀸을 뿌리쳤다. 이제야 생각나서 손잡이 버튼을 누르고 문을 열었다. 어찌나 세게 밀었는지 두꺼운 유리문이 문틀에 부딪친 반동으로 다시 닫히며 디디의 어깨를 때렸다. 디디는 고통을 꾹 참고 어깨를 움츠리며 정원으로 성큼성큼 걸었다.

헤네퀸은 문가에 가만히 있었다.

오스카도 더 이상 나아가지 않았다.

디디는 토끼 우리 근처에서 걸음을 멈췄다. 맨발로 제자리에 꼼짝 없이 서 있었다. 붉은 머리카락과 낡은 잠옷 셔츠가 바람에 휘날렸다.

헤네퀸에게는 더없이 아름다운 장면이었다. 여자는 어깨를 축 늘어뜨리고 사랑하는 애완동물의 죽음과 마주했다. 디디의 표정을 볼 수 있으면 더 좋았을 것을. 하지만 이것만으로도 충분히 아름다웠다.

디디의 어깨가 떨리기 시작했다. "오스카, 밥그릇도 비었어." 그리고 울먹이는 소리로 말했다.

오스카가 디디 쪽으로 걸어갔다. 고가의 반 봄멜 가죽구두가 축축한 잔디에 젖었다. "그럴 리가 없어! 내가 수요일에 채웠는데."

"그래?" 디디가 뒤를 돌아보았다. 눈물이 하염없이 흐르고 있었다. "물도 그랬어? 응? 저게 안 보여?" 디디가 헤네퀸의 손에 들린 물병을 가리켰다. "마실 물이 없었다는 게 안 보이냐고? 텅 비었잖아. 나흘 사이에 그렇게 될 수는 없어, 오스카."

"진정해. 내가 바보인 줄 알아? 분명히⋯"

"개자식, 네가 죽였어! 네가 우리 애들을 죽인 거야! 그냥 애정이 없었던 거겠지. 하지만 나는 아니었어!" 디디가 양 손으로 자기 가슴을 가리켰다. "나는 얘들을 사랑했어, 오스카. 이 개새끼야. 꼴도 보기 싫어! 꺼져! 꺼져버려!"

오스카는 아무 말 없이 디디를 보았다. 화도 나고 믿을 수 없다는 표정이었다. "됐어. 좋을 대로 해." 그가 쏘아붙였다. "내 말은 듣지도 않는다는 거지."

헤네퀸의 가슴에 승리의 기쁨이 따스하게 퍼져나갔다. 오스카는 곤란한 상황에 처했을 때 가장 잘 하는 행동을 다시 했다. 그는 도망을 선택했다.

미리암은 친절하게 맞아주고 정보를 알려준 월터와 리즈베트에게 감사 인사를 하고 차에 올랐다. 곧바로 리즈베트가 알려준 주소를 내비게이션에 입력하고 박스미어로 출발했다. 2시간 정도 되는 거리다.

엥글런 부부에게는 미안했다. 한때 고급이었지만 낡은 가구로 가득한 집을 떠날 때, 두 사람은 당황해서 어쩔 줄 모르는 듯 보였다. 하지만 미안하면서도 신이 났다.

베너브루크에서 기숙학교로 가는 동안, 1킬로미터가 지날 때마다 가슴이 떨리고 호기심이 점점 커졌다.

"기다려, 카타리나 크라머." 미리암이 혼잣말로 중얼거렸다.

헤네퀸은 오스카를 뒤따라 집으로 들어갔다. 거실과 복도 사이 문 앞에서야 그를 따라잡았다. "이대로 가면 안 돼요. 디디가 제정신 아니라서 그런 거잖아요. 아기를 낳은 지 얼마 안 돼서 자기 감정을 주체하지 못해요."

"그럴지도 모르죠. 하지만 더는 못 참겠어요." 오스카는 어두운 얼굴로 헤네퀸 뒤쪽에 있는 아내를 돌아보았다. 디디는 뒷마당에서 양손으로 토끼 우리를 짚고 숨이 가쁜 사람처럼 고개를 앞으로 푹 숙였다. 오스카가 다시 헤네퀸에게로 시선을 돌렸다.

그의 표정이 바뀌고 동공이 확장되었다. "당신이 없었더라면 진작 이렇게 됐을 거예요." 오스카는 헤네퀸의 얼굴을 감상하듯 뜯어보았다. "이따가 일 끝나면 만나러 가도 돼요?"

헤네퀸은 슬며시 고개를 저었다.

"만나야겠어요." 그가 고집했다.

"미안해요, 오스카. 오늘은 계획이 있어서 안 돼요."

오스카가 실망한 기색을 보였다.

"내일 어때요?" 헤네퀸이 토끼 우리 옆에서 사시나무처럼 몸을 떠는 디디를 보며 제안했다. 디디는 지금 무리를 하고 있었다. "6시 반으로 해요. 하지만 우리 집으로 오지는 말아요. 친구가 머물고 있거든요."

"그럼 어디서 만나죠?"

헤네퀸은 리데르케리크에 있는 유명한 고급 호텔 이름을 댔다. 고속도로 바로 옆에 있는 곳이었다. "정문 쪽 대형 주차장으로는 가지 말고 호텔 뒤로 돌아서 와요." 그녀가 작은 소리로 설명했다. "그쪽으로 가면 작은 직원용 주차장이 있어요. 눈에 잘 안 띄는 곳이죠."

"이제는 상관없어요. 누가 보든 말든….."

"나는 상관 있어요." 헤네퀸이 말을 자르며 쏘아보았다.

"좋아요. 알았습니다."

헤네퀸은 오스카의 팔에 손을 올리고 손목 안쪽의 얇은 살을 어루만졌다. 근육이 바짝 긴장했고 몸에 아드레날린이 넘쳐흐르고 있었다. 그는 화가 나고 스트레스를 받은 상태였다. 그럼에도 헤네퀸의 손길에는 반응을 했다. 그가 몸을 부르르 떨었다. 이건 좋은 징조였다.

틀림없이 내일 그곳에 나타날 것이다.

기숙학교는 주택가 한가운데에 자리했다. 좁고 어두운 거리를 절반이나 차지한 낡은 건물에는 커다란 창문이 달려 있었다. 도로에서도 창문 몇 개를 통해 내부를 들여다볼 수 있었다. 책상과 걸상, 하얀 벽, 지도가 보였다. 시에서 관리하는 관목과 낮은 벽이 학교 건물과 도로 사이에서 담장 역할을 했다.

미리암은 정문으로 걸어갔다. 가로로 긴 계단을 몇 칸 오르자 강화유리가 달린 문 앞에 이르렀다. 벽에 나사로 고정한 하얀 간판 위에 '드 호리존 기숙학교'라는 파란색 글씨가 반듯하게 쓰여 있었다.

학교는 조용했다. 일요일이니 대부분 집으로 돌아가 가족이나 친구들과 보낼 것이다. 하지만 주말에 텅 비는 기숙학교는 있을 리 없었다. 경험으로 익히 아는 사실이었다. 저마다 사정은 달라도 갈 곳이 없어 학교에 남은 아이들은 언제나 존재했다. 학교를 지키는 교직원도 없을 리 만무하다.

문은 의외로 빨리 열렸다. 문을 연 사람은 깐깐해 보이는 50대 남자였다. 청바지와 줄무늬 셔츠 차림의 안경 쓴 남자는 금발이 벗겨지기 시작했고 여드름 흉터가 심했다. 젊었을 때 펑크족이었을 것 같은 인상이었다.

"미리암 드 무어, 로테르담 경찰에서 나왔습니다." 미리암은 남자와 악수를 하며 말했다. 경찰이라고 말해도 문제가 없다고 스스로 합리화했다. 사실 경찰 맞잖아? 이 사건을 수사하지 않을 뿐이다.

심지어 정식 사건도 아니다.

남자는 베렌트 라우튼Berend Luijten이라고 이름을 밝혔다.

"여기 학생이었던 사람에 대한 정보가 필요해서 왔습니다."

"오래 전에 다닌 사람인가요?"

"1990년부터 1993년까지 다녔다고 알고 있어요."

"제가 부임하기 전이군요. 누구죠?"

"이름은 카타리나 크라머. 열두 살에서 열다섯 살까지 이 학교를 다녔어요."

라우튼의 표정이 갑자기 바뀌었다. 그의 양쪽 입꼬리가 살짝 올라갔다. "크라머라고 했습니까?"

"네."

"그 이야기는 알죠. 들은 게 전부이긴 하지만. 저는 그때 여기 없었거든요."

"들어가도 될까요?"

남자는 뒤쪽 복도를 돌아보았다. "글쎄…."

"5분이면 돼요." 미리암이 말했다.

"흠…." 라우튼은 웃으며 고개를 저었다. "이런 얘기를 위에서는 별로 좋아하지 않을 겁니다."

"저는 변호사가 아닙니다. 경찰이에요." 미리암이 차분하게 말했다.

라우튼은 고개를 갸우뚱하고 말을 잇지 않았다.

라우튼이 의심을 하고 경찰 배지를 보여달라고 하면 어떡하지? 미리암은 덜컥 겁이 났다. 배지는 갖고 있다. 하지만 경찰서에 확인하면?

"이미 법원에 압수수색영장을 신청했어요." 미리암은 애써 태연한 척했다. "하지만 법원이 워낙 처리 속도가 느리잖아요. 그때까지 못 참겠어서요."

라우튼이 이해한다는 듯 고개를 끄덕였다. "학교 측에서는 아직도 그 일로 힘들어하는 것 같아요. 그 사고라고 해야 하나. 아무튼 학교 이미지가 꽤나 실추되었죠. 신문 기사로 못 나가게 하려고 모든 방법을 동원했대요. 기사는 대부분 막았지만 입소문이 있으니까요."

"무슨 사고인지 여쭤 봐도 될까요?"

라우튼은 목소리를 낮추고 미리암에게 살짝 고개를 기울였다. "카타리나 크라머는 룸메이트를 죽였어요. 힐더 반덴브로케Hilde Vandenbroecke라는 플랑드르(네덜란드어를 사용하는 벨기에 북부 지역 ─ 옮긴이) 여자애를요."

"왜요?"

"왜 그런 짓을 했냐고요?" 라우튼은 미리암이 그에게 총을 겨누기라도 한 것인 양 양손을 들어 올렸다. "모르죠. 아무 이유가 없었답니다."

"아무 이유가 없었다고요."

그가 어깨를 으쓱했다.

"방법은요?"

"계단에서 떠밀었어요. 이 건물에서요."

미리암은 사색이 되었다. 주먹으로 배를 한 방 맞은 기분이었다.

"현장을 볼 수 있을까요?"

라우튼은 뒤통수를 벅벅 긁으며 눈을 피했다. 그만 돌아가라고 할 것이란 예감이 든 순간, 그가 불쑥 말했다. "그래요, 뭐. 들어오세요."

미리암은 그를 따라 학교 안으로 들어갔다. 밖에서 보기보다 밝고 널찍했다. 크림색 페인트로 칠한 천장은 무척 높았다. 복도 끝에 이르자 밀어서 여는 문이 나왔다. 라우튼이 하나를 열어 붙잡아 주었다. "오른쪽이에요." 손을 뻗어 가리키면서도 수상한 예술품을 보여주는 사람처럼 그의 얼굴은 어두웠다.

미리암은 돌계단 근처에 우뚝 섰다. 폭이 넓은 계단은 꼭대기에서 방향을 틀어 3층 계단과 만났다. 미리암은 고개를 뒤로 꺾고 올려다보았다. 높이가 상당했다. "몇 층에서 밀었어요?"

미리암의 질문에 라우튼이 주먹에 대고 기침을 한 번 했다. "맨 꼭대기에서요. 난간 아래로 밀었다고 합니다."

미리암은 계단을 오르기 시작했다. 라우튼이 바짝 뒤를 따랐다.

"화가 나서 그랬던 건가요? 사고였을 가능성은 없어요?"

"저는 그때 없었어요." 질문에 대답하는 라우튼의 목소리가 높은 천장에 울려 퍼졌다. "하지만 제가 아는 한 사고는 확실히 아니었어요. 물론 카타리나는 재판 내내 룸메이트에게 겁만 주려고 했다는 주장으로 일관했다고 해요."

"그럼 어떻게 살인으로 유죄를 받은 거죠?"

"목격자가 두 명이 있었어요."

미리암은 걸음을 멈추었다. 난간에 손을 짚고 아래를 내려다보았다. 이렇게 높을 수가 없었다. 그리고 단단했다. 계단부터 바닥까지 전부 콘크리트와 돌이었다. "목격자가 누구죠?"

"영어교사였던 드 브리스de Vries 선생님하고요." 라우튼이 약간 숨이 찬 목소리로 말했다. "저학년 학생 하나요."

"드 브리스 선생님은 아직 여기 계세요?"

라우튼은 고개를 저었다. "몇 년 전에 은퇴하셨어요."

"두 사람 주소 좀 알려주세요."

라우튼은 약간 자신 없는 눈빛을 보냈다. "서류를 확인해봐야 할 겁니다. 하지만 스켈터마Scheltema 교장 선생님 허락부터 받아야 해요. 지금 여기 안 계세요."

"내일은요?" 미리암이 고집했다.

"아니, 안 돼요. 다음 주까지 쭉 휴가라서요."

졸라 봐야 소용이 없었다. 두 증인과 피해자 가족의 이름과 주소를 얻으려면 다음 주에나 다시 와야 한다. 물론 경찰이라는 신분을 이용해 지금 당장 알아봐달라고 요구할 수도 있었다. 하지만 미리암이 수사 중인 사건은 존재하지도 않고 미리암은 수사관도 아니었다. 따라서 좋은 생각이 아니다.

미리암은 꼭대기 층까지 올라갔다. 난간을 짚고 다시 한 번 높이를 가늠해보았다. 여기서 떨어져 살아날 확률은 극히 낮을 것이다. 죽은 소녀는 마지막 순간에 얼마나 무서웠을까? 미리암이 라우튼을 돌아보았다. "힐더와 카타리나는 친구 사이였나요?"

"둘이 몇 달 동안 룸메이트였고 힐더가 벨기에 사람이었다는 사실밖에는 알지 못해요."

미리암은 다시 아래를 보았다. 흑과 백의 타일 바닥은 몇 미터나 떨어져 있었다.

옆에서 라우튼이 다시 주먹에 기침을 했다. "정보가 더 필요하면 스켈터마 선생님과 이야기해보세요. 목격자들의 주소도 교장 선생님께 부탁하면 됩니다."

"좋아요." 미리암은 난간을 손으로 쓸며 조용히 대답했다.

정원에 작은 직사각형 모양으로 땅을 팠다. 푸석푸석한 검은 흙 위에 돌판을 깔고 못으로 '이프 & 야네케 영원히 잠들다'라는 글자를 새겼다.

디다는 다리가 후들거렸다. 가슴이 찢어지고 텅 비었다. 고개를 옆으로 돌리자 담담한 얼굴로 생각에 잠겨 있는 헤네퀸이 보였다. 문득 부끄러웠다. 헤네퀸은 산후관리사 일을 하며 전에도 이런 모습을 보았을 것이다. 첫 아이를 낳은 후 얼굴 붉히고 싸우는 부부가 우리뿐일까. 하지만 이건 보통 싸움이 아니었다.

그렇지만 헤네퀸은 별일 아니라는 듯 행동했다. 방금도 디디를 안으로 데려와 와인 반 잔을 슬그머니 건넸다. "바보 같기는. 이거 조금 마신다고 아기가 알 수는 없어요." 그러더니 삽을 찾는다고 창고로 들어갔다. 헤네퀸은 이곳 뒷마당 귀퉁이에 무덤을 파고 고무장갑을 낀 손으로 이프와 야네케를 종이상자에 넣어 땅에 묻어주었다. 이제는 디디의 곁에 서서 팔을 어루만지고 있었다.

디디는 빈 토끼 우리를 바라보았다. 지푸라기에 아직 배설물이 남아 있었다. 토끼 냄새가 났다. 건초와 보드라운 털 특유의 냄새였다. 하지만 다시는 녀석들을 만지지 못한다. 디디는 이프와 야네케를 쓰다듬을 때의 감촉을 좋아했다. 귀 사이를 검지로 살살 문질러주면 아이들은 눈을 스르르 감았다. 잘 보살펴주는 사람이라고 디디를 믿었기 때문이었다. 실제로도 디디는 몇 년이나 잘 보살펴주었다. 하지만 지금은 아니었다. 이프와 야네케의 믿음을 저버리고 말았다. 솔직히 말해 최근 며칠 동안에는 토끼 생각을 아예 하지 않았다.

오스카보다 그녀가 더 나빴다.

"죄책감이 들어요."

헤네퀸이 디디의 팔을 쓰다듬으며 안아주었다. 기분이 좋다.

"내가 막을 수 있었어요." 헤네퀸이 불쑥 말했다. "진작 확인했어야 했는데. 어떻게 보면 내 잘못이기도 해요."

"아니, 헤네퀸 잘못이 아니에요." 감정이 북받쳐 오르는 바람에 디디의 목소리가 갈라졌다. "내 잘못이에요. 다 내 잘못이야."

살인범은 성공 확률이 높은 수법을 하나 발견하면 웬만해서 바꾸지 않는다. 많은 살인청부업자나 연쇄살인범의 범행에서도 드러난 이 원칙은 점점 당연한 사실로 굳어지고 있었다.

헤네퀸은 룸메이트를 계단에서 밀었다. 미리암의 오빠 바트는 자기 집 계단에서 굴러 떨어졌다. 키아누 스미스는 우연히 알코올중독으로 죽었을지 모른다. 하지만 과거에 헤네퀸과 만난 사람 중 알코올중독으로 사망한 사람이 없다고 장담하지는 못한다. 가능성은 50대 50이었다.

헤네퀸이 누군가의 죽음에 관여했다 해도 미리암은 놀라지 않을 것이다.

헤네퀸은 네덜란드 여러 지방과 벨기에에서 살았다. 미국 몇 개

주에서도 생활을 했다. 각 국가의 경찰이 늘 협조하거나 정보를 공유하지는 않는다. 컴퓨터 시스템이 서로 맞지 않고 법, 문화, 규칙도 다르다. 다른 나라나 다른 주, 심지어 다른 군에 걸쳐 살인 사건이 일어나도 각 사건의 연결 관계는 눈에 잘 띄지 않는다. 어떻게 찾았다 해도 우연히 발견된 경우가 대부분이었다. 범인은 지역을 옮겨 다니며 범죄를 계속하고도 처벌을 받지 않는다.

오늘로써 미리암은 확신을 했다. 헤네퀸 주변에서 일어난 세 건의 사망 사고는 빙산의 일각이다. 그보다 많은 죽음이 수면 아래 있을 것이다. 그 여자는 뒤에 새까만 그림자를 길게 늘어뜨리고 있었다.

미리암은 기어를 4단으로 바꾸고 화물트럭을 추월했다. 일요일이라 그런지 독일 국경과 나란히 달리는 A73 고속도로에 차가 거의 없었다.

미리암은 깊이 생각에 잠겼다. 오늘 모은 정보를 근거로 카타리나 크라머의 어린 시절을 짜 맞추어보았다.

카타리나의 엄마가 자살한 후 크라머 부녀는 일단 마을을 떠나지 않았다. 다음 해 카타리나가 초등학교를 졸업하자 아버지는 아이를 드 호리즌 기숙학교로 보냈다. 미리암은 그 점이 놀라웠다. 물론 아놀드 크라머가 정말로 석유시추시설에서 일했다면 몇 달씩 집을 비웠을 테니 딸을 제대로 돌볼 수 없었다. 그런데 왜 첫 해에는 카타리나를 보살피며 집에 남았던 것일까? 1년 휴직을 했나? 1년 후에 돌연히 극단적인 선택을 한 이유는 무엇일까? 입주 가정부를 들이는 방법도 있지 않나? 기숙학교 학비나 가정부를 쓰는 비용은 크게 차이가 나지 않는다. 다른 방법을 택했더라면 카타리나에게는 집이라는 둥지가 남아 있었을 것이다.

미리암은 어린 카타리나의 생각을 짐작해보았다. 우선 가장 끔찍한 방식으로 어머니를 잃었고 이후 아버지에게 의절을 당했다. 쫓겨났다. 말도 못하게 비참했을 것이다. 아버지에게 버림을 받은 데다 학교와 마을에서는 따돌림을 당했다. 이런 환경에서 정서나 사회성이 정상적으로 발달했을 리가 없다. 심리학자가 아니어도 카타리나가 한창 예민한 나이에 트라우마를 입었다는 사실은 누구나 이해할 수 있었다. 카타리나는 절대 다른 사람과 친구가 될 수 없었다. 누구를 사랑할 수도, 믿을 수도 없었다.

그렇다고 남을 해쳐도 된다는 말은 아니었다. 그럴 자격은 없었다.

하지만 카타리나는 그렇게 하고 있다.

고속도로 나들목에서 아른헴으로 가는 A15 도로를 탔다. 지금까지는 부녀 관계를 몰라 아놀드 크라머에게 차마 연락을 못하고 있었다. 하지만 연을 끊었다는 말을 들으니 기꺼이 대화에 응할 것이라는 예감이 든다.

미리암은 그가 집에 있기를 간절히 바랐다.

디디는 창가에 놓인 침대에 누웠다. 벌써 날이 저물기 시작했다. 친절한 헤네퀸은 근무 시간이 끝나고도 1시간 더 있다가, 필요하면 전화하라고 전화번호를 남기고 퇴근했다. 하지만 전화할 필요는 없었다. 헤네퀸이 떠나고 얼마 안 되어 오스카는 돌아왔다. 그는 대화할 마음이 없었다. 한마디도 하지 않고 헤네퀸이 오후에 만들어 둔 스파게티를 데워 디디에게 한 그릇 주고 식탁에 앉았다. 인디 울음소리가 들리자 말없이 위층으로 올라가 아기를 침대에서 꺼내

기저귀를 갈아주었다. 인디를 안고 내려와서는 아기와 따뜻하게 데운 젖병을 디디에게 건넸다. 디디가 우유를 다 먹인 후에는 인디를 다시 눕히고 디디의 침대 옆 테이블에 유축기를 놓아두었다. 그러는 내내 입도 뺑끗 하지 않았다.

그러고는 집을 나갔다.

어디로 간다고 말도 없이 오스카는 현관 계단에 서서 다음 수유 시간까지 돌아오겠다고 어물쩍 이야기했다. 기분이 안 좋은 목소리였다. 약간 토라졌다는 느낌마저 들었다. 자기에게 아무 잘못 없다고 확신하는 것이 분명했다. 디디는 그 점이 가장 가슴 아팠다.

오스카가 문을 닫고 떠난 후, 디디는 자꾸 이런 생각이 들었다. 그가 다시 돌아오지 않아도 아무렇지 않을 것 같았다. 시간이 갈수록 예전의 오스카가 그리웠다. 하지만 인디가 태어난 후로 남편은 그저 쓰레기 같은 놈이었다.

★

미리암은 아른헴에 도착해 차에서 내렸다. 1930년대에 지은 커다란 단독주택은 흰색 마룻대와 창틀이 납으로 된 퇴창이 인상적이었다. 진입로 양쪽에 늘어선 짙은 색 침엽수는 아래쪽부터 갈색으로 변하며 잎이 떨어지고 있었다. 이곳이 바로 아놀드 크라머의 집이었다.

진입로에 차가 보이지 않았다. 그렇다고 집에 사람이 없으리라는 법은 없다. 미리암은 진입로를 따라 걸어 들어갔다. 현관문 양쪽에는 선명한 주황색 열매가 다닥다닥 붙은 피라칸다가 벽에 붙어 자랐다. 초인종과 똑같이 황동으로 만든 명패도 문틀에 나사로 고정해놓았다. 명패에는 '아놀드 & 앤 마리 크라머Anne-Marie Kramer'라는 얇은 글자가 기울임꼴로 새겨져 있었다.

카타리나의 아버지는 재혼을 했다.

미리암은 초인종을 눌렀다. 안에서 종악 연주가가 커다란 종을 연속으로 치는 듯한 소리가 들렸다. 미리암은 초조하게 주변을 둘러보며 기다리다 초인종을 다시 눌렀다. 시계를 확인했다. 일요일 저녁 6시 반이다. 집 앞을 빙 돌아 앞마당 쪽 창문을 들여다보았다. 짙은 녹색 가죽 소파와 나무뿌리로 만든 가구가 보였다. 내부는 어두웠고 깨끗하게 정리된 상태였다. 집에 아무도 없었다.

헤네퀸은 허리를 펴고 등을 뒤로 젖혔다. 발밑의 부드러운 흙에서 습기를 머금은 냉기가 솟아올랐다. 갈라진 나무뿌리가 다리를 긁고 작업복을 잡아당겼다. 이틀 밤 내내 작업을 한 끝에 모든 준비가 끝났다. 이 정도면 길고 깊은 구덩이였다.

헤네퀸은 삽을 짚고 몸을 일으켰다. 흙을 툭툭 털고 숲의 공기를 들이마셨다. 손등으로 코에 맺힌 땀방울을 닦았다. 손이 아팠다. 오후에 토끼 무덤을 파다가 물집을 터뜨리고 말았다. 지금 판 무덤은 그보다 훨씬 컸다. 더 깊었다. 그래야만 했다. 흙에서 냄새가 올라오지 않도록 최선을 다해야 했다.

이 무덤은 한 번 흙으로 덮고 나면 다시는 열리지 않을 것이다.

7일째
월요일

　오늘 아침, 몇 걸음 걸었는데도 등줄기와 허벅지를 채찍처럼 후려치던 통증이 느껴지지 않았다. 몇 달 만에 처음으로, 디디는 몸이 점점 나아질 것이라는 믿음을 품었다. 기쁨도 잠시, 이프와 야네케를 생각하자 다시 우울해졌다. 남편과의 관계를 생각하자 더 우울했다. 디디 부부는 서로가 가장 필요한 순간에 파국을 맞고 있었다.

　오스카는 인디가 디디 혼자만의 문제라고 판단했다. 하지만 솔직히 말하자면 오스카의 태도가 갑자기 부정적으로 바뀐 것은 아니었다. 디디는 피임 실패로 임신을 했다. 오스카는 아기를 지우라고 했지만 고려할 가치도 없는 말이었다. 뱃속의 태아는 심장이 쿵쿵 뛰는 생명체였다. 디디는 그걸 너무도 잘 알고 있었다. 자라나는 생명은 디디에게 모든 것을 의지했다. 내 아기였다.

　조금씩 오스카도 아빠가 된다는 현실에 적응하기 시작했다. 어느 날은 아이가 태어날 날을 '기대'한다는 말까지 했었다. 하지만 디디가 갑자기 걷지 못하게 되며 상황은 백팔십도로 바뀌었다.

　휠체어에 몸이 묶이기 전까지, 두 사람은 인생을 즐기며 살았다. 주중에는 각자 일이 바빴지만 목요일이나 금요일이 되면 동료들과 술로 밤을 불태웠다. 토요일에는 함께 쇼핑이며 밀린 집안일을 했고, 저녁에는 시내로 외출을 하거나 댄스파티에 참석했다. 일요일에는 늦잠을 자고 일어나 테니스를 치거나 달리기를 했다. 저녁이 되면 5년 전 처음 만난 술집인 드 자크에서 햄버거나 치킨 사테(한 입 크기로 썬 고기를 꼬치에 꿰어 구워 먹는 요리 - 옮긴이)를 먹으며 주말을 마감했다.

하지만 이제는 까마득한 옛날 이야기였다. 마치 그들이 아닌 다른 사람의 삶 같았다. 달라진 사람은 오스카만이 아니었다. 디디도 전과 다른 사람이었다.

디디가 뱃속에서 키워낸 생명은 9개월 전까지만 해도 존재하지 않았다. 하지만 이제 인디는 디디에게 이 세상 누구보다 소중한 사람이 되었다. 오스카와의 결혼 생활보다는 인디가 더 중요했다. 디디 자신보다도 인디가 먼저였다.

★

헤네퀸은 서랍장에 서류를 올려놓고 꼼꼼히 읽었다. 옆에는 조산사가 서 있었다. 며칠 전에 왔던 사람은 아니었다. 이번 사람이 더 젊었다. 곱슬머리에 숱이 많았고 눈빛도 훨씬 다정했다. 게다가 디디의 사정을 잘 모르는 사람이었다.

"이 집에 열흘간 있겠다고 약속을 했어요." 헤네퀸이 말했다. "산모도 그렇게 알고 있고요. 그러려면 조산사 승인이 필요하다는 게 이제 생각났지 뭐예요."

"전에는 열흘 정도 일한 적이 없었어요?" 조산사가 놀라서 물었다.

"한 번도요. 미안해요. 이 일을 시작한 지 얼마 안 되었거든요."

"전에는 무슨 일을 했는데요?"

"한참 쉬다가 얼마 전에 돌아왔어요." 헤네퀸이 얼른 설명했다. "많이 변했더군요."

"더 좋게 변하지는 않았죠. 예산 삭감 때문에요." 이제 조산사도 서류를 살펴보며 헤네퀸이 표시한 체크박스를 확인했다.

헤네퀸은 그녀를 뚫어져라 쳐다보았다. 산후관리는 7일이 기본이었다. 계획을 실행하기에 너무 짧은 시간이었다. 헤네퀸은 보고를 하지 않고도 융통성 있게 기간을 연장할 수 있기를 바랐지만 불가능했다. 의심만 사기 쉬웠다.

"정말로 도와줄 사람이 필요해요, 카린Karin." 헤네퀸이 졸랐다. "디디는 제대로 걷지도 못해요. 혼자 인디를 씻길 수도 없는 처지라고요."

"그래 보여요. 아이 아버지는요?"

"오늘 회사로 돌아갔어요."

"육아휴직을 신청하면 되잖아요."

"그게… 우리끼리 얘기지만…." 헤네퀸이 계단을 돌아보았다. 침대에서 쌔근쌔근 자는 인디를 향해 고개를 한 번 돌렸다가 마지막으로 조산사의 파란색 눈동자를 똑바로 응시했다. "아이 아빠에게는 별로 기대하지 않는 게 좋아요."

"도움을 줄 만한 가족이나 친구도 없어요?"

헤네퀸은 고개를 저었다.

"어머. 안됐네요." 카린이 서류를 다시 보고 펜을 꺼냈다. "여기 채우지 않은 항목들이 있어요." 그러면서 몇 가지를 고쳐주었다.

"고마워요." 헤네퀸이 다정하기 그지없는 미소를 지어 보였다. "제가 오늘 정신이 하나도 없어요."

조산사는 서류 하단에 서명을 하고 펜을 내려놓았다. "다 됐어요. 목요일까지 열흘입니다. 그걸로 부족하면 이 집에 재산이 넉넉하기를 빌어요. 국가의 보조금으로 도우미를 쓸 수는 없고, 사설 도우미를 불러야 할 테니까요."

"그러게요." 헤네퀸이 맞장구를 쳤다.

"아무튼 오늘이 마지막 방문이에요."

"그래요?"

"일주일이 지나면 담당이 보건소로 넘어가니까요." 조산사가 잠시 헤네퀸을 빤히 보다가 한쪽 눈썹을 치켜세웠다. "그것도 몰랐단 말이에요?"

"아, 당연히 알죠. 미안해요. 아직 잠이 덜 깨서요."

"독감 조심하세요. 요즘 유행이에요."

"오늘 집에 가서 일찍 잘게요." 헤네퀸이 가볍게 받아넘겼다.

조산사는 씩 웃어 보였다. 별로 의심하는 눈치는 아니었다. 의심할 이유가 어디 있겠는가? 기껏해야 조금 덜렁대는 사람이라고 생각할 것이다.

"그만 산모에게 인사하고 가야겠어요. 이 지역에서 다음에 또 뵙겠네요?"

"네, 물론이죠." 헤네퀸이 조산사와 악수하며 말했다. 그녀가 아래층으로 내려가는 모습을 지켜보았다.

헤네퀸은 콧노래를 부르며 서류를 뜯어보았다. 게임 시간이 사흘 연장되었다. 이 기회를 최대한 활용할 생각이었다.

동료들의 익숙한 목소리가 무전기를 타고 쉴 새 없이 쏟아졌다. 응급 호출이나 암호 메시지도 있었지만 그리 중요하지 않은 이야기들도 오고갔다. 오늘 아침은 월요일 아침답게 아주 조용했다. 큰 사건이라고 해 봐야 주말에 일어난 절도 행각이 뒤늦게 알려지는 정도였다. 아니면 접촉사고라든가. 오늘 아침 브리핑 시간에도 사건

하나 말고는 주목할 만한 사건이 없었다. 경찰에 원한이 있어 지난해 동료 두 명을 거리에서 망치로 공격한 40대 대머리 정신이상자의 사진이 공개되었다. 그가 얼마 전 정신병원에서 나왔으니 특별히 경계하라는 의미였다. 다음으로는 16세 가출 소녀의 사진과 미납 과태료가 몇 천 유로에 달하는 남자의 체포영장이 화면에 떠올랐다. 그밖에도 유력한 용의자들의 사진이 이어졌다.

미리암은 자동차 사이를 요리조리 운전하며 샌드위치를 먹었다. 사진 속 16세 소녀나 40대 대머리 정신이상자와 닮은 사람은 보이지 않았다. 다른 차량들이 경찰차를 보고 속도를 줄이거나 반사적으로 브레이크를 밟았다.

평소에는 재미있다고 생각하는 광경이었지만 오늘은 웃음이 나지 않았다. 초조하고 답답했다. 퇴근 후 곧장 아른헴으로 다시 가 헤네퀸의 친아버지를 만날 계획이었다. 하지만 아놀드 크라머가 집에 있으리라는 보장은 없었다. 휴가를 떠났을지도 모른다. 엥글런 부부처럼 따뜻한 곳에서 겨울을 보낼 수도 있다.

오늘 오후에 그를 만나지 못하면 이번 주는 내내 손을 놓고 있어야 한다. 기숙학교 교장이 돌아올 때까지는 기다려야 했다. 그때나 되어야 피해자 힐더 반덴브로케 가족의 벨기에 주소나 사고 장면을 목격한 증인 두 명의 주소를 알아낼 수 있다.

미리암은 자신의 호출번호를 부르는 소리에 퍼뜩 현실로 돌아와 응답을 했다. 현재 미리암이 순찰하는 곳 부근의 거리에서 한 남자가 알몸으로 칼부림을 벌이고 있단다. 미리암이 입꼬리를 올렸다. 이래서 경찰이라는 직업이 좋았다. 언제나 그렇듯 온몸에 아드레날린이 솟구쳤다. 미리암은 차를 돌리며 그쪽으로 가는 중이라고 통제실에 알렸다.

★

헤네퀸은 콧노래를 부르며 모유를 싱크대에 버리고 수돗물로 젖병을 채웠다. 고무젖꼭지의 겉과 속을 뒤집은 채로 젖병 뚜껑을 돌려 닫고 다시 냉장고에 넣었다.

오늘은 조용한 하루가 될 것이다. 오스카는 출근을 했고 이제 조산사도 방문하지 않는다. 손님이 온다는 말도 없었다. 오늘은 디디, 인디, 그리고 헤네퀸 세 사람뿐이다. 단란하고 오붓하게.

헤네퀸은 유리 머그잔에 티백을 걸고 정수기 물을 받았다. 주머니에서 작은 병을 꺼내 푸른색 용액을 뿌렸다. 많이는 아니었다. 약간의 구역질로 디디가 괴로워할 정도로만 넣었다. 뚜껑을 닫고 병을 주머니에 다시 감추었다. 마음 같아서는 한 번에 많은 양을 붓고 싶었다. 양이 많을수록 약효는 강해진다. 보통 24시간 내로 사망에 이르지만 그러면 계획에 방해가 된다. 감정에 휩쓸리지 말자. 헤네퀸은 차에 설탕 두 덩어리를 넣고 잘 저었다.

디디는 아침에 일어나니 어제보다 몸이 훨씬 좋아졌다고 말했다. 여기저기 돌아다니기까지 했다. '상처'는 거의 다 아물었고 봉합한 실도 떨어져 나왔다. 솔직히 말하면 헤네퀸이 설치는 이런 상황에서 디디의 회복 속도는 기적이었다.

그때 거실에서 깜짝 놀랄 만큼 큰소리가 들렸다. "헤네퀸, 헤네퀸! 빨리 와 봐요!"

★

집 앞에 택시가 한 대 섰다. 흰색 메르세데스에서 내린 택시 기사는 트렁크를 열고 수트케이스와 여행 가방을 꺼냈다. 그러고는 뒷좌석 문을 열고 차에서 내리는 승객을 도와주었다. 50대쯤으로 보이는 여성이었다. 키가 작고 몸매가 푸근한 중년 여성은 디디처럼 머리가 붉은 색이었다. 다만 깔끔하게 두른 스카프 아래로 보이는 짧은 머리는 색이 조금 더 짙었다.

그녀는 기사에게 물건을 받고 집 쪽으로 뒤를 돌았다.

처음에는 누구인지 알아차리지 못했다. 기대를 아예 접었기 때문일까?

"헤네퀸, 헤네퀸!" 디디가 외쳤다. "빨리 와 봐요! 오셨어요!"

디디는 이불을 젖히고 양쪽 무릎을 손으로 옮겨 침대 가장자리에 걸터앉았다. 매트리스에서 미끄러지듯 내려와 슬리퍼를 신었다. 가운을 대충 걸친 디디가 빠른 걸음으로 복도를 향해 휘청거리며 나아갔다.

헤네퀸이 먼저 나와 있었다. 디디 대신 현관문을 연 그녀는 손님이 들어오게 옆으로 물러났다.

디디는 눈물을 줄줄 흘리며 문 앞에 있는 작고 통통한 여성을 와락 끌어안았다. "엄마!"

★

미리암은 통제실에서 커피와 스펀지케이크를 앞에 놓고 아침에 있었던 사건을 동료들에게 자세히 들려주었다. 부부싸움이 걷잡을 수 없이 커졌고 결국 남편은 알몸으로 거리에 나와 주방 칼을 휘둘렀다. 부부는 경찰 내에서도 유명했다. 둘 다 정신질환 환자로 마약에 빠져 제멋대로 사는 사람들이었다. 경찰은 주로 이 부부처럼 동네에서 마구 날뛰는 마약 중독자들을 상대했다. 절도, 폭행, 공공기물 파손으로 체포하고 보면 십중팔구 그들이었다. 징역을 살거나 약물치료 프로그램에 참여하는 동안은 레이더망에서 벗어나곤 했다. 그러다 갑자기 신고가 다시 들어오고 골치 아픈 과정을 처음부터 다시 시작해야 한다.

아이폰에 진동이 울렸다. 미리암은 주머니에서 전화기를 꺼내 자리에서 슬쩍 일어났다. 다른 사람의 눈을 피해 메일 수신함을 열어 보았다. 헤네퀸이 다니던 초등학교의 은퇴 교사인 코네이 딜런이 메일 세 통을 보내 왔다. 각각의 이메일에는 카타리나 크라머의 사진이 두 장씩 첨부되어 있었다. 한 장은 앞머리를 일자로 자르고 앞니가 빠진 갈색 머리 여자아이의 사진이었다. 여섯 살 정도로 보였다. 지극히 평범하게 생긴 아이는 눈을 반짝이며 카메라 렌즈를 응시했다. 사진을 넘길수록 얼굴은 조금씩 변했다. 해가 갈수록 눈빛이 우울해지고 뺨에 살이 붙었다. 나중에는 볼살에 눌려 눈이 작아지기까지 했다. 마지막 사진을 보자 눈을 반짝이던 어린 소녀는 흔적도 없이 사라졌다. 불신과 비난이 담긴 눈빛으로 세상을 보고 있었다. 카타리나 크라머는 결코 행복한 아이가 아니었다. 미리암은 빛바랜 80년대 밴드 포스터가 붙은 낡은 저택의 모습과 카타리나 가족의 이야기를 떠올렸다. 그리고 여섯 살쯤으로 보이는 카타리나의 사진을 다시 바라보았다. 순수한 아이의 얼굴이었다. 하지만 카타리나의 순수함은 사라진 지 오래였다.

"디디 너를 빼닮았다." 넬리 보스는 거실 침대 곁에 의자를 놓고 앉아 왼팔로 아기를 안았다. 할머니는 품에 안긴 손녀를 사랑이 뚝뚝 떨어지는 눈으로 내려다보았다. 인디는 넬리의 오른손에 들린 젖병을 허겁지겁 빨았다. "눈도 똑같고, 뺨도 똑같아…. 어쩜 이리

예쁘니?" 넬리의 뺨이 홍조를 띠었다. "세상에, 믿을 수가 없어. 내가 할머니라니. 굉장하지?"

디디는 미소를 지었다. 엄마 말이 맞았다. 정말로 굉장했다. 하지만 지금은 속이 나아지기를 바랄 뿐이었다. 아침에 오스카가 출근한 후로 속이 꽉 막힌 기분이 들었다. 또 구역질이 나기 시작했다. 술을 많이 마셨을 때처럼 메스껍고 어지러웠다.

"더 일찍 오고 싶었어." 넬리가 말했다. "그런데 에버트Evert 차가 말썽을 부리지 뭐니. 부품이 오기를 기다려야 했어. 카센터에서는 매일 같이 금방 올 거라는 말만 하는 거야." 넬리는 멋지게 손질한 짙은 붉은색 머리를 쓸어 넘겼다. 디디가 알기로는 염색한 머리였다. 엄마는 40대부터 흰머리가 나기 시작했다. 11년이 지났지만 지금이 그때보다 더 젊어 보였다. 노르웨이에서 자연을 벗삼아 에버트와 농장 생활을 하는 덕을 톡톡히 보고 있었다.

넬리가 말을 이었다. "노르웨이 동네들이 그렇게 뚝뚝 떨어져 있는지 이번에 처음 알았어. 어디를 가든 너무 멀더라. 몇 시간 연속으로 운전을 해야 하고 말이야. 도대체 사람들이 서두르지를 않아. 남쪽 사람들 보고 '마냐나(스페인어로 내일이라는 뜻으로 지나치게 낙관적인 사람을 이르는 말 - 옮긴이)'라고들 하지? 노르웨이 사람들도 만만치 않아. 결국에는 '에라, 모르겠다' 하고 차를 빌려서 공항으로 갔어."

젖병이 비었지만 인디는 우유를 더 먹으려 했다. 고무젖꼭지로 공기를 빨아들이는 소리가 들렸다. 아이가 작은 팔을 흔들며 투정을 부렸다. 하지만 넬리는 젖병을 옆으로 치우고 인디를 안아 트림을 시켰다. 매일 하는 일인 것처럼 동작 하나하나 자연스러웠다.

엄마는 디디보다 모든 면에서 솜씨가 더 좋았다. 외갓집이 농사를 지었기 때문에 어렸을 때부터 농장에서 일손을 돕는 법을 배웠다. 엄마의 단점은 남자 보는 눈이 없다는 것 하나였다. 농부인 에버트는 무려 네 번째 남편이었다. "고향에 돌아온 기분이야." 엄마는 에버트와 결혼한 후 그렇게 말했다. 물론 디디의 아빠를 많이 사랑했다는 말도 잊지는 않았다. 작은 배 선장이었던 디디의 친아버지는 디디가 어릴 때 오토바이 사고로 세상을 떠났다. 아버지 사진은 몇 장밖에 없었다. 수염을 기르고 다부지게 생긴 건장한 남자였다. 옷차림은 언제나 청바지와 청회색 티셔츠 아니면 올이 굵은 스웨터였다. 어린 시절 디디는 아빠가 사실은 죽지 않았다는 상상을 하곤 했다. 해적이 되어 바다 어딘가를 누비고 다니고, 언젠가는 이야기 보따리를 한아름 안고 집으로 돌아올 것이라 믿었다.

인디가 아직도 칭얼거렸다.

"일단 트림을 시켜." 넬리가 조용조용 설명했다. "그 다음에 주방으로 가서 남은 우유가 있는지 보는 거야."

"젖이 별로 안 나와요, 엄마. 그래서 정해진 양만 주려고 해요."

넬리는 디디가 막 유축기로 짜서 젖병에 담은 모유를 향해 고갯짓을 했다. "그게 별로 안 나온다고? 그걸 한 번에 준다는 거니? 세상에, 쌍둥이도 먹이겠다."

"그때그때 양이 달라요." 디디는 반박했다.

"원래 그런 거야."

전화벨이 울렸다. 디디는 침대에 놓아둔 수화기를 들었다.

"아, 디디." 오스카는 어딘가 정신이 팔린 듯했다. "나 야근해야 할 것 같아. 우리 어머니한테 가서 도와달라고 부탁할까?"

"아니야. 지원군은 이미 도착했어. 누가 왔는지 상상도 못할걸."

"누군데?"

"우리 엄마!"

"타이밍 좋군." 오스카의 목소리에는 힘이 없었다. "저녁은 회사에서 먹고 갈게. 9시 넘어서 들어갈 거야."

"나…"

"어머니께 대신 인사드려. 이따 보자." 그리고 전화를 끊었다.

★

이번에는 아놀드 크라머가 집에 있었다. 거실 불이 환했고, 비록 구형이지만 잘 관리된 볼보가 진입로에 주차되어 있었다.

현관문은 금방 열렸다. 건장한 60대 남자가 의아한 눈으로 미리암을 보았다. 베이지색 바지와 파란색 셔츠가 깔끔했다. 그 나이치고 흰 머리도 별로 없었다. 미리암은 50년대 영화배우와 비슷하다고 생각했다. 헤네퀸의 곧게 뻗은 코와 튀어 나온 광대뼈는 아버지에게 물려받은 것이 분명했다.

"안녕하세요. 아놀드 크라머 씨인가요?" 그는 미리암이 내민 손을 잡았다. 정중히 악수를 하는 손이 따뜻했다.

"그렇습니다."

"미리암 드 무어, 로테르담 경찰입니다. 현재 진행 중인 수사와 관련해 여쭤보고 싶은 게 있어 왔습니다."

"로테르담이라고요? 멀리서 오셨군요."

"그렇죠." 미리암은 뜸을 들이다 말했다. "따님 일이에요. 카타리나요."

크라머의 얼굴이 어두워졌다. "저는 딸이 없습니다."

"어제 베네브루크에서 앵글런 부부와 만났어요." 미리암은 정원에 사람들이 북적이기라도 하듯 주위를 살피고는 목소리를 낮추었다. "안에서 이야기하는 편이 좋을 것 같아요." 대부분의 사람은 행인이나 이웃에게 사적인 대화를 들키고 싶어 하지 않는다. 상대가 경찰일 경우에는 더 민감했다.

아놀드 크라머는 달랐다. "할 얘기 없습니다." 조금 전만 해도 친절하게 반기던 얼굴에 가면을 썼다. 이제는 표정을 읽을 수 없었다. 몸도 굳어버린 듯 미동조차 하지 않았다.

"이해합니다. 놀라셨을 거예요." 미리암은 잠시 그에게 생각할 시간을 주었다. 하지만 태도가 바뀌지 않자 말을 계속했다. "월터 엥글런 씨에게 들으니 1993년 유죄 판결 후로 따님과 의절하셨다고요."

크라머는 여전히 말이 없었다. 미리암은 그와 눈을 맞춰보려 했지만 시선은 미리암의 뒤쪽에 고정되어 있었다. 눈빛이 무척이나 강렬했다. 미리암은 그가 대체 어디를 보나 싶어 뒤를 힐끗 돌아보았다. 보이는 것은 짙은 녹색의 침엽수 울타리가 전부였다. 아니면 과거의 망령일까.

"선생님 말씀이 꼭 필요합니다." 미리암이 기다리다 못해 입을 열었다. "중요한 사건들이 달려 있어요. 선생님께서 왜 따님과 연락을 끊었는지 알고 싶습니다. 소년원에 들어갔기 때문인가요? 그때 했던 일 때문에요?"

"관여하고 싶지 않습니다. 정식 수사 맞습니까? 언제부터 수사관이 혼자 일했죠?"

미리암은 항복의 의미로 양 손을 들었다. "혼동을 드려 죄송해요. 경찰 배지 보여드리겠습니다. 참고로 저는 수사관이 아니라 검사대리예요."

"그래요? 재미있군요."

미리암은 배지를 들어 보였다가 얼른 집어넣었다. "정말로 대화를 하고 싶어요, 크라머 씨. 따님은 미국에서 두 번 결혼했고 몇 년 전 귀국했습니다. 지금 네덜란드에 살고 있어요. 가장 최근에 같이 산 남편이 올해 사망했는데 사인이 의심스러워요. 미국인 남편도 세상을 떠났고요." 미리암은 지금 선을 넘고 있었다. 이 남자가 경찰에 연락한다면 모든 것이 끝장이다. 한 명에게라도 들키면 심각한 위법 행위를 이유로 파면을 당할 것이다. 이 사람에게 자신이 카트리나의 올케였다는 진실을 말하는 방법도 잠깐 고려했지만 생각을 접었다. 아직 어떤 사람인지 모르는 상황에서는 너무 위험했다.

비가 내리기 시작했다. 낮게 깔린 구름에서 장대비가 벽돌 진입로와 미리암의 얼굴과 어깨로 쏟아져 내렸다.

"들어가도 될까요?" 미리암이 하늘을 올려다보며 물었다.

"그러고 싶진 않군요. 들여보낼 의무가 있다면 모르겠습니다만."

"없습니다."

남자는 단호히 고개를 저었다. "그렇다면 미안합니다."

"하지만 따님에 관한 정보가 더 있으면 수사에 정말 도움이 될 거예요."

크라머는 입을 굳게 다물었다. "너무 갑작스러운 일이라서요."

"이번 주 내로 다시 연락드릴까요?"

"됐습니다." 그는 다시 거절 의사를 밝혔다.

미리암이 가죽재킷 주머니에서 명함을 꺼내려는데 돌연히 쾅 소리가 들렸다. 크라머가 현관문을 닫은 것이었다.

★

빗방울이 발유스트라트 단독주택의 커다란 유리창을 세차게 때렸다. 조금 전 넬리는 가스난로에 불을 붙였다. 지금은 슬리퍼를 신고 딸의 침대 옆에 앉아서 인디가 태어난 직후 찍은 사진들을 아이패드로 보고 있었다.

헤네퀸은 어두운 얼굴로 그 모습을 바라보았다. 꼬맹이는 침대 옆 유모차에서 몇 시간째 단잠을 자는 중이었다. 속이 부글부글 끓었지만 어떻게 할 수 없었다. 넬리 보스가 문제였다. 노르웨이에서 온 빨간 머리 마귀할멈은 사사건건 질문을 하고 계속 헤네퀸의 어깨 너머로 감시를 했다. 방금도 인디를 '직접' 씻기고서는 모녀가 떨어져 잠을 자는 것은 '말도 안 된다'고 말했다. 그래서 아기는 위층 아기침대가 아닌 거실에서 잠이 들었다. 헤네퀸이 반박하려 했지만 허사였다. "아기에게 전혀 해롭지 않아." 넬리는 딸에게 말했다. "요즘 같은 시대에도 분리육아 같은 헛소리가 돌아다닌다니 믿을 수 없구나. 아기는 엄마 가까이 있어야 해."

디디는 군말 없이 엄마의 지시를 따랐다. 하나뿐인 딸을 버리고 외국으로 나가 사는 엄마가 아니던가? 하지만 디디는 그런 말을 하지 않았다. 지금 여기 온 엄마를 사랑했다. 구세주처럼 여겼다.

헤네퀸은 얼른 유모차에서 인디를 안아 들고 넬리에게 건넸다. "할머니가 우유 먹이시겠어요? 저는 오늘 여기까지 할게요."

"네, 그러죠."

"나 토할 것 같아요." 디디가 말했다.

헤네퀸은 디디를 무시하고 주방으로 들어갔다. 어지러워서 초점이 흐려지고 구역질이 나는 디디의 증세는 경미한 에틸렌글리콜 중독 증상이었다. 벌써부터 약효가 잘 들고 있었다. 내일이나 모레쯤 부동액을 한 방울 더 줄까 보다. 그래야 재미가 있지. 오늘보다도 더 괴로울 것이다.

헤네퀸은 냉장고에서 젖병을 꺼내 전자레인지에 데웠다. 디디의 모유 분비량은 며칠 사이에 부쩍 늘어났다. 그동안은 곧바로 일부를 버렸지만, 넬리가 유축에 간섭하기 시작하자("그런 흡입기를 쓰면 안 돼. 너무 작잖니. 대체 누가 이 따위를 추천하지?") 그러기가 쉽지 않았다. 저 할망구는 젖병에 견출지를 붙여 날짜와 시간까지 적었다.

헤네퀸은 젖병 몇 개에서 우유를 조금 덜어낸 다음 수돗물로 채웠다. 거실을 살펴보았다. 넬리는 의자에 앉아서 손녀를 어르고 있고 디디는 괴로운 표정으로 앞만 바라봤다. 디디는 엄마가 손녀를 보러 오기를 고대해 왔다. 정말로 넬리가 오자 좋아서 어쩔 줄을 몰라 했다. 오늘 밤, 넬리를 어떻게 처리할지 신중하게 고민을 해야 했다.

그 전에 다른 일부터 해야 한다. 스티븐스-보스 가족을 만난 후로 손꼽아 기다리던 그 일을.

더 중요한 일부터 처리하자.

헤네퀸은 콧노래를 부르며 전자레인지에서 젖병을 꺼내 거실로 가져갔다.

미리암은 햄버거를 다 먹었다. 아른헴의 카페는 조용했다. 손님은 30대 커플 한 쌍과 구석에서 미리암처럼 혼자 식사하는 남자밖에 없었다. 아까부터 계속 눈을 맞추려고 기회를 노리는 남자를 무시하고 미리암은 창밖을 내다보았다. 비는 아직도 그치지 않았다.

헤네퀸의 아버지와 현관 계단에서 나눈 짧은 대화를 되짚어보았다. 크라머의 방어적인 태도는 이해가 갔다. 어쨌든 헤네퀸은 그의 딸이다. 피붙이였다. 어떤 아버지가 자기 딸을 경찰에 넘기겠는가? 크라머도 그런 감정을 느꼈으리라. 하지만 20년 넘게 딸을 만난 적이 없었다. 20년은 영원에 가까운 세월이었다. 유대감이 완전히 끊어지지 않았을까? 그러고 보니 아놀드 크라머는 다른 감정보다 충격이 컸던 것 같다. 그는 당황해서 문을 닫았다. 실제 현관문도, 마음의 문도. 그에게는 시간이 필요했다. 하지만 얼마나? 일주일? 하루?

몇 시간?

"모르겠다." 혼잣말로 중얼거린 미리암은 몇 번에 걸쳐 잔을 비운 후 계산대로 향했다.

★

디디는 떠나는 헤네퀸의 검은색 알파로메오를 향해 손을 흔들었다.

자리에서 일어난 넬리가 식탁으로 의자를 다시 돌려놓으며 말했다. "저 도우미 이제는 필요 없지 않겠니."

"엄마, 요즘은 산후관리사라고 해요. 저는 헤네퀸이 있어서 좋아요. 그동안 힘이 얼마나 많이 됐는데요."

"자기 일이잖아."

"그렇기는 하죠. 하지만 퇴근 시간 지나서도 일부러 안 가고 도와준 적도 많아요."

"그러든 말든 이제는 필요 없다. 에버트한테 전화해서 네가 걸을 수 있을 때까지 당분간 여기 있겠다고 말했어. 괜찮지?"

디디는 가슴에 밀려드는 온기를 느끼며 다정하게 말했다. "괜찮고말고요, 엄마. 당연히 좋죠." 18개월 만에 만난 엄마가 일주일 더, 아니 그 이상 머문다는 소식은 최고의 선물이었다.

"그렇다면 헤네케를 그만 돌려보내자."

"헤네퀸이에요…. 그리고 그러지 않아도 돼요, 엄마. 어차피 목요일이 마지막 날이에요. 솔직히 헤네퀸이 옆에 있으면 안심도 되고요. 우리 체온도 재고 인디가 우유를 얼마나 마시는지, 배변활동은 충분히 하는지 다 기록해줘요. 그걸 다 적어둔다니까요? 그렇게 가르쳐줄 사람이 필요해요. 내가 뭘 잘못할까 봐 무섭단 말이에요."

"그 마음이야 이해하지. 그럼 이건 어떠니? 기록하는 양식을 베껴서 엄마가 그대로 똑같이 하는 거야. 하지만 전부 다는 말고."

"무슨 뜻이에요?"

"그 여자 조언 몇 개가 조금 이상하더구나. 무정하게 인디를 자기 방에 혼자 재우지를 않나."

"아기에게는 분리육아가 제일 좋대요. 여기 거실은 아기에게 너무 시끄러우니까요."

"그리고 저 흡입기는 뭐니? 너무 작지 않았어? 조금이라도 상식이 있는 사람은 그걸 쓰면 아프다는 사실을 알았을 거다. 이런 말 미안하지만 네 유두 주변에 난 염증도 거의 치료하지 않았더라."

디디는 어깨를 으쓱했다. "나는 잘 모르겠어요, 엄마. 처음이라 뭐가 뭔지. 모유 수유를 하고 젖을 짠 사람들이 인터넷에 쓴 글 보면 끔찍한 얘기가 많던데요. 누구에게나 쉬운 일은 아닌가 봐요."

"하지만 이제는 괜찮아지고 있잖아."

디디는 반박할 수 없었다. 엄마가 유축기의 흡입기를 큰 사이즈로 교체해준 후로는 젖을 짜도 아프지 않았다. 유두도 예상보다 훨씬 빠르게 아물고 있었다.

넬리는 커다란 창문으로 거리를 내다보며 양손을 비볐다. "저기, 디디…, 그 여자 말이다. 어딘가 이상해."

"정말요? 어떤 면에서요?"

"모르겠어. 그냥 그런 느낌이 든다."

"이유가 있을 거 아니에요?"

엄마는 고개를 저으며 미소를 지었다. "아니다, 신경 쓰지 마. 며칠 안 남았으니 더 이상 어떻게 하지는 못하겠지."

★

그는 아직 집이었다. 볼보도 그대로였고 실내조명도 켜져 있었다. 미리암은 오늘만 벌써 두 번째로 집 앞에 다가가 초인종을 눌렀다. 날은 이미 저물었고, 비가 내린 후로 거리에 물웅덩이가 생겼다. 미리암은 자기도 모르게 몸을 떨었다. 헤네퀸의 아버지가 여전히 대화를 거부한다면 강요하지는 않을 것이다. 하지만 그 사이 충격이 가라앉고 딸의 일에 궁금증이 생기지 않았을까 하는 기대를 품었다.

아놀드 크라머가 문을 열었다. "또 오셨군." 그는 놀랍게도 한 발 물러나 미리암을 들여보내주었다. "따라와요."

미리암은 멋지게 꾸민 복도를 지나 거실로 들어갔다. 틀이 납으로 된 유리문 한 쌍이 거실을 반으로 갈랐다. 뒤편에 놓인 나무 식탁의 사방에는 고풍스러운 의자 네 개가 자리했다.

"앉으시죠."

미리암은 의자 하나에 앉았다. 동그란 의자 쿠션의 커버는 자카드 천이었다. 크라머는 맞은편에 앉았다.

미리암은 주위를 꼼꼼히 뜯어보았다. 반질반질한 식탁 위에는 반으로 접힌 〈NRC 한델스블라트〉 신문과 돋보기가 있었다. 벽에는 유화를 걸었지만 사진은 없었다. 유리문 너머로 보이는 붙박이 책장에는 책으로 가득했다. 문과 높은 천장 사이에도 책 수백 권이 똑바로 꽂혀 있거나 옆으로 뉘어 있었다.

"책을 좋아하시나 봐요." 미리암이 말했다.

크라머는 집에 책이 있는지 전혀 몰랐던 것처럼 짜증 섞인 눈으로 책장을 돌아보았다. "지식을 수집하기 좋아하죠." 그러고는 신문을 보란 듯이 옆으로 치우고 미리암을 똑바로 보았다. "카타리나에게 무슨 일이 있는 겁니까?"

딸의 이름을 말하는 목소리에 배려가 묻어났다. 어쩌면 사랑일까?

"배경조사를 하고 있습니다."

"경찰이면 원하는 연락처와 자료를 얻을 수 있지 않나요?"

"카타리나는 특수한 경우예요. 따님은 남에게 발견되기를 원하지 않는 사람입니다. 본명이 카타리나 크라머라는 사실도 한참 만에 알았어요. 미국에서 이름을 바꿨거든요."

크라머가 관심을 보였다. "뭘로 바꿨죠?"

"헤네퀸이요. 헤네퀸 스미스."

그가 가느다란 아치형 눈썹 하나를 올렸다. 눈빛이 잠시 반짝였다. "헤네퀸이라고요?"

"네, q자를 써요. 무슨 의미인지 아시나요?"

"고대 신화나 전설을 잘 압니까?"

미리암은 고개를 저었다. "아니요."

"나는 평생 그런 이야기들을 수집했어요." 그가 책장을 손으로 가리켰다. "책만 수백 권이에요. 끔찍한 이야기도 있지만 문화적으로나 역사적으로나 가치를 헤아릴 수 없죠. 카타리나도 어릴 때 즐겨 읽었어요."

"그게 새로운 이름과 무슨 상관이죠?"

크라머는 깊이 생각에 잠겨 책장을 바라보았다. "헬레퀸, 혹은 헤네퀸이라는 인물이 나오는 중세 시대 전설은 유럽 전역에서 종류가 아주 다양하게 존재합니다. 가령 노르망디 지방에서는 〈사냥꾼 헤네퀸〉이라는 전설로 알려져 있지요. 혹시 들어보셨습니까?"

미리암은 다시 고개를 저었다.

"헤네퀸은 악마의 명령을 받고 악마의 군대를 지휘합니다. 악마들은 밤이 되면 말이나 개를 타고 길을 잃거나 사악한 영혼을 사냥해 지옥으로 몰고 가죠." 크라머는 잠시 멈췄다가 목소리를 낮추었다. "아직도 프랑스 그 지역에서는 헤네퀸 또는 하네퀸이라는 이름이 '사악한 악마의 아이'라는 뜻으로 통한다고 해요."

등줄기를 타고 오싹한 한기가 흘렀다. 미리암은 식탁 위에서 깍지를 꼈다.

크라머는 설명을 이었다. "1300년경에는 이탈리아에서도 그 이름이 나타났어요. 악마 같은 연극 캐릭터를 가리키는 이름이었지요. 내 생각에는 단테가 프랑스에 갔다가 영감을 얻고 이탈리아로 돌아와 알리키노라는 캐릭터를 만든 것 같아요." 크라머는 두 손을 맞잡았다. "이탈리아 연극은 악마를 프랑스에 비해 희극적인 캐릭터로 표현했어요. 더 가볍고, 덜 진지했어요. '아를레키노'는 그 유명한 '코메디아 델라르테(16~18세기에 이탈리아에서 발달한 가벼운 희극 – 옮긴이)'의 단골 캐릭터였어요. 그 후 프랑스에 '아를레퀸'으로 다시 넘어온 것이 현재의 할리퀸Harley Quinn이 되었죠."

"어릿광대 말씀이죠?" 미리암은 초조하게 몸을 앞뒤로 들썩였다.

역사 강의를 들으러 오지는 않았지만 크라머의 말을 끊을 생각은 없었다. 분위기가 편해야 딸에 대한 이야기도 솔직히 털어놓을 것이다.

"아니. 어릿광대는 아니에요. 할리퀸은 더 복잡합니다. 더 똑똑하고요. 대개 얼굴이 여러 개이고 비극적인 배경을 둔 캐릭터죠. 가면을 쓰는 경우가 많아요." 아놀드 크라머의 목소리가 작아졌다. 미리암에게 말을 하기보다는 생각을 소리 내어 말하는 것 같았다. "헤네퀸이라는 이름을 선택했다는 게 놀랍군요."

"카타리나가 자신을 연극 캐릭터나 악마로 보는 걸까요?"

사악한 악마의 아이로?

길을 잃었거나 사악한 영혼을 사냥하는 인물?

"글쎄요." 그는 가만히 허공을 응시했다. "마지막으로 본 게 열다섯 살 때였어요. 아직 어린아이였죠. 하지만 그때도…." 그가 갑자기 말을 멈추더니 가볍게 고개를 저었다.

"그때도 뭐요?" 미리암이 물었다.

기회는 지나갔다. 크라머가 허리를 쭉 폈다. "그때 이후로 그 애 생각을 하지 않으려고 노력했습니다." 그러면서 자리에서 일어섰다. "마실 것도 못 내와 미안해요. 곧 어디 갈 데가 있어서요. 하지만 할 말은 다 했습니다."

미리암은 딸에 대한 이야기는 거의 하지 않았다고 말하려다 참았다. 그런다고 뭐가 달라지겠는가? 그래도 몇 시간 전보다는 마음을 열어주었다. 며칠이나 몇 주가 지나면 더 많은 이야기를 할 마음이 생길지도 모른다.

미리암은 주머니에서 명함을 꺼내 업무용 블랙베리 전화번호를 지우고 개인용 번호를 옆에 적었다. 그렇게 하면 사적인 핸드폰 번호를 알려주는 것이 아니라, 업무용 공식 전화번호를 바꿨지만 명함을 수정할 시간이 없었다는 인상을 줄 수 있었다. 그녀가 크라머에게 명함을 건넸다. "카타리나에 대해 이야기하고 싶거나 수사에 도움이 될 정보가 생각난다면 연락주세요. 낮이든 밤이든 아무 때나 괜찮습니다. 다들 그렇게 말하겠지만 저는 진심이에요. 계속 야간 근무를 하기 때문에 언제든 통화가 가능합니다."

크라머는 명함을 받아들었다. 다행히도 다시 돌려주지 않고 앞주머니에 넣었다.

미리암은 그의 배웅을 받으며 현관으로 나와서야 여태 코트를 벗지 않았다는 사실을 깨달았다. 집 밖으로 나와 뒤를 돌아보고 말했다. "연락 기다리겠습니다. 하지만 얼마나 힘드실지 이해해요."

크라머의 얼굴에 셀 수 없는 감정이 스쳤다. 딸에 대한 기억이 하나하나 눈앞을 지나가는 것만 같았다. 다시 입을 열었을 때, 그의 목소리는 아까와 달랐다. 더 부드러웠다. "첫 아내가 죽은 후로 예상치 못했던 일들이 닥쳤어요. 내가 집을 너무 오래 비웠기 때문일 수도 있죠. 그렇다고 욕하는 사람들이 많았어요. 아니면 알면서도 눈을 감아버렸든가요. 보고 싶지 않아서 외면했던 겁니다." 크라머는 고개를 저으며 미리암에게서 등을 돌렸다. "전화는 기다리지 마세요, 드 무어 씨." 그가 현관문을 닫았다.

아우디가 멈춰 섰다. 푸르스름한 헤드라이트가 무언가를 찾듯 주차장을 훑더니 헤네퀸의 알파로메오가 서 있는 구석 자리로 곧장 다가왔다. 오스카는 옆자리에 차를 세우고 라이트를 껐다. 이곳 주차장은 캄캄했다. 헤네퀸은 오스카의 윤곽밖에 볼 수 없었다. 그는 헤네퀸이 자기 차에 탈 것이라 생각하는지 차에서 내리지 않았다.

운전대 위로 헤네퀸의 양손이 움직였다. 서로 붙었다, 떨어졌다, 붙었다… 다시 오른쪽을 돌아보았다. 이제야 깨달은 모양이군.

차 문이 열리고 잠시 불빛이 쏟아졌다. 오스카는 짙은 색 면바지와 딱 달라붙는 브이넥 스웨터를 입고 검은색 얇은 재킷을 걸쳤다. 이 점은 인정해야겠다. 그는 정말 멋있었다. 어떤 옷을 입어도 잘 소화해냈다. 이 남자를 디디가 평생 독차지하게 할 수는 없지.

오스카는 문을 열고 의아한 눈으로 안을 들여다보았다. "안 와요?"

"오늘 밤은 조금 더 짜릿하게 즐겨 봐요." 은밀하고 약간 허스키한 목소리로 헤네퀸이 말했다. 그녀는 옆 좌석을 천천히 쓰다듬었다. "타요, 어서."

처음에는 다소 놀란 표정이던 오스카가 활짝 웃었다. 어린아이처럼 기뻐하는 모습이 어쩐지 가슴 뭉클했다. 오스카가 자기 차 문을 잠그자 오렌지색 불빛이 직사각형 주차장 구석을 짧게 비추었다. 그가 알파로메오 조수석에 올라탔다.

헤네퀸은 한 손으로 그의 얼굴을 감싸고 뜨겁게 입을 맞췄다. 오스카도 신음을 내뱉으며 열렬히 반응했다. 그는 오늘 밤을 간절히 기다려왔다. 분명 특별한 밤이 될 것이다. 아주 특별한 순간이 기다리고 있었다.

헤네퀸은 빠른 손놀림으로 그의 주머니를 몰래 뒤졌다. 오스카는 흥분한 데다 얼굴을 쓰다듬고 머리카락을 장난스럽게 당기는 헤네퀸의 오른손에 정신이 팔려 알아차리지 못했다.

헤네퀸은 오스카의 재킷 안주머니에서 휴대전화를 꺼냈다. 부드럽게 그의 아랫입술을 빨면서 뒤쪽 창문 밖으로 전화기를 던졌다.
전화기는 낮은 수풀 사이 캄캄한 공간으로 떨어졌다. 완벽해. 나중
에 찾으러 오면 된다.

"지금부터는 드라이브를 할 거예요." 헤네퀸이 오스카와 코를 문
지르며 허스키한 목소리로 달콤하게 속삭였다.

"갑자기 주인님처럼 행동하네요?" 흥분한 그가 가쁜 숨을 쉬었
다.

"그런 거 좋아하는군요?"

"분부대로 하죠."

헤네퀸은 흡족한 미소를 머금으며 시동을 걸고 주차장을 빠져나
갔다.

미리암은 고속도로를 빠져 나와 시내로 들어섰다. 날이 완전히
캄캄해졌지만 적어도 비는 내리지 않았다.

헤네퀸이라는 이름에 그렇게 기이한 이야기가 숨겨져 있을 줄이
야. 아버지가 박학다식하다는 점도 그렇고, 헤네퀸은 미리암 가족
이 생각하는 것보다 교육을 훨씬 많이 받은 여자였다. 카타리나 크
라머, 그러니까 헤네퀸 스미스는 영리하고 쉽게 속을 알 수 없는
살인자였다. 남편을 갈아치우듯 이 나라, 저 나라를 아무렇지 않게
옮겨 다녔다. 이런 여자가 로테르담에서 산후관리사로 일하고 있다
고? 물론 불가능한 얘기는 아니었다. 하지만 헤네퀸의 인생 계획이
아주 묘한 방향으로 틀어진 것만은 확실했다.

미리암은 넓은 교차로에서 잠시 고민했다. 여기서 우회전을 하
면 헤네퀸이 사는 주상복합 아파트가 나온다. 초저녁이니 집에 있

을 가능성이 높았다. 별다른 용건 없이 찾아가 신경을 건드리고 자극해볼까? 이제는 체면치레를 할 필요가 없었다. 원래도 올케와 가깝지 않았지만 헤네퀸은 바트 오빠의 장례식 후로(장례식 내내 화려하고 새까만 선글라스를 꼈기 때문에 눈물을 흘리는지 알 수 없었다) 미리암 가족을 완벽하게 무시했다. 하지만 무슨 배짱인지 6개월도 지나지 않아 별안간 헤네퀸이 이곳에 나타났다. 왜지? 산후관리사로 일하는 집과 관련이 있을까? 아니면 전혀 다른 이유로? 혹시 나 때문일까? 아니다. 그랬다면 지금쯤 나도 알아차렸을 것이다.

답답하게도 더 이상 추적할 단서가 없었다. 기숙학교 교장이 휴가를 마치기 전까지는 새로운 정보를 얻을 구멍이 없었다. 헤네퀸을 깜짝 방문하면 판이 흔들릴지도 모른다. 그녀를 불안하게 만들어 지금 계획하는 일을 방해할 수 있다.

신호등이 초록색으로 바뀌었다. 미리암은 망설인 끝에 간선도로로 차를 돌렸다. 뒤에서 경적이 울렸고 어떤 남자 운전자는 가운뎃손가락을 들어보였다. 웃음이 나왔다. 경찰 제복을 입고 있을 때와 어쩜 이리 반응이 다른지. 사복을 입고 잠복용 푸조를 모는 젊은 여자는 그저 만만한 상대였다.

아무것도 모르고 즐거워하는 헤네퀸에게 하룻밤만 더 시간을 지켜줘야겠다. 내일은 그녀를 찾아갈 것이다. 사복이 아닌 제복 차림으로.

"오스카가 너무 늦는구나." 넬리가 말했다.

디디는 다시 시계를 보았다. 10시 5분이었다. 지금껏 이렇게 늦게 퇴근한 날은 한 번도 없었다. 몇 번이나 전화를 했지만 매번 음성 사서함으로 넘어갔다.

"너희 사이는 괜찮은 거니?"

엄마의 질문에 디디는 입을 꾹 다물고 고개를 저었다. "별로요."

넬리가 자세를 고쳐 앉았다. "왜?"

"그냥 다 감당하기 힘든가 봐요. 내가 휠체어를 타게 됐을 때 그 사람이 충격을 심하게 받았어요. 내 걱정을 얼마나 많이 했는지 몰라요. 인디가 태어난 후로는 제정신이 아닌 것 같아요."

"남자들도 아기가 태어나면 인생이 뒤바뀐다고들 하더라." 넬리가 고개를 한쪽으로 갸웃했다. "내가 참견할 바는 아니지만 뭔가 더 있다는 느낌이 들어."

디디는 윗입술을 깨물었다. "인디가 밤에 너무 많이 울어요. 잠이 부족해서 짜증이 난대요. 젖을 짜는 게 번거로우니까 모유 말고 분유를 먹여야 한다고 하고요. 또…." 디디는 말을 흐렸다. 아니, 그 말은 절대 입 밖으로 꺼내지 않을 것이다. 하지만 속으로는 비명을 지르고 있었다. '이 아이를 원하지 않는대요, 엄마!'

또다시 속에서 구역질이 울컥 밀려올라왔다. 과음을 했을 때와 느낌이 비슷했다. 앞의 물체가 두 겹으로 보이는 순간도 있었다. "엄마, 나 몸이 안 좋아요."

"잠을 조금 더 자. 위층으로 올라갈래?"

"오스카가 아직 안 왔잖아요."

"오스카는 다 큰 어른이야. 밤새 기다려줄 필요는 없어."

인디가 울음을 터뜨렸다. 넬리는 유모차에서 인디를 꺼내 품에 안고 부드럽게 앞뒤로 흔들며 거실을 돌아다니기 시작했다. "그 심정은 이해하지만 오스카도 이러면 안 돼, 디디. 도망치는 남자는 못 쓴다." 넬리가 딸을 돌아보았다. "하지만 많은 남자가 그래. 부담감을 견디지 못하지. 여자와 마음가짐부터가 달라. 뱃속에서 아기를 품은 적이 없으니 자기와는 별로 상관없는 일이라고 생각하는 거야."

"그럼 나는요? 내가 전부 다 맡아서 해야 하는 거예요?"

넬리가 어두운 얼굴로 딸을 바라보았다. "진작 알았더라면 내가 몇 달 전에 왔을 거다. 무슨 일이 있다고 엄마한테 말을 했어야지. 걸을 수 없다는 말은 왜 안 했어."

"걱정 끼치고 싶지 않았어요. 엄마가 온다고 뭐가 달라져요? 에버트 농장 일도 엄마 없으면 안 되고요."

"에버트는 일꾼들이 있지만 너에게 엄마는 나 혼자잖니. 자, 침대로 가서 쉬자. 엄마는 우리 귀여운 공주님 기저귀 갈아주고 우유를 먹일게."

"오스카는 어쩌고요?"

"집에 올 때까지 안 자고 기다리마." 넬리가 말했다.

"그러면요?"

"엄마가 한마디 따끔하게 해야지. 오늘 같은 일이 또 생기게 둘수는 없어, 디디."

"이래도 되는지…."

"쉿. 나한테 맡겨요." 헤네퀸이 오스카에게 입술을 맞추고 속삭였다. "그냥 즐겨요."

오스카는 자작나무에 등을 기대고 서 있었다. 다리는 이미 꽁꽁 묶였다. 저항을 해보았지만 진심을 다하지는 않았다. 무릎까지 바지를 내리자 흥분한 몸이 드러났다. 희미한 달빛 아래 하얀 남성이

꼿꼿하게 우뚝 섰다. 헤네퀸이 그것을 쥐고 어루만졌다.

그녀도 흥분 상태였지만 이유는 같지 않았다. 심장이 빠르게 쿵쿵 뛰고 호흡이 가빠졌다. 이런 느낌은 처음이었다. 뭔가 새롭고 흥미진진했다. 하지만 신속하고 단호하게 행동하지 않으면 성공하지 못한다.

헤네퀸은 오스카의 가슴에 나일론 밧줄을 감고 다시 나무 주위를 돌았다. 그러고 나서 팔 위쪽도 결박했다.

오스카는 밧줄을 풀려고 몸을 이리저리 들썩였다. "너무 불편한데요, 헤네…"

헤네퀸은 오스카의 팔을 나무 기둥에 딱 붙이고 다시 키스했다. 입술부터 시작해 가슴과 배로 내려왔다. 입술이 닿자 잔뜩 긴장한 배가 파르르 떨렸다. 헤네퀸의 입술은 점점 더 아래로 향했다. 나중을 위한 맛보기였다. 가만히 서 있으면 이렇게 해주겠다는 약속. 그를 완전히 지배하는 순간, 그때가 와야만 약속을 지킬 것이다. 그것이 게임의 규칙이었다.

다시 몸을 일으킨 헤네퀸은 밧줄을 더 넉넉하게 풀어서 오스카의 팔에 서너 번 감았다. 밧줄을 팽팽하게 잡아당겼다. 배와 허리 주위에도 단단하게 감았다. 이제 꼼짝도 할 수 없는 처지가 되었지만 오스카는 저항을 포기하지 않았다. 손가락을 쫙 뻗었다가 다시 움켜쥐며 힘을 주었고 어깨를 마구 흔들었다.

밧줄을 단단히, 더 단단히 당겼다.

오스카는 아직도 흥분한 상태였다. 헤네퀸은 콧노래를 부르며 그의 목에 밧줄을 감았다.

우리가 함께일 때는 완전히 다른 세상이 돼

내 마음은 더 평온하고 행복해져…

밧줄을 후두부에 대고 꽉 조였다. 점점 커지는 그의 눈을 깊이 바라보았다. 밧줄을 더 세게 당기자 공포에 질린 비명이 터져 나오려다 턱 하고 막혔다. 목과 나무기둥에 밧줄을 한 번씩 더 감았다.

헤네퀸은 그에게 다가가 뺨을 맞대고 귓가에 속삭였다. "나 정말 행복해요, 오스카. 이렇게 새로운 경험을 하게 해줘서 고마워요. 이런 일은 처음이에요. 그거 알았어요?"

오스카가 숨을 헐떡거렸다.

어둠이 내려앉았다. 미리암은 전등을 켜고 촛불 몇 개에도 불을 붙였다. 그녀는 운동복과 슬리퍼 차림으로 가스레인지 앞에 서 있었다. 한 달에 한 번씩 이렇게 여러 끼 식사를 미리 만든 다음 한 번 먹을 분량으로 나누어 냉동실에 얼려두었다.

이렇게 냉동실에 음식을 비축해놓으면 패스트푸드를 자주 먹거나 배달 음식에 거금을 쓰지 않아도 된다.

미리암은 깊은 냄비에 얇게 썬 양파와 마늘을 넣고 지글지글 끓는 재료를 나무주걱으로 볶았다. 껍질 벗긴 토마토 통조림 두 캔을 넣고 끓고 있는 소스에 브로콜리를 투하한 후 뚜껑을 닫았다. 불을 약하게 줄이고 주방용 타이머를 15분으로 설정했다.

뒤를 돌아 커튼을 젖히고 밖을 내다보았다. 작업실에 불이 켜져 있었다. 보리스는 높은 의자에 앉아 그림 그리기에 여념이 없었다.

미리암은 팔짱을 끼고 구경을 했다. 보리스는 팔뚝에 팔레트를 얹고 열심히 물감을 섞어 캔버스에 칠했다. 후드티 소매를 팔꿈치까지 말아 올리고 작업에만 집중했다.

미리암은 그의 모습에서 눈을 떼지 않았다. 이 세상이 아직 나쁜 곳만은 아니라고, 아직 좋은 것을 볼 수 있고 감상할 수 있다고 생각하자 마음이 편안해졌다.

미리암은 충동적으로 전화기를 들고 보리스의 번호를 눌렀다. 통화 연결음 세 번 만에 보리스가 전화를 받았다.

미리암이 말했다. "내일 야간 근무 날이에요. 시간 있으면 같이 갈래요?"

죽은 이의 무게. 무거우리라 예상했지만 이 정도일 줄은 몰랐다. 오스카는 날씬한 편이었지만 근육의 힘이 전부 풀린 지금은 바다 코끼리처럼 무거웠다. 헤네퀸은 말라비틀어진 낙엽 위로 그의 시체를 질질 끌었다. 금발 가발이 이마로 쏟아져 내렸다. 기쁘면서도 슬펐다. 계획이 성공했기에 기뻤다. 이번에도 실패는 없었다. 정말로 멋진 경험이었다. 하지만 다 끝났기에 슬펐다. 더는 오스카를 가지고 놀 수 없었다. 그의 역할은 여기서 끝이었다.

하지만 아직 세 사람, 삼대(三代)가 남아 있었다.

아주 특별한 순간이 펼쳐질 것이다.

8일째
화요일

디디는 침대에 앉아서 수화기를 귀에 댔다. 가슴에서 심장이 쿵쿵 뛰었다. 오스카는 어젯밤 들어오지 않았다. 이런 적은 처음이었다. 단 한 번도 없었다. "오스카 스티븐스의 음성 사서함입니다. 죄송하지만 지금은 통화가 불가…."

디디는 전화를 끊었다. 도망을 간 걸까? 나랑 인디를 두고 떠난 거야? 하지만 도망을 쳤다면 옷과 소지품은 왜 두고 갔겠어?

"또 음성 사서함이야?" 넬리가 돋보기안경 너머로 딸을 보며 물었다. 어제와 달리 오늘 아침은 머리가 흐트러졌고 화장기 없는 얼굴이 창백했다.

"이럴 사람이 아니야, 엄마."

"시간이 조금 필요한가 보지."

디디는 고개를 저었다. "나 깨우지 그랬어요. 이상해. 오스카는 외박 같은 거 한 번도 안 했단 말이에요."

"아빠가 된 적도 없었지." 엄마가 진지하게 말했다. "애아버지들이 한 턱 낸다고 며칠이나 일주일 내내 술집에서 살다가 온다는 얘기도 많잖아."

"그건 옛날 얘기고요, 엄마."

"그렇게 옛날도 아니야. 적어도 내 기준으로는 그렇다. 세 번째 남편이 그랬어. 결국 자기 혼자 필요한 시간이 너무 많아서 내가 끼어들 틈이 없었지."

집 전화가 울렸다. 주방에 있던 헤네퀸이 거실로 들어왔다. "제가 받을까요?"

"아니. 내가 받아요." 넬리가 날카롭게 말하며 충전대에서 전화기를 집어 들었다. "여보세요, 스티븐스-보스 집입니다."

넬리는 상대의 말을 듣더니 고개를 저었다. "아니요, 여기 없어요… 장모되는 사람입니다. 딸에게 말할게요. 아니, 지금은 전화를 받을 수 없어요." 넬리가 헤네퀸과 디디에게 등을 돌리고 테이블에서 펜을 집어 들었다. "성함이 어떻게 되시죠? 네. 곧 다시 연락드릴게요."

디디가 몸을 일으켰다. "엄마, 누구예요?"

"오스카가 결근한 적이 있니?"

디디는 놀란 표정으로 엄마를 보며 작게 내뱉었다. "아니. 한 번도 없어요."

"오늘 안 나왔대."

★

미리암은 벨소리에 잠에서 깼다. 암막커튼을 쳐서 아침인지 아닌지 알 수 없었다. 시계를 보았다. 8시 45분이다.

아이폰에 손을 뻗어 화면을 보니 모르는 번호였다. 졸린 목소리로 전화를 받았다. "여보세요, 미리암 드 무어입니다."

"안녕하세요. 전화 받기 곤란하신가요?"

"아닙니다." 미리암이 벌떡 일어나 앉았다. "누구시죠?"

"라이나 스켈터마입니다. 박스미어 드 호리존 학교 교장이에요. 지난 주 일요일에 라우튼 선생님과 저희 학교 학생 이야기를 하셨다면서요."

미리암은 이불을 박차고 일어났다. "맞아요. 전화 주셔서 감사해요! 다음 주까지는 연락이 안 될 줄 알았어요.”

“그때 학교로 돌아간다는 말이죠. 하지만 이메일로 전해 듣고 빨리 연락을 해야겠다 싶었어요. 그래야 수사를 진행할 수 있죠? 안 그래도 몇 달 전에 카타리나 크라머 생각을 했어요. 카타리나 영어 선생님이었던 클라스 드 브리스Klaas de Vries 선생님 장례식에 갔을 때요.”

드 브리스? 미리암은 양손으로 전화기를 쥐었다. 드 브리스는 카타리나 크라머가 난간으로 룸메이트를 미는 장면을 목격한 사람이었다. “증인 말인가요?”

“맞아요. 오래 전에 은퇴를 하고 림부르크에 살았어요. 루르몬트 근처요.”

“혼자요?”

“네. 남편이 있지만 클라스와 같이 살지는 않았어요.”

“어떻게 돌아가셨죠?”

“알코올중독이요. 사실 참 슬픈 이야기예요. 그 얘기 듣고 얼마나 충격을 받았는지. 돌아가신 후에 집 안 곳곳에서 술병이 나왔다더군요. 창고, 다락방, 침대 아래에서도요.”교장이 잠깐 숨을 돌리고 말했다. “무슨 이유로 죽을 때까지 술을 마셨는지 이해를 못하겠어요. 몇 년 동안 서로 얼굴 한 번 못 봤으니까 저로서는 알 턱이 없죠. 외로워서 못 견딘 걸까요? 은퇴하고 싶지 않다고 했던 기억이 나요. 은퇴를 끝의 시작으로 생각했죠. 우울증에 걸렸는지도 몰라요.”

“증인이 한 명 더 있지 않나요?”

“맞아요. 중학교 학생 마리 루이스 디프먼Marie-Louise Diepman이죠. 부모님이 아프리카에 일하러 간 동안만 저희 학교를 다녔어요.

그래서 그런지 학적부에 네덜란드 주소가 없는 거예요. 아이 부모님이 그때 다니던 남아프리카 회사 주소는 있지만요."

미리암은 별 도움이 안 된다고 생각하면서도 주방으로 가서 수첩에 복잡한 주소를 받아 적었다. 이어서 두 번째 목격 학생인 마리 루이스의 생년월일을 적었다. 네덜란드에 살고 있다면 이름과 생년월일만으로 현재 주소를 추적할 수 있다.

"카타리나 크라머는 어떤 학생이었나요?" 미리암이 물었다.

"불쌍하게도 자존감이 아주 낮은 아이였어요. 머리가 아주 좋았죠. 하지만 속내를 잘 드러내지 않아서 다가가기 힘들었어요. 가끔씩 신경질을 부리기도 했고요. 친구가 별로 없었어요."

"기숙학교로 옮기기 전에 가르쳤던 선생님 한 분을 만났어요. 카타리나 가족의 과거에 대해 아시나요?"

"어머니 자살 말이에요? 그럼요. 아이 입장에서 가슴 무너지는 일이었을 거예요."

따돌림도 그랬을 것이다. 최근 한 연구팀은 폭력적인 방법으로 분노를 표출한 사람들을 대상으로 대규모 조사를 실시했다. 학교나 쇼핑몰에서 총기난사 같은 끔찍하고 잔혹한 범행을 저지른 동기를 알아내고자 했다. 연구 결과, 가해자들은 한 가지 뚜렷한 공통을 보였다. 모두 어린 시절 사회의 보호를 받지 못하고 또래 친구들에게 괴롭힘이나 따돌림을 당한 경험이 있었다. 그에 대한 반응으로 놀랍게도 생리적 변화가 일어났다. 원인은 알 수 없지만 고통을 느끼는 한계점이 평균 이상으로 높았다. 그 말은 남들보다 고통을 잘 참는다는 뜻이었다. 동시에 다른 사람의 고통에 공감하는 능력은 떨어졌다. 지나친 외로움으로 몸과 마음의 감각이 마비된 것이다. 카타리나도 드 호리존으로 학교를 옮겼을 즈음, 문제는 이미 나타나기 시작했다.

"카타리나는 자랄 때 마을에서 심한 따돌림을 당했다고 해요." 미리암이 말했다.

"정말요?" 교장은 진심으로 놀란 말투였다.

"기숙학교에서는 따돌림을 당하지 않았나요?"

"아니요. 그러지 않았어요. 아이들이 그 애를 무서워했는걸요."

★

"무슨 일 있었어요?"

"그건 내가 묻고 싶은 말이에요." 목소리 톤이 올라가고 호흡이 거칠어졌지만 디디는 개의치 않았다. "어제 회사에서 몇 시에 나갔어요?"

"평소처럼 5시요." 오스카의 동료인 린다Linda가 대답했다. "장모님이 오셔서 산후관리사와 교대할 필요 없다고 했어요."

"5시라고요? 확실해요?"

"당연하죠. 나랑 같이 나왔어요. 핌Pim이 데리러 와서 차에 타기 전에 같이 이야기도 했는데요."

"그럼 오스카가 야근을 하지 않았단 거예요?"

"미안해요, 디디. 내가 알기로는 아니에요. 하지만 혹시 나갔다가 저녁을 먹고 사무실로 들어오지 않았을까요?"

뒤에서 무슨 소리가 들렸다. 누군가 린다 곁에서 통화 내용을 듣고 있었다. 디디는 오스카와 친한 동료인 쿤Koen의 목소리임을 알아차렸다.

"아니, 아니래요. 쿤이 그러는데 어젯밤 사무실에 자기밖에 없었다네요."

손에 땀이 배들었다. 온몸이 부들부들 떨렸다. "어떻게…, 어제 행동은 어땠어요?"

"당연히 자랑하느라고 정신이 없었죠. 우리한테 사진도 다 보여주고…. 참, 축하해요! 내 정신 좀 봐. 어떻게 그걸 까먹나 몰라."

"괜찮아요. 고맙습니다." 디디의 심장이 쿵쾅쿵쾅 뛰었다.

대체 어디 있는 거야, 오스카?

무슨 일이 생긴 거야?

디디는 한참 만에 조용히 말했다. "끊어야겠어요, 린다. 고마워요. 쿤에게 고맙다고 전해주세요." 전화를 끊고 엄마를 보았다. "어제 5시에 퇴근했대요."

"야근 안 하고?"

"네."

머릿속으로 온갖 생각이 스쳐 지나갔다. 갈수록 말도 안 되는 생각들이 꼬리를 물었다. 애인이 있는 걸까? 아니면 남자친구? 도박에 중독되었나? 마약, 범죄? 아니, 오스카답지 않았다. 그는 홧김에 짐을 싸서 떠나는 남자가 아니었다. 말로 문제를 해결하기를 좋아했다. 두 사람은 언제나 서로에게 솔직했다.

하지만 이 아이를 원하지 않는댔어, 디디.

"사고를 당한 건 아닐까요?" 디디가 입 밖으로 질문을 뱉었다. "그 차만 타면 속도를 냈어요."

산후관리사가 방으로 들어왔다. "그랬다면 지금쯤 소식을 들었겠죠."

디디가 헤네퀸을 돌아보았다. "전에도 이런 경우 본 적 있어요, 헤네퀸?"

헤네퀸은 고개를 저었다.

"예감이 안 좋아요. 헤네퀸은 어떻게 생각해요?"

헤네퀸은 넬리를 향해 고갯짓을 했다. "어머니 말씀이 맞을 거예요. 그냥 생각할 시간이 필요한 거겠죠. 토끼 일로 화가 아주 많이 났잖아요."

넬리는 딸을 돌아보았다. "토끼라니?"

디디는 담담한 목소리로 자초지종을 설명했다. 울지 않으려 했지만 어쩔 수 없었다. 눈물이 고이고 목소리가 떨렸다. "물도 사료도 안 줬어요, 엄마, 그래놓고 자기는 줬다는 거예요. 그게 말이 돼요? 화가 나서 견딜 수 없었어요." 디디가 흐느껴 울기 시작했다. "말도 안 되는 거짓말을 하잖아요."

넬리가 딸의 침대에 걸터앉아 머리를 쓰다듬으며 달래주었다.

"넬리?" 헤네퀸이 말했다. "제가 인디를 목욕시킬까요? 아니면 직접 하시겠어요?"

"그쪽이 해요, 헤네케." 넬리는 그녀를 보지도 않고 무성의하게 말했다. 그저 디디를 품에 안고 흐르는 눈물을 엄지로 닦아주는 데만 집중했다.

헤네퀸은 그녀의 독특한 이름이 디디 모친의 혀에 무참히 난도질당하는 소리를 듣고 걸음을 멈추었다. 얼음장처럼 차가운 시선으로 엄마가 딸을 위로하는 모습을 바라보았다. 뻥 뚫린 속이 차갑게 식었다. 하지만 잠깐이었다. 이글이글 타오르는 증오심이 가슴을 채웠고 헤네퀸은 등을 돌리고 위층으로 올라갔다.

마리 루이스 디프먼에게도 심상치 않은 일이 일어나고 있었다. 어린 시절 힐더 반덴브로케의 살인 현장을 목격한 그녀는 서른세 살이 되도록 부모님과 함께 살았다. 최근 마리 루이스의 부모는 딸의 실종 신고를 했다. 미리암은 구글 검색으로 과거 기사를 살펴보고 페이스북을 뒤져 더 많은 정보를 알아냈다. 마리 루이스는 정신질환 병력이 있었고 전에 정신분열증을 앓았던 것 같다. 그녀는 문화센터에서 연기를 가르치며 부모님 집에 살고 있었다. 넉 달 전, 밤에 외출을 한 후로 돌아오지 않았다. 딱히 걱정할 일은 아니었다. 마리 루이스는 종종 친구 집이나 저녁에 만난 사람 집에서도 하룻밤 자고 왔기 때문이었다. 처음에는 부모도 걱정하지 않았다. 하지만 결국은 경찰에 실종 신고를 접수할 수밖에 없었다. 4개월이 지난 지금, 마리 루이스의 행방은 여전히 묘연했다.

미리암은 경찰청 웹사이트에 들어가 400명에 달하는 네덜란드 실종자를 살펴보았다. 수많은 남자, 여자, 아이들 틈에서 마리 루이스의 여권 사진과 간단한 인상착의를 발견했다. 갈색머리 여자의 사진을 보고 있으니 소름이 돋았다. 마리 루이스는 그날 밤 정신이 이상해져 모르는 도시나 다른 나라를 배회하고 있을까? 술이나 마약 때문에 증상이 재발해서? 아니면 살인을 당했나? 시신이 아직 발견되지 않았을 뿐인가?

증인은 두 명이었다. 한 명은 죽고, 한 명은 실종되었다. 불과 4개월 사이에 일어난 일이었다.

그런데도 우연이라 할 수 있을까?

헤네퀸은 인디를 물에 담갔다. 오일 때문에 몸이 미끄러웠다. 인디의 어디가 예쁘다는 말인지 아직도 이해할 수 없었다. 헤네퀸 눈에 이 아기는 통통하고 눈이 작은 새우로 보였다. 작은 살덩어리에 반짝이는 구슬 두 개가 박혀 있다. 새우보다는 애벌레와 비슷한가? 헤네퀸은 미지근한 물속에서 아기를 흔들어주었다. 콧노래를 부르며 양 옆으로 손을 움직였다.

그러다 욕조에서 양손을 꺼냈다. 아기는 놀란 표정을 지었다. 반사적으로 작은 팔다리를 개구리처럼 사방으로 뻗었다. 작은 손가락과 발가락이 쫙 펼쳐졌다. 인디는 플라스틱 욕조 바닥으로 가라앉았다.

헤네퀸은 머리카락을 귀 뒤로 넘기고 웃으며 욕조 속의 꼬마를 굽어보았다. "너를 어떻게 할까?" 수면에서 몇 센티미터 높이에 얼굴을 대고 속삭였다. "꺼내줄까? 이렇게?" 헤네퀸은 욕조에 손을 넣어 아기의 등과 머리를 받치고 사제가 제물을 바치는 포즈로 아기를 물 밖으로 꺼냈다. "…아니면 이대로 둘까?" 다시 물에 넣고 등이 욕조 바닥에 닿을 때까지 배를 눌렀다. 그리고 손을 뗐다.

사람들은 아기가 엄마의 자궁 속을 기억한다고 말한다. 모든 신생아가 보이는 반사작용 때문에 나온 말이었다. 아기는 물에 들어가는 즉시 본능적으로 숨을 참는다. 이 반사작용이 얼마나 오래 가는지는 알지 못했다. 몇 시간? 며칠? 몇 주?

물속에서 인디가 눈을 휘둥그레 떴다. 구슬이 단추 크기로 변했다. 반짝이는 파란 단추가 하얗고 통통한 얼굴에 둘러싸여 있었다. 얼굴에 붙은 몸이 꿈틀거렸다. 작고 세상물정 모르는 아기도 이런 상황에서는 맞서 싸워야 한다는 사실을 깨닫는다.

"할까, 말까, 할까, 말까…." 헤네퀸이 정답게 속삭였다.

헤네퀸은 콧노래를 부르며 아기가 팔다리로 물장구를 치며 몸부림치는 모습을 감상했다. 향긋한 베이비오일 향이 코끝을 스쳤다. 그녀가 좋아하는 냄새였다. 한 번도 잊은 적 없었다. 이 냄새를 맡으면 행복했던 시절, 아직 세상이 아름답고 공평하게 보였던 시절이 떠올랐다. 왠지 마음이 편안해졌다.

"이니 미니 마이니 모… 아기 발가락을 잡아라. 비명을 지르거든 놓아주고…('어느 것을 고를까요, 알아맞춰 보세요, 딩동댕.'처럼 여러 개 중 하나를 선택을 할 때 부르는 동요. 원래 가사의 '호랑이'를 '아기'로 바꿔 부르고 있다 - 옮긴이)." 헤네퀸은 속삭이며 몸부림치는 아기를 홀린 듯 바라보았다. 이제는 입을 열고 산소 거품을 뱉고 있었다. "이니 미니 마이니… 모."

꼬리를 잡고 월척을 들어 올리는 낚시꾼처럼 아기의 미끌미끌한 몸을 잡고 욕조에서 건졌다. 인디가 꼴깍꼴깍 숨 넘어 가는 소리를 내며 수면 위로 올라왔다. 가느다란 목소리가 떨렸다.

헤네퀸은 아기 몸을 받쳐 품에 안고 등을 토닥여주었다. 인디가 울음을 터뜨렸지만 약하고 힘이 없었다.

"어이구, 그렇게 무섭지는 않았지, 인디? 많이 놀랐구나."

헤네퀸은 아기를 매트에 내려놓고 부드러운 수건으로 물기를 닦은 다음 옷을 입혔다.

인디가 가볍게 기침을 했다. 폐에 물이 들어간 것이다.

하지만 과도하게 많은 양은 아니었다.

미리암은 옷을 갈아입고 커튼을 열었다. 세 잔째 커피를 마시며 앞으로 어떻게 할지 생각했다. 지금까지 발견한 정보를 상부에 보고해야 할까?

아니다.

바트 오빠가 죽고 얼마 지나지 않은 때였다. 그때 미리암은 헤네 퀸 스미스가 손을 썼다는 의혹을 제기했었다. 경찰서에서는 아무도 진지하게 받아들이지 않았다. '아직 충격을 씻지 못해서 그래, 미리암. 현실을 부정하고 있는 걸 왜 몰라?'

결국 상관인 카를 반 더 스틴은 경찰서 내 상담실을 찾아가보라고 권유하고 특별휴가를 주었다.

그때 이후로 미리암은 입을 다물었다. 단 한 사람, 렌스에게는 솔직한 생각을 말했다. 하지만 렌스조차 예의를 차리느라 잠자코 들어주었을 뿐일까? 렌스 쪽에서 먼저 이야기를 다시 꺼내지는 않았다.

동료들을 탓할 수 없었다. 미리암은 바트 오빠가 죽은 뒤로 이성을 잃었다. 급기야 순찰 중에 말도 없이 벨기에로 차를 몰고 가는 사고까지 저질렀다. 벨기에에 도착해서는 사고 직후 오빠 집에 출동한 경찰들과 만나려고 모든 수단과 방법을 동원했다. 경솔하게 행동한 대가로 미리암은 일자리를 잃을 뻔했다. 헤네퀸 스미스라는 이름만 꺼내도 반 더 스틴 서장은 경계할 것이다. 오빠 부인이 연루된 살인 시나리오를 지금 그에게 내밀었다가는 취업상담소로 직행해야 한다.

미리암은 얼굴을 문지르고 심호흡을 했다.

지난 월요일 헤네퀸 스미스가 흰색 유니폼을 입고 발유스트라트 집에 들어가는 모습을 보고 당연히 그녀가 산후관리사라고 추측했다. 하지만 보건소에서 근무할 가능성도 있었다. 조산사일지도 모른다. 보건소 근무자나 조산사 둘 중 하나라면 다음 집을 방문하기 위해 30분 내로 집에서 나왔을 것이다. 문제는 미리암이 그때까지 기다려 보지 않았다는 것이다.

한 가지는 확실했다. 집에서 노트북만 붙잡고 있어서는 정보를 얻을 수 없다. 미리암은 코트를 걸치고 열쇠를 집어 들었다. 신호에 자주 걸리지만 않는다면 10분 내로 발유스트라트에 도착한다.

★

목욕 가운을 입고 식탁에 앉은 디디의 몸이 부들부들 떨렸다. 이건 현실이었다. 꿈이 아니다. 식탁 맞은편에서 경찰 두 명은 심각하게 디디를 보고 있었다.

이야기는 금발을 짧게 자르고 작은 두 눈이 가운데로 몰린 여자 경찰이 주도했다. 그동안 남자 경찰은 커피를 홀짝이며 아니스 열매를 뿌린 빵을 먹었다.

"지금은 믿기 힘드시겠지만 남편분은 오늘 오후나 저녁에 무사히 돌아올 수도 있어요."

"그렇게 생각하세요?"

"보통은 그래요. 말씀대로 부부간에 갈등이 있었고 말다툼을 했다면 더더욱요. 평소 우울증이 있었다면 저희도 뭔가 잘못됐을 수 있다는 생각을 합니다. 하지만 남편분은 평소처럼 출근을 하셨어요."

"하지만 야근을 한다는 말은 사실이 아니었어요."

남자 경찰이 의자를 바짝 당겨 앉았다. "전에도 이런 일이 있었습니까?"

"없었어요."

"이런 말씀 드리기 죄송하지만 남편분이 마약을 하지 않고 다른 중독 증상이나 범죄 활동에 가담했다는 증거가 없다면…" 남자 경

찰은 주위를 의식하듯 둘러보았다. 그의 시선이 하얀 유니폼 차림
으로 인디를 안고 주방 근처에 서 있는 헤네퀸에 닿았다가 디디 옆
에서 손을 잡아주고 있는 넬리에게 향했다. "…현재로선 합리적으
로 추정 가능한 시나리오는 하나뿐입니다." 그가 디디의 눈을 똑
바로 응시했다. "다 감당하기 힘들어서 잠시 집을 떠나 있기로 한
거죠. 혼자 있을 수도 있고, 위로가 되는 다른 사람에게 갔을 수도
있습니다. 부인이 전혀 모르는 사람일 가능성도 있어요."

"제 남편은 집에 안 들어온 적이 없어요."

"저희도 믿습니다."

"바람을 피우지도 않아요." 디디가 덧붙였다. 그녀는 아직도 떨
고 있었다. 가슴과 배 깊은 곳에서부터 오한이 들었다.

"남편분이 야근을 얼마나 자주 하셨죠?" 남자 경찰이 차분하게
물었다.

"일주일에 한두 번이요."

그는 동료를 보았다가 다시 디디에게 시선을 돌렸다. 아무도 입
을 열지 않았다.

침묵을 깬 사람은 넬리였다. "차를 찾을 수는 없을까요? 그건 어
렵지 않을 텐데요."

남자 경찰이 남은 빵을 한 입에 털어 넣었다. "네덜란드에서 실종
됐다고 신고가 들어오는 사람은 하루 평균 50명입니다. 85퍼센트
는 이틀 안에 돌아와요. 1년이 지나도 실종 상태인 사람은 겨우 20
명 정도로 천 명에 한 명꼴입니다. 사위분은 어제 5시 15분 직장에
서 마지막으로 목격되었으니 통계대로라면 아직 걱정할 단계가 아
니에요."

"사고를 크게 당해서 병원에 있는 거 아닐까요?"

남자 경찰이 허리를 쭉 폈다. "그랬다면 저희에게 알림이 왔을 겁니다. 지갑을 소지했으니 운전면허증으로 신원을 확인할 수 있죠."

스마트폰을 만지작거리던 여자 경찰이 고개를 들었다. "지금 차량번호를 조회해봤지만 아무것도 안 뜨네요." 그녀가 디디와 눈을 맞췄다. "남편분 아우디가 교통사고를 당하지는 않았어요."

"정말이에요?"

"사고가 나면 저희가 알았을 거예요." 그녀는 단호했다.

남자가 일어날 준비를 하며 말했다. "알겠습니다. 내일 오후 5시까지 소식이 없으면 전화를 주십시오. 그때 절차에 따라 움직이겠습니다."

"하지만 기왕 여기 왔으니…." 여자 경찰은 남자 동료를 살짝 책망하는 눈으로 보고는, 디디에게 말했다. "남편분 최근 사진 있으세요?"

디디는 당황해서 주위를 둘러보았다. 복도 계단 근처에 커다랗게 걸어놓은 결혼사진을 제외하면 다른 사진은 한 장도 없었다. "저희는…."

"페이스북 사진은요?" 그녀가 물었다. "휴대전화에 저장된 사진도 없어요?"

"있어요!" 디디는 테이블에 놓인 아이패드를 집어 들고 떨리는 손가락으로 페이스북 앱을 열었다. 오스카가 나오는 사진은 하나같이 선명하지 않았다. 마침내 작년 여름 함께 찍은 사진이 나왔다. 두 사람은 뺨을 맞대고 렌즈를 향해 웃고 있었다. 오스카는 태국의 뜨거운 태양 아래 피부가 살짝 그을렸다. 디디는 아이패드를 돌려 경찰들에게 보여주었다. "이 사진이 가장 나은 것 같아요."

"이 주소로 메일을 보내주세요." 남자 경찰이 명함에 이메일 주소를 쓰고 디디에게 건넸다.

"이제 어떻게 할 건가요?" 넬리가 물었다.

"일단은 가만히 있을 겁니다." 여자 경찰이 말했다. "내일 밤까지 돌아오지 않으면 다시 알려주세요. 그때 정식으로 신고를 접수하겠습니다."

★

나무로 조각한 황새는 아직도 앞마당에 꽂혀 있었다. 황새 다리 부분의 주황색 막대기가 하얀 자갈밭에 푹 꺼져 한쪽으로 기울어 보였다. 창문에 붙었던 화려한 플래카드는 사라졌다. 헤네퀸의 검은색 알파로메오가 진입로 근처의 차고 아래에서 번쩍거렸다. 수요일에 이 집 가장인 오스카 스티븐스의 아우디가 세워져 있던 바로 그 장소였다. 그는 휴가가 끝나 회사로 돌아간 모양이다.

"내 생각이 맞네." 미리암이 중얼거렸다. 처음의 직감이 정확히 들어맞았다. 미리암이 그동안 의심한 대로 헤네퀸은 산후관리사로 일하고 있었다. 그녀와 이 세상에서 가장 어울리지 않는 직업이었다.

미리암은 운전대를 잡고 사람이 걷는 속도와 비슷하게 서행을 하며 66번지 앞을 지났다. 커다란 창문에 달린 레이스 커튼 때문에 안을 엿보기는 불가능했다.

미리암은 거리의 끝에 이르자 우회전을 하고 조그만 임시정차구역에 차를 세웠다. 아이폰으로 구글에 '산후관리사'와 '근무 시간'을 검색했다. 이내 어느 게시판을 발견했다. 그곳에서는 전문 산후관리사가 아직 교육을 받고 있는 여성들에게 조언을 해주었다. 근무 시간은 가족과 상의해 결정하지만 평균적으로 하루에 6시간이라고 한다. 헤네퀸은 몇 시에 근무를 시작할까? 지난 주 미리암이 미행했을 때는 9시였다. 하지만 젊은 부부가 하루를 시작하기에는 조금 늦은 시간 같았다. 그보다는 7시나 8시에 시작한다고 보는 편이 더 맞을 것 같다. 게시판 글은 미리암의 추측을 확인해주었다.

그렇다면 헤네퀸은 오늘 오후 1시나 2시에 퇴근할 것이다.

미리암은 아이폰을 보았다. 아직 오전 9시 45분이다.

일단은 시동을 걸고 집으로 출발했다.

★

"손이 왜 그래요. 하루 종일 신경 쓰여서 혼났네." 넬리 보스가 말했다. 그녀는 헤네퀸 옆에 서서 젖병을 헹구는 일을 도와주고 있었다.

"그러게 말이에요." 헤네퀸은 손가락을 쫙 펼치고 대수롭지 않은 듯 살펴보았다. 물집이 잡히고 상처가 났다.

어젯밤 구덩이를 채우느라 고생을 했다. 남는 모래를 주위에 넓게 뿌렸다. 그 다음 나뭇잎과 나뭇가지로 무덤을 가렸다. 작업을 끝내고 보니 자정이 가까운 시각이었다. 손전등으로 비추어도 사람의 손길이 닿은 티는 전혀 나지 않았다. 집에 도착한 헤네퀸은 손톱 줄과 솔을 들고 손톱 아래와 피부 주름에 박힌 흙과 모래를 털어냈다. 손은 깨끗해졌지만 물집과 상처는 아직 남아 있었다. 그건 숨길 수 없었다.

"토끼 무덤을 파다가 이렇게 됐어요." 헤네퀸이 보란 듯이 손가락을 펼쳤다 접으며 말했다. "뒷마당 흙이 꽤 단단하더라고요. 제 손이 그런 일에는 익숙하지 않아서요."

★

미리암은 샤워 후 머리카락을 말리지 않고 나왔다. 발유스트라트에서 돌아온 후 달리기를 하러 나갔다. 똑같은 동작을 반복하며 생각을 정리하고 싶었다. 하지만 소용이 없었다. 우유부단하게 결정을 못 내리는 자신이 미치도록 답답했다.

충동적으로 전화기를 들고 아놀드 크라머의 번호를 눌렀다. 연결음이 다섯 번 울리더니 음성 사서함으로 넘어갔다. "미리암 드 무어입니다." 이번에는 경찰이라는 말을 일부러 생략했다. "다시 한번 만나 뵙고 싶습니다. 따님 사건의 목격자 두 명에 대한 소식을 들었어요. 한 명은 8월에 알코올중독으로 사망했고 다른 한 명은 그보다 2개월 전에 실종되었다고 합니다. 혹시 따님이 어떤 식으로든 관련이 있다고 생각하시면 꼭 전화해주세요." 미리암은 개인용 번호를 다시 남기고 전화를 끊었다.

가슴에서 심장이 쿵쾅거리고 호흡도 가빠졌다. 왜 이렇게 긴장하는 거지?

정말로 아놀드 크라머가 전화를 할까? 그는 딸과 인연을 끊은 후 딸의 존재를 부정하려고 노력했던 것 같았다. 하지만 미리암이 떠나려고 현관 계단에 서 있었을 때, 갑자기 속내를 드러냈다.

'첫 아내가 죽은 후로 예상치 못했던 일들이 닥쳤어요. 내가 집을 너무 오래 비웠기 때문일 수도 있죠.'

엄마가 자살한 후 어린 헤네퀸이 살던 집에서는 대체 무슨 일이 일어났단 말인가? 헤네퀸이 아버지에게 버림받을 짓을 했나? 크라머가 말하는 예상치 못했던 일은 딸이 기숙학교에서 저지른 살인을 말하는 것일까?

헤네퀸에게 직접 물어봐야 하는지도 모르겠다. 시계를 보았다.

오후 1시가 다 되어 간다. 이쯤이면 오늘 근무는 끝났을 것이다.

노르웨이에서 온 빨간 머리 마귀할멈은 차고에서 디디의 쇼핑카트를 꺼내 근처 슈퍼마켓으로 갔다.

집이 조용하고 평온해졌다.

넬리 보스는 헤네퀸의 신경을 긁고 있었다. 말 그대로 뒤를 졸졸 따라다니며 눈을 부릅뜨고 감시했다. 가끔은 무언가를 의심한다는 느낌마저 들었다. 하지만 헤네퀸은 쓸데없는 상상일 것이라 일축했다. 넬리가 정말로 계획을 눈치챘더라면 딸과 손녀만 두고 나갔을 리 없다. 그리고 그녀를 체포하러 경찰특공대가 들이닥쳤을 것이다.

★

미리암은 헤네퀸이 사는 주상복합 아파트 근처의 작은 주차장에 차를 세웠다. 건물은 입이 떡 벌어질 정도로 높았다. 유리와 콘크리트, 강철로 이루어진 튼튼한 요새가 도시 위로 높이 솟았다. 헤네퀸의 집은 534호였다. 하지만 몇 층인지는 확실하지 않았다. 5층일 수도 있지만 이런 아파트는 집 호수를 논리적으로 배치하지 않는 경우가 많았다.

미리암은 등을 똑바로 펴고 경찰벨트를 조금 더 단단히 조였다. 벨트에는 언제나처럼 수갑, 작은 손전등, 곤봉이 달려 있었다. 무기를 경찰서 금고에 보관한 터라 권총과 후추스프레이를 거는 곳은 텅 비었다. 경찰 사정에 밝은 사람이라면 무기가 없는 벨트를 보고 정식 근무 중이 아니라는 사실을 짐작할 것이다. 헤네퀸이 알아차리지 못하기를 바랄 뿐이었다.

전화벨이 울렸다. 크라머인가?

미리암은 주머니에서 휴대전화를 꺼내 화면을 보았다. 크라머가 아니었다.

"언제 출근할까요?" 보리스가 물었다.

보리스의 목소리를 들으니 기분이 좋아졌다. 정말로 기뻤다. 잠시 호흡을 가라앉히고 최대한 아무렇지 않은 목소리로 말했다. "준비할 시간이 필요하니 넉넉하게 오후 2시 반까지 나와 있어요. 브리핑은 3시에 시작해요."

"뭘 준비해요?"

"사이즈가 맞는 방탄조끼를 찾아야 하고, 보리스가 읽고 서명할 서류도 있어요."

수화기 반대편에서 잠시 침묵이 흘렀다. "위험할까요?"

"그냥 정해진 절차예요. 근무 중에는 모두 방탄조끼를 입어야 해요. 하지만 위험할 것 같지는 않아요. 위험하면 같이 가자고 안 하죠."

"어… 같지 않다고요?" 보리스가 물었다.

미리암이 웃음을 터뜨렸다. "가끔은 위험한 일이 터지기도 해요. 그래서 차에 타기 전 서류에 서명을 하라는 거예요."

"당연히 그 서류에는 내 정신에 문제가 없고 자의로 위험한 상황에 발을 들였다고 나와 있겠죠? 무슨 일이 일어나도 경찰은 책임을 지지 않는다고요?"

"정확해요." 미리암이 웃었다. "무서워서 빼는 거예요?"

"그럴 리가 있나요."

미리암은 경찰에 제출한 보리스의 '실무 연수' 사유를 설명해주었다. 그녀는 유명 화가인 보리스가 경찰을 주제로 한 작품을 그리기 위해 영감을 찾고 조사하는 중이라고 동료들에게 둘러댔다. 동료들의 질문 세례가 쏟아진다면 보리스도 이 이야기에 장단을 맞춰야 한다. 경찰은 천성적으로 참견을 좋아하고 낯선 이에게도 눈치 없이 질문을 던진다. 이 일을 하는 사람들의 습성이었다.

"평소에 도시 풍경을 많이 그리니까 따지고 보면 거짓말도 아니죠." 미리암이 변명했다. "기대하고 있어요?"

"네, 못 참겠어요." 보리스가 웃음기 묻어나는 목소리로 말했다.

"좋아요. 참, 방금 생각났는데 보리스 생일을 몰라요. 지금 알려줄래요?"

알고 보니 미리암보다 한 살이 어렸다.

미리암이 그 점을 언급하자 보리스가 농담을 했다. "내가 원래 연상 취향이거든요."

몇 분 후, 통화는 끝났다. 미리암은 이곳으로 오기 전 결의를 불태우며 집을 출발했었다. 구름이 걷히고 환한 태양이 초고층 아파트의 유리 외벽에 반사되어 빛을 내뿜었다. 맑고 푸른 하늘에 기러기 한 떼가 V자 형태로 날아갔다. 보리스와 통화를 한 후로 미리암의 기분도 날아갈 것만 같았다. 이런 기분을 헤네퀸이 망치게 할 수는 없다.

내일도 시간은 충분하다. 오늘은 더 이상 우울한 생각을 하고 싶지 않았다.

미리암은 시동을 걸고 다시 집으로 출발했다.

"이만 가볼게요." 헤네퀸이 디디에게 말했다. "내일 봐요."

디디는 식탁 의자에 앉아 있었다. 오늘따라 앉아 있는 시간이 길었다. 디디는 이제 거의 침대 밖에서 생활했다. 취한 선원 같은 걸음걸이는 여전했지만 하루가 다르게 움직임이 부드러워졌다.

그럴수록 더 좋다. 디디는 스스로 걸을 수 있어야 했다. 그래야 계획을 진행하기가 한결 수월해진다.

"지금 울어요?" 헤네퀸이 말했다.

디디는 허공을 바라보며 속삭였다. "이런 일은 남들한테나 일어난다고 생각했어요."

"그렇게 생각하는 게 당연하죠. 무슨 일이 닥칠까 봐 전전긍긍하면 사람이 어떻게 살아요." '그걸 이제야 깨달으면 어떡하니, 디디.' 헤네퀸은 디디에게 고개를 숙이고 더 다정한 목소리로 말했다. "불행은 어린 시절에 다 끝났기를 빌어요."

디디가 울상을 지었다.

헤네퀸은 다시 자세를 똑바로 했다. "미안해요. 할 말이 있고 안할 말이 있지. 아버지와 동생이 일찍 죽었다는 얘기를 굳이 떠올리고 싶지는 않겠죠. 특히 시기가 시기인 만큼." 헤네퀸은 말을 멈추고 고통에 찬 디디의 표정을 감상했다. 그녀의 비수 같은 말은 하나도 빠짐없이 과녁을 명중했다.

"아버지는 얼굴도 기억나지 않아요." 디디가 나직이 말했다. "그래서 아직도 죄책감이 들어요. 아버지 사진을 보면 이런 생각을 해요. '누구세요?'라고요. 아버지가 어떤 분인지는 엄마에게 들은 얘기로만 알아요. 나를 자랑스럽게 여기셨대요. 내가 졸라서 아버지가 나를 업어주면 나는 아버지 등을 타고 깔깔거리며 웃었다고 해요. 그래서 아버지는 저를 '깔깔이'라고 부르셨고요."

"겨우 세 살이었잖아요. 당연히 기억할 수 없죠."

디디의 얼굴색이 어두워졌다. "하지만 동생이 사고로 죽었을 때는 여섯 살이었어요."

"동생도 기억나지 않아요?"

"사실 기억해요. 똑똑히 기억하죠. 항상 밝고 귀여운 아이였어요." 디디가 이를 악물었다. "나도 사고 현장에 있었어요. 그 모습을 봤어요."

"어떻게 된 거예요?"

"나는 언니였어요. 그 애는 정말 작았고요. 그때 내가…." 디디는 말을 잇지 못하고 고개를 가볍게 저었다.

"정확히 무슨 일이 있었는데요?" 헤네퀸은 집요했다.

디디는 헤네퀸의 말이 들리지 않는지 대답하지 않았다.

"도움을 받은 적 있어요? 심리치료라거나?"

"아니요." 디디가 작은 소리로 말했다.

헤네퀸은 미소를 머금고 디디를 내려다보았다. 표정 하나하나, 미세한 움직임 하나하나 눈에 담았다. "뭘 봤는지 정말로 기억 안 나요? 교통사고였어요?"

"저… 정말로 이야기하고 싶지 않아요." 디디는 주저하며 헤네퀸을 올려다보았다. "정말이에요. 헤네퀸 때문이 아니라…."

헤네퀸은 디디의 어깨에 손을 올리고 쓰다듬었다. "사과할 필요 없어요. 나는 여기에 짐을 덜어주기 위해 온 사람이잖아요." 그리고 웃음을 지어 보였다. "혼자 있게 해줄게요. 아니면 어머니 오실 때까지 여기서 기다릴까요?"

"괜찮아요." 디디가 조심스럽게 미소를 지었다. "지난주보다 걷는 게 훨씬 편해졌어요."

"정말 다행이에요. 몸 조심해요." 헤네퀸이 디디의 어깨를 움켜쥐었다. 필요 이상으로 힘을 세게 실었다. 디디가 움찔하는 것이 손끝에 느껴졌다.

★

미리암의 무전기로 사람들이 중얼거리는 소리가 흘러 나왔다. 방금 경찰차를 세운 공용 주차장은 어둡고 고요했다. 주차장과 도로 사이에 일렬로 늘어선 포플러 나무는 달빛을 가로막고 아스팔트에 긴 그림자를 드리웠다.

미리암은 루마니아인을 체포한 동료 두 명을 기다리는 중이었다. 주유소 앞을 서성이던 그에게 간단히 질문을 하고 차량을 수색하자 대마초가 몇 봉지나 나왔다고 한다. 루마니아인을 경찰서 유치장에 넣으려면 미리암이 체포를 승인해야 했다.

"평일 밤에 이렇게 바쁜 줄은 몰랐어요." 보리스가 말했다.

미리암이 가볍게 웃었다. "이 정도면 조용한 편이에요."

보리스는 놀란 표정으로 당장 도둑이 튀어나올 것처럼 어두운 주차장을 두리번거렸다. "정말요? 왠지 안쓰러운데요."

"나 경찰이에요." 미리암이 한마디 했다.

"내 말뜻 알잖아요. 미리암은 지금 세상을 바꾸는 고된 일을 하는 거예요."

미리암은 앞을 보았다. 포플러 나무 사이로 빛이 보였다. 동료들이 다가오고 있었다. "오늘 같은 밤에 체포하는 사람들은 극소수에 불과해요. 정말 머리가 좋은 놈들은 주의를 끌지 않으려고 신중하게 행동하죠. 레이더를 피해서 아무도 모르게 움직여요."

경찰차가 아니었다. 지나가는 차량의 헤드라이트가 어둠을 가로질렀다.

"제일 답답한 점은 우리가 알았을 때는 이미 늦었다는 거예요."
미리암이 말을 이었다. "범행 중이나 그 전에 범인을 체포하는 일
은 어쩌다 한 번이에요. 현장에 도착하면 다 훔치고 도망친 후죠.
사람이 이미 다쳤거나 죽어 있어요. 그러고 나면 수사팀이 범인과
범행 동기를 찾으려고 애쓰는 게 고작이에요."

"그것도 중요한 일이에요." 보리스가 말했다.

"고마워요. 요즘 들어서 고민이 많아지네요."

"왜요?"

미리암은 입을 다물었다.

"무슨 일이 있었어요?"

미리암은 고개를 끄덕였다. 아무 말 없이 먼 곳을 바라보았다. 보
리스와 즐거운 시간을 보내겠다고 다짐했었다. 헤네퀸, 바트 오빠,
수사를 잊자고…. 하지만 불가능했다. 보리스에게 다 털어놓고 싶은
마음이 간절했다. 다른 사람에게 이야기할 수 있다면 정말 좋을 것
이다. 어디에 치우치지 않고 새로운 관점으로 봐줄 사람이 필요했
다. 너무 오랫동안 혼자서만 가슴을 끓였다.

하지만 보리스가 믿지 않으면 어떡하지? 동료들처럼 미리암이 이
성을 잃었다고 생각하면?

미리암은 어둠 속에서 그와 눈을 마주치고 덤덤하게 말을 이었
다. "오빠가 6개월 전에 죽었어요. 자기 집 계단에서 떨어져서요.
나는 오빠 부인이었던 여자가 밀었다고 생각해요."

★

헤네퀸은 창가에 서서 도시를 내다보았다. 어둠이 깔리고 바람
이 아파트 건물 주위를 맴돌았다. 위이이잉 하는 낮은 소리에 정이

들어버렸다. 브루넬로 디 몬탈치노를 담은 와인 잔을 들고 한 모금 마셨다. 키아누는 이 새빨간 이탈리아 레드와인이 이 세상에서 가장 좋은 와인이라며 좋아했다. 추운 겨울에 축배를 들 일이 있으면 몸을 따스하게 해주는 이 와인을 친구들과 함께 마신다고 했다.

안타깝게도 오늘은 축배를 들 일이 없네.

왠지 마음이 울적했다. 조금 전 새로운 물주를 사냥하겠다는 계획보다는 그저 습관에 이끌려 5성급 호텔 바를 찾아갔을 때부터 싱숭생숭했다. 목요일이면 이곳과 안녕이다.

하지만 그 전에 넬리 보스가 사라져야 한다. 오스카 스티븐스가 그랬던 것처럼. 곧 오스카를 두고 온 곳으로 돌아가 두 번째 무덤을 파야 한다. 이틀 밤 안으로 작업을 끝내야 했다. 물론 오스카와 같은 방법으로 넬리를 꼬여낼 수는 없었다. 넬리는 여자이고 헤네퀸을 좋아하지도 않았다. 그러므로 다른 방법으로 처리해야 했다.

더 난폭한 방법이 필요하다.

준비는 되어 있었다.

헤네퀸은 빈 와인 잔을 주방 아일랜드 식탁에 올려놓았다. 오늘 밤 계획을 머릿속에 그려보았다. 다른 사람에겐 절대 맡길 수 없는 일을 마치고 녹초가 되어 집으로 돌아오겠지. 근육은 뭉치고 손이 다 찢어진 채 홀로 돌아올 것이다.

오늘도 혼자였다.

헤네퀸은 갑자기 충전 중이던 전화기를 들고 말리에게 전화를 걸었다.

마사지사는 곧장 전화를 받았다.

"말리, 여기로 와줘." 헤네퀸은 자기 이름을 대지도 않았다. 어차피 말리는 누가 전화를 걸었는지 알았다. 그래도 이런 손님은 흔하지 않았다.

"지금 갈게요." 태국 억양이 강하게 섞인 목소리가 들렸다.

"지금은 말고, 말리. 이따가 새벽 2시에 와." 상대가 조금 망설이자 헤네퀸은 덧붙였다. "2배로 쳐줄게. 그때 봐." 대답을 기다리지도 않고 전화를 끊었다.

★

넬리 보스는 딸과 식탁에서 마주 앉아 와인을 마셨다.

"내가 그동안 엄마 노릇을 잘 못했지." 넬리가 말했다.

"아니에요, 엄마. 엄마는 최선을 다했어요." 디디는 엄마의 와인 잔을 들고 두 모금 마셨다. 산후관리사에게 알코올 약간은 모유에 영향을 주지 않는다는 말을 들은 후로는 너무 원칙에 얽매이려 하지 않았다. 하지만 몇 모금으로는 부족했다.

"네 아빠를 보내고 한동안은 혼자 살았어야 했어. 내 인생에 후회가 있다면 새로운 사람을 너무 빨리 만났다는 거야. 안 그랬으면 클라체Clartje는…."

"엄마, 클라체 얘기는 하고 싶지 않아요. 나중에 해요. 응?" 디디가 엄마의 눈을 똑바로 바라보았다.

넬리는 매끈한 식탁 표면 위로 와인 잔을 빙글빙글 돌렸다. "있잖니, 출산이나 결혼처럼 중요한 결정을 내릴 때 말이야. 사람은 누구나 우쭐하는 마음이 들 수 있어. 내 부모보다는 자신이 잘 해낼 거라 믿고, 같은 실수를 절대 반복하지 않겠다고 생각해." 넬리가 고개를 들었다. "틀린 말은 아니야. 사람들이 대체로 같은 실수를 하지는 않으니까. 하지만 부모와 다른 실수를 하지."

디디는 엄마에게 잔을 받고 와인을 한 모금 더 마셨다. "자꾸 걱정돼요, 엄마. 오스카가 정말로 도망쳤으면 어떡해요? 사실 그 사람, 아이를 원하지 않았어요. 그 와중에 나는 살이 찌고 하루아침에 걸을 수도 없게 됐고요. 거기다 싸움까지…. 너무 힘들었나 봐요."

"도망치기로 했다면 그것도 오스카의 선택이란다." 넬리가 와인잔에 손을 뻗었다. "부모가 되기란 쉽지 않아. 나보다 내 아이를 먼저 생각하는 법을 배워야 하지. 아이가 태어난 순간, 내 인생은 없는 거야. 살아 있는 생명을 이 세상에 내놓았고 그 아이는 내가 없으면 살아갈 수가 없기 때문이야. 엄마와 아기의 끈은 평생 어디를 가든 절대 끊어지지 않는단다. 엄마들이 평생 느끼는 걱정과 책임감을 별 것 아닌 거로 생각하는 사람이 많지." 넬리가 고개를 들었다. "하지만 차라리 그 편이 나을지도 몰라. 자기 인생이 어떻게 될지 안다면 다들 애를 안 낳으려고 할 테니 말이야."

디디는 엄마 말을 귀담아 듣지 않고 있었다. "오스카에게 관심을 더 줘야 했어요. 나하고 인디만 생각했던 거예요. 그냥 나를 도와주기만을 원했어요."

"임신과 출산 스트레스도 감당 못하는 사내가 앞으로 아이는 잘 키우겠니? 지금은 젊고 튼튼해서 힘이라도 넘치지. 인디가 사춘기만 돼 봐라. 오스카도 그 나이쯤 되면 눈도 침침해지고 운동하다 다친 것도 금방 낫지 않아. 딸 키우는 문제 말고도 자기 몸 건사하는 문제까지 생긴다고." 넬리는 식탁 위로 딸의 손을 감쌌다. "어떻게 보면 지금 도망쳐서 다행이야. 인디가 아빠에게 정을 붙이기 전이 차라리 나아. 네 아빠가 떠났을 때 네가 그랬던 것처럼 아빠에 대해 질문을 하고 다니면 어떡하니. 애한테 그런 질문을 하게 만들어서는 안 돼."

디디는 잠시 말이 없었다. "계속 그 사람 차 소리를 기다리고 있어요. 들어와서 미안하다고, 나랑 인디랑 잘 살아보고 싶다고 말했으면 좋겠어요."

"나도 그래. 너를 위해서라도 그렇게 돼야지."

"오늘 밤까지 안 돌아오면 어떡해요?"

"그건 내일 아침에 걱정하면 돼."

미리암은 다시 자가용 운전대를 잡았다. 11시 반, 야간 근무를 마치고 집으로 돌아가는 길이었다. 보리스는 미리암이 과민반응 한다고 생각하지 않았다. 아직 슬픔에서 벗어나지 못해서 그렇다는 식의 말은 한 번도 하지 않았다. 헤네퀸에 대한 이야기를 다 들어주며 간간이 질문도 했다. 보리스는 이름을 바꾼 의도부터가 수상하다고 했다. 카타리나 크라머라는 이름이 뭐가 어떻다고? 룸메이트를 죽였다는 이야기와 바트 드 무어가 계단에서 떨어져 죽었다는 이야기까지 듣고는 정말로 걱정하기 시작했다. 보리스는 미리암이 왜 헤네퀸 스미스를 잡기로 마음먹었는지, 왜 동료들에게 수사 사실을 알리지 않는지 충분히 공감해주었다.

"단서가 끊겼으니 내일 헤네퀸을 직접 찾아가보려고요."

미리암의 말에 보리스가 눈치를 살폈다. "위험하지 않을까요?"

"나는 겁이 없어요." 미리암이 가볍게 미소를 지었다. "계단도 조심할 거고요."

"발코니도 조심해요. 약속?"

미리암이 웃음을 터뜨렸다.

"내가 같이 갈까요?"

"이건 나 혼자 해야 할 일이에요." 미리암은 보리스의 다리에 손을 올렸다. 이제 그를 만질 수 있어 행복했다. 혹시라도 선을 넘을까 두려워 저녁 내내 참아왔었다.

보리스도 그 위에 손을 얹고 엄지로 미리암의 손등을 어루만졌다. 손바닥에 닿은 허벅지 근육이 딱딱하게 긴장했다.

미리암은 기어를 바꿀 때가 되어서야 손을 놓았다. 몇 분 후, 집에 도착하기 한 블록 전에 차를 세웠다. 집 앞 주차장은 이 시간이면 늘 그렇듯 만원이었다.

"다 왔어요." 미리암이 그를 돌아보며 말했다. "그럼 이제부터는 제복 입은 경찰을 봐도 긴장하지 않을 거죠?"

"네. 그런데… 아직도 조금은 긴장돼요. 그러니까…." 보리스가 가까이 다가와 달콤하게 키스를 했다. "제복은 벗는 게 어때요?"

레이스 커튼을 치고 바닥까지 오는 두꺼운 커튼까지 내렸다. 아직 잠들지 않은 이웃이 심심해서, 아니면 변태적인 호기심에 이끌려 망원경 렌즈를 이곳 손님방으로 돌렸다 해도 안을 엿볼 수는 없었으리라. 하얀 방에서 타오르는 촛불이 보이지 않을 것이다. 일렁이는 불꽃과 반사되는 빛, 그리고 어두운 그림자는 하얀 벽과 천장, 윤이 나는 하얀색 타일 바닥 위를 유령처럼 움직였다. 염탐꾼은 더블베드에 미끈거리는 오일을 바르고 알몸으로 누워 있는 헤네퀸도 볼 수 없을 것이다. 작고 연약한 말리까지 옷을 벗었다는 사실도 모를 것이다. 말리는 눈을 반쯤 감고 차분한 표정으로 헤네퀸의 몸 위를 움직였다. 손과 발을 매트리스에 대고 작은 가슴과 엉덩이까지 온몸을 이용해 헤네퀸의 몸을 힘껏 마사지했다. 말리는 훌륭한 마사지사였다. 헤네퀸이 혼자라는 사실을 잊을 수 있을 만큼 솜씨가 좋았다.

말리는 그녀의 몸으로 혼신을 다해 헤네퀸의 절망과 사무치는 외로움을 잠시나마 날려 보냈다. 이 세상에 나와 깊은 관계를 맺을 수 있는 사람이 아무도 없다는 차가운 현실을 잊게 해주었다. 그녀의 어둡고 음탕한 모습은 물론 변덕, 관능, 불안감을 털어놓을 상대방은 이 세상에 한 명도 없었다. 연극의 뒷무대는 출입금지 구역이었다. 약점을 아무에게도 보일 수 없었다.

하지만 말리는 예외였다.

말리는 아무 말을 하지 않고도 그녀의 본모습, 연약한 본심까지 꿰뚫었다. 강한 힘으로 서로 통하는 느낌을 받을 때마다 헤네퀸은 놀라고 감동을 받았다. 두 사람의 몸과 마음은 하나로 연결되었다.

혼자가 아니었다.

헤네퀸은 소리 죽여 흐느꼈다.

오늘이 지나면 말리를 다시는 보지 못한다. 데려갈 수만 있으면 소원이 없겠다.

못 견디게 그리울 것이다.

"행복하게 끝내고 싶으세요, 헤네퀸?" 말리가 부드럽게 물었다. 가느다란 손은 이미 헤네퀸의 배 아래 사타구니로 내려가고 있다.

"응, 부탁해." 헤네퀸은 속삭이며 눈을 감았다.

9일째
수요일

미리암은 커피 잔을 양 손으로 감싸고 카를 반 더 스틴 경찰서장의 말을 경청했다. 흰색과 회색이 어우러진 브리핑실에서 의자 마흔 개는 절반도 차지 않았다. 반 더 스틴 서장(장신에 흰머리가 희끗희끗했고 무뚝뚝해서 파티에서조차 웃지 않았다)이 어젯밤 일어난 사건들과 오늘 근무에 참고할 사항들을 속사포처럼 설명했다. 서장은 미리암과 동료들에게 어젯밤 이동식 주택을 훔치고 경찰의 추격을 따돌린 아일랜드 유랑민 가족을 찾아내라고 했다. 가족은 일정한 거처가 없었고 네덜란드어를 할 줄 몰랐다. 하지만 몇 명이 로테르담에서 같은 혐의로 체포된 전력이 있기 때문에 이곳에 머물고 있을 가능성이 높았다. 다음으로는 세금 미납으로 수배된 젊은 금발 여성의 사진이 스크린에 떴다.

미리암은 잠시 주의가 흐트러졌다. 기분이 좋았다. 조금 나른하면서 행복했다. 어젯밤 기억을 떠올리자 가슴이 찌릿찌릿했다.

근무를 마치고 보리스와 집으로 돌아와 술을 몇 잔 마시고 결국은 그의 앞에서 제복의 일부를 벗어 보였다. 장난스럽게 호기심을 자극했지만 분위기는 진지했다. 첫 데이트라 아무래도 조심스러웠다. 하지만 지금 돌이켜 보니 그의 품에 안겨 그의 손길에 몸을 맡기는 것은 자연스러운 흐름이었다. 처음 계획보다 진도가 많이 나가기는 했지만 후회는 없었다. 보리스는 키스를 아주 잘 했고 길고 탄탄한 팔로 그녀를 감싸 안았을 때 안전하게 보호받고 있다는 느낌을 주었다. 물론 그런 느낌만이 전부는 아니었다.

"다들 이 남자도 눈여겨보기를 바란다." 카를이 검은 머리 남자의 사진을 보여주었다. 30대 초반의 백인으로 늘씬하고 자신감이 넘쳤다. 온몸으로 '나 성공했다'라는 기운을 내뿜는 남자였다.

"이름은 오스카 스티븐스. 신고자는 부인 디네케 보스, 마지막 목격 시점은 월요일 오후 5시 퇴근길이다. 부인에게는 야근을 한다고 말했지만 사실이 아니었어."

남자 경찰들이 키득키득 웃었다.

"무슨 생각들 하는지 알아." 카를이 근엄하게 말했다. "하지만 지금까지 그런 경험이 없고 갓 아버지가 된 남자야. 하지만 부부싸움을 했다는군."

미리암은 오스카 스티븐스의 사진 옆에 적힌 주소를 빤히 바라보았다.

아는 집이었다.

"그냥 놔두세요, 엄마. 헤네퀸이 침대 정리 마치고 한댔어요." 디디는 거실 침대에 앉아 인디에게 우유를 먹였다.

집 안은 무척 고요했다. 넬리는 디디의 휴대전화를 무음으로 해놓고 주방 어딘가에 숨겼다. "잠깐만이라도 잊자." 디디가 반대하자 넬리는 이렇게 덧붙였다. "겨우 30분이야. 아기도 돌봐야지."

엄마 말이 맞았다. 디디는 신경쇠약 증세를 보이고 있었다. 친척, 친구, 지인들이 끊임없이 전화를 걸어서 무슨 일이냐고, 오스카를 찾았냐고 물어댔다. 전화는 오늘 아침 7시 45분부터 쉴 틈이 없었다. 벨소리를 들을 때마다 심장이 철렁 내려앉았다.

넬리는 다림질 거리가 가득한 바구니를 보았다. "괜찮아. 이만한

다림질에 헤네케까지는 필요 없어."

"헤네케가 아니라 헤네퀸이에요, 엄마. 빨래나 청소보다 더 중요한 일을 얼마나 많이 했다고요. 인디 육아도 정말 많이 도와줬어요."

"아직도 그렇게 생각하니?" 넬리는 젖병을 부지런히 빨고 있는 인디를 턱으로 가리켰다. "젖 짜는 방법은 하나도 모르더라."

디디는 입을 다물었다. 그 말은 사실이었다. 엄마 조언대로 유축기에 큰 흡입기를 부착해 사용하자 유두가 별로 자극을 받지 않았고 아프거나 쓰라리지도 않았다.

"물론 사람이야 좋겠지. 하지만 아직까지 산후관리사를 쓰는 게 말이 되니. 우리끼리도 얼마든지 할 수 있어."

"엄마는 일하지 마세요."

"저 여자한테는 일이지만 나한테는 돕는 거야." 넬리가 디디의 눈을 똑바로 보았다. "솔직히 말해서 나는 눈에 거슬리는구나."

"왜요?"

"단 한 순간도 너를 혼자 두지 않아. 몰랐니? 너랑 얘기라도 할라치면 꼭 그 자리에 있어. 사생활도 지켜야지. 오스카 일까지 생겼으니 지금은 더 조심해야 해. 이런 때 낯선 사람을 옆에 둬야겠어?"

"엄마, 헤네퀸은 나 봉합한 데도 다 봤어요. 이프와 야네케 일로 오스카와 싸울 때도 거기 있었고요. 토끼 무덤도 파준 사람이에요. 그럴 필요가 없었는데요… 모르겠어요?"

"나는 생각이 다르다. 하지만 너랑 내 의견 중 누구 것이 맞는지가 지금 뭐가 중요하니. 지금은 오스카부터 생각해야지."

디디는 인디의 입에서 고무젖꼭지를 빼고 침대 옆 협탁에 빈 젖병을 올려놓았다. 그런 다음 인디를 가슴에 안고 트림을 시켰다. 딸과 함께 있는 시간을 즐기고만 싶었다. 품에 폭 안긴 아기는 기분 좋게 따스했고 향기가 났다. 하지만 지금 디디의 머릿속에는 오스카밖에 없었다.

식탁에 놓인 집 무선전화기 옆으로 배터리가 떡하니 보였다. 넬리가 일부러 빼놓은 것이 분명했다. "엄마, 오스카가 연락하면 어떡해요. 그 사람 휴대폰 배터리도 거의 떨어졌을 테고…."

"알았다." 넬리가 한숨을 쉬며 무선전화기에 배터리를 끼웠다. 그와 동시에 전화벨이 울렸다.

"누구예요?"

넬리는 작은 화면을 보고 디디에게 수화기를 건넸다. "네 시집. 나는 가서 다리미판 가져오마."

디디는 전화를 받아들고 초록색 버튼을 눌렀다. "네, 어머니."

"디디." 불안한 목소리가 들렸다. "아직 소식 없니?"

"네, 아직 없어요."

"간밤에 한숨도 못 잤어."

"저희도 그랬어요." 디디가 말했다.

"경찰에서는 아직 아무 얘기 없고?"

"이제 공식적으로 실종자가 됐대요. 전국적으로 찾기 시작했다는 전화를 받았어요."

시어머니가 깊은 한숨을 내쉬었다. "무슨 일인지 걱정돼 죽을 지경이다. 솔직히 말해봐, 둘 사이에 무슨 문제가 있었던 거야? 우리가 더 알아야 할 얘기는 없어?"

"아니요, 별일 없었어요. 문제가 있어도 심각하지 않았고요."

디디는 아직 솔직하게 말할 수 없었다. 하지만 속에서는 이렇게 악을 쓰고 있었다. '당신 아들이 이 아기를 원하지 않는댔어!'

"어제 싸웠다며."

"그건 일요일이에요. 월요일에 평소처럼 출근했고, 회사 사람들 말로는 5시에 집으로 간다고 차에 탔대요. 물론 그 이야기는 어제 말씀드렸으니까 이미 알고 계시겠죠."

시어머니가 다시 깊은 한숨을 쉬었다. "그래, 안다. 무슨 일인지는 몰라도 빨리 경찰이 찾기를 기다리자꾸나. 언젠가는 웃으면서 이야기할 수 있겠지."

"저도 그래요, 어머니. 소식 오면 곧바로 연락드릴게요." 디디는 약속하며 전화를 끊었다.

넬리는 통화를 듣고 있었다. "딱하기도 하지. 저 양반도 걱정으로 제정신이 아닐 거야."

디디는 허공을 멍하니 바라보다 작은 소리로 말했다. "엄마. 어젯밤에 이상한 꿈을 꿨어요. 아무래도 오스카가 다시는 안 돌아올 건가 봐. 그 사람이 어떻게 됐는지 영영 모를 거라는 예감이 들어요."

넬리는 고개를 저었다. "나라면 그런 걱정 안 한다. 언젠가는 나타날 거야."

디디가 엄마를 돌아보았다. "정말로 그렇게 생각해요?"

"그래. 남자라는 것들이 다 그래. 평생 의지할 수 없는 존재야."

★

이삿짐센터를 부를 필요는 없었다. 여기 있는 것들에 애착은 없었다. 옷도, 그릇도, 침대도 식물도 놓고 가면 된다. 그냥 물건들일 뿐이다. 철도교를 확대한 사진도 가져가지 않을 것이다. 목적을 잊지 않게 일깨워주는 의미로 충분히 오랜 세월 달고 다녔다.

이사를 해도 집주인은 계약이 만료될 때까지 펜트하우스가 비었다는 사실을 모를 것이다. 1년 치 월세를 미리 냈기 때문에 집주인이 알려면 한참 멀었다.

그래도 이 집은 그리울 것이다. 시시각각 달라지는 햇살이 거대한 창문을 통해 그대로 쏟아졌다. 아파트를 감싸는 바람 소리, 도시와 항구의 전경은 잊을 수 없으리라. 음향 시스템도 아쉬웠다. 이 집보다 음악이 아름답게 들리는 곳은 어디에도 없었다. 무엇보다 말리가 보고 싶을 것이다. 이 세상에 헤네퀸이 무엇을 필요로 하는지 알아차리고 그걸 내어주는 사람은 말리밖에 없었다. 물론 돈 때문에 하는 일이었다. 하지만 말리에게는 말로 설명할 필요가 없었다. 모든 사람이 뿔뿔이 흩어져 서로 의지할 수 없는 이 세상에서 말리는 아주 특별한 존재였다. 헤네퀸도 이미 오래 전에 공감 능력을 잃어버렸다. 공감 능력은 곧 약점이었다. 인생에 아무런 도움이 되지 않는다. 사람을 나약하고 초라하게 만들 뿐이다.

내일은 이곳을 떠난다. 다 끝나면 이 더러운 나라를 떠나 다시는 돌아오지 않을 것이다. 표는 예약해두었다. 추적을 따돌리기 위해 세 개의 대륙을 거쳐 뉴욕 맨해튼에 도착할 예정이었다. 사람과 고층 빌딩으로 가득한 광란의 도시는 모습을 감추기에 여기보다 천 배는 쉬운 곳이었다.

미리암은 경찰서 지하주차장으로 가는 계단을 비틀비틀 내려갔다. 차 리모컨을 들고 문열림 버튼을 눌렀다. 작은 폭스바겐 순찰차의 경고표시등이 반짝였다. 미리암은 그 쪽으로 다가갔다. 주위가 동료들로 북적거렸다. 수다를 떨고 농담을 하고 오늘 저녁 축구경기에 대해 이야기했다. 경기가 있는 날에는 소요를 진압하기 위한 기동대에 추가 인력이 필요했다. 미리암의 귀에는 대화의 일부분석만 들렸다. 빛이나 이미지는 보이지만 소리나 바람은 차단하는 투명 터널을 걷는 기분이었다. 작게 이명이 일었다.

발유스트라트 가족에게 대체 무슨 일이 생긴 것일까? 헤네퀸이 무슨 짓을 한 걸까? 무슨 사이기에? 그리고 그 남자는 어디 갔을까? 당장이라도 젊은 부부의 집으로 운전해 질문을 쏟아 붓고 싶었다.

하지만 불가능했다. 가족과 연락하는 임무는 이미 다른 동료들이 맡았다.

미리암은 차에 올라 운전석을 앞으로 당기고 백미러를 조정했다. 시동을 켜고 천천히 주차장을 빠져 나갔다.

발유스트라트로는 못 가도 다른 곳은 가능했다. 오스카 스티븐스가 실종되었다. 이 사실로 헤네퀸과의 대화는 더 흥미진진해질 것이다.

부디 헤네퀸이 집에 있기를.

미리암은 경찰벨트를 손으로 훑었다. 권총집에 차갑고 묵직한 권총이 느껴졌고, 가죽홀더에는 후추 스프레이도 있었다. 오늘 아침 평소처럼 경찰서 금고에서 무기를 꺼냈다. 다른 경찰들도 마찬가지였다. 근무 중에는 무기 없이 경찰서를 나서지 않는다. 하지만 지금은 무기가 있으나 마나였다. 헤네퀸을 상대할 때는 무기를 사용하는 어리석은 행동을 해서는 안 된다. 무슨 일이 생기면 맨손으로 해결해야 했다.

★

"디디, 걷는 게 많이 좋아졌다."

디디는 웃으며 조심스럽게 거실 침대로 다가갔다. "보기보다는 힘들어요, 엄마. 걸음을 뗄 때마다 불편한 느낌이 있어요."

"그래도 전보다는 덜 아프지?"

"그럼요." 하지만 안 아프다고 할 수는 없었다. 게다가 기운이 하나도 없었다. 간밤에 한숨도 자지 못했다. 근처에 자동차가 들어오는 소리가 들릴 때마다 오스카의 아우디일까 봐 촉각이 곤두섰다. 다행히 인디는 잠을 아주 잘 잤다. 이제는 디디의 모유가 아이에게 부족하지 않기 때문일 것이다. 엄마가 도착한 후로 모유 분비량은 기적적으로 늘었다. 디디와 인디는 넬리의 덕을 톡톡히 보고 있었다.

하지만 오스카는 아직 돌아오지 않았다.

꿈을 꾸는 기분이었다.

디디는 조심조심 침대에 앉았다. 이렇게 움직여도 아프지 않다니 아직도 실감이 나지 않는다.

"와서 식탁에 앉아." 넬리가 말했다. "이제 넌 환자도 아니고 거실에서 침대를 빼도 되지 않을까?"

디디는 일어나 식탁으로 향했다. 엄마의 맞은편 자리에 앉아 헤네퀸을 쳐다보았다. 헤네퀸은 거실 반대편에서 콧노래를 부르며 다림질을 하고 있었다. 솜씨가 썩 좋지는 않았다. 다행히 다림질과 달리 산모와 아기를 돌보는 일은 능숙하게 잘했다. 물론 그 부분도 과대평가되었을지 모르지만.

"혹시 재발할 가능성이 있을까요?" 디디가 헤네퀸에게 물었다.

헤네퀸은 하던 일을 멈추고 고개를 들었다. 다리미가 정면을 향한 채로 들려 있었다. 붉게 달궈진 표면에서 뜨거운 김이 솟구쳤다.

디디는 약간 움츠러들었다. 이유는 알 수 없었다. 헤네퀸의 눈 때문일까? 평소 다정하고 친절하던 눈빛이 어디론가 사라졌다.

"무슨 뜻이죠?" 헤네퀸이 물었다.

"걷기 편해지고 통증도 많이 가라앉았어요. 이대로 계속 좋아질까요? 아니면 다시 나빠질 수도 있나요?"

헤네퀸은 냉담한 눈으로 바라보았다. 레이스 커튼을 통해 흐릿한 가을 햇살이 들어와 스포트라이트처럼 헤네퀸의 에메랄드색 눈동자를 비추었다. "나라면 앞날은 걱정하지 않겠어요. 내일 버스에 치어 죽을 수도 있죠."

무슨 대답이 저래?

디디는 엄마를 돌아보았다. 엄마는 잡지를 읽느라 대화에 관심이 없었다.

헤네퀸은 다림질을 마친 세탁물을 바구니에 넣고 바구니를 들었다. "가서 정리할게요. 인디 목욕을 시킨 후에 아래층으로 데려올 테니 우유를 먹여요."

"내가 직접 목욕시킬래요." 디디가 말했다.

바구니를 옆구리에 낀 헤네퀸이 가느다란 검은색 눈썹을 치켜세웠다. "별로 좋은 생각이 아니에요."

"엄마가 도와줄 거예요. 그렇죠, 엄마?"

"당연하지." 넬리가 잡지를 내려놓고 시계를 흘끗 확인한 후 헤네퀸을 보았다. "그쪽은 이만 가 봐도 될 것 같네요. 그동안 디디와 오스카를 도와줘서 고마웠어요. 하지만 이제는 나도 왔는데 요리나 빨래, 다림질을 할 이유가 없지 않겠어요? 나만 할 일이 없어지지."

헤네퀸이 눈을 동그랗게 떴다. "하지만 돕고 싶어요."

"나도 그래요." 넬리가 차분하게 대답했다. "나도 돕고 싶어요."

헤네퀸은 잠시 당황한 기색이었다. "내일이면 다 끝나요. 그게 파견업체에서 정해준 스케줄이에요. 저도 그렇게 알고 일정을 잡았고요."

"일당 때문인가요?"

"그 문제도 있고요."

"파견업체에는 열흘을 채웠다고 말하면 되죠." 넬리가 디디를 보며 말했다. "그렇지? 그러면 돈은 다 받을 거 아냐."

헤네퀸은 빨래 바구니를 테이블에 놓고 디디와 눈을 맞추려 했다. "나 때문에 기분 상한 일 있었어요?" 묻는 목소리가 조심스러웠다. "불만이 있는 거예요?"

디디는 뭐라 할 말이 없었다. 차마 헤네퀸의 눈을 마주볼 수 없었다. "그럴 리가요. 불만이 어디 있겠어요."

"내가 무슨 잘못을 했다는 느낌이 들어요. 별로 도움이 안 됐다고요. 그런 거죠?"

"아니. 헤네퀸과는 상관없는 일이에요. 정말 도움이 많이 됐어요. 그냥…."

헤네퀸이 옆자리에 앉아 디디의 무릎에 손을 올렸다. "아, 알겠어요. 물론 가족끼리 있고 싶겠죠. 특히 이런 시기에는요. 내가 바보 같았네요."

"그런 말이 아니에요." 디디는 저도 모르게 말했다.

"아니긴요." 헤네퀸이 활짝 미소를 지었다. "그럼 이렇게 할까요? 지금 퇴근할게요. 하지만 내일 아침에 들러서 몇 가지 마무리하게 해줘요. 알았죠?"

어안이 벙벙해 디디는 알겠다고 동의했다.

"좋아요!" 헤네퀸은 자리에서 일어나 가방을 들고 복도로 나갔다. "내일 아침 8시쯤 봐요."

★

헤네퀸의 검은색 알파로메오는 발유스트라트 66번지 앞에 위풍당당하게 서 있었다.

미리암은 경찰차를 도로 옆에 세우고 운전석에서 움직이지 않았다. 저 벽을 투시할 수만 있다면. 벽돌과 레이스 커튼을 뚫고 안에서 무슨 일이 일어나는지 보고 싶었다.

무전기로 동료들의 대화를 듣고 있어도 평소와 달리 마음이 불안했다. 당장이라도 구속을 승인해야 할 피의자가 생겼다고 미리암을 호출할 것만 같았다. 그래도 오늘은 별일 없을 것이다. 보통 낮근무 시간은 저녁이나 야간에 비해 조용한 편이었다. 하지만 오늘 같은 아침에는 어디서 시신이 발견되었다는 소식이 올 수도 있었다. 대부분 저녁이나 밤에 자살을 시도하기 때문에 다음날 아침이되어서야 시신이 발견된다. 자연사로 사망한 경우도 마찬가지였다.

젊은 여자가 유모차를 밀며 지나가다 미리암의 차를 불안하게 훑어보았다. 미리암은 경찰 표시를 한 순찰차를 운전하고 있다는 사실을 잊을 때가 있었다. 경찰차를 본 일반 시민은 혹시 근방에 무슨 일이 있나 하는 생각을 하기 마련이다. 도심에서야 경찰차를 본다고 놀라는 사람은 없었다. 하지만 이런 주택가는 이야기가 달랐다.

미리암은 시동을 걸고 주택단지를 빠져나왔다. 공용주차장과 버스정류장이 있는 교차로에 이르러서야 차머리를 돌리고 차를 세웠다. 개인용 전화기를 꺼내 아놀드 크라머에게 전화를 걸었다. 놀랍게도 크라머는 곧바로 전화를 받았다.

"미리암 드 무어, 로테르담 경찰입니다."

"할 말 없습니다."

"귀찮게 해드려 정말 죄송해요. 하지만 제 말 들으셔야 해요." 미리암은 대답을 기다리지 않고 말을 이었다. "따님은 여기 로테르담에 있는 젊은 부부의 집에서 산후관리사로 일하고 있어요. 그런데 며칠 전에 아기 아빠의 실종 신고가 들어왔습니다."

그는 말이 없었다. 수화기 너머로 들리는 숨소리가 거칠어졌다. 적어도 전화를 끊지는 않았다.

"이름은 오스카 스티븐스예요. 혹시 아는 이름인가요?"

"모릅니다. 하지만 나는 딸을 안 본 지 20년이 넘었어요. 나보다는 다른 사람을…."

"아기 엄마는 디네케 보스라고 해요."

크라머가 잠시 침묵을 지켰다. 그러더니 살짝 떨리는 목소리로 말했다. "보스라고 했습니까?"

"네. 디네케 보스요."

"디디…."

"아니, 디네…." 헤네퀸은 전화기를 양손으로 부여잡았다. "그 여자를 알아요? 크라머 씨, 정말 중요한 일입니다. 며칠 전에 그 여자 남편이 회사에서 퇴근한 후로 집에 돌아오지 않았어요. 저는 그 사람이 변을 당했고 카타리나가 실종과 관련이 있다고 생각해요." 감정에 북받쳤지만 이제는 그런 티가 나든 말든 상관하지 않았다.

"지금 공식적인 수사가 아니죠?"

"맞아요. 아닙니다. 이건…." 미리암은 숨이 턱 막혔다.

"개인적인 일입니까?" 아놀드 크라머는 끈질겼다. 가쁜 숨소리가 들렸다.

"크라머 씨…." 미리암은 목을 가다듬었다. "따님의 마지막 남편인 바트 드 무어는 제 오빠였어요. 돈이 많은 편이었고 결혼한 지 얼마 안 되어 자기 집 계단에서 떨어져 죽었습니다."

"계단에서 떨어졌다고요?" 그가 탄식했다. "맙소사."

뒤에서 어떤 목소리가 들렸다. 여자였다. "누군데? 무슨 일이에요, 아놀드?"

"드 무어 씨? 내가 다음에 연락하죠."

"오늘요?"

"그래요…, 오늘. 약속해요."

통화는 끝났다. 미리암은 휴대전화를 손에 들고 앉아 멍하니 앞을 바라보았다. 아놀드 크라머는 디네케 보스와 아는 사이였다. 1시간 내로 전화가 오지 않으면 꾀병을 부리고 조퇴해서라도 아른헴으로 가고 말 것이다.

주택가 쪽에서 나온 검은색 알파로메오가 교차로로 다가왔다. 운전자는 금발을 올려 묶은 여자였다. 차는 도심으로 가는 대로로 방향을 꺾었다. 미리암은 시동을 걸고 거리를 유지하며 몰래 뒤를 밟았다.

★

"저 산후관리사를 왜 그렇게 좋아하는 거야?"

디디는 엄마를 쳐다보았다. "좋아해요? 그 말은 너무 나가지 않았어요?"

"대단한 사람처럼 떠받들잖니."

"기분 상하게 하고 싶지 않아서 그래요, 엄마. 그럴 이유가 없잖아요. 정말 친절하게 도와줬단 말이에요."

"자꾸 그렇게 말하는데, 그게 저 여자 일이야. 고약하거나 무능하면 잘라야지."

"오스카와 내가 싸울 때도 그 자리에 있었어요. 토끼도…."

"알아. 하지만 그런 것치고도 너무 가깝게 대해. 돌보는 일이 직업인 사람들은 카멜레온이야. 상황에 따라서 적응하고 달라지지. 일하는 곳이 계속 바뀌니까 그래야만 하고."

"하지만 아기 아빠가 실종되는 경우는 별로 없죠." 디디는 말을 잇지 못하고 이를 악물었다. 실종. 오스카가 실종되었다. 남겨진 가족에게는 죽음보다, 심지어 살인보다도 실종이 더 괴롭다는 글을 읽은 적 있다. 평생 희망을 버리지 못하기 때문이었다. 끝은 존재하지 않았다. 오스카가 돌아오지 않으면 어떡하지? 이대로 영영 사라진다면?

넬리가 일어났다. "커피 마실래?"

"네." 디디는 힘없이 대답했다.

다행히 엄마는 화제를 돌렸다. 디디는 넬리를 진심으로 사랑했지만 타고난 감수성이 서로 달랐다. 디디가 가슴 깊이 느끼는 감정이 엄마에게는 아무 의미 없는 듯했다. 이제 올 필요 없다는 말을 들었을 때 헤네퀸은 분명 충격을 받았을 것이다.

엄마에게 헤네퀸의 작별 선물을 사다달라고 부탁해야겠다.

주상복합 맨 위층 복도는 천장이 높고 온통 새하얗다. 문은 두 개였다. 이렇게 큰 건물에 펜트하우스는 두 채뿐이로군. 문 하나에 534호라는 호수가 보였다. 미리암은 그곳으로 다가가 현관문을 뜯어보았다. 폭이 넓은 흰색 문을 금속 테두리로 장식했다. 눈높이에 구식 문구멍이 있었지만 현관문 바로 위에 작은 원형 카메라도 설치해두었다.

엘리베이터를 타고 곧바로 올라올 수 있어 다행이었다. 집 앞에서 초인종을 누른다면 못 들은 척하기 힘들 것이다. 80미터 아래 우편함 옆에 달린 초인종을 눌렀을 때보다는 문을 열 확률이 높았다. 미리암이 1층에서 초인종을 누르려는 순간, 건물을 나오던 주민이 친절하게 인사를 하며 엘리베이터 버튼을 눌러주었다. 경찰 제복은 놀라운 효과를 발휘했다. 더구나 오늘은 근무 중이었다. 물론 그 점이 이 상황에 도움을 주는 것만은 아니다. 경찰서에서는 그녀가 어디 있는지 정확히 파악할 수 있었다. 순찰차의 위치를 추적하기 때문이었다. 통제실은 사건이 터지면 현장과 가장 가까운 경찰이 누구인지 한눈에 볼 수 있다. 미리암은 지금 컴퓨터 화면을 보는 사람이 없기를 빌었다. 그랬다면 그녀가 왜 발유스트라트에 한참 머물렀다가 주택가 외곽의 교차로 옆 주차장으로 나왔는지, 왜 몇 분 전에 주차장을 떠나 도심으로 들어왔는지 의아해할 것이다. 대화를 빨리 끝내면 걱정할 일은 없다. 미리암은 그렇게 되뇌었다.

다시 심호흡을 하고 초인종을 눌렀다.

헤네퀸은 만족스럽게 컴퓨터 화면을 보았다. 바트와 키아누의 유산을 유럽 안팎 여러 은행에 고르게 분산해놓았다. 어디로 거처를 옮기든 돈을 쓸 수 있었다. 하지만 조심해야 했다. 그녀를 찾는 사람들이 있다는 사실은 항상 의식하고 있었다. 네덜란드를 떠나 미국에서 새 삶을 시작한 후로는 쭉 그랬다. 그것은 하나의 생활방식이 되었다. 한 곳에 오래 머물지 않았고 사는 곳이나 이웃에 정을 붙이지 않았다. 그런 생활은 좋았다. 아니, 훌륭했다. 헤네퀸에게 아주 잘 맞는 삶이었다. 하지만 이 도시를 떠날 때가 오자 신이 나지 않았다. 오히려 허탈했다. 이렇게 떠나고 싶지 않은 집은 처음이었다. 뉴욕에 도착하는 대로 비슷한 펜트하우스를 찾아야 한다.

초인종이 울렸다.

헤네퀸은 짜증스럽게 노트북을 닫았다. 이 아파트는 보안이 형편없었다. 누가 자꾸 엘리베이터로 방문객을 들여보내는 거야? 얼른 현관으로 나가 문구멍을 내다보았다.

처음에는 문 반대편에 서 있는 사람을 알아보지 못했다. 하지만 경악은 얼마 지나지 않아 호기심으로 바뀌었다.

헤네퀸은 의외로 빨리 문을 열었다. 이렇게 가까운 거리에서 봐도 그녀는 오빠 장례식 때처럼 아름다웠다. 흠 잡을 데 없이 차려입고 완벽하게 화장을 했다. 빛나는 갈색 머리가 어깨 아래까지 흘러내렸다. 입고 있는 검은색 운동복도 비싸 보였다. 조금 전 오스카의 집에서 올려 묶었던 금발은 가발이 분명했다.

왜 집 밖에서 가발을 쓰고 다니지?

미리암의 머리에 온갖 생각이 스쳐 지나갔다. 헤네퀸은 변장을 하고 있었다. 하지만 누구에게 모습을 숨기려고 하는 것일까? 디네케 보스? 둘은 서로 아는 사이일까? 디네케가 '그녀'를 알아보지 못하게 하려는 건가?

갑자기 후회가 들었다. 깜짝 방문은 아놀드 크라머를 만나고 난 후로 미뤘어야 했다.

"어머, 이게 누구야." 헤네퀸이 차갑게 말했다. 눈을 동그랗게 뜨고 호기심 어린 시선으로 미리암을 훑어보았다. "오랜만이네요…, 우리 아가씨가 무슨 일로 찾아오셨지?"

"경찰 시스템에 이름이 뜨더라고요."

"내가 주차위반이라도 했어요? 설마!"

"모르죠. 그런 데는 관심 없으니까. 그냥 어떻게 지내는지 궁금해서요." 미리암의 목소리가 평소보다 한 톤 높아졌다. 짜증나게 왜 이러는 거야. 미리암답지 않았다. 항상 침착한 태도로 어떤 상황이든 잘 대처하는 그녀였다. 하지만 손만 뻗으면 닿을 거리에서 오랫동안 집착하던 대상을 마주하자 말투와 행동이 이상하게 달라졌다. 미리암은 지금 떨고 있었다.

"정말요? 의외네."

"우리 둘 다 사랑하는 사람을 잃었잖아요. 데이터베이스에 언니 이름을 보니까…."

"'좋아, 우리 오빠 부인을 체포하자'라고 결심한 거예요?" 헤네퀸이 미리암의 제복을 아래위로 훑어보았다. 시선이 잠시 권총에 머물렀다. 그러더니 입꼬리가 올라갔다. 썩 유쾌하지 않은 미소였다. 웃고 있지만 눈은 그대로였다. 그 어느 때보다 차가웠고 흔들림이 없었다.

"체포를 왜 해요? 그럴 이유라도 있나요?" 미리암이 물었다.

헤네퀸의 미소는 의미를 알 수 없었다. "여전히 의심이 많군요. 그것 참 유감이에요. 들어오시죠, 순경 나리."

"경위예요." 미리암은 자기도 모르게 말을 정정해놓고 후회했다.

헤네퀸은 그 말을 들은 척도 하지 않았다. 좁은 흰색 복도를 지나 널찍한 거실로 앞장설 뿐이었다.

미리암은 현관문을 닫고 뒤를 따랐다. 집에 들어서자 소름이 끼쳤다. 경찰 일을 하며 더럽고 냄새나는 기숙사부터 눈부시게 화려한 저택까지 수많은 집을 방문했다. 하지만 이렇게… 차갑고 병원 같은 집은 처음이었다. 벽도, 바닥도 모두 하얀색이었다. 사방이 유리, 콘크리트, 강철이었다. 이렇게 초현대적인 공간에서 부드러운 느낌의 가구는 회색 양탄자와 굉장히 비싸 보이는 1인용 소파가 전부였다. 주방 아일랜드 식탁 위에는 철도교 사진이 걸려 있었다. 미리암은 오빠 집에서 본 그림임을 한눈에 알아보았다. 하지만 헤네퀸이 벨기에 저택에서 가져온 물건은 그것밖에 없는 듯했다. 거실 구석에는 잎이 지나치게 무성한 야자수 나무가 보였다. 그렇다고 커다란 야자수가 전망을 가리지 않았다. 바닥부터 높은 천장까지 통째로 창문이었기 때문이다.

미리암은 위압감을 느끼며 도시를 내다보았다. 항구에서는 갈매기가 날아다녔고 저 멀리 도시 경계를 넘어 북해 바다가 넘실거리는 모습까지 보였다.

"오빠 집과 전망이 조금 다르죠?" 뒤에서 들리는 목소리는 어째 조롱하는 느낌이었다.

미리암은 바트 오빠의 저택을 떠올렸다. 저택은 고급스러웠지만 화려하지는 않았다. 그보다는 아늑한 분위기였다. 오빠는 벽에 사진과 그림을 많이 걸고 곳곳에 양탄자를 깔았다. 앉기 편안 소파와 의자도 많았다. 아무리 커도 위축되지 않았다. 그 집은 방문객을 오빠처럼 따뜻하고 다정하게 감싸주었다.

미리암은 헤네퀸을 휙 돌아보았다. "오빠는 사람들하고 잘 어울리는 성격이었어요."

"소박함을 즐기는 남자였죠." 헤네퀸이 건조하게 말했다. "아직도 그립네. 그나저나 여기는 어쩐 일로 오셨나? 그것도 제복을 다 갖춰 입고 말이에요. 총에, 수갑에…."

미리암은 화가 치밀었지만 감정을 억제했다. "언니가 산후관리사라는 걸 알고 놀랐어요. 그런 일을 할 사람으로는 안 보였거든요."

헤네퀸의 얼굴이 파삭 굳었다. "나를 감시하고 있었던 거예요?" 그리고 창밖의 도시를 향해 손가락질을 했다. "그쪽이 싸워야 할 범죄자는 저 바깥에 충분하지 않은가?"

"충분하다 못해 넘치죠. 하지만 가까이 있는 범죄도 있으니까요."

헤네퀸이 반응하지 않자 미리암은 이어서 말했다. "오스카 스티븐스가 실종되었어요. 처음 듣는 얘기는 아닐 테죠. 누구인지 알 거예요."

헤네퀸이 눈썹을 치켜세웠다. "실종? 요즘에는 그렇게 부르나?"

"그럼 뭐라고 하죠?"

"그 한심한 인간은 아마 애인 하나랑 시시덕거리고 있을 거예요. 그래서 여기까지 왔어요? 아무튼 난 그 상대가 아니에요."

"더 이상 아니라는 건가요? 아니면 처음부터 아니었다는 뜻인가요?"

헤네퀸이 턱을 높이 들었다. "어떻게 생각해요? 내가 그런 남자랑 얽힐 것 같아요?"

미리암은 잠자코 있었다. 헤네퀸, 오스카, 디네케 세 사람의 관계에 대해서는 아는 바가 없었다. 모종의 관계가 있을 수도 있고 없을 수도 있다. 그러므로 헤네퀸의 말은 진실일 수도, 새빨간 거짓말일 수도 있다. "디네케 보스와는 무슨 사이예요?"

헤네퀸은 알 수 없는 표정을 지었다. "지난주에 건강한 아기를 낳은 여자예요. 참 귀여운 아기죠. 안쓰럽게도 애 아빠가 자식한테 별 애정이 없어요."

미리암은 헤네퀸의 아름다운 얼굴을 뜯어보았다. 불안한 기색은 전혀 없었다. 정말로 디네케, 오스카 부부와 아는 사이였다면(미리암은 아놀드 크라머의 반응으로 미루어 그렇게 추측했다) 대단한 연기자였다. 화가 나고 답답해서 심장이 마구 뛰었다.

미리암이 나직하지만 떨리는 목소리로 물었다. "그 사람들에게 무슨 짓을 하는 거예요, 헤네퀸? 왜 그 집에 있어요?"

"일하러 가죠. 또 뭐가 있겠어요?" 헤네퀸은 미리암 뒤편의 수평선을 바라보았다. "사람들과 일하는 게 좋더라고요. 굉장히 보람 있는 일이에요. 내가 이제야 천직을 찾았나 봐요."

무전기로 미리암의 호출번호가 들렸다. 미리암은 헤네퀸에게 눈을 떼지 않은 채 메시지를 주의 깊게 들었다. 가벼운 문제가 아니었다. 도심 금은방에 강도가 든 대형 사건이었다. 여러 명이 부상을 입었고 한 명은 사망했을 가능성도 있었다. 강도 하나는 아직 가게에서 나오지 않았다.

이 무전을 무시할 수는 없었다.

"다음에 얘기하죠. 가봐야겠어요." 미리암은 서둘러 현관으로 향했다.

헤네퀸이 뒤를 따랐다. 발소리가 높은 흰색 벽에 부딪쳐 메아리 쳤다.

미리암은 현관문을 열고 복도로 나갔다.

"잘 가요, 그럼. 딱지 잘 끊고요." 뒤에서 한마디 날아왔다.

미리암은 걸음을 멈추고 우뚝 서서 뒤를 돌았다.

헤네퀸은 팔짱을 끼고 그녀를 보고 있었다. 눈이 반짝이고 입가에 조롱하는 미소를 머금었다.

나를 비웃고 있다.

나를 비웃고 있는 거야!

미리암은 헤네퀸의 눈을 똑바로 응시하고 부드러운 목소리로 으름장을 놓았다. "조심하는 게 좋을 거야, 헤네퀸 스미스. 아니, 카타리나 크라머라고 해야 하나?" 그 말을 남기고는 뒤를 돌아 엘리베이터로 걸어갔다.

★

전화벨이 울렸다. 그 소리에 디디의 심장이 철렁 내려앉았다. 디디는 가슴이 두근거리는 채로 테이블에서 수화기를 들고 화면을 보았다. 발신자 표시제한.

오스카가 아니었다.

전화를 건 사람은 진술서를 받으러 왔던 경찰이었다. "방금 남편분의 차를 찾았습니다."

"어디서요?"

"리데르케리크에 있는 라벤스타인 호텔 뒤편에서요. 직원용 주차장에서 발견되었는데 며칠째 거기 있었던 것 같습니다."

"리데르케리크라고요?" 디디가 큰소리로 물었다.

주방에 있던 넬리가 인디를 안고 거실로 나왔다. 어깨에는 아기 턱받이를 걸치고 젖병을 손에 들었다.

넬리는 젖병을 들어 올리며 턱으로 가리켰다. 인디에게 직접 우유를 먹이겠냐고 말없이 묻는 의미였다. 디디는 고개를 저었다. "오스카 차를 찾았대요, 엄마. 리데르케리크에 있는 호텔에서요."

"그 호텔을 아십니까?" 경찰이 질문했다.

"이름은 들어봤어요. 하지만 가본 적은 없어요."

넬리가 디디의 맞은편에 앉아 인디에게 젖병을 물렸다. 걱정스러운 눈으로 디디를 보며 통화 소리에 귀를 기울였다.

"퇴근 후에 정말로 약속이 없었습니까?"

"이미 아는 대로 다 말씀드렸어요. 오스카는 야근 때문에 9시가 넘어서 집에 온댔어요. 당연히 어디 약속 장소가 아니라 사무실에 있었다고 생각하죠."

"업무상 약속이라는 뜻이 아니라요." 경찰이 목을 가다듬었다. "저희 쪽에서 이미 여쭤봤을 수도 있지만 혹시 남편분이 바람을 피울 가능성은 없습니까?"

"아니에요." 디디가 중얼거렸다. "하지만 이제는 모르겠어요. 정말로요. 이제는 확신이 하나도 없네요."

★

"거기에 차를 놓고 가는 걸 아무도 못 봤대?" 미리암은 뺨과 어깨로 블랙베리를 고정하고 대문을 열었다.

몸도 마음도 아주 힘든 근무를 마치고 돌아오는 길이었다. 강도의 공격을 받은 보석상은 부상을 당해 결국 사망했고 그의 아내는 중상을 입고 병원에 실려 갔다. 어린 자녀 두 명은 친척집에 맡겨졌다. 미리암이 도착하자 현장은 아수라장이었다. 유리가 산산조각 나고 피가 물든 현장 주위로 겁에 질린 사람들이 모여 있었다. 범인은 흔적조차 없었다. 아직도 분노가 가라앉지 않았다. 인간으로 태어나서 어떻게 다른 사람에게 그런 짓을 한단 말인가? 그것도 게을러서 먹고 살 돈을 벌지 못한다는 이유로?

집으로 오는 길에 오스카의 아우디가 발견되었다는 소식을 들었다. 미리암은 당장 렌스에게 전화를 걸었다. 렌스는 하루 종일 경찰서에서 근무 중이었으므로 정보를 더 많이 알 것이다. 예감은 적중했다.

"아니요, 하지만 차가 며칠 동안 그곳에 있었던 것 같대요. 월요일 저녁부터요."

"큰 호텔이면 감시 카메라가 있지 않을까?"

"있죠. 그곳에 없을 뿐이죠. 로엘Roel이 확인을 다 했어요. 어쨌든 실종자가 호텔에 투숙 예약을 한 기록도 없고 레스토랑에서 봤다는 사람도 없어요. 그런다고 달라지는 건 없겠지만요."

"주차장에서 애인을 만나고 있었을까?" 미리암이 큰소리로 물었다. 지금은 집으로 올라가는 좁은 계단을 오르는 중이었다.

"남자인 친구를 만나고 있었을 수도 있어요. 마약상이나요."

"마약 중독자였어?"

"모르죠. 하지만 의심스럽지 않아요? 집에는 야근을 한다고 했는데 자동차가 호텔 주차장에서 발견되었다면요."

이제 현관문을 열고 거실로 들어섰다. "잠깐만, 렌스." 미리암이 경찰벨트를 풀며 말했다. 주방 식탁에 벨트를 내려놓고 다시 전화기를 들었다. "전과는 없어?"

"전혀요. 깨끗해요. 하지만 그걸로 뭘 알겠어요? 건실한 가장이라는 말일까요? 아니면 항상 선수를 쳐서 범행을 절대 들키지 않았다는 말일지도 모르죠. 로엘은 범죄에 휘말렸거나 마약상 차에 탔다가 보지 말아야 할 장면을 목격했다고 생각하더라고요. 조만간 낚시꾼이나 행인이 시체를 발견할 거라던데요."

미리암은 냉장고를 들여다보았다. 차갑게 식혀둔 맥주병이 있어한 병을 땄다. "집에서는 어땠는지 꼼꼼하게 조사했대? 친구나 지인은?"

수화기 반대편에 잠깐 침묵이 흘렀다. "선배, 뭐라 하는 건 아닌데 왜 갑자기 이 사건에 관심이 생겼어요?" 렌스가 키득거렸다. "혹시 전에 사귀던 사람이라도 돼요?"

"그래, 내 일생일대의 사랑이었지…. 휴, 실종자는 모르는 사람이야. 하지만…." 미리암은 잠시 고민을 해보았다. 렌스는 아직도 헤네퀸 이야기를 들어주는 유일한 동료였다. 그에게 솔직히 말하고 싶은 마음이 간절했다. 하지만 카를 반 더 스틴이 눈치를 챈다면 미리암은 당장 경찰복을 벗어야 한다.

"하지만 뭐요?" 렌스는 끈질겼다.

"아무것도 아니야. 신경 쓰지 마."

"그러지 말고요, 선배. 오스카 스티븐스라는 사람을 어떻게 알아요?"

미리암은 아랫입술을 깨물었다. "지금 혼자 있어?"

"네. 차예요."

"우리 오빠 부인이 그 집에서 산후관리사로 일하고 있어. 발유스트라트 스티븐스 가족 집에서 말이야."

렌스가 그 말의 의미를 깨닫기까지는 오랜 시간이 걸리지 않았다. 반응은 생각보다 격했다. "맙소사, 선배. 지금 무슨 짓을 하는 거예요? 정신 나갔어요?"

"렌스, 그 여자는 로테르담으로 돌아와 산후관리사 일을 시작했어. 그러자마자 그 집 남편이 사라진 거야. 이제 막 아빠가 됐고, 전과도 없고, 주위 평판이 좋은 사람이 말이야. 어떻게 생각해?"

렌스가 갑자기 진지하게 말했다. "수사를 시작하면 반 더 스틴에게 알리세요. 다른 방법은 없어요."

"안 돼."

"그 마음은 알겠어요. 하지만 나한테까지 부담을 주지는 마요, 미리암. 선배를 정말 존경하지만 이런 일로는 거짓말 못 해요."

이런. 가슴을 후벼 파는군. "이해해." 미리암이 말했다. "네 말이 맞아, 렌스. 미안하다. 내 전화 못 받은 걸로 해. 가족들한테 안부 전해주고."

"저희 집에서도 선배 안부 많이 물어요." 렌스가 대답했다. "몸조심해요."

미리암은 전화를 끊고 벽을 향해 중얼거렸다. "렌스 가족이 내 안부는 묻는다네." 맥주를 한 모금 홀짝인 그녀는 냉동실에서 소분한 라자냐를 꺼내 접시에 담고 전자레인지에 돌렸다.

끔찍한 날이다. 한 남자는 총에 맞아 죽고 그의 아내는 중상을 입었다. 아이들은 슬픔에 잠겼다. 그녀는 어디다 말할 수 없는 정보로 가장 친한 동료를 아주 난처하게 만들었다. 그리고 헤네퀸에게 마지막 남은 카드를 내밀었다. 대체 무슨 정신으로 카타리나 크라머라는 이름을 입에 올린 거지? 얻은 게 하나도 없었다.

그뿐인가, 아놀드 크라머는 아직도 전화를 하지 않았다.

맥주병을 비운 미리암은 냉장고에서 한 병 더 꺼내 들고 크라머에게 전화를 걸었다. 신호음이 다섯 번 울리더니 음성 사서함으로 넘어갔다. 몇 번 더 시도해보았다. 집에 없는 척하는 건가? 시계를 보았다. 오후 5시 반이다. 라자냐를 얼른 해치우고 아른헴으로 가면 된다. 하지만 도로가 꽉 막혔을 것이다. 1시간 30분 거리가 3시간 넘게 걸릴 수도 있다. 실제로 집에 없을 가능성도 있었다.

오늘 같이 운 나쁜 날에는 무엇도 놀랍지 않았다.

집 뒤쪽에서 휘파람 소리가 들렸다. 미리암은 호기심에 주방으로 들어가 창밖을 내려다보았다. 보리스가 아래 작업실에 있었다. 휘파람 불던 손을 아직 입에서 떼지 않았다. 미리암이 창가에 나타나자 그는 활짝 웃으며 손을 흔들었다. 그러더니 책상에서 와인 병을 들어 보였다.

그제야 미리암은 웃음을 지었다. 보리스에게는 정말 놀라운 힘이 있었다. 온몸에서 스트레스가 싹 사라졌다. 미리암은 고개를 끄덕이며 아래층을 손가락으로 가리키고 입모양으로 말했다. "당신 집에서요?"

보리스는 고개를 끄덕였다.

그에게 손바닥을 보이며 손가락을 쫙 폈다. "5분만 기다려요!" 곧바로 창문에서 돌아선 미리암은 욕실로 가서 샤워를 했다.

물줄기를 맞고 있으니 더욱 긴장이 풀어졌다. 걱정도 같이 씻겨 내려가는 기분이었다. 몸을 말리고 청바지와 후드티로 갈아입고 나자 기분이 훨씬 좋아졌다. 기운이 불끈 솟을 정도였다. 내일은 쉬는 날이니 늦잠을 자고 크라머의 집으로 가면 된다. 몇 번이 됐든 그가 대화에 응할 때까지, 디네케 보스와 헤네퀸의 관계를 속속들이 알려줄 때까지 문을 두드릴 것이다.

하지만 오늘 저녁은 그 생각을 하고 싶지 않았다. 아무 생각도 하고 싶지 않았다. 그저 즐기고 싶을 뿐이었다.

은색 알루미늄 수트케이스는 가로 50, 세로 75, 높이 27센티미터 크기였다. 옷, 가발, 전자기기와 외장하드 몇 개 등 필요한 소지품은 다 거기에 들어 있었다. 작은 수트케이스에는 노트북을 넣었고 나머지 물건은 다 핸드백에 넣었다. 결국 가장 중요한 것은 여권과 비행기 표였다.

헤네퀸은 이동 경로를 상세히 계획했다. 어디까지는 비행기로 가고, 또 어디까지는 차로 이동할 것이다. 상식적으로 이해할 수 없는 노선을 계획에 포함했다. 그렇게 하면 누가 뒤를 쫓는다 해도 따돌리기 쉬워진다. 추적을 당할 가능성은 없었다. 하지만 헤네퀸은 목숨이 달린 일처럼 꼼꼼하게 계획을 세웠다. 비행기는 내일 저녁 프랑스 샤를 드골 공항에서 레바논 베이루트로 떠난다. 베이루트를 출발하면 다시 동아시아와 중앙아메리카에서 세 곳을 경유해 최종 목적지인 뉴욕에 도착한다. 2주만 있으면 뉴욕에서 새로운 삶이 펼쳐질 것이다.

헤네퀸은 작게 콧노래를 부르며 바퀴 달린 수트케이스를 현관문으로 옮겼다. 곧 국제화물운송 업체에서 가방을 받으러 와 베이루트로 부쳐줄 예정이었다.

흐뭇하게 주위를 둘러보았다. 펜트하우스에 그녀가 필요한 것은 단 하나도 남아 있지 않았다. 귀중품은 오늘 오전에 자동차로 전부 옮겨두었다.

대망의 날이 다가오고 있었다.

"가지 마요."

"안 돼요." 미리암은 한숨을 쉬며 말했다. 고개를 저었지만 그 행동은 보리스를 거절한다기보다는 마음을 다잡자고 자신을 설득하는 의미였다.

보리스는 미리암에게 입을 맞추고 머리카락을 어루만지며 반대편 손으로는 하체를 가까이 끌어당겼다. "당신을 원해요."

"나도 그래요. 하지만 이건 너무 빨라요." 그녀가 작게 속삭였다.

보리스는 미리암을 놓아주고 아쉬운 표정으로 내려다보았다.

"갈게요." 미리암은 까치발을 하고 그에게 키스했다.

보리스가 그녀 쪽으로 고개를 숙이고 말했다. "이따 침대에 혼자 누워 있다가 마음이 바뀌면 내 번호 알죠." 그가 달콤하게 속삭이며 흘러내린 머리카락을 귀 뒤로 넘겨주었다. "나 당신한테 미쳤어, 미리암 드 무어." 그러면서 다시 입을 맞추었다.

"계속 이런 식으로 하면 영원히 못 가요." 미리암이 그를 달랬다.

"계속 이렇게 들이대는 게 내 계획인 걸요."

"곧 다시 만나요."

"내일 그 남자를 만나러 아른헴에 갈 때 나도 같이 갈까요?"

"아니에요. 그건 나 혼자서 할 일이에요. 하지만 내일 저녁에 만날래요?"

"좋아요." 보리스가 말했다.

미리암은 화랑 문을 열고 밤거리로 나섰다. 따스해진 몸을 차가운 바람이 휘감았다. 그래도 그녀의 집은 엎어지면 코 닿을 거리였다.

문을 여는 동안에도 보리스는 현관계단을 떠나지 않았다. 어둠 속에서 커다란 그림자가 그녀를 지켜봐주고 있었다. "잘 자요." 그가 작은 소리로 인사했다.

"당신도요."

10일째
목요일

미리암은 눈을 떴다. 정신을 차리고 보니 침대에 똑바로 누워 있었다. 알람시계의 디지털 숫자는 새벽 6시라고 시간을 알렸다.

무언가 이상했다.

방에서 평소와 다른 냄새가 났다. 느낌도 달랐다. 아무것도 보이지 않았다. 안은 칠흑 같이 어두웠다. 언제나처럼 암막커튼이 조금의 빛도 들여보내지 않았기 때문이었다. 커튼은 미리암이 한낮에도 잠을 잘 수 있게 방 안을 암흑세계로 만들었다.

스탠드를 켜려고 오른팔을 뻗었지만 움직일 수 없었다. 양쪽 손목이 하나로 붙었다. 가느다란 줄로 아주 단단하게 묶인 것처럼. 말도 안 돼. 이건 꿈이야. 미리암은 당황하지 말자고 자신을 달랬다. 꿈이 틀림없다. 달리려 하지만 한 발짝도 움직일 수 없는 그런 꿈이다. 꿈과 현실 사이 몽롱한 상태에 빠진 거야. 미리암은 양팔을 높이 들고 손목을 풀어보려 끙끙댔다. 힘이 너무 실렸는지 팔은 금속 같은 물체에 쾅 하고 부딪쳤다. 이 고통은 꿈이 아니었다.

냄새는 어디서 나는 거지? 신문지 같은 데서 나는 석유 향을 맡으니 자동차 수리소에 왔거나 창문을 닦는 기분이었다.

미리암은 마침내 옆에 서서 내려다보고 있는 어두운 형체를 발견했다. 다음 순간, 흰색과 푸른색이 섞인 불빛이 비추어 앞이 보이지 않았고, 정전기가 일거나 전구를 켰을 때와 같은 마찰음이 들렸다. 미리암은 비명을 질렀다. 하지만 찰나였다.

★

헤네퀸은 전기충격기를 도로 뒷주머니에 넣었다. 참 요긴한 물건이다. 네덜란드에서는 불법이지만 국경을 넘으면 손쉽게 구입할 수 있었다. 전기충격기를 애용한 지도 벌써 몇 년이 지났다. 이 기계는 미리암 드 무어의 날씬한 몸에 전기 50만 볼트를 쏘았다. 헤네퀸은 작게 콧노래를 불렀다.

몇 달 전에는 드 호리존 학교 은사의 집을 찾아가 같은 방법으로 자고 있는 사람을 기습했다. 클라스 드 브리스는 콧대 높은 여왕마마였다. 콧대 높고 주둥이가 가벼운 여왕마마. 그 여자 그리고 같은 학교 학생의 증언으로 헤네퀸은 소년원에서 1년을 보내야 했고 아버지에게 의절을 당했다. 운 좋게도 드 브리스는 장식장에 술병을 꽉꽉 채워놓았다. 그 덕분에 경찰, 검시관과 림부르크에 사는 가족도 납득할 만한 현장을 꾸밀 수 있었다. 수사를 철저히 벌일 가능성이 낮았기 때문에 전기충격기로 생긴 상처와 체내의 에틸렌글리콜이 발견될 리는 없었다. 에틸렌글리콜 중독과 알코올 중독의 증상은 크게 다르지 않았다.

키아누 스미스에게도 완벽하게 통한 방법이었다.

헤네퀸은 치아로 작은 손전등을 물고 앞을 비추며 이불을 젖혔다. 이리저리 흔들리는 노란 불빛 속에서 미리암은 십대 여자애처럼 보였다. 작고 마른 몸에 딱 달라붙는 티셔츠와 두툼한 회색 반바지를 걸쳤다.

한때 시누이였던 여자는 지금 반쯤 마비된 채로 눈을 뜨지 못하고 팔다리에 경련을 일으키고 있었다. 쇼크에 빠져 정신이 흐릿하고 어지러울 것이다. 이 상태가 적어도 몇 분은 더 유지된다. 발목을 묶을 시간은 충분했다.

헤네퀸은 미리암의 발목에 플라스틱 케이블을 감고 흡족한 표정으로 내려다보았다. 지금 끝내버릴까? 고통 없이 빠르게 보내버릴 수 있었다. 하지만 천천히 시간을 끌며 즐길 수도 있다. 이 건방진 년이 무릎을 꿇고 목숨을 구걸하는 모습을 지켜보는 거다. 약간의 재미를 볼 여유는 있었다. 스티븐스-보스 가족과 마지막 날을 시작하려면 아직 2시간이 남았다.

헤네퀸은 미리암을 손전등으로 비추며 얼굴을 감상했다. 숨을 거칠게 몰아쉬고 이따금씩 경련을 일으켰다. 이대로 끝내고 싶지는 않았다. 1시간은 더 갖고 놀 수 있다. 미리암의 말은 그녀의 호기심을 자극했다.

카타리나 크라머.

대체 어떻게 알아낸 거지?

또 누가 알고 있는 거야?

하지만 흥분하지 말아야 한다. 아까 비명 소리가 너무 컸다. 여기는 인적이 드문 곳이 아니었다. 집도 워낙 좁은 데다 근처에 열 명도 넘게 살았다. 하지만 다르게 생각하면 이웃들도 비명 소리에 딱히 놀라지 않을 것이다. 번잡한 도시에서 노동자층이 모여 사는 곳은 하루가 멀다 하고 폭력 사건이 터졌다. 비명 한두 번으로는 관심을 끌지 않는다. 대도시에 살다 보면 감각이 둔해지기 마련이다. 그래도 혹시 모르는 일이다. 헤네퀸은 만약을 위해 은색 접착테이프를 조금 뜯어 미리암의 입에 붙였다.

"비명 지르면 죽을 줄 알아. 쓸데없는 말도 하지 마."

밝은 불빛이 정통으로 미리암의 눈을 찌르자 미리암은 눈을 깜박였다. 코로 가쁜 숨을 헐떡였다. 온몸의 근육이 쑤셨다. 심장은 미친 듯이 뛰고 있었다.

불빛에 주사기를 들고 있는 손이 드러났다. "에틸렌글리콜이야. 보통 부동액이라고 하지. 이게 혈류에 들어가면 혼수상태에 빠지고 평생 일어나지 못하게 돼. 하지만 그 전에 속이 뒤틀려서 구토를 줄줄 하고 아파서 몸부림 칠 거야. 차라리 죽는 편이 나을 정도로 말이야."

아는 목소리였다.

헤네퀸이다.

헤네퀸이 우리 집 침실에 있었다.

보리스에게 알려야 한다. 어떻게든 소리를 내야 해. 하지만 미리암의 침실은 보리스 집 거실의 위층이었고, 이 시간이면 보리스는 그보다 한 층 아래인 지하실에서 잠을 잔다. 설령 깨어 있어도 위에서 무슨 일이 일어나는지 알 길이 없었다.

미리암은 혼자였다.

"좋아." 헤네퀸이 말했다. "이제 테이프를 뗄 거야. 너한테 몇 가지 물어볼 게 있거든. 조용히 대답했으면 좋겠어. 내 말 이해했으면 고개 끄덕여."

미리암은 고개를 끄덕였다. 피부에 땀이 축축하게 배어들었다.

헤네퀸이 다가와 테이프를 벗겼다. 입술에 붙었던 테이프가 뜯어졌다.

"내 이름은 어떻게 알아냈지?"

손은 쓸 수 있어. 미리암은 생각했다. 다리도 가능하다. 묶인 곳은 손목하고 발목뿐이었다. 미리암은 헤네퀸이 눈치채지 않기를 바라며 아주 조심스럽게 다리를 움직여보았다. 움직인다. 어디에 묶이지 않았다.

또다시 손전등 불빛이 눈을 찔렀다. "내가 질문하잖아."

"플로리다에 있는 사설탐정을 고용했어."

헤네퀸은 한참 말이 없다가 이렇게 물었다. "너 말고 내 이름을 아는 사람은?"

"동료 경찰 몇 명이 있어. 나한테 무슨 짓을 하면 그들이…."

"입 닥쳐."

"헤네퀸, 내 말 들어. 이러면 안 돼…."

"내가 하면 안 되는 일은 없어." 속삭이는 소리가 들렸다.

미리암은 치밀어 오르는 공포심을 애써 가라앉혔다. 그래야 제정신을 차릴 수 있다. 헤네퀸은 침대 발치 부근에 모습을 드러내지 않고 서 있었다. 하지만 가까이 유인하면 어떨까. 다리를 들어 올리고 양손을 깍지 긴 채로 망치로 사용하는 거다. 그 다음 팔꿈치로…. 하지만 단번에 성공해야 한다. 두 번째 기회는 없었다. 손목과 팔목이 묶여 있는 처지라 헤네퀸보다 먼저 문까지 가기는 힘들었다. 계단도 걸어 내려갈 수 없다.

계단?

여기서 아래층 거리로 내려가는 계단은 좁고 가팔랐다. 바닥은 돌이었다.

"내 얘기 누구한테 했어?" 헤네퀸이 물었다.

"동료 몇 명. 내가 죽으면 누가 범인인지 알 거야."

"당연한 말이지. 하지만 시체가 없으면 살인도, 사건도 없어. 네가 모를 리 없을 텐데?" 헤네퀸은 키득거리는 웃음을 참는 듯했다. 그녀는 주도권을 자기 손에 완벽하게 쥐고 이 상황을 즐기고 있었다.

미리암은 기대조차 하지 않았다. 헤네퀸은 그녀를 살려둘 사람이 아니다. 단지 고통을 길게 끌고 싶을 뿐이었다. 독을 주입하겠다고 협박했고 분명 실행에 옮길 것이다. 하지만 미리암과 끝장을 보고 헤네퀸이 궁금한 점을 다 알아내기 전까지는 시간이 있다.

미리암은 떨리는 목소리로 말했다. "네 짓이지? 그렇지? 네가 주차장에서 오스카 스티븐스와 만나기로 약속하고 납치했어."

"질문은 내가 해."

"죽였어?" 미리암이 힘겹게 뱉었다. 말이 제대로 나오지 않았다. "왜, 헤네퀸? 오빠는 왜 계단 아래로 밀었어? 우리 오빠는 살면서 누구를 해친 적도 없는 사람이야. 나한테 하나밖에 없는 오빠였고 이 세상에 하나밖에 없는 진정한 친구였어."

헤네퀸은 여전히 미리암의 얼굴에 손전등을 정면으로 비추고 있었다. 아무 말도 하지 않았다.

"오빠는 네게 전부를 줬어. 너를 사랑했어."

헤네퀸이 움직였다. 나무 바닥에 발이 스치는 소리가 들렸다. 널빤지가 삐걱거렸다. "바트는 내가 상징하는 이미지를 사랑했던 거야. 성공에 따른 전리품 말이야." 속삭이는 소리가 뱀과도 같았다. "바트는 트로피와이프(성공한 중년 남성의 젊고 아름다운 아내 - 옮긴이)를 원했어. 그게 다였지. 나는 안중에도 없고 자기밖에 모르는 사람이었어."

헤네퀸의 목소리가 가까워졌다. 대체 어디 서 있는 거야? 또 그 냄새다. 신문지에서 나는 석유 냄새가 다시 풍겼다.

부동액이다.

미리암은 불빛 반대쪽으로 몸을 굴렸다. 침대에서 빠져나올 때까지 계속 굴러갔다. 낙법을 할 수 없어 바닥에 등으로 쿵 떨어졌다. 양팔을 머리 위로 뻗고 무기로 쓸 만한 물건을 더듬어 찾았다. 이게 침대 옆 협탁인가? 협탁을 붙잡아보았지만 지금처럼 낮은 위치에서는 다리 하나로 들어올리기 역부족이었다. 협탁이 한쪽으로 쓰러지며 바닥에 떨어진 스탠드가 부서졌다. 책 몇 권이 얼굴을 아슬아슬하게 스쳐 지나갔다.

손전등 불빛이 다시 눈을 찔렀다. 미리암은 고개를 피하고 옆으로 몸을 돌려 무릎을 딛고 일어났다. 기어서 도망가려 했지만 헤네퀸에게 쇠사슬처럼 발목을 붙들렸다. 헤네퀸이 몇 번 거칠게 당기자 미리암은 그쪽으로 끌려갔다. "너 죽을 줄 알아, 이 년아."

헤네퀸의 손에서 떨어진 손전등이 낡아서 기울어진 바닥을 따라 굴러갔다. 불빛이 아래위로 흔들리며 잠시 헤네퀸을 비추었다. 검은색 레깅스와 운동화 차림이었다. 그녀는 미리암을 백팔십도로 돌리며 작게 욕설을 뱉었다.

미리암은 묶인 두 발목을 풀기 위해 용을 썼다. 계속 움직여야 했다. 발목이나 다리에 주사기를 꽂지 못하게 해야 한다. 그녀가 계속 몸부림을 치자 옆구리에 발길질이 날아왔다. 한 번 더. 날카로운 통증이 복부를 찔렀다. 눈물이 찔끔 고였다.

어떻게든 해 봐. 무슨 말이라도 해!

"너에 대해 다 알아, 헤네퀸." 미리암이 헐떡였다. "네 엄마가 죽은 이유, 기숙학교, 유죄 판결까지 전부. 안 만난 사람이 없어. 월터와 리즈베트가 정말 보고 싶다더라. 뭘 잘못해서 연락이 끊겼는지 궁금하대. 그들은 너를 친딸처럼 사랑했어. 너를 믿고…."

"닥쳐! 닥치지 못해! 네가 뭘 안다고 그래. 아무것도 모르면서!"

헤네퀸이 갑자기 배를 발로 차리라고는 예상하지 못했다. 고통스러운 배를 감싸려고 미리암은 몸을 반으로 접었지만 헤네퀸의 발길질은 멈추지 않았다. 등과 머리를 두 번, 세 번 걷어차였다. 결국 미리암은 작게 신음하며 꼼짝 못하고 축 늘어졌다.

숨조차 쉴 수 없었다. 이런 고통은 처음이었다. 몸에 성한 뼈가 하나도 안 남은 기분이었다.

의식이 희미한 가운데 헤네퀸이 침실 문을 여는 것을 알아차렸다. 흐릿한 가로등 불빛이 보였다. 머리 부근에서 무언가 찢는 소리가 들렸다. 헤네퀸이 그녀의 머리를 붙잡고 입에 테이프를 다시 붙이자 미리암은 눈을 감았다. "지금부터 입 다물고 있어. 너 따위는 중요하지 않아. 너를 처리하는 대로 나는 23년간 기다려왔던 일을 끝내러 가야 하거든."

새벽 6시 반이었다. 디디는 인디를 안고 창밖을 내다보았다. 거리는 어두컴컴했다. 건널목의 가로등 하나만이 빛을 내뿜었다. 길을 다니는 사람은 없었다. 어느 집에서도 사람이 돌아다니는 표가 나지 않았다. 하지만 분명 아침은 밝았다. 그것을 증명하듯 멀리 고속도로에서 자동차 달리는 소리가 점점 크게 들렸다.

혹시 오스카가 그곳에서 운전을 하고 있을까? 단기 기억상실증에 걸렸다가 몇 년이 지나서야 집으로 돌아오는 사람의 이야기를 읽은 적이 있다. 하지만 실종된 사람들의 사례가 그것이 전부는 아니었다. 지금은 차마 생각하고 싶지 않은 사례들도 디디는 읽어보았다.

인디의 솜털 같은 머리카락이 사방으로 뻗치며 자랐다. 디디는 딸의 머리에 얼굴을 묻었다. 마음은 불안했지만 엄마를 믿고 품에 따뜻하게 폭 안겨 있는 아기를 보면 행복해졌다. "그래도 네가 있어서 다행이야." 디디는 인디에게 나직이 말했다.

디디는 창문에서 고개를 돌렸다. 이 집에서는 인디 방이 가장 좋았다. 베이비오일과 새로 산 옷에서 기분 좋은 향기가 났다. 조심스럽게 인디를 침대에 내려놓았다. 해냈다. 등과 허벅지 뒤쪽을 날카롭게 찌르던 통증이 느껴지지 않았다. 다리에 힘이 풀릴 것 같던 느낌도 사라졌다. 불편하게 쿡쿡 쑤시는 느낌은 여전했지만 참을 수 있었다. 그 정도 아픔은 감당할 가치가 있었다. 처음으로 인디를 직접 침대에서 안아 올려 우유를 먹인 것이다. 당장은 예전처럼 달리기를 하거나 테니스를 치지는 못할 것이다. 하지만 적어도 딸을 돌볼 수는 있었다.

인디에게 이불을 덮어주다가 문득 깨달았다. 오늘 디디는 커다란 관문을 하나 넘었다. 처음으로 엄마가 되었다는 느낌을 실감한 것이다.

헤네퀸은 숨을 헉헉 몰아쉬었다. 미리암의 발목을 세게 움켜쥐었다. 미치도록 화가 났다. 몸싸움 중에 바지 주머니에서 전기충격기를 흘렸지만 찾을 시간이 없었다. 헤네퀸은 마치 사자 한 마리와 싸우는 기분이 들었다. 민첩하고 영리했고, 작은 체구와 다르게 힘이 장사였다. 판단을 잘못했다. 침대에 마비되어 있을 때 주사를 놓았어야 했다. 지금은 너무 늦었다. 몸싸움을 하며 미리암 다리에 주사를 찌르려다 주삿바늘을 부러뜨리고 말았다. 그러니 이제 에틸렌글리콜은 사용할 수 없다. 망할.

하지만 지금 쓰려는 방법도 효과는 확실했다. 이렇게 해도 증거는 남지 않는다.

손과 옷, 자동차 트렁크를 더럽히지 않는 편이 더 좋았다.

★

　온몸의 뼈가 부러진 것 같았다. 흐릿하게 보이는 주방과 식탁이 그녀를 스쳐 지나갔다. 이상하다. 미리암은 그제야 깨달았다. 움직이는 것은 주방이 아니라 그녀라는 것을.

　헤네퀸은 미리암의 발목을 잡고 끌면서 주방을 지나 거실까지 나왔다.

　생각을 하자. 나를 어디로 데려가는 거지? 무슨 속셈이야? 그러다 퍼뜩 떠오르는 생각이 있었다.

　계단이다.

　공포가 파도처럼 밀려왔다. 미리암은 무릎을 세우고 헤네퀸의 손을 뿌리치려 발버둥을 쳤다.

　그러다 또 헤네퀸에게 배를 힘껏 걷어차였다. 강하고 잔인한 발질길이 두 번 연속으로 날아왔다. 눈물이 핑 돌고 목구멍으로 위액이 울컥 솟았다. 미리암은 계단을 머릿속으로 그렸다. 지독히 가파른 계단과 아래층 현관의 단단한 돌바닥을 떠올렸다. 바닥에 붙어 있어야 해. 최대한 땅에서 떨어지지 말자. 헤네퀸이 그녀를 똑바로 세워서 머리부터 밀지 못하게 막아야 했다. 그랬다가는 빠른 속도로 곤두박질해 목이나 척추가 부러지기 십상이었다. 헤네퀸이 거실 중문을 열기 위해 손 하나를 뗐다. 중문은 꼼짝도 하지 않았다. 그 틈에 발목을 잡은 헤네퀸의 아귀힘이 약해졌다.

　미리암은 젖 먹던 힘까지 끌어 모아 몸을 굴렸다. 성공이었다. 헤네퀸의 손아귀에서 빠져나올 수 있었다. 욕설이 날아왔지만 미리암은 얼른 팔꿈치와 무릎으로 땅을 딛고 일어났다. 어지럽고 온몸이 쑤셨지만 멈추지 않았다. 지금이 마지막 기회였다. 발목이 묶인 탓에 캥거루처럼 껑충껑충 뛰고 팔로 균형을 잡으며 뒤쪽 주방으로 도망쳐야 했다. 칼꽂이. 헤네퀸보다 먼저 칼꽂이로 가야 한다.

"이 미친년이!" 뒤에서 외치는 소리가 들렸다.

비명을 지르려 했지만 접착테이프로 막힌 입에서는 신음만이 나왔다. 다음 순간, 헤네퀸이 뒤에서 갑자기 떠밀었다. 쓰러진 미리암은 창문에 옆을 부딪치고는 창틀에 반쯤 걸터앉는 자세가 되었다. 본능적으로 뒤에 있는 유리창에 등을 기대고 몸을 웅크려 무릎을 들었다. 바닥에서 발을 떼고 칼처럼 휘둘렀다. 들짐승처럼 코로 컹컹 숨을 쉬었다. 폐가 터질 것만 같았다.

헤네퀸은 미리암의 팔과 발목을 잡으려고 어둠 속에서 손을 더듬었다. 마치 무용수처럼 미리암의 주위를 반원으로 맴돌았다. 그녀의 팔을 발로 차고 때리려 했지만 헤네퀸은 매번 잘도 피하고 다시 돌아왔다. 전혀 힘들지 않다는 듯, 먹잇감을 가지고 노는 고양이처럼 미소까지 보였다. 미리암은 속으로 비명을 질렀다. 헤네퀸은 키가 더 크고 힘도 셌다. 몸을 움직이지 못하니 경찰 훈련도 소용이 없었다. 미리암은 창문에 체중을 싣고 쉴 새 없이 다리를 들어 올려 공격을 했다. 숨이 끊어질 것 같았다. 더는 못 견디겠어.

등 뒤로 바람이 불었다. 집 안과 쌀쌀한 바깥 사이에는 얇은 유리창밖에 없었다. 바람이 불 때마다 창문이 덜컹덜컹 흔들렸다. 충동적으로 몸을 반대로 틀고 창문 손잡이를 위쪽으로 밀었다. 창문이 바깥쪽으로 활짝 열리자 미리암은 균형을 잃을 뻔했다. 차가운 공기가 쏟아졌다. 바람을 타고 머리카락이 흩날렸다.

"꿈 깨, 너는 여기서 못 나가." 헤네퀸이 거칠게 말하며 또다시 손을 뻗었다. 차가운 갈고리 같은 손이 한 쪽 다리를 붙잡았다.

미리암은 마지막 탈출 기회를 놓치지 않기 위해 몸을 뒤로 빼고 다리를 치웠다. 하지만 그러는 바람에 창밖으로 미끄러지고 말았다. 창틀을 붙잡으려 했지만 손이 부자연스럽게 묶여 있어 금세 힘이 빠졌다. 본능적으로 미리암은 몸을 최대한 웅크리고 눈을 꽉 감았다.

헤네퀸은 입을 굳게 다물고 이맛살을 찌푸리며 창밖을 내려다보았다. 꽉 다문 입에서 악의로 가득한 숨소리가 거칠게 흘러나왔다. 장갑을 낀 손이 창틀을 붙잡았다. 은은한 달빛 아래, 산산조각 난 유리 파편에 둘러싸여 쓰러진 미리암이 보였다. 그녀는 온실 지붕을 뚫고 떨어졌다. 아직까지는 움직이지 않았다.

온실과 붙은 집에서 불이 켜졌다. 불빛이 미리암의 몸 한쪽을 비추었다. 피를 흘리지는 않았지만 누워 있는 자세가 이상했다. 머리가 한쪽으로 돌아갔고 팔은 야구방망이를 손에 쥔 것처럼 옆으로 꺾였다.

소리가 들렸다.

헤네퀸이 옆 건물의 뒤쪽 벽을 빠르게 훑었다. 다른 집에서도 하나둘 불이 들어왔다. 유리 깨지는 소리를 들은 것이다. 아무리 도시생활에 익숙해진 사람들이라도 그렇게 큰 소리를 무시할 수는 없었다. 헤네퀸은 다시 아래를 내려다보고 이를 악물었다.

미리암이 죽었는지 확인한 후 목숨이 붙어 있으면 해치워야 했다. 하지만 그럴 여유가 없었다. 또다시 죽음을 실종으로 위장하기 위해 시체를 없애는 계획도 다 틀렸다. 어느 집에서 이미 경찰을 불렀을 것이다. 당장이라도 이곳에 도착할지 모른다.

그러면 나머지 계획까지 다 틀어진다.

헤네퀸은 침실로 달려가 불을 켜고 바닥을 살펴보았다. 침대 밑으로 들어간 전기충격기를 꺼내 주머니에 넣었다. 다시 거실로 나와 계단을 후다닥 뛰어 내려왔다. 건물 밖으로 나와서는 평범하게 걸으면서 길 건너에 세워둔 자동차로 향했다.

예정보다 일찍 출근한 이유는 발유스트라트로 가는 길에 꾸며내면 된다. 우물쭈물할 시간이 없었다. 지금부터는 되는 대로 행동해야 했다.

헤네퀸은 계획을 다 생각해놨었다. 넬리 보스와 미리암 드 무어는 실종된다. 두 사람은 서로 연관점이 없으니 수사팀에서도 두 사건을 연결 지을 리 없다. 물론 오스카 스티븐스와 넬리 보스는 가족이니 이야기가 달라진다. 두 사람은 같은 숲속에 정답게 누워 썩어문드러질 것이다. 몇 년 안에는 발견되지 않기를 빌었다. 영영 못 찾으면 더 좋고. 어쨌든 두 건의 실종은 디디 보스와 연결된다. 남편과 엄마가 사라진 직후 스스로 목숨을 끊은 여자. 이해할 수 없는 끔찍한 선택에 갓 태어난 아기까지 끌고 들어가 전 국민을 경악하게 하는 여자.

한 가족의 비극.

이것이 계획이었다.

장안의 화제가 될 것이다. 이 여자가 남편과 엄마를 죽였을까? 텔레비전 방송에서는 사건을 재연할 것이다. 뜨거운 토론이 벌어질 것이다. 충격을 받은 이웃들은 카메라 앞에 서서 디디 보스가 이런 일을 할 줄 몰랐다고 인터뷰할 것이다. 언제나 밝고 명랑하고 모든 이에게 친절했던 천사 같은 여자라고 말하겠지.

헤네퀸은 다 계획해놓았다.

하지만 지금 머릿속에서 새롭게 떠오르는 계획이 더 마음에 들었다. 더 이치에 맞았다.

탈출 경로를 치밀하게 짰기 때문에 달아나는 데는 여전히 문제가 없었다. 이름이 용의 선상에 오르기 한참 전, 그녀는 이미 파리에서 베이루트로 가는 비행기에 탑승했을 것이다.

어쨌든 몇 달 전 이곳으로 이사한 목적을 완수하기 전까지는 공항으로 가지 않을 생각이었다. 지금 와서 멈추기에는 잃을 것이 너무 많았다.

"헤네퀸, 일찍 왔네요. 미용실 다녀왔어요?"

헤네퀸은 자연스럽게 아래로 묶은 갈색 머리를 매만졌다. 디디에게 머쓱하게 미소를 지어 보였다. "많이 다르죠? 사실 이게 원래 머리색인데 금발에 너무 익숙해졌지 뭐예요. 마음에 들어요?"

"잘 어울려요." 디디는 테이블에 머그잔을 내려놓았다. 머리색 하나 바뀌었다고 사람이 이렇게 달라질 줄이야. 오늘 아침 헤네퀸은 다른 사람처럼 보였다. 여전히 멋있었다. 하지만 머리색이 짙어지자 얼굴이 왠지 차가워졌다. 눈매도 묘하게 달라졌다.

"왜 이렇게 일찍 왔어요?" 헤네퀸에게 문을 열어준 넬리는 주방에 팔짱을 끼고 서 있었다. 벨벳 가운 차림이다. 보라색 천은 붉은 머리와 정말로 어울리지 않았다.

"시간을 착각했어요. 이게 말이 돼요? 어찌나 당황스럽던지! 다행히 일어나 계셨네요." 헤네퀸은 가방을 바닥에 내려놓고 서류 뭉치를 꺼냈다. "인디는 어디 있어요?"

"위층에요. 벌써 우유를 먹었어요. 오늘 아침에는 처음으로 침대에서 안아 올렸고요." 디디가 활짝 웃으며 자기 다리를 가리켰다. "오늘은 상태가 아주 좋아요."

"다행이네요." 헤네퀸이 부드럽게 말했다. 디디에게 하는 대답보다는 혼잣말처럼 들렸다.

"그렇죠? 너무 좋아요."

"내가 매일 매일 좋아질 거라고 말했죠?"

"그 말이 맞았어요." 디디는 다시 헤네퀸을 살펴보았다. 짙은 머리색은 사람 모습을 정말로 바꾸어놓았다. "세상에, 헤네퀸. 그 머리에 익숙해지려면 한참 걸리겠어요."

헤네퀸은 가볍게 웃고는 테이블 건너로 서류를 밀며 디디에게 펜을 주었다. "산후관리사 파견업체에 제출할 평가서예요. 나를 어떻게 생각하는지 알고 싶대요."

아직도 문가에 서 있던 넬리가 말했다. "나는 건조기에서 빨래를 꺼내마."

디디는 엄마가 거실을 나가는 모습을 지켜보았다. 왜 저렇게 행동하는지 엄마에게 조금 짜증이 났다. 왜 헤네퀸이 자기 일을 못하게 하는 거지? 오늘은 헤네퀸이 마지막으로 근무하는 날이었다.

"천천히 해요." 헤네퀸이 디디에게 말하며 윙크를 했다. "솔직히 써줘요, 알았죠? 그동안 나는 가서 어머니 도와드릴게요."

★

테두리가 검은색인 하얀 네모가 여러 개 보인다. 꼭 학교 다닐 때 썼던 모눈종이 같다. 플라스틱 상자가 빛을 내뿜는다. 밝아졌다 어두워졌다 깜박이며 눈을 찌른다.

목소리가 들린다. 아프다. 머리가 깨질 것 같아.

춥다.

너무 추워.

★

헤네퀸은 차고로 들어갔다. 희미하게 휘발유와 토끼 지푸라기 냄새가 났다. 벽걸이 선반에 아직 뜯지도 않은 대용량 지푸라기가 보였다. 형광등이 콘크리트 바닥에 푸르스름한 빛을 드리웠다. 오스카가 사라진 후로 차고에 있던 디디의 오펠코르사는 집 앞 도로로 나왔다.

헤네퀸이 들어오는 소리에 넬리 보스가 허리를 폈다.

헤네퀸은 그녀의 눈을 똑바로 바라보며 차고 문을 닫았다.

"혼자 할 수 있어요." 넬리가 말했다.

"나를 왜 그렇게 싫어해요?" 헤네퀸이 한걸음 다가갔다.

넬리가 그녀의 얼굴을 뜯어보더니 얼굴을 찌푸렸다. "잠깐…, 눈이 초록색 아니었어요?" 넬리는 머리가 잘 돌아가지 않는 사람처럼 헤네퀸을 뚫어져라 보며 중얼거렸다. "꼭 누가 생각나는데."

"그럴 수도 있겠죠." 헤네퀸은 가방 지퍼를 열고 전기충격기를 손에 쥐었다. 가방에서 기계를 꺼낸 그녀는 망설이지 않고 넬리의 어깨에 단자를 들이밀었다.

넬리는 즉시 쓰러졌다. 기이한 장면이었다. 사람 크기만 한 꼭두각시 인형의 줄을 누가 한꺼번에 자른 것만 같았다. 여자는 차고 콘크리트 바닥에 쓰러져 약하게 경련을 일으켰다.

헤네퀸은 몸을 구부리고 작게 속삭였다. "우리 엄마에게서 아빠를 빼앗아가지 말았어야지. 이 꼴이 뭐야." 그런 다음 만족스럽게 콧노래를 부르며 전기충격기를 가방에 넣었다. 넬리의 겨드랑이를 잡고 살짝 잡아당겨 몸을 똑바로 펴서 엎드리게 했다. 플라스틱 케이블로 손목과 발목을 묶고 입에 접착테이프를 세 겹 붙였다. 넬리는 따로 훈련을 받지 않아서 그런지 미리암보다 체력과 속도가 떨어졌다. 하지만 미리암이 탈출한 후로는 그 어떤 가능성도 용납할 수 없었다. 헤네퀸은 케이블을 두 개 더 가져와 손목과 발목을 다시 묶었다.

몸을 일으켜 세웠다. 다 합쳐 한 2분쯤 걸렸나. 별로 힘을 들이지 않았는데도 숨이 차고 뺨이 달아올랐다. 흥분으로 가슴이 뛰었다.

★

"미리암? 미리암?"

미리암은 소리가 나는 쪽으로 고개를 돌렸다. 흐릿한 이미지가 또렷해 보이기 시작했다. 파란색과 회색 운동복을 입은 보리스가 곁에 앉아서 얼굴을 찌푸리며 손을 잡아주었다. 주위에 사람이 더 많았다. 간호사. 제복을 입은 렌스도 보인다.

"나 괜찮아요?"

"이만하길 다행이에요." 미리암의 질문에 보리스가 대답했다. "어깨뼈에 금이 가고 팔이 부러졌어요. 지금 깁스를 해놨어요."

"여긴 어떻게 왔어요?"

"구급차요. 동네에 난리가 났어요. 아까는 집 앞에 경찰이 쫙 깔렸고요. 무슨 일이에요, 미리암? 혹시…."

렌스가 앞으로 나와 보리스의 어깨에 손을 올렸다. 미리암 쪽으로 몸을 숙이고 진지한 표정으로 내려다보았다. "누구예요?"

"헤네퀸." 미리암이 속삭였다. "헤네퀸 스미스. 나를 죽이려 했어. 그리고…." 벌떡 일어나려는 미리암을 간호사가 뛰어 나와 붙잡았다. "드 무어 씨, 일어나면 안 돼요. 머리를 심하게 부딪쳤어요."

미리암의 귀에는 들리지 않았다.

'너를 처리하는 대로 나는 23년간 기다려왔던 일을 끝내러 가야 하거든.'

"몇 시야?" 미리암이 물었다.

보리스가 시계를 보았다. "아침 7시 반이에요."

"발유스트라트로 가야 해요."

"왜요?" 렌스가 질문했다.

"디디 보스가 사는 곳이야. 오스카 스티븐스 부인 말이야."

"실종된 남자요?"

미리암이 고개를 끄덕였다. "헤네퀸과 디디는 서로 아는 사이였어."

"왜 지금 가야 한다는 거예요?"

"왜냐하면 헤네퀸이 오스카를 죽였고 계획을 마무리하러 가고 있으니까." 미리암이 침대에서 일어나 앉았다. "그 집으로 가야 돼. 갓 태어난 아기도 있어."

간호사가 나서서 미리암을 베개에 눕히고 가까이 몸을 기울여 말했다. "드 무어 씨, 절대 안정을 취해야 해요."

"난 괜찮아요!"

"지금이야 그렇죠." 간호사는 참을성 있게 타일렀다. "앞으로도 괜찮기를 바라지만 혹시 모르는 일이에요. 의식을 잃었다 깼잖아요. 침대에서 나오면 큰일 나요."

종이에 주소를 받아 적은 렌스가 인사를 하고 병실을 나갔다.

"따라 가 봐요." 미리암이 보리스의 손을 꼭 쥐며 말했다. "렌스가 내 말을 믿어야 해요. 지금 당장 발유스트라트에 경찰 병력을 보내야 한다고요. 상황을 만만하게 봐서는 안 돼요. 헤네퀸은 정말 위험한 여자예요. 내 말 알겠어요?"

"렌스도 이제는 당신 말을 믿고 있어요, 미리암. 아니라고 생각하는 사람은 아무도 없어요. 지금 모습을 봐요. 거기서 떨어져서 목숨을 건진 것도 기적이에요."

"진정제 놓아드릴까요?" 간호사가 말했다.

"아니, 됐어요. 점점 괜찮아지고 있어요."

"부를 일이 있으면 버튼 누르세요." 간호사는 침대 왼쪽에 붙은 장치를 가리키고는 안경 쓴 눈으로 보리스를 보았다. "그만 가보세요. 환자는 쉬어야 합니다."

보리스는 고개를 끄덕이며 병실을 나가는 간호사를 돌아보았다. 다시 미리암에게 고개를 돌렸다. "들었죠."

"과장하는 거예요. 난 괜찮아요."

"괜찮아 보이지 않아요, 미리암. 내가 얼마나 놀랐는지 알아요?" 보리스가 미리암의 얼굴을 뜯어보았다. "솔직히 당신이 거기 쓰러져 있는 모습 보고 미치는 줄 알았어요. 죽었다고 생각했어."

"내가 그렇게 간단히 떨어져나갈까 봐요?" 미리암이 그의 눈을 바라보며 속삭였다. 잠시 말을 멈춘 그녀가 다정하게 말했다. "고마워요, 보리스."

보리스는 어리둥절해서 눈을 크게 뜨고 주위를 둘러보았다. "뭐가요? 병원에 같이 와줘서요?"

"그런 뜻 아니에요."

"그럼 뭔데요?"

"지금부터 나를 위해 해줄 일이 있어요."

★

헤네퀸은 짧은 진입로를 통해 디디의 오펠코르사를 몰고 나와 이웃집 앞에 차를 세웠다. 서둘러 자신의 알파로메오로 바꿔 탄 그녀는 후진을 시켜 단번에 차고로 넣었다. 그러고 나서 차고 문을 닫았다.

차고 안쪽에서 주방으로 연결된 문을 주시했다. 디디가 엔진 소리를 못 들었을 리는 없다. 아니면 어제 헤네퀸이 인터넷에서 받은 후 수정해서 인쇄한 평가서의 수많은 문항에 답변을 쓰느라 여념이 없는지도 모른다.

차에서 내린 헤네퀸은 뒤쪽으로 돌아가 트렁크를 열었다. 삽과 비닐 커버는 이제 필요 없었다. 넬리는 디디, 인디와 함께 같은 곳으로 데려가 같은 방법으로 처리할 것이다.

지난 몇 달 사이, 그 장소를 네 번이나 찾아가 둘러보았다. 그곳은 23년 전보다는 지나다니는 사람이 많았다. 넬리와 디디가 그곳에 도착하면 소동이 일어날 수도 있다. 위험하지만 감수할 가치가 있었다. 그곳은 독일 국경과 불과 7킬로미터 거리였다. 차로 10분이면 도착한다. 네덜란드 경찰이 상황을 파악하기도 전에 헤네퀸은 차를 타고 독일로 떠났을 것이다. 독일 경찰이 추적을 시작할 무렵에는 이미 벨기에에 도착한 후다. 아무도 그녀를 막을 수 없었다. 내일 이 시간이면 베이루트 포시즌 호텔의 옥상 수영장에서 칵테일로 자축을 하고 있으리라.

하지만 먼저 처리할 일이 있다.

헤네퀸은 문에서 눈을 떼지 않았다. 디디가 정말로 소리를 못 들었나? 아니면 듣기는 했는데 와서 살펴볼 만큼 궁금하지 않을 뿐인가?

마귀할멈이 의식을 차리기 시작했다. 겁먹은 눈으로 헤네퀸에게 무슨 말을 하려 했지만 겹겹이 붙인 테이프 때문에 소리가 나오지 않았다.

이 모습을 만끽할 시간이 더 있었다면 얼마나 좋을까. 입이 막힌 채로 쓰러져 두려움에 벌벌 떨고 있는 넬리 보스. 참 아름다운 광경이었다.

헤네퀸은 옆에 쭈그려 앉아 조용히 설명했다. "잘 들어. 이제부터 내가 시키는 대로 하는 거야. 일단 내가 발목을 풀어주면 내 차 트렁크에 들어가." 전기충격기를 꺼내자 넬리가 움찔했다. "말 안 들으면 강제로 할 수밖에 없어. 이 느낌 이제 알지? 아까보다 더 아플지도 몰라."

넬리의 눈에 눈물이 고였다. 겁에 질려서 고개를 마구 저었다.

딸깍.

헤네퀸은 휙 뒤를 돌아보았다.

인디를 안고 문가에 나타난 디디가 멍한 표정으로 바라보고 있었다. 아직 무슨 상황인지 이해를 못하는 눈치였다.

헤네퀸이 다가가 품에서 인디를 빼앗았다. 동시에 전기충격기를 내밀고 전원을 켰다.

디디가 쓰러진 후 헤네퀸은 넬리를 돌아보았다. "우리는 이제 드라이브를 갈까 해. 너, 네 딸, 손녀, 나까지 넷이서. 힘들겠지만 내 말만 잘 들으면 아무도 다치지는 않을 거야."

★

"내가 미쳤지." 보리스가 말했다.

"내가 꼭 갚을게요."

"당신이 갑자기 뇌가 부어서 죽으면 내 책임이겠죠. 다리 들어봐요."

미리암은 시키는 대로 하면서 말했다. "내 뇌는 멀쩡하다니까."

행인이 공회전 하는 차를 호기심 어린 시선으로 들여다보았다. 그는 별일 아니라는 것을 확인하고 가던 길을 마저 걸었다.

15분 전, 미리암은 다른 환자의 사물함에서 반바지와 펑퍼짐한 티셔츠를 꺼내 입고 병원을 몰래 빠져나왔다. 보리스는 지금 미리암에게 흰색과 회색 줄무늬가 들어간 운동복을 입혀주고 있었다. "줄무늬가 깁스 팔걸이랑 어울려요." 그가 말했다. 미리암은 아프지 않은 척했지만 움직일 때마다 땀이 솟았다. 두통은 심하지 않았다. 두개골이 약간 지끈거려도 참을 만했다. 문제는 등과 어깨였다. 불과 몇 시간 전 창문에서 떨어졌다 살아났다는 사실이 실감나지 않았다. 온몸에 아드레날린이 뿜어져 나왔다.

미리암은 보리스에게 집에 가서 옷과 양말, 전화기를 가져다달라고 부탁했다. 미리암의 예상대로 경찰은 집에서 철수한 후였다. 어차피 용의자를 특정했고 수집할 증거도 별로 없었다.

"제발, 보리스. 출발해요."

보리스가 시동을 걸고 그의 폭스바겐 캐디를 골목길에서 대로로 몰았다.

미리암은 발을 내려다보았다. 평소 슬리퍼로 사용하는 핑크색 가짜 어그부츠가 신겨져 있었다. '편한 신발'을 부탁한 결과가 이거라니.

상황이 이토록 심각하지 않았더라면 웃음이 터져 나왔을 상황이었다.

온몸이 떨렸다. 디디는 뼈마디가 하얗게 변할 정도로 알파로메오의 운전대를 꽉 움켜쥐었다. 눈앞에 펼쳐진 도로에서 눈을 떼지 않았다. 카타리나가 운전하라고 지시하는 곳이 어디인지 알 길이 없었다. 흘러 내렸던 눈물이 뺨에 말라붙었다.

"잘 하고 있어." 뒤에서 카타리나가 말했다. "아주 좋아."

이해할 수가 없었다. 산후관리사인 척 며칠이나 같이 있었으면서 어떻게 몰라봤지? 디디는 그녀에게 불안과 슬픔을 고스란히 보여주었다. 심지어 클라체 이야기까지 했다! 헤네퀸을 정말 철석 같이 믿었다.

하지만 어떻게 몰라볼 수 있단 말인가? 뒷좌석에서 인디를 무릎에 앉힌 여자는 디디가 알던 카타리나 크라머와 조금도 닮지 않았다. 그때 디디는 겨우 여섯 살, 카타리나는 열두 살이었다. 디디 인생에서 가장 끔찍했던 시절이었다.

이제 지독한 악몽처럼 그때로 돌아왔다.

★

보리스는 신축단지로 밴을 몰았다. 미리암은 조수석에 초조하게 앉아 있었다. 경찰이 분명 도착했을 것이다. 하지만 조용했다. 소란이 일었던 흔적은 전혀 없었다. 거리에 출입을 통제한 표시도 없다.

"여기 왼쪽이에요."

거리에 경찰차 세 대가 보였다. 차는 비었고 밖에 나와 있는 경찰도 없었다.

"천천히 지나가 봐요."

보리스는 시키는 대로 했다. 미리암이 몸을 틀어 디디의 집 창문

안을 들여다보려 했지만 레이스 커튼를 쳐놓았다.

"이제 어떡해요?" 보리스가 물었다.

"차 세워요. 렌스에게 전화할래요."

보리스는 거리 끝에서 임시정차구역을 발견하고 집이 보이도록 차를 돌려 세웠다.

미리암은 주머니에서 업무용 블랙베리를 꺼내 렌스에게 전화를 걸었다.

곧바로 연결되었다.

"어디야?" 미리암이 물었다.

"발유스트라트요. 안 자고 뭐 하세요?"

내가 뭐하고 있는지 상상도 못 할걸. "그곳 상황은 어때?"

"조용한데요." 렌스가 잠시 뜸을 들였다. "정말 조용해요. 그렇게 말해도 될 것 같습니다."

미리암은 주먹을 움켜쥐었다. 너무 늦었다. "혹시… 벌써 그런 건 아니겠지?"

"아니, 진정해요. 집에 아무도 없어요."

"말도 안 돼!"

"거짓말 아니에요, 미리암. 집에 아무도 없다니까요. 강제로 침입했거나 몸싸움을 한 흔적이 없어요. 하나도요. 옆집 앞에 세워둔 오펠코르사는 디디 스티븐스 보스 차예요. 아기랑 산책을 나갔나 보죠."

"다른 사람 차에 탔을지도 모르지." 미리암이 말했다. '오스카처럼 말이야.'

"뭐라고요?"

"그냥 혼잣말이야. 헤네퀸 스미스 차는 검은색 알파로메오야. 찾고 있어?"

"당연하죠."

"그래, 다행이다. 정말 심각한 일이야. 별일 아니라고 생각하지 말아줘."

"걱정하지 마요. 별일 아니라고 생각하는 사람은 하나도 없어요. 선배는 죽을 뻔했다고요. 다들 잘 알고 있어요."

"이제 어떻게 할 생각이야?"

"여자가 돌아올 때까지 미케Mieke가 기다릴 거예요. 우리는 경찰서로 돌아가려고요. 어, 잠깐…, 업무용 전화는 어디서 났어요?"

"어느 친절한 분이 집에서 가져다줬어. 무슨 일 있으면 꼭 알려줄 거지?"

"그럼요. 그 대신 지금 잠을 자겠다고 약속해요."

"그럴게."

미리암이 전화를 끊자 보리스가 돌아보았다. "뭐래요?"

미리암은 집을 바라보았다. "집에 아무도 없어요. 딸을 데리고 산책을 갔다고 생각한대요."

"이제 어쩌죠? 그 여자는 아무 데나 갈 수 있잖아요."

"아무 데나 갈 리는 없어요. 계획이 있댔어요." 미리암은 좌석 등받이에 몸을 기댔다. 착각했는지도 모른다. 헤네퀸이 해치려는 상대는 디디가 아닐 수도 있다. 다른 사람과 풀어야 할 원한이 있는 걸까?

'너를 처리하는 대로 나는 23년간 기다려왔던 일을 끝내러 가야 하거든.'

"1990년." 미리암이 큰소리로 말했다.

"그게 왜요?"

"1990년에 무슨 일이 있었어요. 심각한 일이요. 그랬다면 그 여자 아버지는 알 거예요." 미리암은 아이폰으로 아놀드 크라머에게 전화를 걸었다.

음성 사서함으로 넘어간다.

"젠장!" 내동댕이친 전화기가 대시보드를 맞고 튀어나와 발밑에 떨어졌다. 이성을 차리고 보니 온몸을 사시나무처럼 떨고 있었다. 어깨가 다시 아프기 시작했다.

아프다는 생각은 하지 마.

"외출하지 않았을까요?"

"집에 없는 척하는 거예요." 미리암은 아파서 얼굴을 일그러뜨리며 전화기를 집어 주머니에 넣었다. "어제 다시 전화해준다고 약속했었어요."

"집이 어디예요?"

"아른헴."

보리스가 시동을 걸었다.

★

차체가 약하게 흔들거렸다. 분명 엄마였다. 사랑하는 엄마, 노르웨이에서 이 먼 곳까지 와서 산후조리를 도와주고 있는 엄마가 사나운 동물처럼 입이 막힌 채 트렁크에 갇혔다.

엄마는 헤네퀸을 조심하라고 경고했었다.

"우리 어디 가는 거야?" 디디가 우는 목소리로 물었다. 백미러로 뒷좌석을 보았다.

카타리나는 차가운 눈으로 계속 보고만 있다. 콧노래를 부르며 태연하게 인디의 팔에 대고 주사기를 움직였다. 디디와 눈이 마주

치자 입꼬리를 씩 올리며 냉소를 머금었다. "가보면 알아."

★

"빨리 갈 수 없어요?"

"내 차에는 지붕에 파란색 경광등이 없잖아요." 보리스가 다그쳤다. 그는 눈에 불을 켜고 도로를 주시했다. 바퀴가 아스팔트 도로 위로 미끄러지듯 달렸다.

"속도위반 딱지 나오면 내가 취소할게요."

"그 전에 당신이 잘리면 어떡하고요. 그 남자한테 다시 전화해 봐요."

미리암은 아이폰을 들고 가장 최근에 통화한 번호로 전화를 걸었다. 놀랍게도 이번에는 연결이 되었다. 미리암은 깜짝 놀라서 말했다. "크라머 씨? 미리암 드 무어, 로테르담 경찰입니다."

무슨 말인가 웅얼거리는 소리가 들렸다.

"제발 끊지 마세요! 따님은 현재 쫓기고 있어요."

"누구에게요?"

미리암은 안도해서 눈을 감았다. 다행이다, 듣고 있었어. "제 동료들이요." 그녀가 말을 이었다. "체포영장이 발부되었어요. 어제 카타리나를 만나 과거 이야기를 했더니 어젯밤 제 집에 침입해 저를 죽이려 했어요."

아놀드 크라머는 말이 없었다. 미리암은 그의 긴장한 얼굴을 상상할 수 있었다.

"제발 들어주세요." 미리암이 말했다. "어젯밤 카타리나는 끝내러 갈 일이 있다고 했어요. 23년간 기다려왔던 일이라고요. 지금 그걸 하려는 중이라고 생각합니다." 미리암이 잠시 말을 멈췄다가 입을 열었다. "1990년에 카타리나가 '끝내지 못했다'고 생각할 일이 있나요?"

크라머는 여전히 묵묵부답이었다.

"혹시 오스카 스티븐스나 디디 보스와 관련된 일일까요?" 미리암의 목소리가 떨렸다. "부탁이에요, 뭐라도 좋으니 아는 게 있다면 말씀해주세요. 여러 사람의 목숨이 달렸어요!"

남자의 깊은 한숨이 들렸다. 짜증 섞인 한숨이 아니었다. 감정에 북받친 탓에 말을 잇기 힘들어서 나오는 한숨이었다.

"오스카는 모릅니다. 하지만 디디는 카타리나의 의붓동생이었어요."

크라머는 다시 한 번 깊게 한숨을 내쉬었다. 전화를 끊어버릴지 모른다는 걱정이 잠시 들었지만, 그는 이야기를 계속했다. "카타리나의 친엄마인 첫 아내가 그렇게 자살한 후 나는 넬리 보스와 재혼을 했습니다. 넬리는 전 남편 사이에 딸이 둘 있었어요. 클라체와 디디는 카타리나보다 훨씬 어렸습니다. 살림을 합치기 위해 집을 팔고 이사했어요. 네이메헌 근처의 렌트 지역으로요."

"그래서 기숙학교로 보냈군요." 미리암이 결론을 내렸다.

"아니, 절대 아닙니다. 그건 한참 후의 일이에요. 카타리나와 나는 넬리와 두 딸이 살던 집으로 이사했어요. 한 가족이 될 수 있다는 희망에 부풀었죠. 하지만 카타리나와 갈등이 생겼습니다. 말도 못할 정도로요."

"왜요?"

남자는 잠시 말을 멈췄다. "모르겠어요. 지금도 그 애가 왜 그랬는지 모르겠습니다. 그게 내 딸의 본모습이었는지도 모르죠. 키우기 쉬운 아이는 아니었어요. 내면에 분노가 아주 많았거든요. 학교에서도 심하게 괴롭힘을 당했어요. 아내에게 심각하다는 말은 들었지만 딱히 내가 할 수 있는 일이 없었어요. 집에 없는 날이 많았으니까요. 요즘에야 따돌림 당한 젊은이가 자살을 선택한다는 이야기를 많이 듣지요. 분노가 속을 갉아먹는다고요. 하지만 그때는 대수롭지 않게 생각했던 것 같아요. 집사람 병을 대수롭지 않게 여겼던 것처럼요."

"무슨 병이었는데요?"

"우울증이었어요."

미리암은 작고 폐쇄적인 마을을 방문했던 기억을 떠올렸다. "카타리나가 어머니 시신을 발견했나요?" 그녀가 조심스럽게 물었다.

"아니, 그건 아닙니다. 천만다행이죠. 카타리나가 학교에 있는 동안 청소부가 발견했어요."

"당시에 어디 계셨어요? 해외에요?"

"아니, 네덜란드에 있었습니다. 하지만 그 일이 일어난 주말에 몇 달간 다시 해외로 나갈 예정이었어요."

미리암은 대화에 몰입한 나머지 보리스가 속도를 늦춘 사실을 이제야 발견했다. 간절한 눈으로 바라보자 보리스는 '서두를 필요 없잖아요? 그 남자랑 통화하는 거 아니에요?'라고 말하듯 전화기를 턱으로 가리켰다.

미리암은 계속 운전하라고 손짓했다. 크라머가 중간에 전화를 끊으면 집으로 쳐들어가 나머지 이야기를 다 듣고 말 작정이었다.

"어머니 일로 카타리나는 어떻게 됐나요?" 미리암이 물었다.

"말수가 줄어들었어요. 자기 세계에만 빠져들었죠. 소통이 안 됐어요. 아이를 보살피려고 1년 동안 집에 머물렀습니다. 그때는 그런 말을 몰랐지만 요즘말로 안식년 비슷한 거였죠. 매일 아이 곁에 있었어요. 내가 외출이라도 하려고 하면 난리가 났습니다."

"어떻게요?"

"달랠 수가 없었어요. 나한테 매달리고 구토를 할 정도로 끙끙 앓았습니다. 하지만 결국에는 일을 다시 시작해야 했어요. 몇 달씩 집을 비워야 했죠. 넬리와는 오래 전부터 아는 사이였어요. 집사람 친구였는데 아이 엄마가 죽고 난 후 빠르게 가까워진 거예요. 그동안 살던 마을을 떠나 다른 곳에서 카타리나가 새 출발을 할 수 있다고 생각했어요. 완전히 다른 삶을 살 수 있다고요. 동생이 두 명이나 있으니 외롭지 않고 챙겨줄 넬리도 있었으니까요." 크라머가 목을 가다듬었다. "하지만 넬리는 아이를 대하기 어려워했어요."

"어떤 면에서요?"

"카타리나는 열두 살 사춘기였어요. 넬리 말을 듣지 않았죠. 말대꾸를 하고 욕을 하고…. 넬리는 그런 데 익숙하지 않았어요. 자기 딸들과 나이 차이가 너무 많이 났고요. 아이들이 아주 어렸거든요."

"클라체는 지금 어디 있죠?"

"모릅니까?"

"네."

"클라체는 죽었어요." 크라머의 호흡이 거칠어졌다. 침을 삼키는 소리가 들렸다. "끔찍한 사고였죠."

"어떤 사고요?"

미리암의 목소리가 들리지 않는 듯 수화기 너머로 침묵이 흘렀다.

"여보세요? 크라머 씨, 듣고 계세요?" 미리암이 말했다.

"렌트 지역으로 이사하고 몇 달 안 지났을 때예요." 다행히 그는 예고 없이 말을 계속했다. "사고가 일어났을 때 세 아이가 같이 있었어요…. 클라체는 네 살이었습니다. 디디는 여섯 살이었고요."

미리암은 계산을 했다. 카타리나는 현재 서른다섯이었다. 사고 당시는 열두 살. 23년 전이다. "그때가 그럼 1990년이었겠군요?"

"네, 맞아요. 그 일이 터지고 넬리와 이혼을 했습니다. 넬리는 사고가 아니라고 믿었기 때문이에요. 디디가 카타리나가 관련이 있다는 식으로 말을 했거든요. 디디는 무척이나 혼란스러워했어요. 어린 나이에 깊은 트라우마를 입었죠. 실제로 뭘 봤는지 자기 자신도 명확하게 기억하지는 못한다고 했어요. 나는 넬리가 딸아이의 기억으로 판단해서는 안 된다고 생각했어요."

미리암은 몸을 앞으로 숙였다. 차가 빠르게 달리고 있어 덜컹거리고 흔들렸지만 등과 어깨의 통증을 느낄 정신이 없었다. "정확히 무슨 사고였어요?"

"정확한 상황은 아무도 모릅니다. 카타리나는 동생들을 데리고 자주 산책을 나갔어요. 우리와는 문제가 많았지만 그 아이들과는 잘 지냈어요. 큰 언니처럼 보살폈죠. 아이들도 카타리나를 잘 따랐고요. 하지만 그날…."

"어떻게 됐는데요?" 미리암이 집요하게 물었다.

"그날 카타리나가 클라체 없이 집에 돌아왔어요. 철도교 근처에서 놀고 있었대요. 카타리나는 동생들을 데리고 기차가 오가는 다리에 오르기로 한 거예요. 가면 안 되는 곳이었어요. 그 다리는 높이도 높을 뿐더러 다리 밑의 강물살이 아주 강했거든요. 인생을 비관하는 사람들은 거기서 뛰어내렸고…. 뭐, 그건 중요하지 않죠." 크라머가 기침을 했다. "카타리나는 클라체가 철도교에서 발을 헛디뎌서 강으로 떨어졌다고 말했어요. 경찰과 소방대원들이 곧바로 수색에 착수했지만 헛수고였어요. 아이는 다음날이 되어서야 발견됐습니다. 사고현장에서 몇 킬로미터 떨어진 하류에서요. 정말 슬픈… 사고였어요. 실제로도 사고라고 발표했어요."

"경찰에서요?"

"맞아요. 신문에도 그렇게 보도가 나갔고요."

"의심하는 사람이 있었다는 말씀이죠?"

"넬리가요. 디디가 자기 엄마에게 카타리나가 클라체를 밀었을지 모른다는 말을 얼핏 한 거예요. 넬리는 딸을 믿었죠."

"크라머 씨는요? 어떻게 생각하세요?"

"카타리나는 내 딸이었습니다. 그 애는 내게 남은 전부였어요. 카타리나는 사고라고 주장했어요. 동생들을 다리로 데려가서 괴롭다고 했습니다."

"그 말을 믿으셨어요?"

"나는… 믿고 싶었죠. 하지만 카타리나가 항상 진실을 말하는 아이는 아니었어요. 디디는 어렸지만 마음 깊은 곳에서 진심으로 두려워하고 있었어요. 누구나 남에게 손가락질을 하고 남의 결정을 비난하기는 쉽죠. 하지만 그때는 나도 너무 힘든 시기였어요. 일 때문에 자주 집을 비웠고 넬리는 카타리나를 감당하지 못했어요. 그래서 나로서는 어쩔 수 없이 남들의 비난을 감수하고 기숙학교로 보낸 겁니다."

"다른 아이들을 카타리나에게 갖다 바친 셈이군요." 말이 비난조로 나왔다. 미리암은 자책을 했다. 도가 지나친 발언이었다.

"미안합니다." 크라머가 말했다. "이만 끊어야겠어요. 수사가 잘되기를 빕니다."

전화가 끊겼다.

다시 전화를 걸었지만 곧장 음성 사서함으로 넘어갔다. "전화기를 껐어!" 미리암은 그의 집 전화 번호를 찾아 미친 사람처럼 아이폰을 뒤졌다. '헤네퀸 아버지 집'이라는 번호를 발견하고 통화를 눌렀다. 답이 없었다.

"젠장! 젠장!" 이마를 손으로 짚고 생각을 쥐어짜려는데 금 간 어깨와 부러진 팔에서 잊고 있던 통증이 치솟았다. 작게 신음을 뱉은 미리암은 얼굴을 찡그리고 앞을 보았다. "지금 어디예요?"

보리스는 앞을 고갯짓으로 가리켰다. "레센 인터체인지예요. 거의 다 왔어요. 12, 13킬로미터만 더 가면 돼요." 보리스는 미리암을 잠깐 돌아보았다. "뭐래요?"

"1990년에 디디 보스는 헤네퀸의 의붓동생이었어요." 미리암은 최선을 다해 아놀드 크라머의 이야기를 요약해 들려주었다.

"이제 어떡하죠?" 보리스가 물었다.

미리암은 이를 악물었다. 생각이 너무 많아서 머리가 핑핑 돌았다. 헤네퀸이 디디를 죽이기로 계획한 것은 확실했다. 아기를 같이 죽일 수도 있다. 열두 살에 첫 번째 살인을 했을 가능성이 높았다. 3년 후에는 기숙학교에서 다음 희생양을 찾았다. 추측대로 헤네퀸 주위에서 일어난 불가사의한 사망과 실종이 모두 사고로 위장된 살인으로 밝혀진다면…. 미리암은 차창 밖으로 목초지와 풍차를 내다보았다. 보리스의 차는 작은 다리를 건넜다. 로테르담 헤네퀸의 집 벽에서 본 확대 사진이 떠올랐다. 헤네퀸의 펜트하우스는 차갑고 삭막했다. 사방이 흰색이었고 주인의 손길이 느껴지는 장식 따위는 없었다. 그럼에도 그 사진은 벽에 걸리는 영광을 안았다. 오빠 저택에서도 같은 사진을 본 적 있다. 그때는 헤네퀸의 서재에 걸려 있었다.

철도교 사진.

'너를 처리하는 대로 나는 23년간 기다려왔던 일을 끝내러 가야 하거든.'

맞아. 바로 그거야.

"네이메헌으로 가야 해요." 미리암이 말했다. "그곳이에요. 헤네퀸은 네이메헌에 있어요."

★

"나 못 하겠어. 너무 아파." 디디는 울상을 하고 헤네퀸을 올려다보았다. 낮은 덤불 속으로 발을 헛디디지 않으려고 손을 위로 뻗어 잡초를 움켜쥐었다. 둑의 경사면을 절반쯤 올랐다. 높고 가파른 둑을 올라가면 강 양측 철로를 강 너머로 연결해주는 철도교가 나온다.

헤네퀸은 말없이 웃으며 인디를 더 꽉 안았다. 인디는 얼음장처럼 차가웠다. 입술이 삐죽삐죽 떨린다. 자기 엄마처럼 울보라니까.

"헤네퀸, 카타리나, 제발… 내 골반은 아직….."

"그만 징징거려, 동생." 헤네퀸이 야유를 했다. "네게 보여주고 싶은 게 있어서 그래."

넬리는 아직 손목이 묶인 채로 딸 옆을 지키며 둑을 기어올랐다. 팔꿈치와 다리를 끌며 움직이면서 디디에게 말했다. "자, 엄마한테 기대."

헤네퀸은 디디가 자기 엄마 어깨에 손을 올리는 모습을 지켜보았다. 계속 기어오르려고 죽어라 노력하고 있었다. 얼굴이 머리카락보다 더 붉게 변했다. 디디가 인상을 쓰더니 갑자기 감전된 것처럼 엄마의 몸에서 손을 뗐다. 힘이 없기보다는 균형을 잡지 못해서 그러는 듯했다. 무리를 했기 때문에 불안정한 골반 주위의 근육이 갈라지고 찢어진 것이다. 뒤에 있는 철로처럼 삐걱삐걱 듣기 좋은 소리를 내고 있으리라.

"혼자 해볼게요." 디디는 훌쩍이며 끈질기게 둑을 기어올랐다.

눈물이 강을 이루겠군. 몇 미터 아래에서는 눈물 없이는 보기 힘든 장면이 펼쳐졌다. 하지만 헤네퀸은 눈물 한 방울도 흘릴 수 없었다. 아래에 있는 두 여자는 그녀의 인생을 망가뜨렸다.

이제 죗값을 치를 시간이다.

"이제는 경찰에 알려야 하지 않아요?" 보리스가 물었다. 네이메헌에 거의 다 도착했다. "다리에 도착해서 뭘 할 생각인지 모르겠지만 혼자는 안 돼요. 보통 심각한 일이 아닌 것 같은데요."

미리암은 고개를 저었다. "내가 잘못 짚었으면 어떡해요? 디디가 정말로 산책을 나갔거나, 친구나 친척 차를 타고 갔다면요? 다리에 사람이 있다는 보장은 없어요."

"하지만 내 생각은…."

"무슨 말인지 알지만 나 혼자 가야 해요. 걱정은 마요. 도착해서 상황이 많이 심각하면 그때 연락하면 돼요. 약속해요."

헤네퀸은 뒤를 돌아보았다. 방풍벽인지, 방음벽인지 벽 하나를 사이에 두고 자전거 도로가 철로와 나란히 놓여 있었다. 가끔씩 자전거나 스쿠터가 지나갔지만 이쪽을 보는 사람은 없었다. 그곳에서는 철로가 벽에 가려져 있어 잘 보이지 않았다. 1990년에는 철도

교과 평행한 자전거 다리가 없었다. 그때는 훨씬 조용한 동네였다.

헤네퀸은 허리를 펴고 먼 곳을 가만히 바라보았다. 굽이쳐 흐르는 강 옆으로 황폐한 도로가 뻗어 있었다. 그 도로를 지나면 버려진 농장이 하나 나온다. 헤네퀸은 농장 헛간 뒤에 차를 세워두었다. 강기슭과 가깝지만 지나다니는 사람의 시야가 잘 닿지 않는 곳이다. 농장을 지나 반쯤 시든 옥수수밭 사이의 모랫길을 달리면 시골길 하나가 나온다. 그 길을 타고 6.5킬로미터만 더 가면 독일 국경이다. 헤네퀸은 탈출로가 막힐 경우를 대비해 인디를 인질로 붙잡을 생각이었다. 디디와 넬리가 곧 다리에 올라와도 감히 그녀를 떠밀지 못할 것이다. 그렇게 하면 인디도 강물 아래로 데려갈 것이다.

계획은 완벽했다.

"저기예요! 보여요? 저기 철로 위에 있는 거 사람이에요? 그럴 줄 알았어! 내 생각이 맞았어!"

"진정해요! 나는 운전 중이라 앞만 봐야 한다고요." 보리스가 불평했다. "저기로 대체 어떻게 가죠? 보고 있다가…."

"여기서 멈춰요!"

"어디요?"

"여기요!" 미리암의 목소리가 갈라졌다.

보리스가 운전대를 급히 꺾었다. 보리스의 차는 아찔하게 덜컹이며 차선을 바꾸고 안전지대를 가로질러 방향을 틀었다. 주위에서 경적이 울려댔고 한 남자는 화가 나서 라이트를 번쩍거렸다.

미리암은 다시 아이폰으로 지도를 보았다. 미로 같은 도로 위를 계속 움직이는 점 하나에서 눈을 떼지 않았다. "이 길 끝에서 우회전하고 다음 갈림길이 나오면 좌회전해요."

미리암은 조수석에서 몸을 약간 앞으로 숙였다. 마치 그렇게 하면 철도교에 더 빨리 도착할 수 있다고 생각하는 것처럼. "그런 다음… 아, 저기! 봐요! 다 왔어요, 강기슭에 세워요."

보리스는 빈 자리에 차를 세웠다. 차에서 뛰어내린 미리암이 모래를 밟고 서서 철제 계단을 올려다보았다. 계단은 자전거 다리처럼 생긴 곳과 연결되어 있었다. "여기서는 안 보여요."

"반대쪽이에요." 옆에서 보리스가 말했다. 보리스는 미리암의 성한 팔을 붙잡고 아치형 벽돌 터널로 향했다. 두 사람은 높은 강둑을 관통하는 짧은 터널 속을 달렸다.

"저기, 저기 있어요." 미리암은 숨을 쉴 수 없었다.

"미치겠네." 보리스가 중얼거렸다.

미리암은 철도교 위로 조그맣게 보이는 사람들을 향해 눈을 찡그렸다. 헤네퀸을 한눈에 알아보았다. 그녀 앞으로 두 명이 걷고 있었다.

두 명이라고?

헤네퀸은 팔에 무언가를 들었다. 하지만 너무 멀어서 무엇인지 알 수 없었다.

"미리암? 경찰에 전화해요."

"내가 경찰이에요."

"무슨 뜻인지 알잖아요." 보리스가 말했다. "당신이야 이런 일을 매일 보겠지만 나는…."

미리암은 가슴이 쿵쿵 뛰는 채로 거칠게 숨을 쉬었다. "지금 겁먹었군요."

보리스가 그녀의 이마에 입을 맞췄다. "당신 때문에 그래요. 당신한테 무슨 일이 생길까 봐 무서운 거라고요, 응?"

미리암은 대답 없이 보리스를 가만히 보다가 다리 위의 사람들로 다시 시선을 돌렸다. 주머니에서 업무용 블랙베리를 꺼냈다.

보리스가 긴 머리카락을 쓸어 넘기며 안도의 한숨을 내쉬었다.

"지원을 요청할 거예요." 통제실과 연결되기를 기다리는 동안 미리암이 설명했다. "우리의 미래를 위해서라도 내 친구들이 서두르기를 바라자고요. 왜냐하면 나는 저 다리로 올라갈 거거든요."

★

"이유가 뭐야?" 디디가 헤네퀸에게 물었다. "언니한테 내가 뭘 잘못했다고."

"조금 더 생각해 봐." 헤네퀸이 쏘아붙였다.

이곳은 다리 한가운데였다. 날이 쌀쌀해졌다. 하늘이 회색으로 변하고 부슬비가 내렸다. 디디의 머리카락이 바람에 휘날렸다. 그날처럼. 그날도 바람이 불었다.

조금씩 기억이 나기 시작했다.

카타리나 언니는 앞장서서 다리를 걷고 있었다. 언니는 빨간 점퍼와 노란색 바지를 입었다. 바람 때문에 갈색 곱슬머리가 사방으로 날렸다. 언니는 콜라체의 손을 잡았다. 자꾸만 가다가 멈춰서 돌아본다. "조심해, 디디. 우리 뒤에 딱 붙어, 알았지?"

"나도 언니 손 잡고 싶어." 디디가 말했다.

"안 돼. 다리가 너무 좁아." 카타리나 언니가 다시 앞을 보고 걷기 시작했다. 언니는 다리 반대편, 도시로 가고 싶어 했다.

엄마는 허락하지 않을 것이다. 철도고 근처에도 가지 못하게 했다. 위험하니까. 진짜로 위험하다. 하지만 엄마 말을 듣지 않았다. "우린 모험을 떠날 거야." 언니는 그렇게 말했다. 언니가 있어서 디디와 클라체는 집에서 더 먼 곳까지 놀러 갈 수 있었다. 하지만 이렇게 멀리까지 온 적은 한 번도 없었다. 엄마가 좋아하지 않을 거야. 디디는 굳게 믿었다. 정말 집으로 가고 싶었다.

쇠로 된 다리가 조금씩 움직이는 것 같았다. 디디는 아래를 내려다보았다. 무섭도록 높다. 강이 바다처럼 보였다. 물이 빠르게 흐르고 있었고 파도도 쳤다. 바람이 몸을 빨아들이는 기분이었다. 바람이 더 세게 불면 어쩌지? 바람에 종이처럼 날려서 강에 풍덩 빠질 텐데.

"그러면 죽는 거야." 전에 카타리나 언니가 말했었다. "아주 빠르게, 아주 깊이 떨어지거든. 물은 부드럽지 않고 아주 단단할 거야. 이 다리처럼 단단할걸." 언니는 뿌듯한 표정으로 다리에 발을 쿵 굴렀다. 카타리나 언니는 아는 게 많았다. 다 언니 아빠에게 배웠다고 했다. 디디는 아저씨가 이제는 아빠라는 사실이 아직 익숙하지 않았다. 집에서 첫째가 아니라는 사실에도 익숙해져야 했다. 카타리나 언니와 그 아저씨(엄마는 '아놀드 아빠'라고 부르라 시켰다)가 이사 온 후로 많은 것이 달라졌다. 이제는 밤에 엄마 침대에서 잘 수 없었다. 아저씨가 거기서 자기 때문이었다. 그리고 카타리나 언니는 디디와 클라체에게 엄마처럼 명령을 내렸다. 하지만 모험에 같이 데려가주는 그런 엄마였다.

"주위를 봐. 이제 알겠어? 이제 기억하니?" 헤네퀸이 디디에게 힌트를 주었다.

"그때 나는 겨우 여섯 살이었어." 디디가 울부짖었다. 다리가 휘청거리며 통증이 솟구치자 인상을 썼다. 다리까지 올라오는 바람에 간신히 회복한 골반이 망가지고 말았다. 똑바로 서기도 힘들어

디디는 난간을 짚었다. 난간은 위험할 정도로 낮았다. 어렸을 때는 이보다 훨씬 높아 보였었다.

"제발, 카타리나. 인디를 우리 엄마에게 보내줘." 디디는 넬리를 보았다. 아까는 힘들어서 붉어졌던 넬리의 얼굴이 새하얗게 질렸다. 엄마의 이런 모습은 처음이었다. 엄마는 두려움으로 그 자리에 얼어붙었다.

"여기였어." 헤네퀸이 사납게 내뱉었다. "바로 이 자리야." 품 안의 아기를 꽉 끌어안은 헤네퀸의 얼굴 위로 환희와 절망이 번갈아가며 스쳐지나갔다.

"내 뒤에 꼭 붙어 있어." 카타리나 언니가 말했다. "거의 중간에 왔어, 보이지?"

디디는 고개를 끄덕였다. 언니는 다시 등을 돌렸다. 혼자 걸으면서 두 사람의 등만 보는 기분은 좋지 않았다. 클라체는 언니의 손을 잡을 수 있었다. 항상 관심을 더 많이 받았다. 엄마도 그렇고, 가게나 길에서 만나는 사람들도 그랬다. 고개를 숙이고 강아지처럼 쓰다듬어주었다. 클라체는 아직 네 살이었다. 사람들은 클라체가 귀엽게 생겼고 금발을 양갈래로 묶은 모습이 아기 같다고 했다. 여섯 살인 디디는 벌써 오래 전부터 귀여운 행동을 하지 않았다. 초등학교도 다니는 어린이였다. 영구치도 나기 시작했다. 앞니가 빠졌던 공간에 하얗고 뾰족한 끝이 잇몸을 뚫고 자랐다. 엄마는 디디에게 "이제는 다 컸어."라고 말했다. 디디는 크고 싶지 않았다.

무서워서 다리 아래는 볼 수 없었다. 그래서 디디는 정면에 있는 카타리나 언니와 클라체의 등만 보았다. 클라체는 돌리를 가져왔다. 클라체는 수건으로 만든 유령 인형 돌리를 손에서 잠시도 놓지 못했다. 텔레비전을 볼 때도 엄지를 입에 물고 돌리를 코에 딱 붙이고 있었다. 그렇게 몇 시간씩 앉아 있곤 했다. 하지만 늘 돌리를 잃어버리고 다녔다. 자동차나 레스토랑에 놓고 오거나 슈퍼마켓에서 떨어뜨렸다. 그러면 디디와 엄마가 돌리를 찾아 다녀야 했다. 안 그러면 클라체가 울음을 그치지 않기 때문이었다. 지금도 클라체는 오른손에 돌리를 들고 있었다. 앞에 세 사람이 걸어가는 것처럼 보였다. 카타리나, 클라체, 돌리. 왜 나만 혼자서 걸어야 해?

"여기가 중간이야." 카타리나 언니가 말했다. 바람 때문에 긴 갈색 머리가 얼굴을 가리자 눈을 꽉 감았다. 언니는 머리카락을 귀 뒤로 넘겼다. "정확히 한가운데야. 저기가 우리 집이고, 저쪽은 도시야." 카타리나는 디디를 보지 않았다. 살짝 무릎을 구부리고 클라체만 바라보며 멀리 있는 도시를 손으로 가리켰다.

"네 엄마에게 그날 무슨 일이 있었는지 말해. 그날의 진실을 말하는 거야. 거짓말하면…."

잠에서 깬 인디가 살짝 움직였다. 포대기 밖으로 손 하나가 나왔다. 디디가 한 발짝 다가갔다. "인디는 해치지 마, 카타리나, 제발."

헤네퀸은 차갑게 노려보았다. "네가 떠난 후에 잘 보살펴 주지."

★

"아기예요." 미리암이 보리스에게 말했다. "아기를 들고 있어."

걸음을 멈췄다. 이제 세 여자와 20미터 거리였다. 차마 더 가까이 다가가지는 못했다. 헤네퀸이 아기를 강에 던진다고 위협할까 봐 두려웠다.

보리스는 뒤를 지키고 서 있었다. 미리암이 강둑을 오르는 동안 그는 묵묵히 도와주기만 했다. 두려운 것일까? 아니면 걱정이 돼서? 화가 났을지도 모른다. 세 가지 감정을 모두 느낄 수도 있다. 하지만 미리암은 신경 쓰지 않았다. 이제 동료들이 곧 도착할 것이다.

이 사건에 어쩌다 휘말렸는지는 나중에 경찰서에서 설명하면 된다. 하지만 지금 중요한 것은 단 하나였다. 헤네퀸이 무고한 사람 세 명을 죽이지 못하게 막아야 했다.

발밑에서 강물이 소용돌이 쳤다. 하늘처럼 강물도 우중충한 회색이었다. 월 강은 크고 물살이 센 강으로 강 바닥의 물살 흐름도 셌다. 이 높이에서 떨어지면 목숨을 건질 수 있는 가능성도 아주 낮았다. 대부분 물에 부딪친 충격으로 의식을 잃고 얼음 같이 차가운 물살에 휩쓸려 깊이 빨려 들어갈 것이다.

하늘을 올려다보았다. 제발 헬리콥터가 오고 있어야 할 텐데.

"어, 저기 보여요?" 뒤에서 보리스가 말했다. "저 남자 뭐죠?"

미리암이 고개를 번쩍 들었다. 반대편 강독에서 한 남자가 철도 교로 다가오고 있었다. 키가 큰 남자는 광대뼈가 튀어 나왔고 뻣뻣한 검은색 머리를 짧게 깎았다. 곧은 자세로 느리지만 성큼성큼 여자들을 향해 걸음을 옮겼다.

"아놀드 크라머예요." 미리암은 가쁜 숨을 내뱉었다.

헤네퀸의 눈에 환한 빛이 떠올랐다. "아빠? 정말 아빠예요?"

아빠는 마지막으로 봤을 때보다 그다지 나이가 들지 않았다. 여러 해가 지났으니 그 나이 남자들이 으레 그렇듯 머리가 하얗게 세었을 거라 예상했다. 주름살이 자글자글하고 무기력한 모습을 상상했다. 하지만 이럴 줄 알아야 했다. 어린 시절 헤네퀸은 우리 아빠가 이 세상 아빠 중에서 가장 잘생겼다고 생각했다. 지금도 그 사실은 변함이 없었다.

몇 발짝 거리에서 아빠는 걸음을 멈췄다. 그리고 혼을 내듯 헤네퀸을 바라보았다. "이제 그만해라, 카타리나."

헤네퀸은 디디와 넬리를 돌아보았다. 모녀는 눈물범벅이 되어 서로 안고 있었다. 다시 아빠에게 고개를 돌렸다. "내가 한 게 아니에요, 아빠."

"뭐를 말이니?"

인디가 포대기 안에서 꿈틀거리더니 약하게 울기 시작했다. 강한 바람에 묻혀 작은 울음소리는 잘 들리지 않았다.

"내가 클라체를 밀지 않았어요. 디디가 지어낸 거예요. 그건 사고였어요."

아빠는 고통을 참는 사람처럼 딱딱하게 굳은 얼굴로 어금니를 꽉 깨물고 아무 말도 하지 않았다. 핏발 선 눈에 물기가 어렸다.

"아빠는 나를 멀리 보냈어요. 기억해요? 나를 믿지 않았어요. 저 인간들은 믿으면서!" 헤네퀸은 다시 디디와 넬리를 돌아보았다. 얼굴이 분노로 일그러졌다. 그러다 다시 아빠를 보며 흥분을 가라앉혔다. "아빠는 나를 버렸어."

"미안하다, 아가." 아빠가 달래는 손짓을 했다. "이제 괜찮아. 진심으로 사과하마."

"내가 얼마나 외로웠는데." 헤네퀸의 눈에 눈물이 차올랐다.

이 생각을 얼마나 많이 했던가? 그러면서도 입 밖에 내지 못했다. 희한하게도 그 말을 뱉고 나니 무거운 짐을 내려놓은 듯 마음이 가벼워졌다.

"이제는 아니다." 아빠가 속삭였다. "이제는 혼자가 아니야. 내가 있잖니."

"이제 다시 같이 있는 거예요?"

아빠가 천천히 고개를 끄덕였다. "그래. 이제 같이 있자. 사랑한다. 한 번도 너를 사랑하지 않은 적이 없었어… 자, 아기는 넬리에게 주거라." 아빠가 양 팔을 벌렸다. "한 번 안아보자, 우리 딸."

헤네퀸은 주저하며 아기를 넬리에게 건넸다. 넬리가 흐느껴 울며 인디를 품에 끌어안았다. 아빠에게 다가간 헤네퀸은 잠시 머뭇거리다 아빠를 감싸 안았다. 아빠의 외투에 얼굴을 파묻었다. 예전과 똑같은 향기가 났다. "아빠는 나를 믿지 않았어요." 헤네퀸이 나지막하게 말했다. "나를 버렸어."

"너를 보내고 싶었던 적은 한 번도 없었어." 아빠가 귓가에 속삭였다. "너는 내 전부였어. 너와 헤어지고 내 영혼도 뜯겨 나가는 기분이었다."

"아빠랑 같이 있고 싶어요."

"나랑 같이 있을 거야. 지금부터는 같이 가는 거야. 사랑한다. 영원히 너를 사랑했어."

고개를 끄덕이는 헤네퀸의 눈가가 촉촉해졌다.

"미안하다, 아가." 아빠가 작게 말하며 더 꼭 끌어안았다. "하지만 이제는 멈춰야 해."

미리암은 아놀드 크라머가 딸을 끌어안는 장면을 숨죽이고 지켜보았다. 아주 애틋한 순간이었다. 타인이 지켜보기에는 너무도 애틋했다. 그리고 가슴 찢어지게 고통스러웠다. 남자의 얼굴에는 슬픔이 한가득 묻어 있었다. 아무에게도 말하지 못한 비애가 어두운 그늘을 드리웠다.

헤네퀸은 그의 외동딸이었다. 미리암은 크라머의 말을 또렷하게

기억했다. '그 애는 내게 남은 전부였어요.'

별안간 크라머가 전혀 예상치 못한 행동을 했다. 난간을 향해 옆으로 한 걸음 움직였다. 또 한 걸음.

그가 딸의 귓가에 무슨 말인가 속삭였다.

"안 돼!" 미리암이 앞으로 나아갔다.

다음 순간, 크라머는 품에 헤네퀸을 꽉 끌어안고 낮은 난간을 넘어 몸을 던졌다.

누군가 비명을 질렀다. 뒤이어 더 많은 사람의 비명이 들렸다.

"안 돼, 안 돼!" 미리암은 다리 끝으로 달려갔다. 난간 밖으로 몸을 빼고 쉴 새 없이 흐르는 강물을 내려다보았다. 사람 크기의 봉제인형처럼 축 늘어진 두 개의 몸이 물살에 휩싸이고 있었다.

미리암은 망연자실해 그 모습을 지켜보았다. 보리스가 뒤에서 붙잡고 있는 줄도 몰랐다.

보리스가 미리암을 난간에서 떼어놓고 고함을 질렀다. "정신 나갔어요? 이러다가 떨어지면 어쩌려고요?" 하지만 바로 옆이 아니라 멀리서 들리는 소리 같았다.

동료들이 권총을 꺼내고 달려오는 모습이 미리암의 눈에는 슬로우모션 같았다. 양쪽 강둑부터 다리는 차단되었다. 다리 양끝에 번쩍이는 푸른색 빛과 통행저지선이 보였다.

멀리서 헬리콥터 소리가 들렸다.

★

디디는 주저앉았다. 몸이 사시나무처럼 떨려서 서 있을 힘이 없었다. 누군가 따뜻한 코트를 어깨에 둘러주었다. 코트에는 경찰 배지가 붙어 있었다.

"인디." 디디가 외쳤다. "인디는 어디 있어요?"

"여기 있다. 내가 받았어." 넬리가 아기를 안고 디디의 곁에 앉았다. 인디는 울고 있었다. 바람 소리와 철도교의 양쪽에 깔린 경찰들의 고함 소리가 워낙 커서 인디의 울음은 거의 들리지 않았다.

"끔찍하기도 하지." 넬리가 중얼거렸다. "아놀드 불쌍해서 어떡하니. 자기 몸을 희생하다니."

"카타리나라는 여자는 잘 죽었지." 뒤에서 남자 경찰이 말했다. "소문이 사실이라면 말이야."

"나도 안됐다는 마음이 전혀 안 드네요." 넬리가 운동복 차림의 여자에게 말을 했다. 깁스한 팔을 어깨걸이에 받친 여자는 흙으로 더러워진 핑크색 어그를 신고 있었다. 그녀는 형사과장이라고 자신을 소개했다. "그 여자가 얘 말고 다른 딸을 이 다리에서 밀었어요."

남자 경찰이 놀라서 넬리와 디디를 쳐다보았다. "언제요?"

"오래 전 일이에요. 그 후로 애 아버지가 카타리나를 기숙학교로 보냈죠. 하지만 그때 진작 경찰에 신고를 해야 했어요. 그랬다면 오늘 이런 끔찍한 일을 겪지 않았겠죠. 아주 못되고 고약하고 악마 같은 계집애예요."

주변의 소란이 커질수록 디디의 내면은 평온해졌다. 난간을 바라보았다. 그때는 지금보다 훨씬 더 높아 보였었다.

디디는 난간을 붙잡았다. 눈높이에 있는 얇은 쇠막대기는 차갑고 살짝 거칠거칠했다. "이제 집으로 가는 거야, 언니? 엄마가 가지 말랬어."

"그러니까 모험이지. 넬리 엄마에게는 말하지 말자." 바람이 불자 카타리나 언니의 머리가 다시 앞으로 쏟아졌다. 갈색 머리가 얼굴을 덮어 눈을 찡렸다. "가만히 서 있어." 언니는 클라체에게 말하고 손을 놓았다. 그러고는 주머니 지퍼를 열고 고무줄을 꺼냈다.

"저 배 보여, 클라체?" 디디가 클라체에게 말했다. "봐, 저기."

클라체는 멍한 눈으로 주위를 둘러보았다. 엄지를 입에 물고 검지를 구부려 돌리에 얼굴을 묻었다. 언제나 바보 같이 돌리밖에 모르지.

카타리나 언니는 얼굴에 쏟아진 머리카락이 바람에 뒤로 날리도록 등을 돌리고 있었다. 헝클어진 머리를 하나로 묶고 있었다.

"저기 배 보라고!" 디디가 말했지만 클라체는 듣는 시늉도 하지 않았다. 그저 돌리만 보았다. 클라체는 손을 쭉 뻗어서 인형을 앞뒤로 까딱였다. 디디는 홧김에 클라체의 손에서 돌리를 낚아채 던져버렸다. 때 묻은 흰색 인형은 바람에 휩싸여 커다란 눈송이처럼 다리 아래로 빙그르르 떨어졌다.

"돌리!" 클라체가 비명을 질렀다. 그리고 양 팔을 뻗은 채로 다리에서 추락했다.

감사의 말

산후관리사와 조산사 앤, 시스케, 마르체, 리스베트, 앙케, 다프네에게 감사합니다. 특히 베테랑 미케에게 많은 것을 배웠어요. 하루 동안 산후관리사의 일상을 체험하게 허락해준 에바의 부모님도 정말 감사했습니다.

로테르담 경찰서 검사대리 데비에게는 야간 근무를 함께하는 등 여러 가지로 신세 많이 졌습니다. 에드윈도요.

빈센트, 롭케, 엘빈은 로테르담에 대해 이것저것 많이 가르쳐주었죠.

독자 대표 베리, 아넬리스, 모니크에게도 고맙다는 말을 하고 싶습니다.

피가 되고 살이 되는 조언을 해준 르나테, 리스베트, 사비네, 사네에게는 특별히 더 감사드립니다.

에스더 헤르호프

이니미니
M. J. 알리지
crime thriller

밀폐된 장소, 두 명의 인질, 한 개의 총알!
상대를 죽여야만 내가 살 수 있다!

《이니미니》라는 제목은 미국 아이들이 부르는 동요 가사인 "eeny, meeny, miny, moe(이니 미니 마이니 모)"에서 온 것이다. 범인이 쌍으로 인질을 납치한 뒤, 이들 간에 선택을 강요하는 상황을 빗댄 표현이다. 악마의 게임을 강요하는 범인은 과연 누구인지 그 흥미진진한 추리의 세계로 독자를 인도한다. 특히 영화의 한 씬(scene) 같은 느낌을 주는 속도감 있는 문체는 독자에게 끊임없는 긴장감과 궁금증을 불러 일으켜, 쉴 새 없이 책장을 넘기게 만든다.

킬러딜
소피 사란브란트
crime thriller

마지막 순간 퍼즐이 완성되는 소름돋는 이중 반전의 결말!
모든 등장인물을 의심하라!

스웨덴의 어느 교외의 호화로운 주택가에서 일어난 잔인한 살인 사건. 팔려고 내놓은 집에서 부동산업자와 사람들이 다녀간 다음 날 아침, 6살짜리 딸은 죽어 있는 시체를 발견한다. 무단침입의 흔적은 발견되지 않고 살인 무기는 그 집에 있던 부엌칼이다. 사건은 여형사 엠마 스콜드 형사가 맡게 되는데, 용의자로 피해자의 아내를 의심한다. 하지만 인근에서 발생한 새로운 살인사건으로 엠마는 혼란에 빠지게 되는데….

돌이킬 수 없는 약속
르네 나이트

psychological thriller

20년간 나 혼자 감춰온 비밀이 담긴 소설책 한 권의 등장!
가족과 친구 앞에 발가벗겨진 나!

기대에 못미치는 아들을 둔 것 외에는 완벽한 삶을 사는 것으로 보이는 캐서린은 우연히 자기 머리맡에 놓인 소설책 한 권을 발견한다. 누가 썼는지도 모르고, 누가 거기에 가져다 놓았는지조차 모른다. 그 소설책 속에는 캐서린이 20년간 남편 몰래 간직해온 숨겨진 과거가 낱낱이 담겨 있다. 사건의 당사자가 아니라면 어떻게 이런 논픽션 같은 픽션을 써낼 수 있단 말인가? 캐서린은 이 소설의 작가를 추적하기 시작하는데….

언틸 유아 마인
사만다 헤이즈

crime thriller

수상한 가정부, 완벽한 임산부, 여자 수사관!
세 여인의 진짜 모습은?

클라우디아는 간절히 바라던 아기를 임신하고 사랑하는 남편과 멋진 집에서 살아간다. 그런데 어느 날 수상한 가정부 조가 그녀의 삶에 끼어든다. 조는 장차 태어날 아기를 돌보며 클라우디아를 도와주러 왔다. 하지만 클라우디아는 조가 미덥지 않다. 조가 자신의 침실에 있는 모습을 보고 클라우디아의 불안감은 점차 두려움으로 바뀌는데…. 전환이 빨라 지루하지 않고, 뒷내용이 궁금해 한달음에 읽게 된다. 알프레드 히치콕의 영화를 떠올리게 하는 이 작품은 '믿을 수 없는 화자'가 독자를 속이는 서술 트릭으로 길리언 플린의 《나를 찾아줘》와 비교되기도 한다.

옮긴이 유혜인

역자 유혜인은 경희대학교 사회과학부를 졸업했다. 글밥 아카데미 수료 후 바른번역에서 전문 번역가로 활동 중이다. 옮긴 책으로는《교황 연대기》,《인어 다크 다크 우드》,《빅토리아 시대의 불행한 결혼 이야기》,《나는 상처받지 않기로 했다》,《위선자들》등이 있다.

악
연

초판 2017년 4월 11일 1쇄
저자 에스더 헤르호프
옮긴이 유혜인

출판사 도서출판 북플라자
주소 경기도 파주시 파주출판단지 서패동 471-1
전화 070-7433-7637
팩스 02-6280-7635
오탈자 제보 book.plaza@hanmail.net
홈페이지 www.book-plaza.co.kr

ISBN 978-89-98274-85-6   03850

북플라자는 영화보다 재미있는 소설, 쉽고 효과적인 실용서적, 그리고 세상을 밝게 할 자기계발서를 항상 준비 중입니다. 독자 여러분의 원고 투고를 열린 마음으로 기다리고 있습니다. 책으로 엮고 싶은 아이디어가 있으신 분은 book.plaza@hanmail.net로 간단한 개요와 취지를 보내주세요. 인생은 항상 주저하지 않고 문을 두드리는 자에게 길이 열립니다.(우편 접수는 받지 않습니다)